ANETTE HINRICHS

NORDLICHT

DIE TOTE IM KÜSTENFEUER

Kriminalroman

blanvalet

Sollte diese Publikation Links auf Webseiten Dritter enthalten, so übernehmen wir für deren Inhalte keine Haftung, da wir uns diese nicht zu eigen machen, sondern lediglich auf deren Stand zum Zeitpunkt der Erstveröffentlichung verweisen.

Dieses Buch ist ein Roman, das Beschriebene hat sich so nicht ereignet. Die Handlung und alle handelnden Personen sind frei erfunden. Jegliche Ähnlichkeit mit lebenden oder realen Personen ist nicht beabsichtigt und wäre rein zufällig.

MIX
Papier aus verantwortungsvollen Quellen
FSC® C014496

Penguin Random House Verlagsgruppe FSC® N001967

2. Auflage

Neumarkter Straße 28, 81673 München
Redaktion: Angela Kuepper und René Stein
Umschlaggestaltung: www.buerosued.de
Umschlagmotive: mauritius images/Bernd Schunack;
plainpicture/BY; www.buerosued.de; privat
Karte: www.buerosued.de nach einer Vorlage von Daniela Eber
WR · Herstellung: sam
Satz: Buch-Werkstatt GmbH, Bad Aibling
Druck und Bindung: GGP Media GmbH, Pößneck
Printed in Germany
ISBN 978-3-7341-0932-4

www.blanvalet.de

Für Ingrid, Manu und Nicole –
Freundinnen und Mörderische Schwestern

Prolog

Der Regen hatte aufgehört.

Er stand im Schutz der Bäume, blickte zum Ufer und atmete erleichtert auf. Es war nur ein kurzer Schauer gewesen, der seine Pläne nicht gefährden konnte. Um ihn herum war es vollkommen dunkel. Der Mond versteckte sich hinter dichten Wolken, und der Wind, der vom Fjord in Richtung Ufer wehte, war kaum spürbar. Land und Wasser verschmolzen in der Finsternis.

Es war der Abend vor Sankt Hans, dem Fest, bei dem das ganze Land feierte und die Feuer an den Küsten brannten. Er hatte mit seinem Vorhaben bis nach Sonnenuntergang gewartet, damit er nicht irgendeinem zufällig daherkommenden Wanderer aus dem naheliegenden Waldgebiet über die Füße stolperte. Jetzt war alles erledigt.

Trotz der milden Temperaturen fröstelte er. Das Shirt unter seiner Jacke klebte ihm schweißnass am Oberkörper, und sein Herz hämmerte von der vorausgegangenen Anstrengung noch immer ein wenig zu schnell. Er versuchte, das Unbehagen abzuschütteln. Selbst wenn er wollte, es gab kein Zurück. Jetzt sollte er lieber sehen, dass er endlich von hier wegkam, ehe ihn doch noch jemand entdeckte.

Die Dunkelheit umschloss ihn wie ein schützender Mantel, als er sich von seinem Platz löste und über das unebene Gelände schlich. Hohes Gras und anderes Gestrüpp erschwerte ihm den Weg, und er musste aufpassen, auf dem feuchten Untergrund nicht auszurutschen. Über seinem Kopf durchschnitt das Kreischen einer Möwe die nächtliche Stille und ließ ihn zusammenzucken. Dann wurde es wieder ruhig.

Die Regenwolken verzogen sich, und er drehte sich ein letztes Mal zum Ufer um. Das Wasser schimmerte silbergrau im Mondlicht, die Oberfläche war glatt wie ein Spiegel. Aus dem aufgeschichteten Scheiterhaufen ragten vereinzelte Äste als dunkle Silhouetten in den Abendhimmel. In weniger als vierundzwanzig Stunden würde das Feuer brennen. Vielleicht nahmen die Menschen in der Umgebung dann einen Fleischgeruch wahr, doch jeder würde an irgendein Tier denken, das sich seinen Unterschlupf zum falschen Zeitpunkt am falschen Ort gesucht hatte. An einen Igel oder an ein Kaninchen. Der Alkohol würde in Strömen fließen, und der Wind würde diese unangenehmen Gedanken zusammen mit den Gerüchen weit forttragen. Zurückbleiben würde nur ein Haufen Asche.

1. Kapitel

Egernsund, Dänemark

»Skål!« Rune Poulsen hob sein Glas, sobald der letzte Ton von *Midsommervisen* verstummt war, das traditionell mit dem Anzünden des Feuers gesungen wurde.

»Skål«, schallte es mehrfach zurück.

Die Umherstehenden prosteten einander zu, ehe alle wie gebannt auf die Flammen starrten, die sich lodernd durch Holz und Reisig fraßen und schließlich nach der Strohhexe griffen. Funken stoben in den noch immer hellen Abendhimmel, und tosender Applaus brannte auf. Kinder lachten und jubelten, ein paar der Anwesenden begannen das nächste Lied anzustimmen.

Rune durchströmte ein tiefes Glücksgefühl und große Dankbarkeit für die Gemeinschaft, in der er sich befand. Familie. Freunde. Nachbarn. Menschen, die ihn schon sein Leben lang auf seinem privaten und seinem beruflichen Weg begleiteten. Ihm gehörte die örtliche Ziegelei, einer der ältesten dänischen Industriebetriebe, welcher sich bereits seit rund zweihundertfünfzig Jahren in nunmehr achter Generation in Familienbesitz befand. Sein Sohn Lars würde die Ziegelei von ihm übernehmen und damit die Tradition fortführen, etwas, das ihn schon heute mit Stolz erfüllte.

Rune legte seinen Arm um seine Frau Nora und

küsste sie zärtlich auf die Schläfe, ehe er sein Bierglas seinem Freund Flemming zum Anstoßen hinhielt. »Skål. Lasst uns einen fröhlichen Abend haben.«

»Skål.« Flemming Kjeldsen deutete ein Lächeln an, ehe er einen kräftigen Schluck von seinem Bier nahm. Er war der Pfarrer von Egernsund, ein milde aussehender Endfünfziger mit Haaren wie Stahlwolle und sanfter Stimme, die oftmals gar nicht zu den spitzzüngigen Dingen passen wollte, die er so von sich gab. In seiner diesjährigen Feuerrede hatte er lange über das Böse gesprochen, das es mit dem Feuer abzuwehren galt, über Hexenjagd und Trolle und die Boshaftigkeit der Welt, um abschließend an die Werte und die Fürsorge ihrer Gemeinschaft zu erinnern. Jeder Bürger stand in der Verantwortung, diese zu stärken und zu schützen, appellierte er, eine Gemeinschaft, die nur so lange Bestand hatte, wie einer für den anderen eintrat.

»Hej!« Mathias Ravn trat zu ihrer Gruppe, ein hochgewachsener Mann mit zurückgegelten Haaren und markanter Habichtnase, dessen Intellektuellen-Dresscode sich nicht nur in seiner schwarzen Kleidung, sondern auch in der Wahl seiner Panto-Brille widerspiegelte. Drei Jahre zuvor war der Architekt mit Frau und Sohn von Kopenhagen an den Fjord gezogen. Er prostete mit seinem Bierglas in die Runde. »Das ist mal wieder richtig schön hier.«

Rune nickte bestätigend, während er aus den Augenwinkeln bemerkte, wie Flemming das Gesicht verzog. Hatte der Pfarrer eben noch von Gemeinschaft gesprochen, war es bei ihm schnell damit vorbei, sobald es um Menschen von außerhalb ging. Den »Lackaffen aus Kopenhagen«, wie Flemming Mathias heimlich nannte, betrachtete er noch immer als Eindringling. Eine Sichtweise, die Rune nicht unbedingt teilte, obwohl er den Architekten selbst auch nicht besonders mochte. Das hatte weniger mit seinem Äußeren zu tun, sondern vielmehr mit seinem selbstgefälligen und jovialen Auftreten, das er häufig an den Tag legte.

Nora drückte Runes Arm. »Ich sehe mal nach den Kindern.«

Sie lächelten einander an. Seine Frau war für ihn der Inbegriff einer Jütländerin. Blond und blauäugig, mit stets frischer Gesichtsfarbe, dabei bodenständig und tüchtig. Sie konnte anpacken, besaß Herz und Verstand. »Bis später.« Ihr Lächeln streifte Flemming, während sie für Mathias nur ein kühles Nicken übrighatte.

»Und das Wetter hat sich auch gehalten«, fuhr der Architekt gerade mit seiner Konversation fort.

Alle blickten zum Himmel. Die Abenddämmerung hatte eingesetzt. Tiefhängende Wolken in der Farbe von gebleichtem Schiefer türmten sich unheilvoll übereinander.

»Vermutlich nicht mehr lange«, stellte Rune trocken fest. Er sah zu einer Gruppe fröhlicher Jugendlicher, die zur Popmusik aus soeben aufgestellten Lautsprechern tanzte. Unter ihnen war auch sein Sohn Lars mit seinen Freunden.

Mathias räusperte sich. »Ich wollte euch jedenfalls nur Bescheid geben, dass die Würstchen fertig sind.« Er zeigte zu der Stelle, an der sich ein paar Nachbarn um einen Grill gesellt hatten. Dabei rutschte der Ärmel seines Jacketts hoch und entblößte eine schlichte und teuer aussehende Uhr mit Lederarmband. Der Architekt nickte in die Runde und ging davon.

»Wann hört der endlich damit auf, uns jedes Jahr aufs Neue unter die Nase zu reiben, dass er die Würstchen bezahlt?«, knurrte Flemming.

Ehe Rune antworten konnte, umschlangen ihn von hinten zwei schmale Kinderarme. »Hej, Spatz.« Er wandte sich seiner elfjährigen Tochter zu.

Ries Wangen waren vor Aufregung gerötet, und ihr kurz geschnittenes dunkles Haar klebte verschwitzt auf ihrer Stirn. Sie sah aus wie ein zartes Vögelchen, war zu klein und zu dünn für ihr Alter, doch ihr Äußeres trog. Seine Jüngste war der reinste Wildfang und gab in der Familie gerne den Ton an. Wie immer trug sie ihr Handy, ihren kostbarsten Besitz, an einem bunt geflochtenen Band quer über den Oberkörper gebunden. Seit sie das lang herbeigesehnte Smartphone von ihren Eltern zu ihrem elften Geburtstag geschenkt bekommen hatte, fotografierte sie alles, was ihr vor die Linse kam.

»Und, hast du heute Abend auch schon ein Video aufgenommen?« Rune strich seiner Tochter eine feuchte Haarsträhne aus der Stirn.

Rie nickte. »Ich habe tolle Aufnahmen vom Feuer.« Ihre Augen glänzten. »Vielleicht mache ich irgendwann einen Film daraus.«

»Hast du denn genügend Material dafür?« Flemming beugte sich ein wenig zu der Kleinen herab.

»Jede Menge, ich könnte ein Dutzend Filme daraus machen«, prahlte sie. »Ich muss das ganze Zeug nur noch irgendwann schneiden. Das ist eine Heidenarbeit, sag ich euch.«

»Willst du nicht ein paar Aufnahmen von mir machen?« Flemming stellte sich in Positur. »In einem Film wollte ich schon immer mal mitspielen.«

Rie lachte. »Nö, lass mal.« Sie knuffte den Pfarrer mit ihrer kleinen Hand in die Hüfte und verschwand.

Flemming lachte dröhnend. »Skål.«

Sie stießen an, betrachteten das Feuer, das mittlerweile lichterloh brannte, und tranken einträchtig ihr Bier. Um sie herum wurde gelacht, getanzt und gesungen.

Nora stieß wieder zu ihnen. »Sagt mal, hat einer von euch Elin gesehen?« In ihren Augen lag ein gehetzter Ausdruck. Elin Akman war ihre deutsche Gastschülerin, die für ein Jahr bei ihnen lebte.

Rune schüttelte den Kopf. »Wollte sie nicht bei euch übernachten?« Sein Blick glitt zu Flemming.

Der Pfarrer zuckte die Achseln. »Da musst du meine Tochter fragen.«

»Annelie hat mir gerade erzählt, Elin hätte abgesagt.« Nora klang tief beunruhigt. »Schon gestern.«

Rune runzelte die Stirn. »*Gestern schon*?« Er sah seine Frau verwirrt an. »Und wo hat sie dann letzte Nacht geschlafen?«

»Das ist es ja.« Nora strich sich mit einer fahrigen Geste übers Gesicht. »Annelie dachte, Elin wäre bei uns zu Hause.«

Rune sah sich um. »Sie wird hier schon irgendwo sein. Du weißt doch, wie die jungen Leute heutzutage sind. Elin hat bei einer anderen Freundin übernachtet und einfach nur vergessen, uns Bescheid zu geben.«

»Und welche Freundin sollte das sein?« Noras Stimme klang jetzt panisch. Tränen schossen ihr in die Augen. »Was, wenn ihr etwas passiert ist?«

Runes Blick verfing sich im Feuer. Die Flammen schlängelten sich in den dunkler werdenden Abendhimmel. Überall an den Küsten brannten jetzt die Feuer, während die Menschen sich um die Flammen scharten und ausgelassen feierten. Am Sankt-Hans-Tag war die Welt in ihrem kleinen Land in Ordnung. Trotzdem erfasste auch ihn Unruhe, und er hörte den leisen Zweifel, der sich bei seiner Gegenfrage in seine Stimme schlich. »Was sollte ihr hier schon passiert sein?«

Hamburg, Deutschland

Das Licht im Hausflur funktionierte nicht. Langsam tastete sich Timur Akman die ausgetretenen Stufen bis in den fünften Stock hinauf. Ein Geruch von exotischen Gewürzen und kaltem Zigarettenrauch zog durchs Treppenhaus.

Er fühlte sich erschöpft und ausgelaugt, auf seiner Stirn stand kalter Schweiß. Stundenlang war er rastlos durch die Straßenzüge ihres Viertels gelaufen, hatte in dunklen Hinterhöfen und in Parkanlagen, in Graffiti verschmierten Hauseingängen, in einschlägigen Cafés, Döner- und Imbissbuden sowie an sämtlichen öffentlichen Plätzen Ausschau nach Sait gehalten. Sogar am S-Bahnhof war er gewesen. Ohne Erfolg.

Die Haustür quietschte beim Öffnen. Hinter dem satinierten Glaseinsatz der Wohnzimmertür brannte Licht. Das Murmeln von Stimmen war zu hören. Baba und Onkel Abdi. Er ließ seine Schuhe neben der Fußmatte stehen und verzichtete darauf, das Licht anzumachen. Leise schlich er sich auf Socken zum Zimmer seines Bruders am Ende des Flurs. Die alten Holzdielen knarrten unter seinen Schritten. Er schlüpfte leise in den Raum und zog die Tür von innen nahezu lautlos ins Schloss.

Das Gelb der Straßenlaternen fiel durch einen Spalt der Gardinen und malte geisterhafte Schatten an die Schlafzimmerwand. Im nächsten Moment durchflutete ihn eine Welle der Erleichterung.

Sait lag in Embryostellung in seinem Bett, die Decke bis zur Nasenspitze hochgezogen, nur der vom Schlaf verstrubbelte dunkle Schopf lugte hervor.

Timur widerstand der Versuchung, Sait zu wecken, um ihn zur Rede zu stellen. Sein Bruder war schon seit Tagen nicht mehr in der Schule gewesen. Das hatte Timur nur durch Zufall erfahren, als er ans Telefon gegangen war und die Fragen der Schulsekretärin beantworten musste, die ihn für seinen Vater gehalten hatte. Anstatt die Schulbank zu drücken, hatte sich sein Bruder den ganzen Tag irgendwo herumgetrieben.

Wie jung Sait aussieht, wenn er schläft. Zuneigung durchströmte Timur. Für einen Moment glitten seine Gedanken zu jener Zeit zurück, in der sie die Nachmittage noch gemeinsam vor dem Fernseher verbracht hatten, lachend und balgend auf dem Kelim, den ihr Großvater vor vielen Jahren aus Anatolien mitgebracht hatte. Damals hatte sein Bruder noch zu ihm aufgesehen. Eine Zeit, die unwiederbringlich vorbei war.

»Was machst du hier?« Sait rieb sich schlaftrunken die Augen.

»Ich habe dich gesucht, Sait«, erwiderte Timur vorwurfsvoll. »Schon den ganzen Tag. Die Schule hat angerufen. Keine Sorge, ich habe Baba nichts verraten. Wo warst du?«

Etwas im Gesicht seines Bruders veränderte sich. Verachtung lag in seinem Blick.

»Das geht dich nichts an. Geh zurück in dein Zimmer.« Saits Stimme war dunkel und von einer Selbstsicherheit, die nicht zu einem Fünfzehnjährigen zu passen schien. »Du hast hier nichts zu suchen.«

Es ist absurd, dachte Timur, *dass er mir Befehle gibt und erwartet, dass ich ihm gehorche*. Jegliches Gefühl von Zuneigung verschwand. »Wo bist du gewesen, Sait?«

2. Kapitel

Marina Minde, Dänemark

Um kurz nach fünf am Morgen schob Torben Winter entnervt die Bettdecke zurück. Er hatte schon seit einer halben Ewigkeit wach gelegen und sich von einer Seite auf die andere gewälzt, nachdem ihn mitten in der Nacht eine Gruppe betrunkener Jugendlicher mit ihrem lauten Gesang aus dem Schlaf gerissen hatte. Jetzt fühlte er sich wie gerädert.

Vor den bodentiefen Fenstern des Hausbootes war es trotz der frühen Uhrzeit bereits hell. Die Sonne stand mehrere Handbreit über dem Horizont und brach sich in der Oberfläche der Ostsee. Das Wasser schimmerte wie eine glitzernde Decke, der Himmel war blau und wolkenfrei.

Denise, seine Frau, schlief tief und fest und hatte offenbar weder von der Schlaflosigkeit ihres Mannes noch vom nächtlichen Radau etwas mitbekommen.

Die Dänen waren schon ein merkwürdiges Volk, dachte Torben, als er leise aus dem Schlafzimmer schlich. Sangen *Vi vil fred her til lands, sankte Hans, sankte Hans*, was auf Deutsch so viel bedeutete wie: Wir wollen Frieden hierzulande, Sankt Hans, Sankt Hans. Doch gleichzeitig weckten sie mit ihrer Grölerei die halbe Nachbarschaft.

Dabei hatten ihn die Bräuche und das gemeinsame Singen der Dänen am Vorabend noch sehr berührt. Zusammen mit einem deutschen Segler-Ehepaar hatten sie sich einem Fackelzug angeschlossen und später beim Anzünden des Feuers mithilfe der Textblätter, die man ihnen in die Hand gedrückt hatte, in den Gesang eingestimmt. Für den Moment aber wünschte er sich, sie hätten ihren Sommerurlaub wie jedes Jahr in der Toskana verbracht.

Er erledigte seinen morgendlichen Toilettengang, tauschte seine Schlafshorts gegen Laufklamotten und trank in der Küche ein Glas Leitungswasser, ehe er kurz darauf auf den Steg trat.

Vom Regen der letzten Nacht war nichts mehr zu spüren, die Luft war angenehm kühl und frisch. Sonnenstrahlen wärmten ihm das Gesicht, als er in gemäßigtem Tempo dem Weg am Ufer entlang folgte. Vorbei an der Ferienhaussiedlung, deren Gärten bis ans Wasser reichten, den Häusern in Hanglage und dem gegenüberliegenden Badesteg, ehe er schließlich in Höhe der Kirche seinen Rhythmus fand. Als er am Havnevej den Hafen und die Ziegelei hinter sich gelassen hatte, wurde die Besiedelung spärlicher, ehe die Straße in einem Wiesen- und Waldgebiet mündete und in einen Schotterweg überging.

Am Ufer waren noch die Reste des gestrigen Sankt-Hans-Feuers zu sehen, verkohlte Holzstämme und Zweige zwischen Steinen und Aschebergen. Ein Stück weiter den Weg entlang, hinter einer Baumreihe, bot sich ihm ein ähnliches Bild. Überbleibsel einer weiteren Feuerstätte. Im Vorbeilaufen stach ihm ein ungewöhnlich geformter Ast ins Auge, der zwischen ein paar niedergebrannten Scheiten hervorlugte. *Sieht aus wie ein Fuß*, schoss es Torben durch den Kopf. Doch natürlich täuschte er sich. Weshalb sollte dort ein Fuß liegen? Offenbar vernebelte ihm der fehlende Schlaf das Gehirn.

Trotzdem hielt er an, lief die wenigen Schritte zu der Stelle zurück und trat näher an das schwarze Gebilde heran. »Scheiße«, flüsterte Torben. Dort lag tatsächlich ein verkohlter, menschlicher Fuß, zudem war der untere Teil einer Wade zu sehen. Das restliche Bein verschwand unter den Scheiten. »Verfluchte Scheiße.« Er brach in hysterisches Gelächter aus. Im nächsten Moment ergoss sich in einem Schwall sein Mageninhalt über der Asche.

Kopenhagen, Dänemark

Rasmus Nyborg nahm das Fläschchen aus dem Flaschenwärmer, legte es kurz an seine Wange, um die Temperatur der Milch zu überprüfen, und stellte es auf den Küchentisch ab. Neben ihm quengelte die sechs Monate alte Ida in ihrer Babywippe.

»Ist der Papa nicht schnell genug?« Er löste den Sicherheitsgurt der Wippe und nahm seine Tochter behutsam auf dem Arm. Mit der freien Hand langte er nach der Milchflasche und ging mit dem nun laut jammernden Baby ins Wohnzimmer, um es sich dort auf der Couch gemütlich zu machen.

Sobald Ida den Trinksauger im Mund hatte, verstummte das Gequengel schlagartig. Rasmus atmete erleichtert auf. Die letzten Stunden waren anstrengender gewesen als eine Doppelschicht bei der Polizei.

Er hatte zum ersten Mal allein auf seine Tochter aufgepasst, da Camilla abends bei Freunden eingeladen war. Die Schwierigkeiten hatten direkt begonnen, nachdem seine Ex-Frau die Wohnung verlassen hatte. Das Baby hatte zwei Stunden am Stück geschrien. Er hatte Ida gefüttert und gewickelt, gesungen und geschunkelt, sie durch die Wohnung getragen, mal an die Schulter gelegt, in der Armbeuge oder im Fliegergriff. Rasmus hatte sogar den Staubsauger angestellt, das hatte bei Anton im gleichen Alter wahre Wunder bewirkt, doch nichts hatte geholfen. Gerade als er so weit war, Camilla auf dem Handy anzurufen, hatte die Schreierei urplötzlich aufgehört. Ida war in ihrem Bettchen eingeschlafen, allerdings nur, um anschließend im Stundentakt wieder aufzuwachen. Rasmus war auf der Wohnzimmercouch jedes Mal wie elektrisiert hochgeschreckt und ins Kinderzimmer geeilt, um den Schnuller zurück in Idas Mund zu befördern, nachdem sie ihn zuvor im Schlaf verloren hatte. Zurück im Wohnzimmer hatte er in der Dunkelheit nach Geräuschen seiner Tochter gelauscht, und gerade, wenn er es endlich geschafft hatte, wieder einzuschlafen, war der ganze Spaß von vorn losgegangen.

Camilla war irgendwann gegen halb drei nach Hause gekommen, doch zu dem Zeitpunkt hatte die Kleine dann tatsächlich friedlich geschlummert und sich erst wieder um halb sechs bemerkbar gemacht. Rasmus hatte Ida aus dem Bettchen geholt und ihr die erste Milch zubereitet, damit Camilla noch ein wenig weiterschlafen konnte.

Jetzt war es gerade mal kurz vor sechs, und er war vollkommen erledigt. Müde berührte er mit Kinn und

Nase den zarten Flaum des Köpfchens und sog den Babygeruch ein. Die Kleine schmatzte leise. So anstrengend die Nacht auch gewesen war, er liebte dieses kleine Wesen mit einer Intensität, die er niemals für möglich gehalten hatte.

Ida war mit zweiwöchiger Verspätung kurz vor Weihnachten auf die Welt gekommen. Ihre Geburt hatte Rasmus nahezu überwältigt, und Erinnerungen an Anton hatten ihn dabei zunächst wie eine Tsunami-Welle überrollt. Antons Augen, seine mit Sommersprossen gesprenkelte Nase, sein Lachen, der Moment, in dem Rasmus ihn zum letzten Mal im Arm gehalten hatte. Antons Kopf an seiner Schulter, sein blasses Gesicht, der stumpfe Blick. Das Blut. Ein Bild, das sich für alle Ewigkeiten in sein Gedächtnis eingebrannt hatte. Seine Angst, ob er überhaupt dazu fähig sein würde, ein anderes Kind zu lieben, war die Wochen vor Idas Geburt übermächtig gewesen, doch angesichts seiner neugeborenen Tochter wurde sie von seinen Glücksgefühlen restlos weggeschwemmt. Camilla und er hatten gleichzeitig geweint und gelacht, erleichtert darüber, dass ihr Kind gesund und zugleich mit lautem Organ die Welt erblickt hatte. Ein perfekter Moment, in dem nichts außer ihrer kleinen Familie eine Rolle spielte. Seine Glücksgefühle hatten sogar noch angehalten, als er im Krankenhausflur auf Camillas Freund Liam getroffen war, der dort im roséfarbenen Hemd mit Button-Down-Kragen und einem Strauß roter Rosen bewaffnet gewartet hatte. Der Typ war ihm nach wie vor ein Dorn im Auge, doch solange er sich nicht als Idas Vater aufspielte, kam Rasmus irgendwie klar.

Ida gluckste. Die Milchflasche war leer, und er legte

die Kleine an seine Schulter, wo sie zufrieden vor sich hin brabbelte. Irgendwann rülpste sie und schmiegte ihr Köpfchen in seine Halsbeuge. Er schloss die Augen.

»Rasmus.« Jemand rüttelte ihn sanft an der Schulter.

Er blinzelte.

Camilla stand in einem ärmellosen grünen Wickelkleid neben der Couch und blickte auf ihn hinunter. Ihre rotblonden Locken waren noch feucht vom Duschen und kringelten sich fröhlich auf ihren Schultern.

Er war offenbar eingeschlafen. Suchend blickte er sich um. »Wo ist Ida?«

»Ich habe sie in ihr Bett gelegt. Sie war kurz davor einzuschlummern.« Camilla schmunzelte. »Ihr müsst eine aufregende Nacht gehabt haben, so erledigt, wie ihr beide seid.« Sie musterte ihn. »Hat alles gut geklappt?«

Rasmus setzte sich auf. »Alles bestens.«

Camilla schaute wissend und lächelte. »Dein Handy hat gerade geklingelt. Ich dachte, ich geb dir besser Bescheid. Für den Fall, dass es etwas Wichtiges ist.«

»Danke. Wie spät ist es?«

Sie sah auf ihre Armbanduhr. »Halb sieben. In der Küche steht übrigens Kaffee, falls du welchen möchtest.«

»Gerne.«

Camilla ließ ihn allein, und Rasmus gähnte und stand auf. Viel lieber hätte er sich noch eine Runde aufs Ohr gehauen, aber das ging natürlich nicht. Davon abgesehen, dass er einen Termin im Politigården hatte, dem Hauptquartier der dänischen Polizei, war er hier nur zu Gast. Sein Blick glitt für einen kurzen Moment durch den Raum. Er mochte Camillas Wohnung. Es war ein typischer Altbau: hohe Decken, Parkett und

Kassettentüren. Die Wände waren in lichtem Grau gestrichen, die Einrichtung schlicht und modern. Eine Mischung aus geerbten Stücken und Designklassikern, darunter ein paar Überbleibsel aus ihrer gemeinsamen Wohnung in Aarhus. Die weiße PH5-Leuchte über dem Esstisch, der antike Barschrank, der noch von Camillas Großeltern stammte, und die schwarzen Wishbone Chairs, ein großzügiges Geschenk seiner Familie zu ihrer Hochzeit. Wie in der gesamten Wohnung waren auch hier überall Fotos verteilt. Von Camillas Eltern und ihren Großeltern, ihren Freunden und Freundinnen. Rasmus hatte sogar eins von sich und seiner Schwester Jonna entdeckt, doch auf den meisten Bildern war Anton zu sehen. Sein Blick blieb an der auf dem Boden ausgebreiteten Krabbeldecke hängen, die seine Mutter Freja in liebevoller Handarbeit aus alten Kleidungsstücken ihrer Kinder für ihre jüngste Enkelin genäht hatte. Die kleine Frottee-Maus, die Rasmus seiner Tochter am Abend mitgebracht hatte, lag noch darauf.

Ein schönes Zuhause, dachte Rasmus und ging in den Flur zur Garderobe. Wenn auch nicht sein Zuhause. Der Gedanke versetzte ihm einen leichten Stich, und er schob ihn rasch beiseite.

Er zog sein Handy aus der Jackentasche und stellte überrascht fest, dass Søren Molin versucht hatte, ihn zu erreichen. Der Kollege von der Polizei Sønderborg gehörte genau wie Rasmus zu der deutsch-dänischen Sondereinheit, die bei Tötungsdelikten in der Grenzregion zusammengerufen wurde. Ihr letzter gemeinsamer Fall lag bereits einige Zeit zurück, doch nach den dramatischen Ereignissen im Spätsommer des letzten Jahres war das Team zusammengerückt und hatte auch privat Kontakt gehalten.

Rasmus hörte seine Mailbox ab. In Egernsund, das zur Kommune Sønderborg gehörte, gab es einen Leichenfund. Er betätigte umgehend die Rückruftaste.

Egernsund, Dänemark

Es war bereits halb elf, als Rasmus rund dreihundert Kilometer von Kopenhagen entfernt in seinem hellblauen Bulli die Landstraße 401 kurz hinter der Egernsundbroen verließ und in den Ort hineinfuhr, in dem er vor Jahren schon einmal zum Segeln gewesen war. Egernsund lag auf der Halbinsel Broager, eingebettet zwischen sanfter Hügellandschaft und Flensburger Förde, und war hauptsächlich für seine Klappbrücke und die Ziegelherstellung bekannt.

Abgesehen von dem schmalen Strandabschnitt mit seinen Badestegen, dem kleinen Leuchtturm und den vereinzelten Häusern in Hanglage gab es wenig Malerisches. Schlichte Ziegelgebäude und alte Schornsteine prägten das Ortsbild.

Während die Strände und Campingplätze der anderen Küstenorte hoffnungslos von den deutschen Nachbarn überfüllt waren, verirrten sich hierher nur selten Touristen, und falls doch, dann handelte es sich meistens um Segler vom naheliegenden Jachthafen Marina Minde oder um Wanderer, die den Spuren des Gendarmstiens folgten, der einst als Patrouillenweg entlang der deutsch-dänischen Grenze gedient hatte. Doch die

Einheimischen blieben ohnehin lieber für sich, es waren zurückhaltende, freundliche Menschen mit einem starken Gemeinschaftsgefühl.

Rasmus erreichte den überschaubaren Hafen, dessen größte Attraktion neben der Klappbrücke und einem Anleger mit einer Skulptur aus bunt glasierten Ziegelsteinen ein Imbiss auf einem großen Parkplatz war. Kurz war er versucht, anzuhalten, um sich schnell einen Hotdog und einen Kaffee zu holen, doch er war ohnehin spät dran und fuhr weiter.

Die Straße führte nun direkt am Ufer entlang. Linker Hand befand sich Nybøl Nor, ein nördlicher Seitenarm der Förde. Kleine bunte Boote lagen an den Stegen vertäut und wippten fröhlich auf den Wellen. Zur Landseite reckte sich der Schornstein der örtlichen Ziegelei in die Höhe.

Die Häuserdichte nahm weiter ab, und auf einem der Stege standen zwei einsame Angler. Schließlich ging der Asphalt in einen Schotterweg über. Eine idyllische Wiesen- und Waldlandschaft erstreckte sich zu beiden Seiten der unbefestigten Straße. Kleine Steinchen stoben auf und flogen gegen die Karosserie des VW-Busses. Rasmus drosselte das Tempo. Hinter einer Biegung sah er bereits von Weitem die Einsatzfahrzeuge, die entlang einer Baumreihe abgestellt worden waren. Rot-weißes Polizeiband versperrte die Durchfahrt, ein paar Schaulustige drängelten sich um die beste Sicht. Zwischen den Bäumen leuchteten die weißen Spurensicherungsoveralls der Kriminaltechniker auf.

Rasmus parkte seinen Bulli auf dem seitlichen Grünstreifen und zog sich Schutzkleidung über, ehe er dem Uniformierten am Durchgang seinen Dienstausweis zeigte und dem angelegten Trampelpfad folgte. Wind kam auf und ließ das Absperrband flattern. Leichter Brandgeruch stieg ihm in die Nase.

Eine Lichtung tat sich auf. Ein paar Feuerwehrleute standen zusammen vor ihren Einsatzfahrzeugen, am Ufer kroch ein halbes Dutzend Spurensicherer um eine kreisrunde Brandstelle herum. Weitere Kriminaltechniker suchten in den angrenzenden Gebüschen und am Wasser nach Spuren.

Der Rauch des Feuers hatte sich längst verzogen, doch unter dem nahezu wolkenfreien Himmel hing noch immer Brandgeruch in der Luft.

Søren Molin stand etwas abseits und telefonierte, ein vollbärtiger Hüne mit kurz geschorenen blonden Haaren, die jetzt unter der Kapuze seines Overalls versteckt waren.

Bei Sørens Anblick verspürte Rasmus für einen Moment tiefe Dankbarkeit, dass sein Kollege sich nicht nur körperlich von seiner Schussverletzung erholt hatte, sondern mit der Genesung auch sein sonniges Gemüt zurückgekehrt war. Doch er nahm auch den Schatten wahr, der hin und wieder über das Gesicht des Polizisten huschte, wenn er sich unbeobachtet fühlte. Dass er dem Tod für kurze Zeit näher gewesen war als dem Leben, das ging auch an einem Søren Molin nicht spurlos vorüber.

Sein Kollege beendete sein Telefonat und kam ihm entgegen.

»Hej, Rasmus.« Søren schlug ihm zur Begrüßung mit seiner schaufelgroßen Hand freundschaftlich auf die Schulter. Dabei blickten seine Augen ungewöhnlich ernst.

»Schön, dich zu sehen.« Rasmus lächelte angespannt. »Ich wünschte nur, die Umstände wären andere.«

Søren nickte. »Die Kriminaltechniker sind schon seit gut zwei Stunden dabei, die Leiche freizulegen. Oder das, was davon übriggeblieben ist.«

Nun nickte auch Rasmus. Bei der Bergung von stark verkohlten Brandleichen musste wegen der großen Brüchigkeit behutsam vorgegangen werden, insbesondere wenn wie im vorliegenden Fall der Körper zusätzlich mit Brandschutt bedeckt war und die Gefahr bestand, dass verbliebene Identitätsmerkmale wie locker sitzende Zähne, Schmuckgegenstände oder Bekleidungsreste verloren gingen. »Sehen wir es uns an.«

Schweigend gingen die beiden Ermittler die wenigen Schritte zur Feuerstelle. Einer der am Boden hockenden Kriminaltechniker erhob sich, und Rasmus erkannte Henrik Knudsen, den Chef der Spurensicherung, anhand seiner buschigen Brauen und dunklen Knopfaugen, die zwischen Kapuze und Mundschutz hervorlugten.

»Hej, Rasmus.« Knudsen trat beiseite und gab die Sicht auf die Feuerstelle frei.

Verkohltes Holz und Äste. Haufenweise Asche. Im Zentrum lagen die Überreste eines Menschen.

Rasmus sog scharf die Luft ein. Während seiner Zeit als Mordermittler hatte er schon vieles gesehen. Aber das hier war übel. Sein Magen rebellierte.

»Heilige Scheiße«, flüsterte Søren neben ihm.

Der Oberkörper der Leiche war nahezu vollständig verkohlt, die knöcherne Schädeldecke aufgebrochen, das darunterliegende Gesicht eine einzige schwarze Masse. Unterhalb des Brustkorbs waren die Darmschlingen ausgetreten, Arme und Beine hatten eine seltsam gekrümmte Haltung. Dort, wo zuvor die Hände gewesen waren, befanden sich nur noch formlose Stümpfe. An den unteren Extremitäten war die Haut nicht vollständig versengt, zahlreiche Rupturen und Hautaufplatzungen entblößten freiliegende Muskelschichten. An den Füßen steckten noch die mit Ruß bedeckten, von der Hitze stark beschädigten Schuhe. Sneakers mit dicken Sohlen. Am Hals und am Rumpf waren geschmolzene Bekleidungsreste erkennbar.

Rasmus schluckte. Auch nach vielen Jahren in seinem Job wurden Momente wie dieser nie zur Routine. Den Anblick der furchtbar zugerichteten Leiche würde er vermutlich nicht so schnell wieder vergessen. Er hätte nicht einmal sagen können, ob die sterblichen Überreste einem Mann oder einer Frau gehörten.

»Hoffentlich wurde das Opfer nicht bei lebendigem Leib verbrannt«, murmelte sein Kollege.

Rasmus kämpfte mit einer erneuten Übelkeitswelle. *Reiß dich zusammen.*

»Ob die Leute währenddessen hier gefeiert haben?«, schob Søren hinterher. »Oh Gott, ich glaube, ich kann nie wieder zu einem Sankt-Hans-Feuer gehen.«

»Geht mir genauso.« Rasmus löste seinen Blick von der Leiche und wandte sich an Knudsen, der gerade an einem Spurensicherungskoffer herumhantierte. »Habt ihr einen Brandexperten verständigt?«

Knudsen nickte. »Ist bereits auf dem Weg hierher.« Der Blick des Kriminaltechnikers wanderte zu einem Punkt hinter dem Rücken des Ermittlers. »Endlich. Die Rechtsmedizin.«

Rasmus drehte sich um und entdeckte Dr. Adam Larsen vom zuständigen Institut in Odense mit seiner

Arzttasche in der Hand und seinem Assistenten im Schlepptau. Beide Männer trugen die obligatorische Schutzkleidung.

»Guten Tag, die Herrschaften.« Dr. Larsen warf hinter seiner randlosen Brille einen prüfenden Blick in die Runde, ehe er sich der Leiche zuwandte.

Søren trat neben Rasmus. »Es gibt einen Zeugen, der beobachtet hat, wie das Feuer aufgeflammt ist. Gegen acht Uhr gestern Abend. Etwa zur gleichen Zeit wurde auch das offizielle Sankt-Hans-Feuer weiter vorne am Ufer angezündet. Es sieht so aus, als hätten der oder die Täter es extra so abgcpasst.«

»Also ein Ortskundiger?«

»Davon ist auszugehen.«

»Wurde der Zeuge schon befragt?«

Søren nickte. »Ein Wanderer, der in einem der Reihenhäuser vorne an der Straße in einer Ferienwohnung übernachtet hat. Er stand zu dem Zeitpunkt auf dem Balkon im zweiten Stock und konnte den Rauch beobachten, allerdings hat er sich darüber nicht weiter gewundert. Gestern Abend brannten die Feuer ja quasi überall an der Küste. Erst als er das Polizeiaufgebot heute Morgen gesehen hat, ist ihm klar geworden, dass etwas passiert sein muss.«

»Hat der Mann noch etwas Auffälliges beobachten können?«, hakte Rasmus nach.

Søren schüttelte den Kopf. »Dafür war die Entfernung dann doch zu groß. Außerdem war gestern Abend halb Egernsund auf den Beinen.« Er ließ seinen Blick schweifen. Schweiß stand auf seiner Stirn. »Hier allerdings nicht.«

»Wer hat die Leiche gefunden?«

»Ein deutscher Urlauber. Torben Winter. Er hat zusammen mit seiner Frau eines der Hausboote in Marina Minde gemietet und war zum Joggen unterwegs.« Søren wischte sich mit dem Ellenbogen den Schweiß von der Stirn. »Der Mann war völlig fertig, hat alles vollgekotzt. Fast wäre der uns hier noch zusammengeklappt. Ich musste ihn nach der Befragung mit einem Streifenwagen zurückfahren lassen.«

Rasmus ließ seinen Blick nachdenklich zur Feuerstelle schweifen, wo die Leiche gerade von Dr. Larsen in Augenschein genommen wurde. Wer tat so etwas Schreckliches? Vor einiger Zeit hatte er von einer südamerikanischen Sekte gehört, die Menschenopfer im Feuer darbrachte. »Was glaubst du, womit wir es hier zu tun haben? Ein Ritualmord?«

»Oder der missglückte Versuch einer Leichenbeseitigung.« Søren verzog grimmig das Gesicht.

Er könnte richtigliegen, dachte Rasmus. Schweigend beobachteten sie den Rechtsmediziner bei seiner Arbeit. Hin und wieder diktierte Dr. Larsen seinem Assistenten Stichworte zur äußeren Beschaffenheit der Leiche für den späteren Bericht.

Rasmus trat an den Rechtsmediziner heran. »Kannst du schon sagen, ob das Opfer noch gelebt hat?«

»Du meinst beim Ausbruch des Feuers?« Dr. Larsen krauste die Stirn unter seiner Kapuze. »Um mich da festzulegen, muss ich mir die Leiche erst in aller Ruhe im Institut ansehen.«

Rasmus nickte. Er hatte keine andere Antwort erwartet, trotzdem war es einen Versuch wert gewesen. Er wandte sich wieder Søren zu. »Ich frage mich, wie der Täter das Holz hertransportiert hat.«

»Vielleicht war hier alles schon für das Feuer vorbereitet, und er hat lediglich die Gelegenheit genutzt.«

»Möglich. Wissen wir schon, wer für die Aufschichtung der Sankt-Hans-Feuer verantwortlich war?«

Søren schüttelte den Kopf. »Ich hatte noch keine Gelegenheit, dem nachzugehen. Bislang war ich der einzige Ermittler vor Ort.« Er grinste schief. »Jetzt sind wir immerhin schon mal zu zweit. Ein paar mehr Leute wären allerdings nicht schlecht.«

Rasmus nickte. »Ich regle das.« Er zog sein Handy aus der Hosentasche und wählte die Nummer der Leitstelle in Esbjerg. Während er darauf wartete, dass am anderen Ende der Leitung jemand abnahm, verharrte sein Blick auf der Feuerstelle. Ein Grab aus Asche, schoss es ihm durch den Kopf. Wer lag dort? Ein Mann? Eine Frau? Oder war es am Ende ein Kind?

Egernsund, Dänemark

Sebastian schlug die Augen auf. Er hatte einen pelzigen Geschmack auf der Zunge, und hinter seiner Stirn rotierte der Schmerz wie ein Presslufthammer.

Sonnenlicht drang durch einen Spalt seiner Jalousie und warf einen Streifen helles Licht in sein Zimmer. Wie spät war es? Das Display seines Handys auf dem Nachttisch war schwarz.

Sebastian kramte in seinem Gedächtnis nach Erinnerungen an den vergangenen Abend, und ihm fiel ein, dass er am Sankt-Hans-Feuer gewesen war. Später als alle anderen.

Jemand klopfte leise an seine Zimmertür. »Basti, bist du wach?« Das war die Stimme seiner Mutter. Er konnte es auf den Tod nicht leiden, wenn sie ihn so nannte. Schließlich war er keine drei mehr.

Kiersten Ravn betrat den Raum. »Geht es dir besser?«

Einen kurzen Moment konnte Sebastian die Frage nicht einordnen, dann fiel ihm wieder ein, dass er gestern Morgen behauptet hatte, krank zu sein. In Wahrheit hatte er den furchtbarsten Kater seines Lebens gehabt, inklusive kompletten Filmriss.

Seine Mutter rümpfte die Nase. »Sag mal, hast du Alkohol getrunken?« Sie zog die Jalousie hoch und riss das Fenster auf.

Flutartig wurde es hell im Raum.

Sebastian hielt sich die Hand vor Augen. »Mensch Mama, muss das sein?« Er setzte sich ein wenig auf, was einen stechenden Schmerz in seinem Hinterkopf zur Folge hatte. Ihm entfuhr ein Stöhnen.

Kiersten Ravn stemmte die Arme in die Hüfte und musterte ihn streng. »Sag die Wahrheit«, forderte sie ihn auf. »Bist du krank, oder hattest du zu viel Bier?«

»Beides«, rutschte es ihm heraus, und er fügte schnell hinterher: »Aber bis gestern Abend war ich wirklich krank.«

»Aha, dann geh jetzt duschen.« Seine Mutter war einen Kopf kleiner als er und wirkte dabei so zart und schmal, dass man meinen könnte, jeder Windhauch würde sie umwehen, was ihrem energischen Auftreten jedoch keinerlei Abbruch tat. »Und räum deinen Saustall auf, ehe du zur Schule gehst, ansonsten befördere ich deine Sachen bald in den Müll.« Damit machte sie auf dem Absatz kehrt und verschwand aus dem Zimmer.

Sebastian sank mit einem Stöhnen zurück ins Kissen. Wäre er doch bloß bei der Variante mit der Magenverstimmung geblieben. In der Schule tat sich in den letzten Tagen vor den Ferien ohnehin nichts mehr. Seine Mutter konnte wirklich ungemein nerven. Als hätte sie seine Gedanken gehört, stand Kiersten Ravn im nächsten Augenblick wieder in der Tür.

»Sag mal, hast du Elin seit Montag gesehen?« Ein besorgter Ton schwang in ihrer Stimme mit.

Sebastian räusperte sich, um die plötzliche Enge in seinem Hals zu vertreiben. »Warum fragst du?«

»Nora hat vorhin angerufen und nach ihr gefragt. Offenbar ist Elin nicht nach Hause gekommen.« Seine Mutter schien ihn mit ihrem Blick zu durchbohren. »Weißt du etwas darüber?«

Er schüttelte den Kopf. »Ich habe sie zuletzt am Montag in der Schule gesehen.«

»Gut, dann steh jetzt auf. Auch die dritte Stunde fängt irgendwann mal an.« Kiersten Ravn warf einen Blick auf ihre Armbanduhr. »Und zwar in exakt fünfundsechzig Minuten, die Pause bereits eingerechnet. Also beeil dich.« Seine Mutter verließ erneut sein Zimmer.

Sebastian schob die Decke beiseite. Seine Kopfschmerzen hatten sich in der letzten Minute gefühlt verdreifacht. Warum hatte seine Mutter auch von Elin anfangen müssen?

Er stand auf und durchwühlte die Schublade seines Schreibtisches nach dem Handyladegerät. Schließlich zog er es zwischen einem Dutzend anderen Kabeln heraus und schloss sein Smartphone an.

Sebastian wandte sich dem Kleiderschrank zu und

stellte fest, dass er kein einziges sauberes Oberteil mehr besaß. Er fischte sich aus dem Klamottenstapel auf dem Boden ein zerknittertes T-Shirt heraus, das nicht ganz so stark roch, und schnappte sich die letzte Unterhose aus der Kommode.

Sein Handy piepte. Das Display zeigte einen eingegangenen Anruf auf seiner Mailbox an. Er hörte die Sprachnachricht ab. Während er Nora Poulsens besorgter Stimme lauschte, die nach Elin fragte, starrte er auf seinen rechten Handrücken. Die Schwellung am Knöchel war zurückgegangen, und auch die Rötung war verblasst. An den Stellen, wo die Haut aufgeplatzt war, hing verkrustetes Blut.

Sebastian wechselte in den Messenger und las zum hundertsten Mal Elins letzte Nachricht durch. Obwohl er die Worte mittlerweile auswendig kannte, waren seine Gefühle unverändert geblieben. Er war fassungslos. Verzweifelt. Wütend. Für einen kurzen Moment schloss er die Augen. Dann löschte er die Nachricht.

Egernsund, Dänemark

Dunkle Wolken türmten sich am Himmel bedrohlich übereinander, und Nieselregen setzte ein. Rasmus fluchte, als die ersten Tropfen den Weg an der heruntergelassenen Kapuze vorbei in seinen Nacken fanden. Das dänische Wetter war unberechenbar. Der Vormittag hatte sich mit über zwanzig Grad noch sommerlich warm gegeben, mittlerweile war es Nachmittag und die Temperaturen rapide in den Keller gesunken.

Nichts erinnerte mehr an den Jahrhundertsommer vom Vorjahr.

Die Leiche war abtransportiert worden, und Søren war damit beschäftigt, mit ein paar Uniformierten die nahe gelegene Nachbarschaft abzuklappern. Unterdessen hatte Rasmus mit dem Sachverständigen für Brandermittlungen vom NKC Fredericia gesprochen, der gerade wieder in sein Auto gestiegen war. Offenbar war beim Entzünden des Feuers Brandbeschleuniger zum Einsatz gekommen, was einen Zufallstäter in Rasmus' Augen ausschloss. Niemand schleppte so ein Zeug einfach so mit sich in der Gegend herum.

Außer ihm war jetzt nur noch die Spurensicherung vor Ort, die weiter das Gelände durchkämmte. Er trat den Rückweg zu seinem Bulli an.

Hinter der Absperrung hatte sich die Menge der Schaulustigen seit seiner Ankunft am Vormittag nahezu verdoppelt, fast alle hielten ihre Handys gezückt. Zwei Reporter streckten ihm ihre Mikrofone entgegen. Kameras klickten.

Rasmus hob abwehrend die Hand. »Kein Kommentar. Und keine Fotos.«

Ein kleiner dunkelhaariger Junge, der ganz vorn am Flatterband stand, hatte noch immer sein Handy auf ihn gerichtet und verfolgte damit jeden seiner Schritte.

Rasmus seufzte. »Hej, du, mach deine Kamera aus.«

Es klang harscher als beabsichtigt, doch seine Stimmung war auf dem Tiefpunkt. Der Anblick der Leiche machte ihm noch immer zu schaffen, darüber hinaus war er todmüde und sehnte sich nach einer Zigarette. Außerdem hatte er den ganzen Tag noch nichts zwischen die Zähne bekommen. Er trat näher an die

Absperrung heran und erkannte, dass das Kind mit dem Handy ein Mädchen war.

»Jetzt mach schon, was der Mann von der Polizei dir sagt, Rie«, forderte die danebenstehende Frau sie auf und legte gleichzeitig schützend den Arm um die schmalen Kinderschultern. Sie war mittleren Alters und trug eine altmodische Brille, die ihre Augen eulenartig vergrößerte. Ihr blondes Haar war zu einem dicken Zopf geflochten, der Ansatz mit ersten grauen Strähnen durchzogen.

»Aber ich mache keine Fotos«, protestierte das Mädchen. Sie reckte ihr Kinn. »Ich filme.«

Rasmus unterdrückte ein Schmunzeln. Die Kleine wirkte keinen Tag älter als acht. Besaßen die Kinder in diesem Alter heutzutage tatsächlich schon Smartphones?

»Er trägt keine Uniform«, murmelte das Mädchen und ließ ihr Handy sinken, ehe sie hinterherschob: »Vielleicht ist er gar kein Polizist.«

»Doch, er ist ein Polizist.« Rasmus öffnete den Reißverschluss seines Spurensicherungsoveralls, zog seinen Dienstausweis heraus und hielt ihn ihr zur Begutachtung hin. »Und jetzt löschst du bitte die Aufnahmen.« Er schlüpfte unter dem Absperrband hindurch und ging zu seinem VW-Bus.

Obwohl es aufgehört hatte zu regnen, hing die Feuchtigkeit noch immer schwer in der Luft. Bei jedem seiner Schritte schmatzte der schlammige Boden unter den Überziehern seiner Schuhe. Am Bulli angekommen, entledigte er sich seiner Schutzkleidung und beförderte sie in den Laderaum.

»Entschuldige«, ertönte eine Stimme hinter seinem Rücken.

Rasmus drehte sich um und erkannte die Frau, die zuvor neben der kleinen Filmemacherin gestanden hatte. Sie hatte jetzt ein Fahrrad dabei. Auf dem Gepäckträger klemmte eine Holzkiste, die mit Kräutern und Wiesenblumen gefüllt war. Dazwischen blitzten Walderdbeeren hervor.

»Kannst du mir sagen, was passiert ist?«, bat sie.

Er schüttelte den Kopf. »Im Moment erteilen wir noch keine Auskünfte. Später wird es eine Pressekonferenz geben.« Er schloss die Schiebetür und ging um den VW-Bus herum zur Fahrerseite.

»Aber ich bin nicht von der Presse. Ich lebe hier.« Ihr Ton wurde dringlicher. »Ein Mädchen wird vermisst.«

Rasmus ließ den Griff der Fahrertür, der bereits in seiner Hand lag, wieder los und betrachtete die Frau erstmals genauer. Ihr Gesicht wirkte blass, ihr Eulenblick müde und sorgenvoll. »Seit wann?«

»Seit Montagnachmittag.«

»Wie alt ist das Mädchen?«, erkundigte sich Rasmus.

»Sechzehn, beinahe siebzehn.«

»Deine Tochter?«

Sie schüttelte den Kopf. »Ihre Freundin. Elin Akman. Eine deutsche Gastschülerin. Sie wohnt bei den Poulsens. Der Familie gehört die Ziegelei. Bestimmt bist du vorhin daran vorbeigefahren.«

Rasmus nickte. »Weißt du, ob eine Vermisstenanzeige aufgegeben wurde?«

»Nora war bei der Polizei in Sønderborg«, erzählte die Frau.

Rasmus überlegte kurz. Erfahrungsgemäß kehrte der Großteil vermisster Teenager unversehrt nach Hause zurück. Die Jugendlichen verschwanden häufig, wenn sie Ärger mit den Eltern hatten, tauchten jedoch in der Regel schnell wieder auf. Nur wenn ein Kind beim Spielen plötzlich wie vom Erdboden verschluckt war oder nicht in der Schule erschien, lag der Gedanke an ein Gewaltverbrechen nahe. Oder wenn eine Sechzehnjährige verschwand und kurz darauf in der Nähe ihres Wohnorts eine Leiche gefunden wurde, schoss es ihm durch den Kopf. Etwas in seinem Magen zog sich zusammen.

Rasmus schob sein Unbehagen beiseite und zückte sein Notizbuch. »Wie heißt du?«

»Herdis Kjeldsen. Mein Mann ist der Pfarrer im Ort.«

»Darf ich deinen Ausweis sehen?«

Sie nickte, wühlte in ihrer Umhängetasche herum und reichte ihm kurz darauf ihre Ausweiskarte.

Rasmus notierte die Daten und reichte das Dokument zurück.

»Ich habe vorhin einen Leichenwagen wegfahren sehen«, sagte Herdis Kjeldsen jetzt. Furcht schwang in ihrer Stimme. »Wurde am Ufer eine Leiche gefunden? Könnte es Elin sein?« Ihre Augen suchten in seinem Blick nach Antworten.

»Es stimmt, dass eine tote Person aufgefunden wurde«, erwiderte Rasmus. Es machte keinen Sinn, der Frau die Information länger vorzuenthalten, der Leichenfund hatte im Ort vermutlich ohnehin längst die Runde gemacht. Er bemühte sich um einen sachlichen Ton. »Bislang gibt es keinen Hinweis, dass es sich dabei um die Freundin deiner Tochter handeln könnte. Mehr kann ich dazu im Moment nicht sagen. Aber natürlich nehmen wir die Angelegenheit ernst, was ihr

Verschwinden betrifft. Die Kollegen in Sønderborg werden sich mit den Eltern umgehend in Verbindung setzen, sobald sie etwas über den Verbleib des Mädchens erfahren.«

Rasmus öffnete die Autotür und wollte gerade einsteigen, als ihm noch etwas einfiel. Er drehte sich wieder um. »Wenn du von hier bist, weißt du dann vielleicht, wer das Holz für das Sankt-Hans-Feuer aufgeschichtet hat?«

Ein Ruck ging durch Herdis Kjeldsens Körper, gleichzeitig weiteten sich ihre Augen. »Die Leiche wurde im Feuer gefunden?«

Rasmus fluchte innerlich, trotzdem nickte er. »Zurzeit können wir allerdings noch keinerlei Angaben über die Identität des Opfers machen. Ich möchte dich deshalb bitten, von Spekulationen abzusehen, was die vermisste Freundin deiner Tochter betrifft.«

»Ich muss jetzt los.« Herdis Kjeldsen schwang sich auf ihr Fahrrad und fuhr davon.

Rasmus seufzte. Die Nachricht, dass die vermisste Elin Akman im Sankt-Hans-Feuer verbrannt war, würde jetzt in Windeseile die Runde machen. Er konnte nur noch für Schadensbegrenzung sorgen. Er zog sein Handy aus seiner Hosentasche und wählte die Nummer der Polizeidienststelle in Sønderborg. Erst als sein Gespräch angenommen wurde, fiel ihm auf, dass Herdis Kjeldsen seine Frage nicht beantwortet hatte.

Egernsund, Dänemark

Die Ziegelei Poulsen lag am Nordufer von Egernsund, eine beeindruckende Ansammlung langgezogener Gebäude aus ockerfarbenen und roten Ziegelsteinen. Aus dem mittleren ragte der schmale Schornstein in die Höhe, der Rasmus bereits auf der Hinfahrt am Vormittag aufgefallen war. Auf einem Lagerplatz seitlich der Zufahrt standen reihenweise Palettenstapel mit Ziegelsteinen in sämtlichen erdenklichen Farben und Schattierungen. Direkt gegenüber, auf der anderen Straßenseite, befand sich eine Anlegestelle am Ufer.

Kies knirschte unter den Reifen seines Bullis, als Rasmus in die Einfahrt zum Wohnhaus fuhr und neben einem weißen Transporter mit Firmenlogo zum Stehen kam. Einen Moment blieb er unschlüssig hinter dem Lenkrad sitzen. Was sollte er den Leuten sagen? Dass es möglicherweise ihre Gastschülerin war, die man zwischen den Resten eines Sankt-Hans-Feuers gefunden hatte? Und was war mit den Eltern des Mädchens? Verdammt. Er brauchte dringend eine Zigarette. Eigentlich hatte er dem Rauchen seit ein paar Monaten abgeschworen, aber besondere Situationen erforderten besondere Maßnahmen. Er durchwühlte das Handschuhfach nach dem Päckchen Kippen, das er für Notfälle aufbewahrt hatte, fand es und zog es heraus. Erleichtert stellte er fest, dass noch immer drei vorhanden waren. Mit dem Feuerzeug, das ebenfalls in der Packung steckte, zündete er sich eine der verbliebenen Zigaretten an und stieß die Autotür auf. An den Kotflügel gelehnt, nahm er den ersten Zug. Dabei ging er in Gedanken noch einmal die Informationen durch, die ihm der Kollege aus Sønderborg am Telefon mitgeteilt hatte. Elin Akman, sechzehn, Schülerin aus Hamburg. Seit August letzten Jahres lebte sie bei ihrer Gastfamilie in Egernsund und besuchte die Sønderborg Statsskole, wo sie am Montag von Lehrern und Mitschülern zuletzt gesehen worden war. Zum Zeitpunkt ihres Verschwindens trug sie Jeans, ein graues T-Shirt sowie weiße Ledersneaker und war mit einem neongelben Fahrrad unterwegs. Er zog sein Handy aus der Hosentasche und betrachtete das Foto der Vermissten, das ihm der Kollege zugeschickt hatte. Dunkelblonde Haare, ein zartes Gesicht mit blasser Haut, grüne Augen. Auf den ersten Blick wirkte Elin Akman ein wenig unscheinbar, doch bei genauerer Betrachtung ihrer feinen Gesichtszüge erkannte er ihre natürliche Schönheit.

Rasmus steckte das Handy wieder ein und blies einen Rauchkringel in die Luft. Es könnte alles geschehen sein. Oder auch nichts. Möglicherweise versetzte er die Angehörigen völlig unnötig weiter in Aufruhr. Das Mädchen könnte Streit mit den Gasteltern gehabt haben und war einfach eine Weile abgetaucht, bis sich die Wogen wieder glätteten. Vielleicht hatte sie Zuflucht bei einer Freundin gesucht, oder sie war mit ihrem älteren Freund durchgebrannt. Manche Sechzehnjährige taten so etwas, wie er aus seiner Erfahrung als Polizist wusste. Er fragte sich, weshalb die Schülerin als Auslandsaufenthalt ausgerechnet Egernsund gewählt hatte, keine zweihundert Kilometer von Hamburg entfernt. Warum nicht Aarhus oder Kopenhagen? Als er sechzehn war, hatte er von New York geträumt.

Rasmus nahm einen letzten Zug von seiner Zigarette,

schnippte den Stummel auf den Boden und trat ihn dort mit dem Fuß aus.

»Kann ich dir helfen?«

Ein großer, kräftig gebauter Mann in Arbeitskluft kam aus dem gegenüberliegenden Gebäude. Er war um die fünfzig, hatte kurzgeschnittene blonde Locken, ein breites Kreuz und schwielige Hände, die es gewohnt waren zuzupacken. Sein Vollbart und seine buschigen Brauen waren mit grauen Fäden durchzogen. Kluge blaugraue Augen musterten ihn aufmerksam.

Rasmus zückte seinen Dienstausweis. »Rasmus Nyborg. Polizei Esbjerg.«

»Dann kommst du wegen Elin.« Der Blick des Mannes glitt zu dem hellblauen VW-Bus. »Von welcher Abteilung bist du?«

Kein guter Einstieg, dachte Rasmus. »Von der Mordkommission.«

Der Vollbärtige wurde eine Spur blasser um die Nase.

»Und du bist?«, erkundigte sich Rasmus.

»Rune. Rune Poulsen. Mir gehört die Ziegelei.« Er fuhr sich mit einer rastlosen Geste durch die blonden Locken. »Ich würde sagen, wir sprechen lieber drinnen. Bei uns steht seit letzter Nacht alles kopf. Schließlich tragen wir die Verantwortung für das Mädchen.«

Rune Poulsen ging voraus zum Wohnhaus. Roter Ziegelstein, hübsche weiße Sprossenfenster, eine blau gestrichene Eingangstür, die von Buchsbaumkugeln in Weidenkübeln flankiert wurde. Alles wirkte gepflegt und einladend.

Rasmus folgte dem Ziegeleibesitzer ins Haus in eine minimalistisch eingerichtete Küche mit Fronten aus hellem Eichenholz und Stahlarbeitsplatte.

Rune Poulsen wies auf die Stühle am Esstisch. »Setz dich. Ich hole schnell meine Frau, du willst sicher auch mit ihr sprechen.«

Rasmus nickte. Sein Hunger wurde immer stärker, und müde war er auch. Verdammt müde sogar. Er hätte sich vorher am Hafen-Imbiss etwas zur Stärkung holen sollen. Einen Kaffee und einen Hotdog, doch vielleicht würde man ihm hier etwas anbieten. Auf der Arbeitsplatte stand eine glänzende Siebträgermaschine. Die machte mit Sicherheit ganz hervorragenden Kaffee. Mit etwas Glück bekäme er auch ein paar Kekse dazu.

»Hej.« Eine Frau mit kurzen blonden Haaren kam dicht gefolgt von Rune Poulsen in die Küche. Sie hatte ein offenes, freundliches Gesicht, doch ihr Blick wirkte sichtlich angespannt. »Ich bin Elins Gastmutter Nora.« Sie und ihr Mann setzten sich zu Rasmus an den Küchentisch, und seine Hoffnung auf Kaffee und Kekse war dahin. »Ihr habt drüben am Ufer eine Leiche gefunden? An einer der Feuerstellen?«

Es hatte also schon die Runde gemacht, dachte Rasmus und nickte. Er fühlte sich unwohl in seiner Haut.

»Ich will ehrlich sein. Wir wissen derzeit nicht, wer der Leichnam ist. Um Elin auszuschließen, benötigen wir für den Abgleich einen Gegenstand, an dem ihre DNA haftet, wie etwa eine Haar- oder eine Zahnbürste.«

Nora Poulsen nickte, sah dann zu ihrem Mann. Angst spiegelte sich in ihren Gesichtern.

Rasmus räusperte sich. »Wann habt ihr Elin zuletzt gesehen?«

»Montag beim Frühstück, ehe sie und Lars zur Schule

gefahren sind«, antwortete die Gastmutter. »Lars ist unser Sohn. Er und Elin besuchten dieselbe Klasse.«

»Warum habt ihr sie erst heute Nacht als vermisst gemeldet?«

»Elin wollte ursprünglich bei ihrer Freundin Annelie übernachten. Das tat sie häufiger. Die Mädchen lernen zusammen und sehen sich anschließend irgendwelche Serien an. Am Abend wollten die beiden zusammen zum Sankt-Hans-Feuer gehen.«

»Was sie aber nicht taten«, stellte Rasmus fest.

Nora Poulsen nickte. »Annelie erzählte, Elin hätte die Verabredung am Montagnachmittag abgesagt, weil sie sich nicht wohlfühlte. Deshalb ist Annelie auch davon ausgegangen, sie wäre bei uns zu Hause. Wir sind alle völlig aus den Wolken gefallen, als wir begriffen haben, dass niemand Elin seit Montag gesehen hat.« Sie sah ihren Mann an, der bestätigend nickte. »Wir haben die halbe Nacht nach ihr gesucht.«

»Hat sich Elin Montagmorgen irgendwie anders verhalten als sonst? Hatte sie vielleicht Streit mit irgendjemandem?«

Die Gastmutter schüttelte den Kopf. »Elin war wie immer. Wenn sie mit jemandem Streit hatte, hat sie zumindest nichts davon erzählt.«

»Wissen ihre Eltern Bescheid?«

»Natürlich. Ich habe Elins Mutter gestern Nacht angerufen. Sontje ist eine Freundin von mir. Insgeheim hatte ich natürlich gehofft, dass Elin vielleicht dort wäre, aber leider war dies nicht der Fall. Sontje wollte sofort herkommen, aber dann ist sie doch zu Hause geblieben, für den Fall, dass Elin dort auftaucht.« Tränen schossen ihr aus den Augen. »Entschuldige, aber ich bin fix und fertig. Wir haben die Nacht kein Auge zugetan.« Ihr Mann legte ihr seinen Arm um die Schultern, und sie ließ ihren Kopf an seine Brust sinken.

»Ich verstehe, dass ihr aufgewühlt seid«, sagte Rasmus. Er überlegte, dem Ehepaar noch weitere Fragen zu stellen, doch es machte wenig Sinn, solange sie nicht wussten, ob es tatsächlich die deutsche Schülerin war, deren Überreste sie gefunden hatten.

»Glaubst du, dass es Elin ist?«, fragte Nora Poulsen leise. Einen Moment hing die Frage wie eine dunkle Wolke über ihren Köpfen.

Rasmus fühlte sich angesichts seiner Antwort mehr als unwohl in seiner Haut. Vielleicht hätte er an dieser Stelle einfach »Nein« sagen sollen, doch damit würde er diese Menschen nur in falscher Sicherheit wiegen.

»Wir sollten sehen, dass wir Elin möglichst schnell als Opfer ausschließen können«, sagte er ausweichend. »Dafür benötige ich jetzt das Vergleichsmaterial von ihr. Anschließend bleibt uns leider nur abzuwarten, bis die Laborergebnisse vorliegen.« Er schob seinen Stuhl zurück und erhob sich.

Esbjerg, Dänemark

Es war kurz nach einundzwanzig Uhr, als Rasmus im White House die Tür zu seinem Apartment aufschloss. Nachdem er die Poulsens verlassen hatte, war er noch einmal zurück zum Leichenfundort gefahren und hatte Elin Akmans Zahnbürste an Henrik Knudsen übergeben. Der Chef der Spurensicherung hatte ihm versprochen, sie noch am Abend für den DNA-Abgleich ins Labor zu bringen. Im Anschluss war er am Hafen-Imbiss auf Søren Molin getroffen, der an einem Hotdog herumkaute und ihm zwischen zwei Bissen erklärte, dass die Befragungen in der unmittelbaren Nachbarschaft bislang ergebnislos verlaufen waren. Fast alle Befragten hatten den Abend beim Sankt-Hans-Feuer verbracht. Niemand hatte etwas von den Geschehnissen in wenigen hundert Metern Entfernung mitbekommen.

Rasmus hängte seine Jacke an den Garderobenhaken im Flur und ging in den Wohnbereich, der sich nahtlos an die Küche anschloss. Sein Apartment lag in der siebten Etage eines schneeweißen Hochhauses in der Hafenanlage Esbjerg Brygge. Zweiundvierzig durchdesignte Quadratmeter verteilt auf zwei Zimmer mit hohen Decken und bodentiefen Fenstern, die einen atemberaubenden Ausblick über die Nordsee bis zur Insel Fanø boten. Anfangs war das Apartment karg und seelenlos gewesen, doch mittlerweile hatte sich in den Räumen einiges verändert. Das Weiß an den Wänden war einem lichten Grauton gewichen, zudem hatten dezente Kissen und Decken Einzug gehalten. In der Ecke neben der Couch lehnte sein altes Saxofon, auf dem er wieder häufiger spielte.

Er hatte es nicht über sich gebracht, die Bilder aufzuhängen, die früher in ihrer Altbauwohnung in Aarhus hingen und jetzt ein Dasein auf dem Dachboden seiner Eltern fristeten. Zu viele Erinnerungen an ein Leben, das er verloren hatte. Er musste nach vorn schauen und sich neue Erinnerungen schaffen, sonst würde er irgendwann vor die Hunde gehen. Es war Vickies Idee gewesen, die alten Plakate von den Jazz-Festivals, die er besucht hatte, zu rahmen und aufzuhängen. Rasmus fiel ein, dass seine Ex-Freundin ihn auf dem Handy angerufen hatte, als er auf der Rückfahrt von Egernsund nach Esbjerg gewesen war, doch er hatte keine Lust gehabt, mit ihr zu sprechen. Vermutlich wollte sie ohnehin nur wieder wissen, wann er endlich seine restlichen Sachen abholte. Das hätte er schon längst tun sollen.

Rasmus seufzte. Die junge Streifenpolizistin und er waren etwas länger als ein halbes Jahr zusammen gewesen, doch mit Idas Geburt war es kompliziert geworden. Die erste Verliebtheit und die Leichtigkeit ihrer Beziehung waren verschwunden, und seine Pendelei zwischen Esbjerg, Kopenhagen und Flensburg, wo Vickie wohnte, hatte es nicht einfacher gemacht. Immer wieder war es zwischen ihnen zum Streit gekommen, weil sie ihm vorwarf, nicht genügend Zeit für sie zu haben. Zudem würde er sie wegen ihres Jobs als Streifenpolizistin nicht als Partnerin auf Augenhöhe behandeln. Dass es ihm nur darum ging, Beruf und Privatleben zu trennen und er deshalb nicht gern über seine Arbeit bei der Mordkommission sprach, hatte sie bis zuletzt nicht verstanden, sondern störrisch auf ihrem Standpunkt beharrt. Vielleicht lag es auch an den vielen Jahren, die altersmäßig zwischen ihnen lagen. Irgendwann hatte er die Reißleine gezogen und am Ende mehr Erleichterung als Traurigkeit verspürt.

Rasmus beschloss, Vickie am nächsten Tag zurückzurufen und erst einmal duschen zu gehen. Der Brandgeruch schien sich nicht nur in seiner Kleidung, sondern in jeder einzelnen Körperzelle festgesetzt zu haben. Als die warmen Wasserstrahlen auf seinen Nacken prasselten, begann er sich zu entspannen. Dabei glitten seine

Gedanken zu der Leiche im Sankt-Hans-Feuer zurück. Wenn es sich bei dem Opfer tatsächlich um Elin Akman handelte, würden sie die Deutschen mit ins Boot holen müssen, in dem Fall die für die Grenzregion zuständige Leiterin der Flensburger Mordkommission, Kriminalhauptkommissarin Vibeke Boisen. Sofort erschien das Bild einer schmalen Gestalt vor seinem inneren Auge. Spitze Schultern, streng zu einem Zopf gebundene hellbraune Haare, Gletscheraugen in einem blassen Gesicht. Seine deutsche Kollegin war eine erfahrene Ermittlerin, stets korrekt vom Scheitel bis zur Sohle, dazu klug, engagiert und geerdet – und schon aus diesen Gründen zahlreichen Führungskräften überlegen, denen er im Laufe seines Berufslebens begegnet war. Zudem war sie eine Kämpfernatur. Nie würde er vergessen, wie er sie im vergangenen Jahr auf dem Dach eines Wohnhauses hatte stehen sehen: die Waffe in der Hand, Entschlossenheit im Blick, jederzeit bereit, abzudrücken. Eine Kriegerin im Angriffsmodus. Zielgerichtet und nervenstark.

Sie hatten zwischen sich ein unsichtbares Band geknüpft, nachdem jeder den Schmerz des anderen kannte, und sie wussten, dass sie sich aufeinander verlassen konnten. Das hieß nicht, dass ihm ihre Betriebsamkeit nicht nach wie vor auf den Senkel ging. Zudem hatte er nie zuvor einen so pflichtbewussten und regelkonformen Menschen wie Vibeke Boisen getroffen. Seiner Meinung nach sollte sie sich öfter mal locker machen, doch leider tat sie ihm diesen Gefallen nur äußerst selten. Er überlegte, Vibeke anzurufen, um ihr von dem verschwundenen Mädchen und dem Sankt-Hans-Feuer zu erzählen, doch angesichts der späten Uhrzeit hielt er es für keine so gute Idee.

Stattdessen dachte er an die verkohlten Schuhe, die an den Füßen des Opfers gesteckt hatten. Sneakers. Elin Akman hatte am Tag ihres Verschwindens weiße Sneaker aus Leder getragen. Eine Übereinstimmung, die zufällig sein konnte, doch sein Bauchgefühl sagte ihm etwas anderes.

3. Kapitel

Egernsund, Dänemark

Am nächsten Morgen versteckte sich die Sonne hinter dicken Wolken, und am Horizont verschwamm die Linie zwischen Himmel und Wasser zu trübem Grau.

Er war der einzige Schwimmer in der Bucht. Sebastian durchbrach mit einem Kopfsprung die Wasseroberfläche, überwand den kurzen Kälteschock und spürte, wie die Energie durch seinen Körper schoss. Der Sund hatte eine angenehme Kühle. Er schwamm mit kräftigen Zügen aufs Meer hinaus.

Das Wasser war schon seit Kindertagen sein Element. Der Körper fühlte sich leicht und angenehm schwerelos an, und zusammen mit dem Gewicht verschwanden seine Probleme. Im Wasser konnte er loslassen. Auch seine dunklen Gedanken.

Manchmal schwamm er in der Nacht, wenn nur das Rauschen der Wellen die Stille durchbrach und der Mond sein stummer Wächter war. Dann ließ er sich auf dem Rücken treiben und blickte zum Himmel hinauf, während das Wasser über ihn schwappte.

Früher hatte er an Wettkämpfen teilgenommen. Er hatte hochkonzentriert auf dem Startblock gestanden, die Hände vorn an der Kante, die Füße auf der Fußstütze, und auf das Signal gewartet. Mit dem Absprung war das Adrenalin durch seine Blutbahnen geschossen, ehe er mit gestrecktem Körper ins Wasser eingetaucht war, um anschließend so schnell durchs Wasser zu pflügen wie nur irgend möglich. Kachel für Kachel. Meter für Meter. Bahn für Bahn. Doch das gehörte der Vergangenheit an. In Egernsund gab es weder Schwimmbad noch Schwimmverein.

Die Kälte griff nach seinen Beinen, und er bemerkte, dass er sehr weit rausgeschwommen war, also machte er kehrt.

Hinter den Scheiben ihres Architektenhauses brannte Licht. Er hasste diesen formlosen grauen Kasten. In seinen Augen war es kein Vergleich zu seinem früheren Zuhause in Kopenhagen. Dort waren die Straßen voller Menschen, ein Café reihte sich an das nächste, und die Geschäftsleute fuhren mit fliegenden Krawatten auf ihren Fahrrädern zur Arbeit. Hier bestand der Ortskern aus einem Hafenanleger, einem Imbiss und einer Brücke. Es gab keinen Supermarkt, keine Schule, noch nicht einmal eine Tankstelle oder eine Bäckerei. Er konnte nicht verstehen, weshalb man freiwillig nach Egernsund kam, geschweige denn hierherzog.

Seine Eltern sahen das natürlich völlig anders, warum sonst hatten sie ihn hierhin verschleppt. Einen Traum hatten sie es genannt, den sie sich mit dem Kauf des Ufergrundstücks erfüllen wollten. Ein Haus nach den Entwürfen seines Vaters. Herausgekommen war dieser überdimensional große Klotz, der zwischen all den beschaulichen Ziegelsteinbauten wie ein Fremdkörper wirkte. Das mit dem Traum war natürlich gelogen. So wie alles andere auch.

Als er aus dem Wasser stieg, kehrte seine Angst

zurück. Noch immer endeten seine Erinnerungen an der gleichen Stelle. Elins Nachricht. Seine Fassungslosigkeit. Die halbleere Flasche Wodka, die über den Boden rollte. Dann Leere. Es fiel ihm schwer, an etwas anderes zu denken. Dabei machte er sich am Ende vielleicht völlig unnötig Sorgen, und es verhielt sich so, wie er es seinen Eltern und Freunden gegenüber behauptet hatte. Er war früh schlafen gegangen, weil er sich nicht wohlfühlte. Dass er sich nicht wohlgefühlt hatte, weil er stockbesoffen gewesen war, spielte letztlich nur eine zweitrangige Rolle.

Sebastian griff nach dem Handtuch, das er zuvor auf dem Steg platziert hatte, und rubbelte sich den Rücken ab; er spürte jetzt deutlich die Kälte, die in seine Glieder gekrochen war.

Als er sich umdrehte, standen zwei junge Mütter mit Fahrrädern samt Hängern und Kleinkindern darin auf der Straße unterhalb der Häuser und unterhielten sich.

Sebastian legte sich das Handtuch um den Hals und schlüpfte in seine Badelatschen. Fröstelnd eilte er den Steg entlang.

Beim Näherkommen schnappte er ein paar Wortfetzen auf. Leiche im Sankt-Hans-Feuer. Das Gespräch brach ab. Zwei Augenpaare wandten sich ihm zu, unterzogen ihn einer Musterung. Noch immer begegneten ihnen die Menschen im Ort verhalten. Seine Eltern und er waren die Städter, die aus Kopenhagen. Als ginge es dabei um irgendeine ansteckende Krankheit.

»Hej.« Sebastian blieb stehen. »Was ist passiert?«

»Am Nordufer wurde eine Leiche gefunden«, informierte ihn die Brünette im Ringelpullover. »Es könnte das deutsche Mädchen sein, das bei den Poulsens lebt.«

Einen Moment schien die Zeit stillzustehen. Sebastians Hals wurde eng.

»Kennst du sie?« Die Frau beäugte ihn neugierig.

Ohne eine Antwort drehte Sebastian sich um, die Blicke der beiden Mütter im Nacken.

Er eilte über den Asphalt zu ihrem Grundstück und die Treppe zum Haus hinauf. Durch die offene Verandatür betrat er sein Zimmer. Seine sorgsam unterdrückten Gefühle brachen nun mit aller Macht heraus. Er schmiss sich auf sein Bett, krümmte sich wie ein Embryo zusammen und begann hemmungslos zu schluchzen.

Nach einer gefühlten Ewigkeit setzte sich Sebastian wieder auf. Er fühlte sich vollkommen leer. Konnte es tatsächlich Elin sein, die man tot aufgefunden hatte? Ein Bild flammte vor seinem inneren Auge auf. Blut. Da war Blut gewesen. Er schloss die Augen, presste seine Hände gegen die Schläfen, so als könne er damit die fehlenden Erinnerungen hinauskatapultieren, doch nichts passierte. *Du musst dich beruhigen, Sebastian. Du darfst jetzt nicht die Nerven verlieren.*

Er öffnete die Augen, zwang sich, tief durchzuatmen. Sein Blick fiel auf den noch immer am Boden liegenden Kleiderhaufen. Im nächsten Moment ging er davor in die Hocke, wühlte sich durch Shorts, Pullover, Socken und Unterhosen, bis er schließlich das dunkelblaue T-Shirt in den Händen hielt, das er am Montag getragen hatte. Auf dem Stoff zeichneten sich eingetrocknete, dunkelrote Flecken ab. Er zerrte die darunterliegende Jeans hervor. Auch darauf prangten ein paar Spritzer derselben Konsistenz. Er betastete die Stellen mit dem Finger. Sie fühlten sich rau an. Blut. Sebastian stieß das

Kleidungsstück von sich, als hätte er sich daran verbrannt. Er starrte auf seinen rechten Handrücken. Die Verletzungen an den Knöcheln traten deutlich hervor. Was hatte er getan?

Odense, Dänemark

Es war kurz nach zehn, als Rasmus die Eingangstür zum rechtsmedizinischen Institut aufstieß. Auf der E20 kurz hinter Kolding hatte ein LKW-Unfall zu einer Vollsperrung der Autobahn geführt, sodass er an die zwei Stunden im Stau gestanden hatte. Im Laufschritt eilte er über die Treppe ins Untergeschoss. Bei dem Gedanken daran, was ihn gleich erwartete, geriet sein Magen in Aufruhr. Freiliegende Muskeln und Organe, Blut und Sekrete, Eingeweide und Gefäße. Er würde sich nie daran gewöhnen.

Als er den Obduktionssaal betrat, schälte sich der Rechtsmediziner gerade aus seiner Schutzkleidung. Das grelle Neonlicht über dem Sektionstisch war erloschen, die Leiche abtransportiert, der Edelstahl glänzte frisch poliert. Der typische Geruch von Desinfektionsmitteln und Verwesung hing in der Luft und vermischte sich mit dem von verbranntem Menschenfleisch. Ihm wurde augenblicklich übel, und er legte seinen Handrücken unter die Nase.

»Guten Tag, Rasmus.« Adam Larsen musterte ihn aufmerksam hinter seiner randlosen Brille. »Wir haben die Leiche gerade zugemacht. Du bist zu spät.«

Rasmus atmete innerlich auf. Das Schlimmste blieb

ihm zumindest erspart. »Tut mir leid. Ein Unfall auf der Autobahn.«

»Dann hoffen wir mal, dass wir hier nicht noch mehr Kundschaft bekommen.« Dr. Larsen warf seine Haube in den bereitstehenden Behälter, und sein kurzes graues Haar kam zum Vorschein.

Rasmus' Übelkeit ebbte langsam wieder ab. »Was hast du für mich?«

»Das Opfer ist weiblich, noch jung. Schätzungsweise zwischen vierzehn und siebzehn.« Der Blick des Rechtsmediziners verweilte für einen Moment auf dem Obduktionstisch. »An der hinteren Schädeldecke hat die Tote eine Kopfverletzung, die sich auf stumpfe Gewalteinwirkung zurückführen lässt.«

»Jemand hat sie erschlagen?«, hakte Rasmus nach. »Ist das auch die Todesursache?«

Dr. Larsen nickte. »Das Opfer starb an den Folgen eines schweren Schädel-Hirn-Traumas.«

»Das heißt, sie ist nicht lebend verbrannt?«

»Dafür gibt es keinerlei Anzeichen. In dem Fall hätte ich Rußpartikel in der Lunge gefunden.«

Rasmus atmete auf. Seine schlimmste Befürchtung war nicht eingetreten, doch die Erleichterung weilte nur kurz. Die Wahrscheinlichkeit, dass die Tote Elin Akman war, verdichtete sich. Das Mädchen war gerade mal sechzehn, schoss es ihm durch den Kopf. Noch ein Kind. Und nur ein Jahr älter als Anton bei seinem Tod.

»Die Hautaufplatzungen und der Austritt der Eingeweide, hier insbesondere der Darmschlingen, sind post mortem durch die Hitzeeinwirkung entstanden«, fuhr der Rechtsmediziner mit seinen Erklärungen fort. »Ebenso die gebeugte Haltung in Armen und Beinen, die sogenannte Fechterstellung. Sie entsteht, wenn Muskulatur und Sehnen durch Dehydrierung schrumpfen.« Er rückte seine Brille zurecht. »Wir haben ein paar biologische Asservate zur toxikologischen Untersuchung sichergestellt. Eine DNA-Vergleichsprobe wurde bereits gestern entnommen und ins Labor geschickt. Der Todeszeitpunkt lässt sich allerdings nicht mehr bestimmen.«

Das war zu erwarten gewesen. Die typischen Merkmale wie Leichenstarre, Leichenflecke, Körper- und Umgebungstemperatur oder ein Insektenbefall, anhand denen sich der ungefähre Todeszeitpunkt für gewöhnlich ermitteln ließ, waren nicht mehr nachzuweisen.

»Gibt es einen Hinweis auf ein Sexualdelikt?«

Adam Larsen schüttelte den Kopf. »Das heißt aber nicht, dass keins stattgefunden hat. Im Genitalbereich sind die Verbrennungen nur oberflächlicher Struktur, und ich konnte feststellen, dass das Opfer keine Jungfrau mehr war. Ich habe Abstriche genommen. Alles Weitere erfährst du morgen aus meinem Bericht.«

Rasmus nickte. »Wir haben Glück, dass die Leiche nicht vollständig verbrannt ist, damit haben wir zumindest ein paar Anhaltspunkte.«

»Das hat weniger mit Glück zu tun, sondern vielmehr damit, dass ein menschlicher Körper nur bei konstant hohen Temperaturen um die tausend Grad verbrennt«, erklärte ihm der Rechtsmediziner. »Solche Voraussetzungen finden sich nur im Krematorium, niemals in einem provisorischen Scheiterhaufen wie so ein Sankt-Hans-Feuer. Und selbst dann bleiben noch bis zu drei Kilo kalzinierte Knochenstücke vorhanden.«

»Glaubst du, der Täter hat das gewusst?«

Adam Larsen schenkte ihm einen müden Blick.

»Schon gut«, wehrte Rasmus ab. »Das zu klären, ist unsere Aufgabe.«

»Aber ich habe etwas anderes für dich.« Der Rechtsmediziner ging zu einem der Ablagetische an der seitlichen Wand. Als er sich wieder umwandte, hielt er eine Edelstahlschüssel in der Hand. »Das Beste habe ich mir bis zum Schluss aufgehoben. Wir haben es unter Kleidungsfragmenten am Hals des Opfers gefunden.« Er lächelte. »Es war nicht ganz leicht von der Haut abzulösen.«

Rasmus streckte die Hand aus. »Darf ich?«

Adam Larsen reichte ihm die Schüssel.

Auf dem Boden des Gefäßes lag ein schlichtes goldenes Kreuz, daneben vereinzelte Glieder einer dünnen Kette.

»Eine Halskette«, murmelte Rasmus. »Sie ist fast noch vollständig erhalten.«

Der Rechtsmediziner nickte. »Der Schmelzpunkt wurde nicht erreicht. Bei einem Lagerfeuer wird die Kerntemperatur selten heißer als achthundert Grad.«

Rasmus nahm das Schmuckstück genauer in Augenschein.

Flensburg, Deutschland

Die Handschellen klickten. Vibeke nahm ihr Knie von der Schulter des auf dem Boden liegenden dunkelhaarigen Mannes, der zwei Stunden zuvor seinen neunzehnjährigen Mitbewohner während eines Streits mit einem Messer erstochen hatte, und erhob sich. Ihr Mitarbeiter Kriminalkommissar Michael Wagner, ein junger Schlacks mit blondem Backenbart, tat es ihr nach, packte den Tatverdächtigen von hinten an den Oberarmen und half ihm auf die Beine.

»Sie sind vorläufig festgenommen.« Vibeke klärte den Tatverdächtigen über seine Rechte auf.

Der Mann keuchte vor Erschöpfung, starrte sie mit weit aufgerissenen dunklen Augen an. Auf Stirn und Händen klebten Blutspritzer, T-Shirt und Jeans waren über und über mit roten Flecken besudelt.

Ein Streifenwagen kam vor dem ZOB zum Stehen, und zwei Uniformierte stiegen aus.

»Bringen Sie den Mann zum Erkennungsdienst«, instruierte Vibeke die Beamten.

Auf der gegenüberliegenden Straßenseite des Bushahnhofs hatten sich einige Passanten eingefunden, die den Einsatz mit ihren Handys filmten. Anwohner lehnten sich aus den Fenstern der ansässigen Gebäude und glotzten.

Vibeke seufzte. Es war immer das Gleiche mit den Gaffern, sensationslustig bis zum Anschlag, und sobald man Informationen von ihnen wollte: stumm wie die Fische.

Der Streifenwagen mit dem Festgenommenen auf der Rückbank fuhr davon.

Michael trat wieder an ihre Seite. »Wer übernimmt den Papierkram?« Er wischte sich mit dem Handrücken den Schweiß von der Stirn.

»Netter Versuch.« Vibeke lächelte ihren jungen Mitarbeiter an. »Du schreibst den Bericht, und ich informiere den Staatsanwalt, damit der Tatverdächtige so schnell wie möglich dem Haftrichter vorgeführt werden kann.«

»In Ordnung, Chefin.« Er lächelte schwach. »Ganz klare Arbeitsteilung.«

Keine fünf Minuten später traten die beiden Kriminalbeamten durch die grüne Rundbogentür der Polizeidirektion, die ganz in der Nähe in einem fünfstöckigen Gründerzeitbau mitten im Stadtzentrum von Flensburg untergebracht war. Während Michael im dritten Stock in das Zweierbüro abbog, das er sich mit ihrem Stellvertreter Kriminalhauptkommissar Klaus Holtkötter teilte, legte Vibeke einen Zwischenstopp im Waschraum ein, um sich gründlich die Hände zu schrubben. Ehe sie zu ihrem Arbeitsplatz ging, holte sie sich in der Küche noch einen Kaffee.

Ihr Büro lag am Ende des Flurs und war kaum größer als eine Besenkammer. Ein Schreibtisch, zwei Stühle und ein Aktenschrank auf ausgetretenem Teppichboden. Erst im letzten Sommer, nach sechzehn Jahren bei der Hamburger Polizei, war sie zurück in ihre Heimatstadt gezogen und hatte die Leitung der Mordkommission übernommen. Anfangs hatte sie sich mit dem neuen Arbeitsumfeld ein wenig schwergetan, doch mittlerweile hatte sie sich an die Strukturen und die Abläufe der Flensburger Polizeibehörde gewöhnt, bei der alles ein wenig gemächlicher ablief als beim Hamburger LKA.

Die Luft im Büro war stickig und abgestanden. Vibeke öffnete das Fenster. Frischer Wind strömte zusammen mit Straßengeräuschen herein. Über den grünen Baumkronen ragten die Masten der Segelschiffe auf, die in der südlichen Hafenspitze lagen.

Mit ihrem Kaffeebecher in der Hand setzte sie sich hinter ihren Schreibtisch. Sie hatte gerade nach dem

Telefon gegriffen, um den zuständigen Staatsanwalt anzurufen, als es an der Tür klopfte. Gleich darauf betrat ihr Vater Werner Boisen, Flensburgs stellvertretender Polizeichef, mit zwei Fischbrötchen von *Bens Fischhütte* in der Hand ihr Büro.

Vibeke ließ den Telefonhörer sinken. »Ist es schon so spät?« Sie warf einen Blick auf ihre Armbanduhr. Tatsächlich. Halb eins.

Unaufgefordert setzte sich ihr Vater auf den Besucherstuhl, reichte ihr das mit Backfisch belegte Brötchen über die Tischplatte hinweg und biss genüsslich in seinen Bismarckhering. Er hatte sich von seinem Schlaganfall im letzten Jahr nahezu vollständig erholt. Bis auf eine leichte motorische Einschränkung, die sich durch geringfügiges Nachziehen seines linken Beines äußerte, war nichts zurückgeblieben. Vor gut vier Monaten hatte er zudem sein Ziel erreicht und saß wieder in seiner offiziellen Funktion als Leiter des Führungsstabs hinter seinem Schreibtisch in der Polizeibehörde. Seitdem trafen sie sich mindestens zweimal die Woche zu einem konspirativen Mittagsessen.

»Ich habe gehört, ihr hattet einen Einsatz?«, fragte Werner zwischen zwei Bissen.

Vibeke legte ihr Brötchen auf der Serviette ab und erzählte ihrem Vater von dem Vorfall in der Wohngemeinschaft. Sie war gerade an dem Punkt angelangt, wie sie den Täter am ZOB geschnappt hatten, als ihr Handy klingelte. Das Display zeigte die Nummer von Rasmus Nyborg an. »Tut mir leid, da muss ich rangehen.«

Werner nickte, und sie nahm das Gespräch an.

»Hej, Vibeke«, begrüßte sie der Däne. Er kam direkt zur Sache. »Ich trommle gerade die Sondereinheit zusammen. Kannst du dich in Flensburg loseisen? Wir haben einen Fall.«

Vierzig Minuten später fuhr Vibeke in ihrem Dienstwagen über die Landesgrenze. Die Nachricht von dem Leichenfund im dänischen Egernsund war bereits am Morgen bis zu ihr nach Flensburg vorgedrungen. Jetzt war die Information hinzugekommen, dass es sich bei dem Opfer laut vorliegendem DNA-Abgleich um eine deutsche Gastschülerin handelte.

Das bedeutete einen neuen Einsatz für ihre sechsköpfige deutsch-dänische Sondereinheit, die sich in der Vergangenheit bereits mehrfach bewährt hatte.

Im letzten Jahr waren Überlegungen dazu angestellt worden, eine dauerhafte Abteilung für das Team im GZ Padborg einzurichten, dem Gemeinsamen Zentrum für deutsch-dänische Polizei und Zollzusammenarbeit, doch dieses Vorhaben war mittlerweile ad acta gelegt. Die Kosten waren zu hoch, das Budget zu knapp und die Falldichte zu gering. Doch zumindest hatten sich die Entscheidungsträger darauf geeinigt, die bisherige Teamzusammensetzung bei künftigen Fällen beizubehalten. Darüber hinaus hatte Vibeke in ihrer Funktion als Sonderermittlerin erweiterte Befugnisse erhalten, die es ihr erlaubten, über die Landesgrenzen Schleswig-Holsteins hinaus in ganz Deutschland zu ermitteln, ohne die jeweiligen Behörden verpflichtend hinzuziehen zu müssen. Das ersparte ihr nicht nur etlichen Papierkram, sondern auch die Kompetenzrangeleien mit anderen Bundesländern. In Dänemark behielt sie allerdings weiterhin ihren Beraterstatus und durfte nur im Beisein von dänischen Kollegen tätig werden.

Vibeke hatte mit Rasmus vereinbart, sich mit ihm

gegen vierzehn Uhr an der Raststätte Ellund West an der A7 zu treffen, um gemeinsam nach Hamburg zu den Eltern des Opfers zu fahren. Erst wenn die Todesnachricht überbracht worden war, würden erste Informationen zur Identität der Toten an die Presse rausgehen. Zuvor wollte sie sich jedoch ein persönliches Bild vom Leichenfundort machen.

Vibeke verließ die 401 an der Ausfahrt Egernsund. Kurz darauf lenkte sie ihren Dienstwagen am Nordufer die unbefestigte Straße entlang. Hinter einer Baumreihe entdeckte sie die Reste von rot-weißem Absperrband. Hier musste es sein. Sie stellte den Wagen seitlich der Grünfläche ab und stieg aus. Es nieselte leicht, und sie setzte die Kapuze ihrer Regenjacke auf.

Ein breiter Streifen niedergedrücktes Gras verriet ihr die Stelle, an der die Polizei den Trampelpfad angelegt hatte. Der Geruch von feuchter Erde lag in der Luft, darunter mischte sich eine leicht holzige Note. Verkohltes Brandgut. Unter ihren Schuhen knackten Zweige.

Die Überreste des Feuers waren mittlerweile größtenteils weggeräumt worden. Zurückgeblieben war ein kreisrunder Fleck verbrannter Erde. Nichts deutete darauf hin, dass an dieser Stelle einen Tag zuvor noch der Leichnam eines Mädchens gelegen hatte. Trotzdem spürte sie leichte Beklemmung. Sie zog ihr Handy aus der Jackentasche und machte ein paar Fotos.

Vibeke ging vor bis zur Uferkante. Irritiert sah sie, dass im Wasser haufenweise Ziegelsteine lagen, größtenteils zerbrochen, in unterschiedlichsten Farben und Formen. Einige trugen eingestanzte Namen oder Zeichen.

Die Dänen waren schon ein komisches Volk, dachte

sie. Schmissen ihre Ziegelsteine einfach so ins Wasser. Sie beschloss, Rasmus später danach zu fragen, was es damit auf sich hatte. Nach einem Blick auf die Uhr stellte sie fest, dass ihr immer noch eine Stunde Zeit blieb, ehe sie am Treffpunkt sein musste, da konnte sie sich noch etwas umsehen. Sie ging zurück zur Straße und folgte ihr in Richtung Wald. Die Bäume standen jetzt zu beiden Seiten dichter. Nach einer Weile sah sie am Ufer eine gerodete Fläche, auf der ein paar Holzbänke um eine kleine Feuerstelle herumstanden. Ein kleines grünes Schild wies darauf hin, dass es sich um einen Zeltplatz handelte.

Ein Stück weiter hinter der nächsten Baumreihe bot sich ihr ein ähnliches Bild. Holzbänke und eine Feuerstelle. Keine Camper. Hier würde sie keine neuen Erkenntnisse gewinnen. Sie machte kehrt.

Schon von Weitem bemerkte sie eine Frau im dunkelblauen Parka, die mit heruntergelassener Kapuze am Wiesenrand im Regen stand. Beim Näherkommen sah Vibeke, dass die Frau auf die Feuerreste am Ufer starrte.

»Hallo«, sagte sie freundlich. »Kann ich Ihnen vielleicht helfen?«

Die Frau wandte ihr das Gesicht zu. Ihre Augen waren rot und geschwollen, ihr blondes Haar zu einem unordentlichen Dutt am Hinterkopf gebunden. »Ich suche meine Tochter.«

»Wie heißt Ihre Tochter?«, fragte Vibeke, obwohl sie die Antwort bereits ahnte.

»Elin.«

»Dann sind Sie Sontje Akman?«

Die Frau nickte und sah sie fragend an.

»Vibeke Boisen von der Flensburger Polizei«, stellte

sie sich vor. »Mein dänischer Kollege und ich wollten gleich zu Ihnen nach Hamburg fahren.«

Sontje Akmans Augen weiteten sich. »Sie haben Elin gefunden?« Freude und Panik mischten sich gleichzeitig in ihre Stimme. »Wo ist sie?«

»Wollen wir uns vielleicht in mein Auto setzen? Es steht gleich da vorne.« Vibeke zeigte auf ihren Dienstwagen. »Dort können wir in Ruhe reden.«

Elins Mutter schüttelte den Kopf. »Sagen Sie mir erst, was mit meiner Tochter ist.«

Was für eine beschissene Situation, dachte Vibeke. Ausgerechnet hier an der Feuerstelle. Es war der vollkommen falsche Ort. Doch sie hatte gelernt, dass man eine Todesnachricht am besten direkt überbrachte. Ohne lange Einleitungen oder irgendwelches Vorgeplänkel, sonst machten die Angehörigen zu und nahmen die eigentliche Nachricht nicht mehr auf.

»Es tut mir sehr leid, aber Ihre Tochter ist tot.«

Sontje Akman fuhr sich mit der Hand zum Mund, so als wolle sie damit den Schrei ersticken, der aber ausblieb. Ihr Blick ging zu dem ausgebrannten Fleck Erde. »Ist sie in dem Feuer gestorben?«

Vibeke schüttelte den Kopf. »Nein. Ihre Tochter war bereits tot.«

Sontje Akman sah sie an. In ihren Augen spiegelten sich Fassungslosigkeit und Entsetzen. »Wie ist Elin gestorben?«

»Jemand hat sie erschlagen.«

Stille.

Der Regen wurde stärker, lief Sontje Akman ungehindert übers Gesicht, doch sie schien es nicht zu bemerken.

»Wollen wir uns jetzt vielleicht doch ins Auto setzen?«, fragte Vibeke sanft.

Sontje Akman reagierte nicht. Sie wollte die Frage wiederholen, als die Frau langsam nickte und sich von ihr zum Dienstwagen führen ließ.

Vibeke öffnete die Beifahrertür. »Steigen Sie schon einmal ein. Ich informiere kurz meinen Kollegen.«

Sie zog ihr Handy aus der Jackentasche und wählte Rasmus Nummer. Nur die Mailbox. Während sie ihm eine Nachricht hinterließ, sah sie, wie Sontje Akman regungslos durch die Windschutzscheibe starrte.

Die Frau steht unter Schock, dachte Vibeke und blickte die Straße entlang. Wie ist sie hierhergekommen? Weit und breit war kein anderes Auto in Sicht.

Vibeke stieg in den Dienstwagen. »Waren Sie vorher bei den Poulsens?«

Sontje Akman nickte. »Nora ist meine Freundin. Wir kennen uns seit dreißig Jahren.«

»Dann fahren wir jetzt dorthin«, entschied Vibeke. Sie startete den Motor.

Als sie kurz darauf die asphaltierte Straße erreichten, konnte man bereits den hohen Schornstein der Ziegelei erkennen.

Es war kaum mehr als ein Flüstern, trotzdem hörte Vibeke die Worte vom Nebensitz klar und deutlich: »Nora hat mir versprochen, auf Elin aufzupassen.«

Egernsund, Dänemark

Vibeke Boisen stand vor dem Haus der Poulsens und telefonierte, als Rasmus in die Kieseinfahrt bog. Er parkte seinen VW-Bus, stieg aus und hob zur Begrüßung die Hand. »Hej!«

Seine Kollegin beendete ihr Telefonat. »Hallo, Rasmus. Schön, dich zu sehen.« Ein flüchtiges Lächeln streifte ihre Lippen. »Ein Arzt war hier und hat Frau Akman etwas zur Beruhigung gegeben. Sie schläft jetzt.«

»Das ist eine furchtbare Geschichte.« Rasmus strich sich über sein unrasiertes Kinn. »Die Eltern des Mädchens können einem leidtun. Was ist mit dem Vater?«

»Das kann ich dir leider nicht sagen«, erwiderte Vibeke. »Frau Akman war vorhin nicht dazu in der Lage, Fragen zu beantworten. Am besten wir sprechen mit Nora Poulsen. Die beiden sind seit Jahren befreundet. Vermutlich wird sie mehr wissen.«

Ehe sie auf die Eingangstür zusteuerte, streifte ihn ein Blick ihrer hellen Augen. Wie so häufig erinnerte ihn die Farbe an einen Gletscher. Ihm fiel auf, dass die dunklen Schatten darunter nahezu vollständig verschwunden waren. Rasmus hätte gerne noch ein paar private Worte mit Vibeke gewechselt, doch dafür war weder der richtige Zeitpunkt noch der richtige Ort. Er folgte ihr ins Haus.

In der Küche befüllte Nora Poulsen gerade zwei Becher mit dampfendem Kaffee. Die Augen der Gastmutter waren stark gerötet.

»Es ist also doch Elin«, begrüßte sie Rasmus vorwurfsvoll.

Es lag ihm auf der Zunge zu sagen, dass er nie etwas

anderes behauptet hatte, doch natürlich ließ er es bleiben. Die Leute hatten es bereits schwer genug.

»Mein Beileid«, erwiderte er stattdessen.

Nora Poulsen reichte ihm einen Kaffeebecher, den anderen gab sie Vibeke. Zu dritt setzten sie sich an den Küchentisch.

»Wie ist Elin gestorben?«, fragte Nora Poulsen leise.

Rasmus räusperte sich. »Jemand hat sie erschlagen und ihre Leiche anschließend verbrannt.«

Im Raum wurde es schlagartig so still, dass nur das Ticken der Wanduhr zu hören war.

»Können wir deinen Mann dazuholen?«, fragte Rasmus schließlich.

»Rune hat einen Termin in Aarhus«, erwiderte Nora Poulsen mit belegter Stimme. »Ich kann ihn anrufen und ihm Bescheid geben, aber es wird eine Weile dauern, ehe er hier ist.«

»Wir sprechen später mit ihm.« Vibeke zückte ihr Notizbuch. »Erst müssen wir die nächsten Angehörigen informieren. Wo können wir Elins Vater erreichen?«

»In Hamburg. Ich glaube, ich habe irgendwo seine Adresse und seine Telefonnummer.« Nora Poulsen stand auf und wühlte in einer der Küchenschubladen herum, ehe sie schließlich einen Zettel herauszog, den sie an Vibeke weiterreichte. »Sontje und Faruk sind seit Langem geschieden. Er hat wieder geheiratet und eine neue Familie gegründet.«

»Faruk?«, fragte Rasmus. »Was ist er für ein Landsmann?« Er griff nach seinem Kaffeebecher. Der Kaffee war stark und heiß.

»Seine Familie stammt aus der Türkei«, erwiderte Elins Gastmutter. »Faruk ist zwar in Deutschland auf die Welt gekommen, hat aber, soweit ich weiß, wie seine Eltern die türkische Staatsbürgerschaft angenommen.«

»Und Elin?«

Nora Poulsen runzelte die Stirn. »Sie wurde in Deutschland geboren und besitzt einen deutschen Pass. Sie ist Deutsche.«

Trotzdem hatte das Mädchen einen Migrationshintergrund, dachte Rasmus, und er fragte sich, ob diese Tatsache bei dem Mord eine Rolle spielte. Fremdenhass gab es überall. Oftmals reichte ein exotischer Vorname oder südländisches Aussehen, um als Ausländer zu gelten. Das war in Dänemark nicht anders als in Deutschland. Auch wenn er selbst solche Vorurteile hasste.

»Hat Elin irgendwelche Drohungen erhalten?«, erkundigte er sich. »Wurde sie vielleicht diskriminiert?«

Nora Poulsen sah ihn verständnislos an. »Du meinst, weil ihr Vater Türke ist? Ich glaube kaum, dass das für irgendjemanden hier eine Rolle spielt, und soweit ich weiß, wurde Elin auch nicht diskriminiert oder gemobbt.« Sie klang verärgert. »Zumindest hat sie nie etwas in dieser Richtung gesagt.«

»Wann haben Sie Elin zuletzt gesehen?«, lenkte Vibeke das Gespräch in eine andere Richtung. Ihm fiel auf, dass sie Nora Poulsen siezte. Offenbar hatte sie sich noch immer nicht daran gewöhnt, dass in Dänemark jeder bis auf die Mitglieder der Königsfamilie geduzt wurde.

»Montagmorgen beim Frühstück.«

»Wie ist sie denn zur Schule gekommen?«

»Sie fuhr meistens mit dem Bus, nur wenn sie ihn verpasst hatte, nahm sie das Fahrrad.«

»Und an dem Morgen?«

»Da hat Elin das Fahrrad genommen.«

»Ist sie zum Mittagessen nach Hause gekommen?«, hakte Vibeke nach.

»Ich weiß es nicht«, sagte Nora Poulsen leise. »Ich war im Büro, und mein Mann hatte in der Ziegelei zu tun. Deshalb hatte ich den Kindern Geld mitgegeben, damit sie sich unterwegs etwas zum Essen kaufen. Lars war mit ein paar Klassenkameraden beim Imbiss in Sønderborg, allerdings ohne Elin.«

»Mit wem war Elin befreundet?«, erkundigte sich Rasmus.

Nora Poulsen drehte an ihrem Ehering. »Mit Annelie Kjeldsen, Magne Boutrup und Sebastian Ravn. Sie wohnen alle in Egernsund. Und natürlich Lars, mein Sohn, er gehört ebenfalls dazu. Es gibt auch noch ein paar Mädchen aus ihrer Klasse, mit denen sich Elin gut verstand.«

»Was glaubst du, was passiert ist?«, fragte Rasmus. »Wer könnte einen Grund gehabt haben, Elin zu töten?«

»Ich weiß es nicht.« Tränen standen jetzt in Nora Poulsens Augen. »Jeder hier mochte Elin.« Sie schüttelte in Gedanken versunken den Kopf. »Der Mörder muss von außerhalb kommen.«

Rasmus tauschte einen Blick mit Vibeke. Sie hatten dieses Phänomen bei ihren Ermittlungen schon häufiger beobachtet. Niemand konnte sich vorstellen, dass es in seinem Umfeld jemanden gab, der dazu fähig war, einen Menschen zu töten. Dabei kamen über neunzig Prozent der Täter aus der unmittelbaren Umgebung des Opfers. Ein Umstand, den die Ermittler stets im Hinterkopf behielten.

»Ist dir in letzter Zeit etwas an Elin aufgefallen? Hat sie etwas Ungewöhnliches erwähnt? Oder getan?«

»Nein. Sie war wie immer.«

»Leider muss ich das fragen«, sagte Rasmus. »Wo warst du in der Zeit von Montagnachmittag bis Dienstagabend?«

Nora Poulsen sah ihn irritiert an. »Montag war ich bis achtzehn Uhr im Büro. Anschließend habe ich mit den Kindern zu Abend gegessen und mich um den Haushalt gekümmert. Ehe ich ins Bett gegangen bin, habe ich mir auf TV 2 noch eine Krimireihe angesehen. *Brokenwood*. Dienstag war ich nur bis mittags im Büro, da ich zu Hause noch ein paar Salate für das Sankt-Hans-Fest vorbereiten musste.«

»Und dein Mann?«, erkundigte sich Rasmus, während seine Kollegin eifrig mitschrieb.

»Rune hatte Montagabend einen Kundentermin. Er ist etwa gegen elf nach Hause gekommen. Ansonsten war er wie immer in der Ziegelei.«

Vibeke hob den Kopf von ihrem Notizbuch. »Weiß eigentlich Elins Vater Bescheid?«

Nora Poulsen fuhr sich mit einer müden Geste übers Gesicht.

»Ich habe ihn zumindest nicht informiert. Und Sontje stand völlig unter Schock. Bisher weiß Faruk vermutlich nur, dass Elin verschwunden ist. Das Verhältnis zwischen den beiden war im letzten Jahr sehr angespannt.«

»Gibt es dafür einen bestimmten Grund?«, hakte Vibeke nach.

Die Gastmutter presste für einen Moment die Lippen zusammen, schien sich bei der Frage sichtbar unwohl zu fühlen. »Es wäre mir lieber, ihr würdet Sontje direkt danach fragen.«

»Warum war Elin eigentlich ausgerechnet in Egernsund?«, übernahm Rasmus wieder das Ruder. »Ich meine, weshalb macht man ein Auslandsjahr, wenn man dann gerade mal zweihundert Kilometer von zu Hause entfernt ist?«

»Das haben ihre Eltern entschieden«, erwiderte Nora Poulsen. »Faruk wollte Elin zuerst zu seiner Familie in die Türkei schicken, doch Sontje war damit nicht einverstanden. Sie hatte Angst, an Einfluss auf Elin zu verlieren.« Sie starrte auf einen imaginären Punkt auf der Tischplatte. »Dänemark war der Kompromiss. Natürlich waren wir sofort bereit, Elin aufzunehmen, als Sontje mich darum bat.«

Vibeke ließ ihren Stift sinken. »Das klingt fast so, als hätte Elin aus Hamburg weggemusst.«

Nora Poulsen zögerte mit ihrer Antwort, doch schließlich nickte sie. »So war es auch. Es gab da einen Vorfall. Ein Mitschüler hatte Nacktbilder von Elin mit seinen Freunden per WhatsApp geteilt und sie anschließend ins Netz gestellt. Die Fotos waren gefälscht, aber leider interessierte das niemanden. Sie verbreiteten sich wie ein Lauffeuer. Elin war daraufhin zahlreichen Mobbingattacken ihrer Mitschüler ausgesetzt.« Mitleid spiegelte sich in ihrem Gesicht. »Die Situation wurde für das arme Mädchen schier unerträglich. Irgendwann weigerte sie sich, in die Schule zu gehen, und hat auch die Wohnung nicht mehr verlassen. Deshalb hielten ihre Eltern einen Ortswechsel für ratsam, bis Gras über die Sache gewachsen sein würde. Natürlich wollten sie, dass ihre Tochter bei vertrauten Menschen ist.«

Rasmus kratzte sich nachdenklich im Nacken. »Und

bei ihrer Familie in der Türkei wäre dies nicht der Fall gewesen?«

Ein angespannter Zug erschien um den Mund der Gastmutter. »Nein. Elin war zuletzt als Baby dort. Ihre Großeltern kommen zwar jedes Jahr zu Besuch, aber das Verhältnis war nicht besonders eng. Wir hingegen sahen Elin regelmäßig. Sie war häufig in den Ferien hier, wenn Sontje arbeiten musste.«

Rasmus dachte daran, was er in der Rechtsmedizin erfahren hatte. Dass die Tote keine Jungfrau mehr gewesen war.

»Hatte Elin einen Freund?«

»Nicht, dass ich wüsste. Sie war zurückhaltend, was den Umgang mit Jungen betraf.«

Rasmus speicherte die Information im Hinterkopf ab, zog sein Handy aus der Jackentasche und zeigte Nora Poulsen das Foto von dem goldenen Kreuz, das er in der Rechtsmedizin gemacht hatte. »Elin hat eine Kette mit diesem Anhänger getragen. Weißt du, woher sie die hat?«

»Nein. Ich habe das Kreuz noch nie an Elin gesehen.«

»Wurde das Mädchen christlich erzogen?«, erkundigte sich Vibeke. »Ich nehme doch an, dass ihr Vater Muslim ist.«

Die Gastmutter nickte. »Faruk und Sontje hatten Elin die Entscheidung überlassen, welcher Religion sie angehören wollte.« Sie betrachtete erneut das Handyfoto. »Ich wusste allerdings nicht, dass sie die bereits getroffen hatte.«

Rasmus steckte sein Handy wieder ein. »Hat Elin eigentlich Geschwister?«

»Ihren Bruder Timur, er ist bereits zwanzig, und

außerdem drei Halbgeschwister. Sie leben alle beim Vater.«

»Wir benötigen eine Auflistung von allen Freunden und Bekannten, die mit Elin Kontakt hatten.« Rasmus legte seine Visitenkarte auf den Tisch. »Dürfen wir jetzt Elins Zimmer sehen?«

Nora Poulsen nickte. »Es ist im ersten Stock.«

Sie erhoben sich.

Zwanzig Minuten später standen Rasmus und Vibeke wieder vor dem Haus. Im Zimmer des Opfers hatten sich neben der Kleidung nur wenige persönliche Dinge befunden. Etwas Modeschmuck, eine überschaubare Menge an Schminkutensilien, ein paar Postkarten und Fotos von Familie und Freunden, dazu unzähliger Schulkram und etwa drei Dutzend Bücher. Laptop, Handy oder andere digitale Geräte waren nicht im Zimmer gewesen, ebenso wenig gab es einen Hinweis darauf, dass es sich bei dem Raum um einen Tatort handeln könnte. Nora Poulsen hatte sofort zugestimmt, als Rasmus darum bat, dass sich ein paar Kollegen im Haus umsehen dürften. Das ersparte ihnen Zeit und einen richterlichen Beschluss.

»Wir werden beobachtet.« Vibeke deutete mit einer leichten Kopfbewegung zu dem gegenüberliegenden Gebäude, wo gerade eine kleine Gestalt um die Hausecke herumlugte.

»Ich kenne das Mädchen.« Rasmus hob die Hand. »Hej, Rie.«

Doch die Kleine war bereits wieder verschwunden. Gehörte sie zur Familie, oder strich sie einfach nur überall in der Gegend herum?

»Lass uns jetzt nach Hamburg fahren«, unterbrach Vibeke seine Gedanken.

Rasmus nickte. Er fragte sich, ob die Kleine die Aufnahmen vom Leichenfundort nach seiner Aufforderung gelöscht hatte. Irgendwie glaubte er nicht daran. Unwillkürlich musste er schmunzeln.

Hamburg, Deutschland

Die Hafenkräne reckten ihre Ausleger wie stählerne Arme in den wolkenbedeckten Himmel. Auf über vierhunderttausend Quadratmetern erstreckte sich das Werftgelände mit seinen Docks, Schiffsbauhallen und Fertigungsanlagen. Haushohe Wände aus Stahl, fahrbare Brücken und Kräne, Gerüste und Männer mit gelben Helmen. Rund um die Uhr wurde hier gearbeitet, gewerkelt und geschweißt.

Vibeke verließ zusammen mit Rasmus das alte Verwaltungsgebäude aus rotem Backstein. Wind fegte in heftigen Böen über die Elbe und zerzauste ihr augenblicklich die Haare. Sie setzte ihren Besucherhelm auf. Von Faruk Akmans zweiter Ehefrau Esma hatten sie erfahren, dass ihr Mann an diesem Tag Spätschicht hatte.

»Hier entlang.« Die Verwaltungsmitarbeiterin, die sich ihnen als Frau Kirsch vorgestellt hatte, war bereits im Stechschritt vorausgeeilt. Jetzt führte sie die beiden Kriminalbeamten an einem weißen Ozeanriesen auf dem Trockendock vorbei.

Am Ende der Zufahrtsstraße schäumte die Elbe dunkel und wuchtig im Hafenbecken, dahinter erstreckten sich die St.-Pauli-Landungsbrücken. Vibeke hatte genau vor Augen, wie sich dort die Touristenmassen vor den Souvenirshops entlangschoben, während alle paar Meter die Barkassenschreier versuchten, Kundschaft für die nächste Hafenrundfahrt an Bord zu locken und im Hintergrund ein Akkordeonspieler alte Seemannslieder sang. Dazu hing der Geruch von Astra und Fischbrötchen in der Luft.

Vibeke ging auf, wie sehr sie Hamburg vermisst hatte. Trotzdem wäre es ihr lieber gewesen, Faruk Akman nicht an seinem Arbeitsplatz über den Tod seiner Tochter informieren zu müssen.

»Dort ist unser Servicecenter.« Die Verwaltungsmitarbeiterin wies auf einen dreistöckigen Flachdachbau. »Und hier geht es zu den Werkstattanlagen.«

Mehrere langgezogene Gebäude lagen vor ihnen. An einem davon blieb Frau Kirsch stehen und hielt ihnen eine Stahltür auf. Vibeke folgte Rasmus in eine zweigeschossige Halle. Rote Brückenkräne unter Stahlblechdach, dazu diverse Schwenkkräne, Handbrenntische und Schneidmaschinen, an denen Arbeiter hantierten. Überall dröhnten Hammerschläge und zischten Schweißgeräte.

»Folgen Sie mir.« Die Verwaltungsmitarbeiterin führte die Kriminalbeamten durch eine weitere Halle, in der zahlreiche schwere Maschinen mit Walzen, Fräsen und Sägen untergebracht waren, zu einem kleineren Werkstattbereich.

Auch hier gab es Brückenkräne, jedoch mit deutlich weniger Hubhöhe, reihenweise Regale vollgepackt mit Elektronikteilen, Kabeln und Drähten, dazu Werkzeugbänke und Spinde aus grünem Metall. Männer schraubten an Bauteilen herum, aus einem kleinen Transistorradio plärrte Popmusik.

»Das ist unsere Elektrowerkstatt.« Die Verwaltungsmitarbeiterin blieb an einem der Arbeitsplätze stehen, an dem ein kräftiger, dunkelhaariger Mann mit einem Prüfgerät an einem Elektronikbauteil herumhantierte. »Und das ist Herr Akman.«

Faruk Akman hob den Kopf. Sein Vollbart war mit grauen Fäden durchzogen und verdeckte einen Großteil seines Gesichts. Die Augen unter buschigen Brauen lagen in dunklen Höhlen. »Hallo, Frau Kirsch.« An seinem Blaumann baumelte ein Rollerclip mit seinem Firmenausweis.

»Diese beiden Herrschaften sind von der Polizei und würden sich gerne mit Ihnen unterhalten.«

Faruk Akman legte die Messspitze des Prüfgeräts beiseite. An den Nebentischen drehten sich Köpfe zu ihnen herum.

Vibeke stellte sich und ihren Kollegen vor. »Können wir vielleicht irgendwo ungestört reden?«

»Sie können in den Pausenraum gehen«, schlug Frau Kirsch vor.

Der Türke nickte. Er zog einen alten Lappen aus der Hosentasche seines Blaumanns, säuberte sich damit so gut es ging die Hände und legte ihn anschließend auf der Werkbank ab. Ihm war nicht anzusehen, was er dachte. Schweigend steuerte er auf eine Tür am Ende der Halle zu, ohne auf die Blicke seiner Kollegen zu achten, die ihnen folgten.

Vibeke spürte ein mulmiges Gefühl in der Magengegend. Die Überbringung einer Todesnachricht gehörte nach wie vor zu den schwierigsten Dingen ihres Jobs.

Die Reaktionen der Angehörigen waren unterschiedlich. Manche schrien oder weinten, andere verstummten oder taten, als sei nichts geschehen, bis dann irgendwann der völlige Zusammenbruch kam. Das eigene Kind zu verlieren, war vermutlich das Schlimmste, was Eltern passieren konnte. Sie warf Rasmus einen Seitenblick zu. Ihr Kollege wirkte angespannt, seine Kiefermuskeln malmten. Keine Wunder, dachte Vibeke. Auch er hatte sein Kind verloren.

Die Wände im Pausenraum waren in einem fröhlichen Gelbton gestrichen, die Tische in Viererreihen aneinandergestellt. Bis auf einen einzelnen Mann im Blaumann, der sich gerade aus einer der großen Thermoskannen auf dem Rollwagen einen Becher Kaffee einschenkte, war niemand anwesend. Der Arbeiter nickte Faruk Akman und Frau Kirsch, die an der Tür stehen geblieben war, beim Hinausgehen freundlich zu.

»Wenn Sie jetzt alleine zurechtkommen, dann verabschiede ich mich«, sagte die Verwaltungsmitarbeiterin.

»Vielen Dank für Ihre Hilfe.« Vibeke wartete, bis die Frau verschwunden war, und wandte sich dann Faruk Akman zu. »Setzen wir uns.«

Schweigend nahmen sie an einem der Tische Platz.

»Geht es um Elin?« Die Stimme des Türken klang belegt.

Vibeke nickte. »Man hat Ihre Tochter tot aufgefunden.«

Faruk Akman starrte sie sekundenlang verständnislos an, dann lehnte er sich zurück und schlug die Hände vors Gesicht. Schließlich blickte er wieder auf. Sein Blick wirkte gebrochen. »Was ist passiert?«

Vibeke fühlte sich angesichts ihrer nächsten Worte unwohl in ihrer Haut, dennoch durfte sie die Wahrheit nicht beschönigen. »Jemand hat Elin erschlagen und anschließend ihren Leichnam verbrannt. Sie wurde heute Morgen anhand ihrer DNA identifiziert.«

Ein Geräusch, das mehr wie ein Stöhnen als ein Schluchzen klang, drang aus der Kehle des Mannes, dabei zuckten seine Schultern, und Vibeke befürchtete bereits, Elins Vater würde vor ihnen auf seinem Stuhl zusammenbrechen, doch im nächsten Moment hatte er sich wieder im Griff.

»Kann ich Ihnen ein Glas Wasser bringen, oder soll ich jemanden verständigen?«

Faruk Akman schüttelte den Kopf.

»Fühlen Sie sich dazu in der Lage, uns ein paar Fragen zu beantworten?«

Er nickte.

Vibeke holte Notizbuch und Stift aus ihrer Tasche. »Wann haben Sie Ihre Tochter zuletzt gesehen?«

»Letztes Jahr im Juli, ehe Elin nach Dänemark ging.«

»Sie hat Sie nicht zwischendurch besucht?«, fragte Vibeke überrascht.

»Die Situation war schwierig für unsere Familie, nachdem diese Fotos …« Er brach ab.

Rasmus beugte sich vor. »In erster Linie war es wohl für Elin schwierig, oder?«

Faruk Akman antwortete nicht. Seine Augen wirkten so dunkel wie Teer.

»Was glauben Sie, wer Ihrer Tochter das angetan haben könnte?«, übernahm Vibeke wieder das Ruder. »Hatte sie vielleicht mit irgendjemandem Streit?«

»Davon ist mir nichts bekannt.«

»Leider muss ich Sie das fragen: Wo waren Sie am Montag und Dienstag?« Sie musterte ihn intensiv.

Faruk Akman hielt ihrem Blick stand. »Sie wollen tatsächlich ein Alibi von mir? Von ihrem Vater?« Ungläubig schüttelte er den Kopf. Er holte tief Luft. »Ich war hier in der Werft. Meine Schicht ging an beiden Tagen bis sechzehn Uhr. Anschließend bin ich nach Hause gefahren und habe den Abend mit meiner Frau und meinen Kindern verbracht.«

Vibeke notierte die Angaben. »Was haben Sie getan, nachdem Sie erfahren hatten, dass Ihre Tochter verschwunden ist?«

Faruk Akman sah sie verständnislos an. »Ich habe gearbeitet. Zuletzt wurde hier ein Drittel der Arbeitsstellen gestrichen, ich möchte nicht zu den Nächsten gehören, die ihren Job verlieren. Was hätte ich auch sonst tun können? Sontje hatte bereits die Polizei informiert und überall rumtelefoniert.« Er strich sich mit einer müden Geste über den Bart, wobei Vibeke die dunklen Ränder unter seinen Fingernägeln auffielen. »Ich habe mir natürlich Sorgen gemacht, doch ich dachte, Elin sei vielleicht bei einer Freundin und hätte nur vergessen, jemandem Bescheid zu geben.«

»War es denn Elins Art, so etwas Wichtiges zu vergessen?«, hakte Vibeke nach.

»Nein. Zumindest früher nicht.«

»Wie ist eigentlich das Verhältnis zwischen Ihnen und Elins Mutter?«

Er wirkte irritiert. »Was hat das jetzt mit dem Tod meiner Tochter zu tun?«

»Es hilft mir dabei, ein umfangreiches Bild zu bekommen.«

»Zwischen Sontje und mir ist es wie bei den meisten Geschiedenen. Unseren Kindern zuliebe reißen wir uns zusammen, auch wenn wir, was ihre Erziehung betrifft, nicht unbedingt immer einer Meinung sind.« Er verschränkte die Arme vor der Brust.

Vibeke wechselte das Thema. »Hatte Ihre Tochter eigentlich einen Freund?«

Faruk Akman versteifte sich augenblicklich. »Nein. Natürlich nicht.«

»Elin war keine Jungfrau mehr«, warf Rasmus ein. Er saß lässig zurückgelehnt auf seinem Stuhl und hatte die Beine übereinandergeschlagen.

Die Gesichtszüge des Türken verhärteten sich. »Ich weiß nicht, was ich dazu sagen soll.« Er presste die Lippen zusammen.

»Ihre Tochter trug eine Kette mit einem goldenen Kreuz, als man sie fand«, schob Rasmus hinterher. »Das erweckt für mich den Anschein, als hätte sie den christlichen Glauben angenommen.«

Faruk Akman strich sich über den Bart. »Ich hätte niemals zustimmen dürfen, dass Elin nach Dänemark geht. Dann wäre sie vielleicht noch am Leben.« Tiefe Traurigkeit spiegelte sich in seinen Augen. »Es wäre freundlich, wenn Sie mich jetzt in Ruhe ließen, damit ich um meine Tochter trauern kann, ohne dass mir dabei jemand zusieht.« Er wandte seinen Blick zum Fenster. Hinter den Scheiben schimmerten die blau-gelben Hafenkräne jetzt im Sonnenlicht.

Die beiden Kriminalbeamten erhoben sich.

Vibeke legte ihre Visitenkarte auf den Tisch. »Auf Wiedersehen, Herr Akman. Wir melden uns bei Ihnen.«

Der Türke reagierte nicht.

»Der Mann hat einiges zu verdauen«, sagte Vibeke, sobald sie das Gebäude verlassen hatten. »Nicht genug damit, dass seine Tochter ermordet worden ist, auch die Tatsache, dass sie keine Jungfrau mehr war, scheint ihn mitzunehmen.«

»In manchen Kulturkreisen wird man dafür verstoßen. Oder sogar getötet.« Rasmus beförderte ein Päckchen Zigaretten und ein Feuerzeug aus seiner Hemdtasche hervor.

»Hattest du nicht mit dem Rauchen aufgehört?«

Rasmus nickte und steckte sich eine Zigarette an. »Wir sollten die Familie überprüfen.«

»Herr Akman hat am Anfang gefragt, ob es um Elin geht«, überlegte Vibeke laut, als sie den Rückweg einschlugen. »Irgendwie merkwürdig, wenn man bedenkt, dass sie bereits als vermisst gemeldet worden war, oder?« Sie warf ihrem Kollegen einen Seitenblick zu.

Rasmus blies einen Rauchkringel in die Luft. »Vielleicht gibt es noch andere Gründe, weshalb die Polizei bei ihm auftauchen könnte.«

Vibeke nickte. Faruk Akman war schwer einschätzbar. Der Mann hatte sich im Griff gehabt, doch niemand wusste, wie es in seinem Inneren aussah. Sie selbst konnte sein Verhalten gut nachvollziehen. Auch sie servierte ihre Gefühle nicht auf dem Silbertablett. Doch ihr Interesse war geweckt. Sie würden Faruk Akmans Äußerung auf den Grund gehen müssen.

Egernsund, Dänemark

Rune begutachtete die gelbroten Ziegel auf dem Schienenwagen. Zweieinhalb Tage waren die zuvor geformten und getrockneten Steine bei ansteigenden Temperaturen durch den gasbeheizten Tunnelofen gerollt. Jetzt hatten die Ziegel einen wunderbaren Farbverlauf. Soweit er wusste, würden sie als Verblender im Sichtmauerwerk eines Aarhuser Geschäftsgebäudes eingesetzt werden.

Er strich mit den Fingern über den eingebrannten Stempel mit seinem Firmen- und Familiennamen. Er liebte das Material und den dazugehörigen Produktionsprozess, kannte beides von Kindesbeinen an, so wie viele Generationen vor ihm. Ziegeleibesitzer zu sein, war kein Beruf, der sich an einer Universität erlernen ließ, sondern eine Passion, bei der jahrelange Erfahrung – zusammen mit dem nötigen Fingerspitzengefühl – von Generation zu Generation weitergegeben wurde. Eine Kontinuität, die sich auch bei ihren Mitarbeitern fortsetzte, die überwiegend aus Familien kamen, die ihrem Unternehmen seit Jahrzehnten verbunden waren.

Die Anzahl der Ziegeleien war in den letzten hundert Jahren drastisch gesunken, trotzdem hatte sich die Produktion aufgrund maschinell gefertigter Steine nahezu verdoppelt. Der Ziegelei Poulsen war es gelungen, sich mit Qualität auf dem Markt durchzusetzen. Ihre Handstrichziegel waren etwas Besonderes, hergestellt aus etwas weicherem und feuchterem Lehm, der ihnen eine raue und grobe Oberfläche verlieh. Ihre Ziegel wirkten wie Relikte aus längst vergangenen Zeiten und waren gerade darum so begehrt.

Rune hatte gehofft, dass ihn die Arbeit ablenken würde. Die Nachricht über Elins Tod hatte ihn zutiefst geschockt, zudem herrschte bei ihnen zu Hause eine unheimliche Stimmung. Seine Frau lief wie ferngesteuert durch ihre vier Wände, räumte Küchenschränke auf und sortierte Wäsche, während zur gleichen Zeit die Polizei in den Nebenräumen alles auf den Kopf stellte und im Gästezimmer eine mit Beruhigungsmitteln vollgepumpte Sontje schlief.

Er war froh gewesen, dieser Atmosphäre entkommen zu können, indem er die Arbeit vorschob. Ablenkung fand er trotzdem nicht. Der Gedanke daran, dass man Elins Leiche verbrannt hatte, während sie zur gleichen Zeit nur wenige hundert Meter entfernt gesungen und gefeiert hatten, ließ ihn nicht los.

Rune schmeckte Salz auf seiner Oberlippe, und er begriff, dass er weinte. Das arme Mädchen. Er hatte Elin ins Herz geschlossen, auch wenn er anfangs Bedenken gehabt hatte, sie aufzunehmen. Die Geschichte mit den Nacktfotos, das anschließende Verhalten von Faruk und seiner türkischen Familie, all das hatte ihn ein wenig befremdet.

Er hatte Elins Vater vor vielen Jahren als einen liberalen und aufgeschlossenen Menschen kennengelernt, doch in den letzten Jahren, genau genommen seit seiner Scheidung von Sontje, hatte sich der Türke verändert, schien in alte Traditionen und Bräuche zurückzufallen, die in der türkischen Heimat seiner Familie verwurzelt waren. Das spiegelte sich auch in seinem Äußeren wider. Faruk kleidete sich konservativer, trug keine Jeans und T-Shirts mehr, sondern griff zu Hemden und Hosen in gedeckten Farben. Schon immer hatte etwas in Faruks

Augen gelegen, das Rune beunruhigt hatte, ohne dass er es direkt hatte benennen können. Etwas Dunkles. Unheilvolles.

Er schüttelte den Gedanken ab. Was dachte er sich bloß? Der Mann war ihm stets mit großer Freundlichkeit begegnet und hatte gerade seine Tochter verloren. Bei der bloßen Vorstellung, einem seiner Kinder könnte etwas Ähnliches zustoßen, zog sich sein Herz zusammen. Er sollte jetzt bei seiner Familie sein, nicht bei seinen Ziegeln.

»Magne«, winkte er den jungen Mann heran, der sich bei ihm in der Ausbildung befand. Ein großer, durchtrainierter Kerl mit wuscheligem rotem Haar und tätowierten Oberarmen. »Gibst du bitte Christian Bescheid, dass die Steine heute noch auf die Paletten kommen?«

Magne nickte. Seine Miene war ernst, das Gesicht blass. Auch er gehörte zu Elins Freunden. Bestimmt hatte er die Polizeiwagen auf dem Hof bemerkt.

Rune räusperte sich. »Wir haben vorhin erfahren, dass Elin tot ist.«

Magne wurde noch eine Spur blasser um die Nase. »Oh Gott, das ist furchtbar.«

Rune überlegte, was er noch sagen konnte, doch ihm fiel nichts ein. Jeder in Egernsund hatte von dem Leichenfund gehört. Die Situation überforderte ihn. »Du kannst dir freinehmen, wenn du möchtest.«

Magne schüttelte den Kopf. »Nicht nötig. Die Arbeit lenkt mich ab.« Er strich sich durchs Wuschelhaar. »Ich gehe dann mal Christian Bescheid sagen.« Mit hängenden Schultern schlich er davon.

Rune seufzte. Er verließ die Außenkammer, durchquerte die Trockenanlage und die angrenzende Formerei und trat von dort aus schließlich durch die Tür in den Hof. Gerade schoss eine im schwarzen Kapuzenpullover gekleidete Gestalt mit dem Fahrrad in die Einfahrt. Lars. Beim Anblick seines Sohnes spürte Rune einen dicken Kloß im Hals.

Padborg, Dänemark

Im Großraumbüro der Sondereinheit hatte sich seit ihrem letzten Zusammentreffen nichts verändert.

Die Landkarte vom deutsch-dänischen Grenzgebiet hing an der Wand, auf dem Sideboard stand die obligatorische Kaffeekanne neben einem Teller mit Teilchen, und die Ermittler saßen an ihren Schreibtischen, als wären sie nie weg gewesen.

Pernille Larsen, eine brünette Schönheit mit markanten Brauen und sanfter Stimme, brütete über einem Stapel Unterlagen, während Jens Greve, ein hellhäutiger Brillen- und Anzugträger von der Landespolizei Schleswig-Holstein, zurückgelehnt in seinen Schreibtischstuhl saß und telefonierte. Wie immer wirkte er auf den ersten Blick ein wenig steif und zugeknöpft, doch er war ein erfahrener Polizist mit einem breitgefächerten Wissen und einem messerscharfen Verstand.

Auch Luís Silva befand sich an seinem Platz und war in seine Arbeit am Computer vertieft. Der portugiesische Informatiker mit deutscher Polizeiausbildung war seit einem Unfall in Jugendtagen an den Rollstuhl gefesselt, was seinem Humor, gepaart mit einer großen Portion Selbstironie, jedoch keinerlei Abbruch tat.

Søren Molin, der als Einziger nicht hinter seinem Schreibtisch saß, befestigte gerade ein paar Fotos des Opfers am Whiteboard. Der Mann mit der Statur eines Wikingers und stetigem Bärenhunger wirkte auf Vibeke verändert. Während seines Krankenhausaufenthalts im vergangenen Jahr hatte er etliche Kilos abgenommen, doch wie es schien, waren seitdem noch weitere hinzugekommen.

»Hej, ihr!«, grüßte Vibeke in die Runde.

»Vibeke!« Pernille stand auf und umarmte sie. »Schön, dich zu sehen.«

»Dann ist unsere Truppe also wieder zusammen.« Søren wandte sich mit einem breiten Grinsen zu ihnen um. Er äugte in Richtung Tür. »Wo hast du Rasmus gelassen?«

»Er kommt gleich«, erklärte Vibeke.

Sie waren auf dem Parkplatz Vickie Brandt über den Weg gelaufen, die beim Anblick von Rasmus sichtlich verärgert schien. Deshalb hatte Vibeke lieber schnell das Feld geräumt. Dass sich ihr Kollege und die junge Streifenpolizistin getrennt hatten, war für sie nicht überraschend gekommen, sie hatte sich vielmehr gewundert, dass sie überhaupt als Paar zueinandergefunden hatten. In ihren Augen passten die beiden nicht zusammen. Vickie war unbedarft und lebenshungrig, während Rasmus zahlreiche Altlasten mit sich herumtrug, die ihn häufig schroff und schwermütig machten. Zudem hatte Vibeke das Gefühl, dass Rasmus mit seiner Ex-Frau Camilla noch längst nicht abgeschlossen hatte, auch wenn er stets etwas anderes behauptete.

»Hallo, Vibeke.« Jens Greve legte den Hörer auf. »Ich habe gerade mit dem Brandexperten gesprochen.«

»Am besten du erzählst uns gleich davon, wenn Rasmus hier ist, dann musst du es nicht zweimal tun.« Sie lächelte ihn an. »Wie läuft es in Kiel?«

»Alles bestens.« Der Ermittler strich sich über seine gestreifte Krawatte. »Ich überlege, mich beruflich zu verändern und zum LKA zu wechseln. Abteilung 2. Die Chancen stehen wohl recht gut.«

Vibeke wusste, dass es in Abteilung 2 um die Ermittlungen und Auswertungen besonders schwerwiegender Fälle ging. Organisierte Kriminalität, Waffenschieber- und Fälscherbanden, Rauschgiftkriminalität, Korruption, Wirtschafts- und Umweltkriminalität. »Das freut mich für dich. Dorthin schaffen es nur die Besten. Ich hoffe nur, dass du uns dann noch erhalten bleibst.«

Jens schob seine Brille zurecht. »Noch ist nichts entschieden.«

»Was ist noch nicht entschieden?«, fragte Rasmus, der gerade mit Schwung die Tür geöffnet hatte.

Jens wiederholte, was er gerade Vibeke erzählt hatte, und erläuterte dem Dänen zudem die Aufgabengebiete.

Rasmus stieß einen Pfiff durch die Zähne aus. »Nicht schlecht.« Auf dem Weg zum Sideboard knuffte er Luís zur Begrüßung freundschaftlich auf die Schulter.

»Du schuldest mir noch einen Gig«, erinnerte ihn der Portugiese. Luís spielte Bassgitarre in einer Band, mit der er hin und wieder in Clubs auftrat.

»Das machen wir bei nächster Gelegenheit.« Rasmus schenkte sich einen Kaffee ein und lehnte sich mit dem Becher in der Hand gegen seine Schreibtischplatte. »Ich nehme an, Søren hat euch bereits gebrieft?«

Allgemeines Nicken.

»Dann lasst uns loslegen.« Vibeke fasste für das Team die Befragung von Nora Poulsen zusammen, die Begegnung mit Sontje Akman sowie das Gespräch mit deren Ex-Mann Faruk. »Ich möchte einen Hintergrundcheck sämtlicher Familienmitglieder.«

»Das kann ich übernehmen«, bot Pernille an. »Vermutest du bei der Tat einen religiösen Zusammenhang?«

»Bislang vermute ich noch gar nichts«, erwiderte Vibeke. »Das wird die Presse für uns erledigen, sobald bekannt wird, dass die Familie der Toten aus der Türkei stammt. Eine deutsch-türkische Schülerin im Sankt-Hans-Feuer ist ein aufsehenerregender Fall. Sie werden sich wie Hyänen auf die Story stürzen und alles ausgraben, was die Klischeekiste hergibt. Lynchmord, Ehrenmord, Blutrache. Ich bin gespannt, worauf sie sich einschießen.«

»Wobei diese Dinge ja tatsächlich auch vorkommen«, stellte Jens Greve trocken fest. »Vor ein paar Jahren gab es einen Fall in Guatemala. Da wurde ein sechzehnjähriges Mädchen mitten auf der Straße bei lebendigem Leib verbrannt, weil es angeblich in einen Raubmord verwickelt war. Die Menschen haben darum herumgestanden und zugesehen. Niemand ist eingeschritten. Im Gegenteil. Da wurde sogar noch applaudiert.«

Søren räusperte sich. »Wir sind hier aber nicht in Südamerika, sondern in Dänemark.« Er ging zum Sideboard, lud sich ein Wienerbrød mit Kirschmarmelade auf seinen Teller und setzte sich damit hinter den Schreibtisch. »Bei uns passiert so etwas nicht.«

»Und warum nicht?«, fragte Jens. »Elin Akman hatte türkische Wurzeln. Es gibt mit Sicherheit Familienmitglieder, die das nicht vergessen haben.«

Søren blähte die Backen. »So etwas ist doch barbarisch.«

»Es gibt auch Menschen, die wollen nur mal sehen, wie ein anderer stirbt«, schob Jens hinterher. »Aus reiner Mordlust. Manchmal reicht dafür ein einziger falscher Blick.«

»Elin Akman war keine Jungfrau mehr«, warf Rasmus ein.

»Mit sechzehn finde ich das nicht ungewöhnlich.« Pernille zwirbelte mit dem Bleistift in ihrem dunklen Pferdeschwanz herum.

»Ihre Familie könnte das anders sehen. In manchen Kulturen ist Sex vor der Ehe – oder überhaupt außerhalb der Ehe – ein schweres Vergehen.«

»Rasmus hat recht«, bekräftigte Jens. »Ich habe mal in einem Artikel gelesen, dass in vielen muslimischen Ländern die Ehre einer ganzen Familie zwischen den Beinen der Frauen liegt.«

Pernille hob ihre markanten Brauen. »Ein archaisches Weltbild.«

Jens zuckte die Schultern. »Es ist nicht meins.«

»Es könnte sich um einen Ritualmord handeln«, sagte Luís, der bislang geschwiegen hatte.

»Du meinst, so etwas wie eine zeremonielle Hinrichtung?«, erkundigte sich Rasmus interessiert. Ein ähnlicher Gedanke war ihm beim Auffinden der Leiche gekommen. »Und Elin Akman war das Menschenopfer?«

»Das Mädchen war bereits tot, als ihr Körper verbrannt wurde«, erinnerte Jens. »Vielleicht wollte der Täter einfach nur die Leiche entsorgen. Jemand, der gerne mit Feuer spielt.«

Rasmus langte nach seinem Kaffeebecher. »In Hinblick auf die Ziegelei ist das ein interessanter Ansatz.«

Vibeke klatschte in die Hände. »Schluss mit den Spekulationen. Vorerst sollten wir uns lieber an den Fakten orientieren. Also, was haben wir bisher?«

»Der Bericht der Kriminaltechnik ist gekommen.« Jens zog einen Ausdruck zu sich heran. »Die Spurenlage ist mehr als dürftig. Alles, was nach dem Feuer noch an Spuren vorhanden war, hat der Regen weggeschwemmt. Heißt: keine Fremd-DNA, keine Form- oder Schleifspuren, keine Reifenabdrücke. Wir wissen allein mit Sicherheit, dass der Täter Brandbeschleuniger benutzt hat, und können also mit großer Wahrscheinlichkeit davon ausgehen, dass es keine Zufallstat war. Niemand hat das Zeug zufällig dabei.«

»Gibt es Hinweise auf den Tatort oder die Tatwaffe?«, erkundigte sich Vibeke.

Jens schüttelte den Kopf. »Das Gebiet wurde großräumig abgesucht. Die Spusi ist jetzt im Wohnhaus der Poulsens. Bislang gibt es keinerlei Hinweise, die auf einen Kampf oder andere Vorkommnisse deuten.« Er blickte auf den Ausdruck. »Es wurden zahlreiche unterschiedliche Fingerabdrücke im Zimmer der Toten sichergestellt, die allerdings noch abgeglichen werden müssen. Handy und Laptop des Opfers wurden bislang nicht gefunden.«

»Das wird sie vermutlich beides in ihrer Schultasche bei sich gehabt haben. Die fehlt uns ebenfalls noch. Haben wir die Rufnummer von Elins Handy?«

Jens nickte. »Ich habe den Beschluss für die Freigabe der Handydaten bereits beim zuständigen Richter beantragt.«

»Wissen wir denn in der Zwischenzeit, wer das Holz für das offizielle Sankt-Hans-Feuer aufgeschichtet hat?« Rasmus massierte mit Daumen und Zeigefinger die Nasenwurzel. Er wirkte müde und geschafft.

Søren nickte. »Warte, ich habe es aufgeschrieben.« Er zog sein Notizbuch heran und blätterte, bis er die entsprechende Seite gefunden hatte. »Die Verantwortlichen sind jedes Jahr dieselben. Asger Højfeldt von der Bürgervereinigung, Rune Poulsen und Jon Møller, das ist der Chef der hiesigen freiwilligen Feuerwehr. Mit Letzterem habe ich bereits gesprochen. Demnach wurde das Holz schon am Sonntagnachmittag aufgeschichtet, nachdem die Anwohner tagelang ihre Holz- und Grünabfälle ans Ufer gebracht hatten.«

»Die entladen am Ufer ihre Biotonnen?«, fragte Vibeke irritiert.

Søren lachte dröhnend. »So ähnlich ist es tatsächlich. In manchen Gemeinden gibt es regelrechte Wettbewerbe, welche Straße den größten Haufen hat. Die Leute bringen das Zeug mit ihren Schubkarren, aber der Großteil wird mit Transportern und Hängern transportiert. Jedenfalls ist in den Tagen vor Sankt Hans an den Ufern so einiges los.«

»Das klingt ziemlich skurril«, sagte Vibeke und hatte dabei das Bild von Menschenkolonnen vor Augen, die Schubkarren vor sich herschoben. »Ich nehme nicht an, dass die Haufen nachts überwacht werden, oder?«

»Nein, weshalb auch?« Søren leckte sich einen Rest Kirschmarmelade vom Handrücken. »Es sind Abfälle. Und da es an dem betreffenden Uferabschnitt keine direkte Anwohnerschaft gibt, hätte sich der Täter bedienen können, ohne dass es jemand mitbekommt.«

»Wäre es denn nicht aufgefallen, wenn der Haufen plötzlich kleiner ist?«

»Nicht unbedingt. Es gibt genügend Leute, die auch noch am Sankt-Hans-Tag etwas zum Verbrennen vorbeibringen. Da achtet niemand darauf, ob es am Ende ein paar Zweige mehr oder weniger sind. Kurz vor dem Anzünden wird alles noch einmal umgeschichtet, falls sich Tiere darunter versteckt haben. Davon abgesehen, hätte der Täter auch selbst einen Hänger mit Baumschnitt dabeihaben können.«

»Wird bei dem Feuer nicht auch eine Strohhexe verbrannt?«, fiel Vibeke ein.

»Einem alten Volksglauben nach werden mit dem Feuer die Hexen und Trolle vertrieben«, bestätigte Søren.

Vielleicht wollte jemand Elin Akman vertreiben, schoss es Vibeke in den Sinn, sie behielt diesen Gedanken jedoch vorerst für sich. »Ein Mädchen, das als sehr zuverlässig gilt, sagt die Verabredung mit der Freundin ab, mit der sie zum Sankt-Hans-Feuer gehen wollte, und verschwindet dann wie vom Erdboden«, resümierte sie. »Bei dem, was wir bislang wissen, könnte Elin dem Täter bereits in Sønderborg in die Arme gelaufen sein.«

»Und weshalb findet man dann ihre Leiche in Egernsund?«, hielt Søren dagegen.

»Vielleicht, um den Verdacht auf die Gastfamilie zu lenken.«

»Weil man dort, wie unser Kollege es vorhin so schön formuliert hat, gerne mit dem Feuer spielt?«

»Möglich.«

Rasmus lachte leise. »So viel zum Thema spekulieren.«

»Du hast recht.« Vibeke sah auf ihre Armbanduhr. Es war bereits kurz nach sieben. »Lasst uns die Aufgaben für morgen verteilen. Søren, du erkundigst dich bitte bei deinen Kollegen in Sønderborg, was bislang im Vermisstenfall Elin Akman unternommen wurde, anschließend befragst du zusammen mit Jens die Mitarbeiter der Ziegelei.« Sie wandte sich an ihre Kollegin. »Pernille, du kümmerst dich um den Hintergrundcheck der Akmans, und Luís, du siehst zu, dass der Beschluss für die Freigabe der Handydaten so schnell wie möglich zum Netzbetreiber kommt. Vielleicht können wir anhand des Bewegungsprofils Rückschlüsse auf den Tatort ziehen.«

»Was ist mit dieser Nacktfotogeschichte?«, erinnerte sie Rasmus. »Sollten wir uns darum nicht ebenfalls kümmern? Die Beweggründe des Verursachers interessieren mich. Vielleicht hatte Elin einen Stalker.«

»Du hast recht.« Sie sah Luís an. »Könntest du bei den Hamburger Kollegen in Erfahrung bringen, ob es dazu einen Vorgang gibt?«

Der Portugiese nickte.

Vibeke wandte sich wieder Rasmus zu. »Dann fahren wir beide morgen früh gemeinsam zu Elins Schule und sprechen dort mit ihren Lehrern und Mitschülern.«

»Das Gleiche wollte ich auch vorschlagen.«

»Gut, dann ist das abgemacht. Wir anderen schließen uns dann gegen Mittag kurz. Schönen Feierabend!«

Stühle scharrten über den Boden, und Pernille verließ als Letzte den Raum. An der Tür drehte sie sich noch einmal um. »Was ist mit dir? Fährst du nicht nach Hause?«

»Doch, natürlich. Ich will noch schnell die Berichte schreiben.«

»Dann bis morgen.« Pernille verschwand aus der Tür, und Vibeke zog ihre Computertastatur heran.

Hamburg, Deutschland

Sein Vater war grau im Gesicht, als er am Abend von der Arbeit nach Hause kam. Er schien um etliche Jahre gealtert, seit er die Wohnung am Vormittag verlassen hatte.

Die Unterhaltung verstummte. Sie saßen zu neunt im Wohnzimmer. Sein Onkel Abdi und seine Tante Leyla, die eine Etage über ihnen wohnten, drängten sich mit seinen beiden Cousins Hakki und Serkan auf einer Couch zusammen, während seine Cousine Tugce und seine jüngeren Schwestern Selin und Selma sich die andere teilten. Ausnahmsweise hatte sich sogar Sait zu ihnen gesellt.

Beim Anblick seines Vaters wusste Timur augenblicklich, dass etwas Schreckliches mit Elin passiert war. Schon seit Stunden gingen weder seine Mutter noch Nora ans Telefon. Er machte sich auf das Schlimmste gefasst.

Esma brachte ein Tablett mit dampfendem Tee und Sesamgebäck. Wie immer trug sie ihr dunkles Haar unter einem Kopftuch verborgen. Die zweite Frau seines Vaters war noch jung, gerade mal achtunddreißig, trotzdem war sie der weitaus konservativere Part von beiden. Sie lebte nach strengen religiösen Regeln, hielt an den alten Traditionen ihrer türkischen Heimat fest und gab diese auch an ihre Kinder weiter. Während sich die Frauen in der Türkei die Tücher von den Köpfen rissen, betrachtete Esma es als unverzichtbaren Teil ihrer Identität. Ihren wachsamen Adleraugen darunter entging nichts.

»Baba?« Timur suchte den Blick seines Vaters, der sich gerade auf seinem Sessel niederließ, den man für ihn freigehalten hatte. Einen Moment hatte es den Anschein, als würde er zwischen den Polstern versinken. »Was ist los, Baba?«

Faruk Akman straffte sich. Esma stellte das Tablett mit dem Tee auf den Tisch und trat an die Seite ihres Mannes.

»Elin ist tot.«

Jegliches Geräusch im Wohnzimmer der Akmans verstummte. Timur konnte in der Stille seinen eigenen Herzschlag spüren. Ihm ging der Gedanke durch den Kopf, dass er Elin seit Wochen hatte anrufen wollen, um zu fragen, wie es ihr ging, doch immer war ihm etwas dazwischengekommen. Dinge, die ihm wichtiger erschienen. Jetzt war es zu spät.

Ein Schluchzen drang an sein Ohr. Es klang wie von einem Kind, doch Sekunden später begriff er, dass dieses Geräusch von ihm selbst kam. Auch seine Tante Leyla stieß jetzt Klagelaute aus, während sein Onkel die Hände hob, so als würde er beten wollen, und Hakki und Serkan seinen Vater zeitgleich mit Fragen bestürmten. Seine beiden kleinen Schwestern saßen eng aneinandergedrängt und weinten.

»Seid alle ruhig.« Faruks Stimme war nicht besonders laut, doch er besaß eine Autorität, der augenblicklich alle im Raum Folge leisteten.

Esma legte ihre Hand auf die Schulter ihres Mannes.

Ihre dunklen Augen unter dem Kopftuch ließen keine Gefühlsregung erkennen. Sie trug weder Schmuck noch Schminke, und Timur fiel auf, wie verhärmt sie trotz ihres jungen Alters bereits aussah.

Sein Vater begann mit fester Stimme zu erzählen, wie die Polizei bei ihm in der Werft aufgetaucht war und ihm mitgeteilt hatte, dass Elins Leiche in den Überresten eines Feuers gefunden worden war.

Timur schlug vor Entsetzen die Hand vor den Mund. Er blickte zu Sait, der stocksteif auf seinem Stuhl saß, das Gesicht eine einzige starre Maske. Am liebsten hätte Timur ihn an den Schultern gepackt und kräftig geschüttelt. *Elin ist tot, hörst du, unsere Schwester ist tot. Interessiert dich das nicht?* Doch natürlich ließ Timur es bleiben, hörte stattdessen weiter seinem Vater zu, der berichtete, dass Elin erschlagen worden war, ehe man ihre Leiche im Feuer verbrannt hatte.

Timur registrierte den Blick, den Sait und sein Onkel miteinander tauschten und den er nicht deuten konnte. Ihm fiel ein, dass er vor einiger Zeit ein Gespräch belauscht hatte, in dem sie über die Schande sprachen, die Elin mit ihren Nacktfotos über die Familie gebracht hatte. Es hatte nicht viel gefehlt und die Familie hätte sich von seiner Schwester losgesagt. Esma hatte sogar verlangt, dass man Elin zu den Großeltern in die Türkei schickte, damit sie keinen schlechten Einfluss auf ihre jüngeren Schwestern ausübte, doch am Ende hatte sein Vater ein Machtwort gesprochen. Sein »Entschluss« hatte natürlich größtenteils am Veto seiner Mutter gelegen.

Trotz all ihrer Differenzen hatten seine Eltern immer einen Weg gefunden, dass sich ihre Kinder beiden Kulturen und Traditionen verbunden fühlten. Früher, als sie noch verheiratet waren, hatten sie sogar Weihnachten gefeiert, obwohl er und sein Vater Muslime waren. Sie hatten es als Fest der Liebe betrachtet, über alle Nationalitäten und Religionen hinweg. Seine Mutter hatte die imaginäre Grenze zwischen ihren beiden Ländern nahezu verschwinden lassen, Esma zog sie hoch. Weniger Deutschland, mehr Islam. Die deutschen Freunde gehörten der Vergangenheit an, dafür saß jetzt jeden Abend die muslimische Verwandtschaft auf ihren Sofas. Seine Gedanken wanderten wieder zu Elin. Seine Schwester hatte sich immer als Deutsche betrachtet, und für dieses Zugehörigkeitsgefühl hatte er sie stets beneidet. Genau wie um ihren nicht türkisch klingenden Namen und ihr ebenso wenig türkisches Aussehen. Elin musste nie irgendwelche Fragen beantworten, woher sie kam, oder ihren Namen buchstabieren. Er hingegen wusste bis heute nicht, wohin er gehörte.

»Timur?« Die Stimme seines Vaters drang wie durch Watte an sein Ohr. »Hast du mit deiner Mutter gesprochen? Weißt du, wie es Sontje geht?«

Timur bemerkte, dass ihn alle anstarrten. Schnell schüttelte er den Kopf. »Mama geht nicht an ihr Handy.«

Sein Onkel murmelte kaum hörbar etwas, doch Timur hatte es trotzdem verstanden. Elin wäre selbst schuld.

»Warum sagst du so etwas?«, fuhr er seinen Onkel an. »Wie kann Elin daran Schuld haben, was ihr zugestoßen ist?«

»Sie war eine respektlose Person«, erwiderte Abdi Akman, »und sie hat Schande über die Familie gebracht.«

»Und deshalb hat sie den Tod verdient, oder was?«

Betretenes Schweigen.

Timur wusste nicht, was ihn mehr entsetzte. Dass er gerade den Familienältesten angebrüllt hatte oder dass kein anderer für seine Schwester eintrat. Fassungslos sah er von einem zum anderen. »Baba?«

Das Gesicht seines Vaters wirkte wie versteinert. Er erschien Timur wie ein völlig Fremder. Im nächsten Moment kam Leben in ihn.

»Ich erlaube nicht, dass hier so miteinander gesprochen wird.« Faruk erhob sich aus seinem Sessel. »Meine Tochter ist tot. Schuldzuweisungen helfen niemandem und Elin am allerwenigsten. Nichts bringt mir mein Kind zurück.« Ohne jemanden anzusehen, verließ er den Raum.

»Der Tee ist kalt geworden«, sagte Esma.

Timur stand auf. »Als wenn das hier irgendjemanden interessiert.« Er sah ein letztes Mal zu seinem Bruder, der den Kopf gesenkt hielt, eilte in den Flur, schnappte sich dort seine Jacke von der Garderobe und flüchtete aus der Wohnung.

Flensburg, Deutschland

Es war bereits nach einundzwanzig Uhr, als Vibeke ihre Haustür aufschloss. Sie hatte die zentral gelegene Altbauwohnung erst im letzten Jahr bezogen. Fünfundsiebzig Quadratmeter verteilt auf vier Räume mit hohen Decken und einer Dachterrasse mit spektakulärer Aussicht. Nach einer umfangreichen Renovierung erstrahlten jetzt sämtliche Zimmer in frischem Glanz. Abgeschliffene und versiegelte Holzdielen, hellgestrichene Wände, Möbel in schlichtem und reduziertem Design.

Sie ging in die Küche. Eigentlich hatte sie nach Feierabend vorgehabt, zum Wing Tsun zu fahren, doch nachdem sie den letzten Bericht für ihren Vorgesetzten Kriminalrat Hans Petersen fertiggetippt hatte, war es dafür bereits zu spät gewesen.

Ein langer und ereignisreicher Arbeitstag lag hinter ihr, und sie fühlte sich müde und ausgelaugt. Sie holte das vom Vortag übriggebliebene Nudelgericht aus dem Kühlschrank und aß es direkt im Stehen mit der Gabel aus der Schüssel, ohne es vorher aufzuwärmen.

Mit den Gedanken war sie bereits beim nächsten Morgen. Sie würde früh auf den Beinen sein müssen, wenn sie die Übergabe ihrer Abteilung an Kriminalhauptkommissar Klaus Holtkötter noch erledigen wollte, ehe sie nach Sønderborg aufbrach. Obwohl sie mit ihrem Stellvertreter, einem Polizisten der alten Schule, auch nach über einem Jahr Zusammenarbeit nicht warm geworden war, musste sie zugeben, dass er einen guten Job machte. Der Messerstecher Kevin Lange, den sie am Vormittag geschnappt hatten, war nach Holtkötters Vernehmung vollumfassend geständig und würde morgen dem Haftrichter vorgeführt werden. Die Aufklärungsquote ihrer Abteilung lag damit bei hundert Prozent, ein Erfolg, den Vibeke als Teamarbeit verbuchte.

Der neue Fall war jedoch ein anderes Kaliber. Sehr grausam und sehr undurchsichtig. Das einzig Positive war die Zusammenarbeit mit den Kollegen der Sondereinheit. Bei dem Gedanken an Rasmus musste sie unwillkürlich lächeln. Niemals hätte sie gedacht, dass sie diesen raubeinigen und spöttischen Dänen, der sie mit seinen unkonventionellen Ermittlungsmethoden bereits bis an den Rand der Verzweiflung gebracht hatte, derart mögen würde. Er trug diese tiefsitzende Melancholie in den Augen, die vermutlich niemals ganz verschwinden würde, doch die Geburt seiner Tochter hatte ihn verändert und ihm einen Teil seiner Düsternis genommen. Sie konnte langsam erahnen, wie Rasmus Nyborg früher einmal gewesen war, als sein Sohn Anton noch lebte.

Vibeke schob sich die letzten Nudeln in den Mund, befüllte ein Glas aus dem Küchenschrank mit Leitungswasser und trank es in einem Zug leer. Das Schicksal von Elin Akman ging ihr nahe. Sie hatte sich die Fotos aus der Rechtsmedizin angesehen. Es war nicht die erste Brandleiche, die ihr im Verlauf ihres Berufslebens unterkam, und sie wusste, dass nicht einmal die Gluthitze im Krematorium dazu ausreichte, um einen menschlichen Körper vollständig in Asche zu verwandeln. Doch der Anblick der Füße, die im Gegensatz zu den formlosen Händen – trotz geschwärzter Knochen – nahezu vollständig erhalten waren, hatte sie seltsam angerührt. Was war am Tag des Sankt-Hans-Feuers in Egernsund geschehen? Wer tötete ein sechzehnjähriges Mädchen und machte sich anschließend die Mühe, ihre Leiche derart umständlich zu entsorgen?

4. Kapitel

Sønderborg, Dänemark

Regenschwere Wolken senkten sich vom graumelierten Himmel, als Rasmus mit seinem VW-Bus auf den Lehrerparkplatz der Sønderborg Statsskole bog, die in einem prächtigen roten Backsteingebäude, in unmittelbarer Nähe der Fußgängerzone, untergebracht war.

Er stellte den Motor ab und blieb noch ein wenig hinter dem Lenkrad sitzen. Die letzte Nacht hatte er im Bulli auf der durchgelegenen Matratze verbracht und dabei kaum ein Auge zugetan. Jetzt tat ihm nicht nur der Rücken weh, sondern er war zudem auch noch hundemüde. Er hatte am Vorabend seine Sachen bei Vickie abgeholt, nachdem sie ihm am Nachmittag damit gedroht hatte, alles in die Mülltonne zu befördern, wenn er sich nicht endlich dazu bequemte vorbeizukommen. Jetzt standen in seinem Bus etliche Tüten und Taschen, vollgestopft mit Klamotten, Hygieneartikeln und sonstigem Kram, der sich im Laufe der letzten Monate in Vickies Wohnung angesammelt hatte. Ihm war schleierhaft, wie das vonstattengegangen war, ohne dass er all diese Dinge in seinem Apartment vermisst hatte.

Seine Ex-Freundin war kühl und reserviert gewesen, doch zumindest hatte sie ihm keine Szene gemacht, nur beim Abschied hatte sie ihn süffisant gefragt, ob er denn jetzt vorhatte, zu Camilla nach Kopenhagen zu ziehen. Spätestens da hatte er gewusst, dass er die richtige Entscheidung getroffen hatte, einen Schlussstrich unter die Beziehung zu ziehen. Schließlich hatte er Vickie nie einen Grund zur Eifersucht geliefert. Er und Camilla hatten ein Kind zusammen. Nicht mehr, aber auch nicht weniger.

Was allerdings den Umzug nach Kopenhagen betraf, hatte Vickie den Nagel auf den Kopf getroffen. Seit Idas Geburt spielte Rasmus tatsächlich mit dem Gedanken, wieder in die Hauptstadt zu ziehen, um näher bei seiner Tochter zu wohnen. Deshalb hatte er auch den Termin mit dem Leiter der Personalabteilung im Politigården vereinbart, um über eine mögliche Rückversetzung ins Hauptquartier zu sprechen. Doch der Leichenfund in Egernsund hatte ihm einen Strich durch die Rechnung gemacht, und der Termin war bis auf Weiteres verschoben worden.

Bleierne Müdigkeit kroch in seine Knochen, und im nächsten Moment fielen ihm die Augen zu.

Als jemand energisch gegen die Seitenscheibe des Bullis klopfte, schreckte Rasmus hoch und blickte direkt in das blasse Gesicht von Vibeke Boisen.

»Was zur Hölle …« Er sank stöhnend zurück in seinen Sitz.

Seine Kollegin öffnete die Tür. »Sag bloß, du hast geschlafen?« Ihre Gletscheraugen blitzten amüsiert. Wie immer wirkte sie wie frisch aus dem Ei gepellt. Das hellbraune Haar hatte sie sich zu einem perfekt sitzenden Pferdeschwanz gebunden, die Bluse zur Jeans war blütenweiß und faltenfrei.

Rasmus ersparte sich eine Antwort und schob sich stattdessen vom Fahrersitz.

Vibeke spähte durch die Scheibe in den hinteren Laderaum. »Sag mal, bist du letzte Nacht umgezogen? Das sieht aus, als hättest du eine Wohnung entrümpelt.«

Rasmus rollte die Augen. »Deine Scherze waren auch schon mal besser.«

Seine Kollegin runzelte die Stirn. »Das war eigentlich kein Scherz.« Sie blickte auf ihre Armbanduhr. »Lass uns reingehen. Ich habe vorhin mit dem Schulsekretariat telefoniert und uns angekündigt. Man erwartet uns bereits.« Damit machte sie auf dem Absatz kehrt und steuerte zielstrebig auf das Eingangsportal zu.

Rasmus' Laune sank auf den Tiefpunkt. Er hasste es, wenn sie diese Betriebsamkeit an den Tag legte, noch dazu vor dem ersten Kaffee. Leise fluchend folgte er seiner Kollegin ins Gebäude.

Zehn Minuten später, nach einem kurzen Gespräch mit der Klassenlehrerin, blickten ihnen einundzwanzig Augenpaare entgegen. Die Jugendlichen waren bereits über den Tod ihrer deutschen Mitschülerin informiert worden. Ein paar Mädchen weinten. Zwei Plätze waren frei.

»Mein Name ist Rasmus Nyborg von der Polizei Esbjerg«, stellte sich Rasmus vor und deutete auf seine Kollegin. »Und das ist Kriminalhauptkommissarin Vibeke Boisen aus Flensburg. Wir stellen euch jetzt ein paar Fragen. Bitte beantwortet sie so gut und ehrlich wie möglich.«

»Und wenn wir das nicht tun?«, erwiderte ein Junge mit Pickelgesicht. »Werden wir dann verhaftet?« Beifall heischend blickte er sich um.

Niemand lachte über seinen faden Witz.

»Du hast jetzt mal Sendepause, Nicklas«, wies ihn seine Lehrerin zurecht.

Der Junge zog eine Grimasse und lehnte sich mit betont gelangweilter Miene auf seinem Stuhl zurück.

Rasmus ignorierte den Zwischenfall. Er kannte solche Klassenclowns, in jeder Klasse gab es mindestens einen davon. Oftmals verbarg sich hinter ihrer großen Klappe nur ein geringes Selbstwertgefühl, und er hatte nicht vor, diesem selbsternannten Spaßvogel eine Bühne zu bieten.

»Wir ermitteln in einem Tötungsdelikt«, erklärte er ernst. »Ist irgendjemandem von euch am Montag etwas an Elin aufgefallen? War sie vielleicht anders als sonst?«

Allgemeines Schweigen.

»Elin wurde zuletzt in der Schule gesehen«, fuhr er fort, »und wir versuchen die Ereignisse nach Unterrichtsschluss zu rekonstruieren. Hat Elin gesagt, was sie nach dem Unterricht vorhatte? Wollte sie nach Hause fahren, oder hat sie sich mit jemandem getroffen? Bitte denkt nach. Jeder Hinweis kann nützlich sein.«

Ein Mädchen hob zögerlich die Hand. Blond. Blauäugig. Auffallend hübsch. Der Platz neben ihr war frei.

»Ich war mit Elin am Montagnachmittag verabredet. Wir wollten uns eine neue Serie bei Netflix ansehen und dann zusammen Pizza machen, aber sie hat abgesagt, weil sie sich nicht wohlfühlte.«

»Dann bist du Annelie?«

Das Mädchen nickte, und Tränen schossen ihr in die Augen. Der Junge neben ihr, ein blonder Schlacks mit markanten Gesichtszügen, warf ihr einen mitfühlenden Blick zu.

»Ihr seid nicht zusammen nach Hause gefahren?«, hakte Rasmus nach.

Annelie schüttelte den Kopf. »Elin war mit dem Fahrrad da, weil sie morgens den Bus verpasst hatte.«

Er ließ seinen Blick über die Köpfe schweifen. »Hat jemand mitbekommen, wie Elin von der Schule weggefahren ist?«

Niemand sagte etwas.

»Ich habe sie nur am Fahrradständer gesehen, wie sie ihr Schloss geöffnet hat«, kam es von einem dunkelhaarigen Jungen mit Harry-Potter-Brille.

»War Elin alleine?«

Der Junge nickte. »Aber ich habe sonst nicht weiter auf sie geachtet. Ich wusste ja nicht, dass es irgendwann wichtig werden könnte.«

»Um was für ein Tötungsdelikt handelt es sich eigentlich?«, meldete sich der Klassenclown erneut zu Wort. Sein Sitznachbar knuffte ihn mit dem Ellenbogen in die Seite. »Hey, lass das! Ich werde ja wohl danach fragen dürfen, oder?«

»Elin wurde mit einem stumpfen Gegenstand erschlagen. Anschließend hat man ihren Leichnam verbrannt.« Rasmus strich sich mit der Hand über den Hinterkopf. »Zumindest weitestgehend.«

Entsetzte Gesichter, selbst beim Klassenclown.

»Könnt ihr euch einen Grund vorstellen, weshalb jemand Elin so etwas angetan haben könnte?« Rasmus sah in die Runde. »Hatte sie mit jemandem Streit?«

»Das waren bestimmt Nazis«, kam es von einem korpulenten Jungen in der vorletzten Reihe.

»Wie kommst du darauf? Hat Elin irgendwelche Drohungen erhalten?«

Der Junge schüttelte den Kopf. »Ich meine nur, weil sie ja auch Türkin war.«

Zwei Mädchen in der vorletzten Reihe steckten die Köpfe zusammen und tuschelten.

»Ihr beide dahinten, könnt ihr uns vielleicht an eurem Gespräch teilhaben lassen?«, forderte Rasmus die Schülerinnen auf. »Wenn ihr irgendetwas über Elin wisst, müsst ihr es jetzt sagen.«

»Wir haben über etwas anderes gesprochen«, murmelte eine der beiden, deren Gesichter knallrot angelaufen waren. »Über das neue YouTube-Video von Billie.« Das Rot auf ihren Wangen vertiefte sich.

»Und wer ist Billie?« Rasmus ging in Gedanken die Namen durch, die bislang im Fall aufgetaucht waren. Soweit er sich erinnerte, war der Name nicht darunter gewesen.

»Na, Billie Eilish, die Sängerin«, erwiderte das Mädchen. Leichte Verachtung schwang in ihrer Stimme. »Die kennt doch wirklich jeder.«

Rasmus hatte Mühe, an sich zu halten. Er fragte sich, was mit den Jugendlichen heutzutage los war, dass sie sich mehr für irgendwelche Stars interessierten als für den Tod einer Klassenkameradin. Mitgefühl schien für viele ein Fremdwort zu sein. Er unterdrückte ein Seufzen. So kamen sie jedenfalls nicht weiter. Entweder hatte sich tatsächlich keiner ihrer Mitschüler für Elin interessiert, oder sie trauten sich nicht, in Anwesenheit der Lehrerin frei zu sprechen.

»Wer von euch war mit Elin befreundet?«

Annelie und ihr Sitznachbar meldeten sich. Etwas zögernd hob eine burschikos wirkende Rothaarige ebenfalls die Hand.

»Gut, mit euch dreien würden wir gerne noch sprechen.« Rasmus griff nach der Tafelkreide und schrieb sowohl seine Handynummer als auch die Festnetznummer der Sondereinheit an die Tafel. »Ihr anderen meldet euch bei uns, falls euch noch etwas einfällt.« Sein Blick fiel auf den freien Platz neben Annelie Kjeldsen. »Saß dort Elin?«

Das Mädchen nickte.

»Und dort hinten?« Er wies auf den leeren Stuhl in der letzten Reihe.

»Das ist Sebastians Platz«, sagte die Lehrerin. »Sebastian Ravn. Er ist heute noch nicht im Unterricht erschienen. Vielleicht ist er wieder krank. Er hat bereits Anfang der Woche einen Tag gefehlt.«

Rasmus horchte auf. »Wann war das?«

Die Lehrerin überlegt kurz. »Am Dienstag.«

Er tauschte einen raschen Blick mit Vibeke. Dienstag war der Morgen nach Elins Verschwinden gewesen und der Tag, an dem die Sankt-Hans-Feuer brannten.

Ehe er noch etwas sagen konnte, ertönte der Schulgong. Stühle wurden gerückt, und die Schüler strömten aus der Klasse. Drei von ihnen blieben auf ihren Plätzen sitzen.

Der blonde Schlacks neben Annelie Kjeldsen entpuppte sich als Lars Poulsen, die burschikose Rothaarige hatte sich den Kriminalbeamten als Luisa Rönning vorgestellt.

Rasmus und seine Kollegin zogen sich Stühle heran, nachdem die Lehrerin den Raum verlassen hatte.

»Erzählt uns ein wenig über Elin«, forderte er die Jugendlichen auf. »Wie war sie denn so?«

»Nett«, sagte Luisa Rönning. »Und zurückhaltend.

Einige meinten, Elin hielte sich für etwas Besseres, weil sie so wenig mit uns anderen sprach, aber ich denke, sie war einfach nur schüchtern.«

»Elin war nicht schüchtern.« Annelie Kjeldsen bedachte ihre Klassenkameradin mit einem abschätzigen Blick. »Sie war herzlich und lustig und einfach nur viel zu freundlich, um euch zu sagen, wie sehr sie euer Getuschel nervte.« Sie warf mit geübter Geste ihre blonden Haare über die Schulter. »Glaubst du etwa, Elin hat nicht mitbekommen, wie ihr alle hinter ihrem Rücken über sie gelästert habt? Und jetzt spielst du hier die Unschuldige und behauptest, du wärst mit Elin befreundet gewesen.« Sie reckte das Kinn. »Einen Dreck warst du.«

»Stimmt das?« Vibeke musterte Luisa mit kühlem Blick. »Habt ihr über Elin gelästert?« Anders als üblich hielt sie kein Notizbuch in der Hand.

Der Gesichtston des Mädchens passte sich ihrer Haarfarbe an. »Ich habe nicht mitgemacht oder zumindest nur anfangs. Dann habe ich gemerkt, wie nett Elin ist, und da tat sie mir leid.«

Rasmus beugte sich vor. »Worüber wurde gelästert?«

Luisa rutschte unbehaglich auf ihrem Stuhl herum. »Es gibt da diese Fotos von Elin im Netz. Darauf ist sie nackt zu sehen. Die Jungen haben gesagt, dass ihre Familie sie irgendwann deswegen kaltmachen würde.« Beschämt blickte die Schülerin zu Boden. »Und dass sie sich die Brüste hat operieren lassen.«

»Die Bilder waren fake«, sagte Annelie.

Lars Poulsen nickte. »Annelie hat recht. Nicht nur, was die Fotos betrifft.« Sein Adamsapfel hüpfte. Er sah Rasmus an. »Elin war wirklich schwer in

Ordnung. Keine von diesen Zicken, die nur irgendwelchen Modekram im Kopf haben. Mit ihr konnte man über alles reden. Sie liebte Bücher, und sie hatte diesen Spleen.« Ein Lächeln huschte über sein Gesicht. »Sie mochte ihre gelesenen Bücher nicht verleihen und lieh sich auch nie eins aus. Elin sagte, jedes Buch, das sie gelesen hätte, wäre danach ein Teil von ihr und müsse in ihrem Regal stehen. Nie könne sie diesen Teil einfach weggeben.« Er drehte an seiner Armbanduhr. »Ich kenne auch ihre Familie, also Sontje, Faruk und Timur. Die sind alle sehr nett.«

Rasmus registrierte den finsteren Blick, den der Schüler Luisa Rönning zuwarf. »Könnt ihr euch vorstellen, was passiert ist?«

Alle drei schüttelten den Kopf.

»Wurde Elin vielleicht von jemandem angefeindet, oder hat sie aufgrund der Nacktfotos irgendwelche obszönen Nachrichten erhalten?«

»Nicht, dass ich wüsste«, sagte Lars.

Auch die beiden Mädchen verneinten.

Rasmus wandte sich an Annelie. »Wann hat sich Elin bei dir am Montag gemeldet, und was hat sie genau gesagt?«

»Sie hat mich gegen Viertel vor vier auf dem Handy angerufen.«

Vibeke Boisen zückte Stift und Notizbuch.

»Elin entschuldigte sich dafür, dass sie nicht kommen könne«, fuhr Annelie fort. »Sie sagte, ihr sei furchtbar übel und sie hätte sich bereits mehrfach übergeben. Deshalb wolle sie sich lieber ins Bett legen. Vermutlich würde sie am nächsten Tag auch nicht in die Schule kommen.«

»Hast du dein Handy dabei?«, fragte Rasmus. »Ich würde gerne kurz einen Blick darauf werfen.«

Das Mädchen beugte sich zu ihrer am Boden stehenden Tasche, wühlte ein wenig darin herum und zog ein Smartphone heraus. Sie tippte auf dem Display herum und reichte Rasmus das Handy. Die Anrufliste zeigte Elins Namen und den eingehenden Anruf an. Er gab das Handy an Vibeke weiter.

»Ging es Elin denn schon im Unterricht schlecht?«

»Zumindest hat sie nichts gesagt.« Annelie sah Lars an. »Zu dir?«

Er schüttelte den Kopf. »Zu Hause beim Frühstück war noch alles in Ordnung.«

»Was hast du gemacht, nachdem Elin nicht kam?«, fragte Rasmus an Annelie gewandt.

»Ich bin zu meinem Freund gefahren und habe dort den restlichen Nachmittag und den Abend verbracht.«

Seine Kollegin gab dem Mädchen ihr Handy zurück.

»Wie heißt dein Freund?«, erkundigte Rasmus sich.

»Magne. Magne Boutrup.«

»Annelie hat sich den coolsten Kitesurfer der Region gekrallt«, warf Luisa ein, und Rasmus meinte, einen neidischen Unterton herauszuhören.

»Magne ist tatsächlich krass auf dem Board«, bestätigte Lars Poulsen. »Und er arbeitet bei uns in der Ziegelei.«

Vibeke hob den Kopf von ihrem Notizbuch. »Ihr seid auch befreundet, oder?«

Lars nickte.

»Weißt du, ob Elin nach dem Unterricht direkt nach Egernsund gefahren ist?«, erkundigte sich Rasmus.

»Ich nehme es an, aber sicher bin ich mir nicht.« Er

fuhr sich mit der Hand durch seinen blonden Schopf. »Ich bin nach der Schule mit ein paar Kumpels beim Imbiss in der Stadt gewesen und erst gegen fünf nach Hause gekommen. Elin war nicht da. Ich dachte, sie wäre zu Annelie gefahren.«

»Was sie aber nicht ist«, erwiderte Rasmus nachdenklich. »Hatte Elin einen Freund?«

»Nein«, erwiderte Lars Poulsen.

Auch Luisa Rönning schüttelte den Kopf. Rasmus tippte darauf, dass Annelie vermutlich mit ihrer Behauptung recht und die Freundschaft zwischen Luisa und Elin überhaupt nicht existiert hatte.

Ihm fiel auf, dass Annelie als Einzige nicht auf seine Frage geantwortet hatte. Sie hielt den Kopf gesenkt, dabei verdeckten ihre langen Haare größtenteils das Gesicht.

»Annelie? War Elin mit jemandem zusammen?«

Das Mädchen blickte auf. »Ich glaube ja. Elin hat mich vor Rune und Nora häufig als Alibi benutzt und behauptet, sie wäre bei mir, dabei traf sie sich in Wahrheit mit jemand anderem. Allerdings hat sie mir nie verraten mit wem.«

Lars Poulsen sah sie verblüfft an. »Davon habe ich nie etwas mitbekommen. Elin hat uns also angelogen. Und du auch.« Ein vorwurfsvoller Ton schwang in seiner Stimme mit.

Annelie senkte den Blick. »Tut mir leid. Elin hatte mich darum gebeten.«

Rasmus blickte das Mädchen interessiert an. »Hast du eine Vermutung, weshalb Elin lieber für sich behielt, mit wem sie sich traf?«

»Ich vermute, sie wollte nicht, dass ihr Vater davon

erfährt. Er war wegen der Sache mit den Nacktbildern noch immer aufgebracht.« Sie nestelte an ihrem pinkfarbenen T-Shirt. »Aber vielleicht ging es auch um etwas völlig anderes.«

»Elin trug ein goldenes Kreuz um den Hals, als man sie fand«, mischte sich Vibeke ins Gespräch. »Wusstest du davon?«

»Nein«, erwiderte Annelie. »Aber Elin war nicht religiös.«

»Könnte das vielleicht ein Geheimnis gewesen sein?«

»Möglich.«

Rasmus wippte mit dem Fuß. Die Befragung dauerte bereits eine ganze Weile, und er beschloss, die Sache abzukürzen. »Nur der Vollständigkeit halber«, er wandte sich an Lars Poulsen, »bei welchem Imbiss warst du am Montag?«

»Bei Burgerhjørnet in der Fußgängerzone, das ist nur ein paar Minuten von hier.«

»Und anschließend?«

»Da bin ich mit dem Bus nach Hause gefahren«, erwiderte der Schüler. »Um sieben haben wir zu Abend gegessen, und gegen elf bin ich ins Bett gegangen. Dazwischen habe ich ein wenig am Fahrrad geschraubt und gedaddelt.«

»Danke.« Rasmus wandte sich an Luisa Rönning. »Und du?«

»Ich war zu Hause. Den gesamten Nachmittag und Abend. Meine Eltern können das bezeugen.«

Rasmus sah in die Runde. »Und Sebastian Ravn, der war auch mit Elin befreundet?«

»Wir sind in einer Clique.« Annelie sah ihn an. Ihre Augen waren von einem tiefen Blau. »Es gab keinen

Streit bei uns, falls das deine nächste Frage sein sollte. Im Gegenteil. Wir alle hatten uns darauf gefreut, zusammen zum Sankt-Hans-Feuer zu gehen. Elin ganz besonders. Es wäre das erste Mal gewesen, dass sie mitgefeiert hätte.«

»Na ja«, meldete sich erstmals wieder Luisa zu Wort. In ihren Augen lag ein boshaftes Funkeln. »Irgendwie war sie dann ja doch dabei.«

Annelie sprang von ihrem Stuhl hoch. »Du Bitch.« Ihr Mund stand leicht offen und gab die Sicht auf ein Zungenpiercing frei. »Du bist doch nur eifersüchtig, weil du keine Freunde hast.«

»Ach ja? Damit kennt sich Miss Perfekt natürlich bestens aus«, ätzte Luisa zurück. Ihre Gesichtsfarbe hatte in der Zwischenzeit den Ton ihrer Haare angenommen. »Den anderen kannst du vielleicht die Nette vorspielen, aber ich habe dich längst durchschaut, du scheinheilige Kuh!«

Einen Moment sah es so aus, als wollte Annelie auf das Mädchen losgehen, doch Lars hielt sie am Arm zurück. »Lass es. Sie ist es nicht wert. Luisa will dich nur provozieren.«

»Deine Bemerkung über Elin war wirklich gehässig«, sagte Vibeke zu Luisa Rönning. »Noch dazu völlig unnötig. Sie ist tot.«

Das Mädchen erwiderte trotzig ihren Blick.

Rasmus erhob sich. »Fürs Erste war es das, stellt euch aber darauf ein, dass wir zu einem anderen Zeitpunkt noch einmal mit euch sprechen müssen.« Sein Blick blieb an Luisa Rönning hängen.

Annelie hatte es auf den Punkt gebracht: Das Mädchen war ein Miststück.

Sønderborg, Dänemark

Rasmus biss genüsslich in seinen Hotdog. Remoulade quoll seitlich heraus und tropfte auf die Serviette, die er als Unterlage parat gelegt hatte.

»Ich hasse Menschen, die andere mobben.« Seine Kollegin tunkte eine Pommes mit dem Holzspieß in reichlich Ketchup und schob sie sich in den Mund.

Sie standen bei Burgerhjørnet in der Fußgängerzone am Tresen und hatten die Gelegenheit genutzt, eine Kleinigkeit zu essen, nachdem ihnen Lars Poulsens Angaben von einer Mitarbeiterin bestätigt worden waren. Obwohl es gerade mal kurz nach elf war, standen die Leute vor dem Verkaufsfenster des kleinen Holzbungalows bereits Schlange. Auch die angrenzenden Tische im Außenbereich waren komplett belegt.

»Wurdest du schon einmal gemobbt?«, erkundigte sich Rasmus zwischen zwei Bissen.

Seine Kollegin nickte. »Aber das ist schon eine halbe Ewigkeit her. Damals war ich elf.«

»Was war der Grund?«

Vibeke sah ihn eigentümlich an. »Braucht es dafür immer einen Grund?« Sie trank einen Schluck aus ihrer Wasserflasche. »Meine Mitschüler hatten herausgefunden, dass Elke und Werner nicht meine leiblichen Eltern sind.«

»Was haben sie gemacht?«

Seine Kollegin verzog das Gesicht. »Das Übliche. Mich gehänselt, mir Sachen weggenommen, mich geschubst oder beim Lehrer für Dinge angeschwärzt, die ich nicht getan habe.«

Rasmus nickte mitfühlend. Er hatte bereits gewusst, dass Vibeke keine einfache Kindheit durchgemacht hatte. Im Fall Karl Bentien, in dem sie gemeinsam ermittelt hatten, war seine Kollegin durch die Parallelen zum Opfer mit ihrer eigenen Vergangenheit als Pflege- und Heimkind konfrontiert worden und hatte infolge eines Überfalls eine Panikattacke erlitten. Eine schwierige Situation, der er unerwartet als Zeuge beigewohnt hatte, und er bewunderte seine Kollegin dafür, dass sie trotz dieses Vorfalls bei den Ermittlungen bis zuletzt nervenstark und fokussiert geblieben war. Andere Menschen wären vermutlich unter dieser emotionalen Last zusammengebrochen, doch Vibeke Boisen war einer der stärksten Menschen, die er kannte.

»Wie hast du das Mobbing durchgestanden?«

»Werner hat mir dabei geholfen.« Ein Lächeln streifte ihre Lippen. »Ich war eines Tages ohne Schuhe aus der Schule gekommen. Er meinte, mir blieben genau zwei Möglichkeiten. Entweder könne ich mich ein Leben lang ducken oder mich zur Wehr setzen. Ich entschied mich für Letzteres.«

»Wie muss ich mir das vorstellen?« Rasmus schob sich das letzte Stück Hotdog in den Mund und spülte mit einem Schluck kalten Kakao hinterher.

»Werner hat mir beigebracht, wie ich meine Fäuste am besten einsetze«, erzählte Vibeke. »Im Keller am Sandsack. Parallel hat er mich zur Selbstverteidigung angemeldet. Damals habe ich mit Wing Tsun angefangen. Mittlerweile habe ich den fünften Meistergrad.«

»Ach«, sagte Rasmus. Ihm wurde jetzt so einiges klar. Im letzten Jahr hatte er mit eigenen Augen gesehen, wie sie innerhalb von fünf Sekunden einen Achtzig-Kilo-Mann aufs Kreuz befördert hatte. »Ich nehme an, du wurdest anschließend nicht mehr gemobbt.«

»Doch, natürlich.« Sie lächelte breit. Es war dieses offene, herzliche Lächeln, das ihrem Gesicht sämtliche Strenge nahm und das er so mochte. »Aber nicht mehr lange, und dann habe ich mich einmal richtig gewehrt. Danach hat man mich in Ruhe gelassen.«

»Das dachte ich mir.« Rasmus griff nach dem Tetrapack Kakao. Während er trank, beobachtete er die Passanten, die mit ihren Einkaufstüten die Fußgängerzone entlangschlenderten. Seine Gedanken glitten zu Elin Akman. Er wandte sich wieder seiner Kollegin zu. »Was glaubst du, hat Elin nach der Schule gemacht? Weshalb sagt sie die Verabredung mit ihrer Freundin ab und behauptet, sie wäre krank?«

»Vielleicht wollte sie Annelie nicht damit verletzen, dass sie ihre Zeit lieber mit jemand anderem verbringt.«

Rasmus kratzte sich am Hinterkopf. »Gut möglich. Wenn es Elin nur darum gegangen wäre, dass die Poulsens nichts erfahren, hätte sie Annelie vermutlich eingeweiht. Das Mädchen hat schließlich für sie gelogen.«

»Vielleicht befürchtete Elin auch, Annelie könne ihr Geheimnis herausfinden.« Vibeke drehte die Wasserflasche zwischen ihren Händen. »Oder wir interpretieren in das Ganze zu viel hinein. Genauso gut könnte Elin tatsächlich krank gewesen sein und begegnete ihrem Mörder, ehe sie Gelegenheit dazu hatte, sich ins Bett zu legen.« Sie setzte die Flasche an die Lippen und trank einen Schluck, ehe sie weitersprach. »Wir müssen unbedingt Zeugen auftreiben. Jemand, der das Mädchen nach der Schule gesehen hat. Sie kann sich schließlich nicht in Luft aufgelöst haben.«

Er beäugte sie misstrauisch. »Du willst jetzt aber nicht sämtliche Anwohnerhäuser der Umgebung abklappern, oder?« Sein Blick ging die Gebäude an der Østergade entlang, die direkt in den Kongevej mündete, wo sich die Sønderborg Statsskole befand. Die Mehrparteienhäuser standen hier dicht an dicht. »Das wäre dann quasi halb Sønderborg.«

»Du weißt, dass ich meine Arbeit immer gründlich mache«, erwiderte Vibeke.

Rasmus gelang es nur unter Mühe, ein Stöhnen zu unterdrücken, und er sah sich im Geiste bereits die nächsten Tage sämtliche Häuser in der Umgebung abklappern.

»Aber in diesem Fall haben wir nicht genügend Ressourcen«, fuhr seine Kollegin fort, »deshalb würde ich vorschlagen, dass wir die Öffentlichkeit mit einbeziehen.«

Er atmete erleichtert auf. »Das klingt doch mal nach einem vernünftigen Plan.«

»Ich tue meistens das Vernünftigste.«

Das konnte Rasmus nur bestätigen, allerdings war dies auch der Grund, der die Zusammenarbeit mit Vibeke Boisen gelegentlich schwierig machte. Weil sie ständig an den Vorschriften festhielt. In seinen Augen eine typisch deutsche Marotte.

»Ich rufe gleich die Pressestelle an und leite das in die Wege.« Er knüllte die Serviette mit den Soßeresten zusammen und beförderte sie in den Müllbehälter. »Apropos Presse. Hast du die Schlagzeilen gelesen? Einige Zeitungen schreiben tatsächlich etwas von Ehrenmord.

Natürlich nur mit einem großen Fragezeichen versehen. Andere bezeichnen den Täter als Hexenmörder.«

»Das war zu erwarten gewesen«, stellte Vibeke nüchtern fest.

Rasmus nickte. »Ich würde gerne als Nächstes Sebastian Ravn einen Besuch abstatten. Kommst du mit?«

»Sontje Akman hat sich heute Morgen bei mir gemeldet, und wir haben für später ein Treffen in Hamburg vereinbart.« Sie trank den letzten Schluck Wasser und schob die Pfandflasche neben das Verkaufsfenster. »Das wird zeitlich ein wenig knapp. Am besten wir teilen uns auf.«

»In Ordnung. Dann treffen wir uns später im GZ?«

»Eher morgen.« Vibeke warf einen Blick auf ihre Armbanduhr. »Ich bin mir nicht sicher, wann ich aus Hamburg zurück bin. Außerdem habe ich am Abend noch etwas vor.«

Rasmus hob überrascht die Brauen. »Du hast ein Date?«

»Was schaust du so entgeistert? Glaubst du etwa, ich habe kein Privatleben?«

»Doch, natürlich. Du hast bislang nur noch nichts darüber erzählt.«

»Weil du nie danach gefragt hast.« Vibeke beförderte die leere Pappschale in den bereitstehenden Müllbehälter. »Ich muss jetzt los. Wir sehen uns morgen.«

»Gute Fahrt.« Rasmus sah ihr einen Moment hinterher, dann wandte er sich der Imbissverkäuferin hinter dem Tresen zu und bestellte einen weiteren Hotdog.

Egernsund, Dänemark

Rune eilte den Havnevej entlang. Obwohl er spät dran war, hatte er das Auto stehen gelassen. Die Bewegung an der frischen Luft würde ihm guttun, und von der Ziegelei bis zum Ausstellungsgelände, wo sich auch ihre Verkaufsräume und die Büros der Verwaltung und Buchhaltung befanden, waren es keine zehn Minuten Fußmarsch.

Eigentlich war es Noras Termin, zu dem er unterwegs war. Sie hatten im Unternehmen eine strikte Trennung zwischen Produktion und Vertrieb, und während er die Verantwortung für die Herstellung der Ziegel trug, kümmerte sich seine Frau mit ihren Angestellten um die Bereiche Marketing, Entwicklung und Vertrieb. Doch Nora war gerade völlig durch den Wind. Sie gab sich die Schuld an Elins Tod, weil sie angeblich nicht gut genug auf das Mädchen aufgepasst habe. Rune hatte seiner Frau erklärt, dass so eine Selbstbezichtigung völliger Unsinn war. Es gab nur einen Schuldigen, und das war Elins Mörder.

Heute Morgen hatte ein Dutzend Reporter die Einfahrt vor ihrem Haus belagert, darunter auch ein Team des lokalen Radiosenders. Ein ermordetes deutsch-türkisches Mädchen im Sankt-Hans-Feuer war offenbar ein gefundenes Fressen für die Presse. Die Zeitungen überschlugen sich mit ihren Schlagzeilen. Jetzt war seine Familie ins Zentrum des Medieninteresses gerückt, und er war äußerst besorgt, welche Auswirkungen es auf seinen Ziegeleibetrieb haben konnte. Am Ende lief ihm noch die Kundschaft davon.

Flemming hatte ihn von Anfang an davor gewarnt,

Elin bei sich aufzunehmen. »Ausländer bereiten nur Probleme, das gilt für türkischstämmige Mädchen genauso wie für syrische Flüchtlinge.« Deshalb holte man sie sich auch nicht freiwillig ins Land, hatte ihm sein Freund mit erhobenem Zeigefinger erklärt.

Vor Außenstehenden hielt Flemming sich mit solchen rechtspopulistischen Äußerungen in der Regel zurück, schließlich war er als Pfarrer in erster Linie an seinen Auftrag aus der Ordination gebunden, und da galt das Gebot der christlichen Nächstenliebe. Hinter verschlossenen Türen war er jedoch seit Jahren ein Befürworter der restriktiven Ausländerpolitik Dänemarks.

Rune betrachtete diese Entwicklung seines Freundes mit gemischten Gefühlen. Er selbst lehnte jegliche Form von Rassismus ab, doch Flemming war seit Kindertagen sein engster Vertrauter, und eine solche Freundschaft gab man nicht leichtfertig auf. Trotzdem fragte Rune sich, ob seine Wertvorstellungen und die seines Freundes überhaupt noch vereinbar waren. Oder reagierte er einfach nur überempfindlich und interpretierte zu viel in Flemmings Äußerungen hinein?

Rune erreichte die Außenausstellung. Unter schützenden Glasdächern konnten sich interessierte Besucher über die Vielfalt ihrer Ziegelsteine in Farbe, Form und Beschaffenheit informieren. Er hätte den Termin am liebsten abgesagt, doch sein Kunde Jon Hansson kam extra aus Kopenhagen. Jon war CEO von J. Hansson A/S, einem Bauunternehmen, das nicht nur in Nordhavn mit dem derzeit größten und ambitioniertesten Stadtentwicklungsprojekt in Skandinavien zahlreiche Vorzeigeobjekte durchführte, sondern darüber hinaus

Großbaustellen im ganzen Land unterhielt – und er wollte seine Ziegel verbauen. Ein lukratives Geschäft, das sie sich nicht entgehen lassen durften und jede Menge Folgeaufträge nach sich ziehen konnte.

Rune entdeckte Jon Hansson auf dem angrenzenden Parkplatz im Gespräch mit Mathias Ravn. Was hatte der hier zu suchen? Sein Kunde war geschäftsmäßig im dunkelblauen Anzug gekleidet, der Architekt wie immer komplett in Schwarz. Rune beglückwünschte sich im Stillen, dass er anstatt seiner üblichen Arbeitskluft ein sportliches Sakko zur Jeans gewählt hatte. Die Männer hatten offenbar gerade über etwas Amüsantes gesprochen, denn beide lachten und schienen sich prächtig zu verstehen.

»Ach, da kommt ja der Meister.« Mathias lächelte jovial.

Rune lag eine unfreundliche Erwiderung auf der Zunge, doch in Anwesenheit seines Kunden hielt er sich zurück. »Jon, wie schön, dass es geklappt hat.« Er reichte dem Bauunternehmer die Hand und bedachte Mathias mit einem knappen Nicken. »Nora lässt sich entschuldigen, sie fühlt sich nicht wohl. Ich hoffe, es ist in Ordnung, dass du heute ausnahmsweise mit mir vorliebnehmen musst.«

»Ich fühle mich geehrt.« Jon Hansson wurde ernst. »Mathias hat mir schon von der schrecklichen Sache berichtet, die bei euch passiert ist. Mein Beileid.«

Rune krauste die Stirn. Wie kam Mathias dazu, seinem Kunden von dem Mord an ihrer Gastschülerin zu erzählen? Sein Unmut wuchs. Langsam konnte er Flemmings Abneigung gegen den Architekten verstehen. »Danke. Wir sind alle geschockt.«

»Ich hätte Verständnis gehabt, wenn ihr den Termin lieber verschoben hättet.«

»Das ist nicht nötig.« Rune wies auf das ockerfarbene Ziegelgebäude, in dem ihre Verkaufsräume untergebracht waren. »Lass uns hineingehen.«

Mathias rückte seine Panto-Brille zurecht. »Dann will ich mich mal verabschieden.« Er wandte sich an den Bauunternehmer. »Es war schön, dich wiederzusehen, Jon.«

Die beiden Männer gaben sich die Hand. Mathias nickte Rune freundlich zu, stieg in seinen schwarzen Sportwagen und fuhr davon.

»Ihr kennt euch?«, fragte Rune seinen Kunden.

Jon Hansson nickte. »Mathias war früher bei uns als Architekt beschäftigt, ehe ihn die Konkurrenz abgeworben hat.«

»Das wusste ich nicht.«

Sein Kunde blickte zum gegenüberliegenden Hafen und weiter zur Klappbrücke. »Aber ich hätte nie gedacht, dass Mathias sich eines Tages mal selbstständig macht. Schon gar nicht hier.« Im nächsten Moment hob er entschuldigend die Hände. »Das ist in keiner Weise abwertend gemeint. Ich habe mich nur gerade gefragt, weshalb ein so begnadeter Architekt, der in Kopenhagen sämtliche Möglichkeiten hat, ausgerechnet in einem kleinen Ort wie Egernsund landet.«

Rune zuckte die Achseln. Das ging ihn nichts an. Und es interessierte ihn auch nicht besonders. »Kann ich dir einen Kaffee anbieten, ehe wir übers Geschäftliche sprechen?«

»Dazu sage ich nicht nein.« Jon Hansson lächelte breit.

Sie gingen die paar Schritte zum Firmengebäude, und

Rune hielt seinem Kunden die Tür auf. Gleichzeitig bemerkte er den Übertragungswagen von *TV Syd*, dem regionalen Fernsehsender, der gerade den Havnevej in Richtung Naturgebiet entlangfuhr. Ihm gefiel nicht, was er sah. Wenn Egernsund erst einmal in den Nachrichten war, würden vermutlich noch mehr von diesen Medienleuten kommen. Als wenn die Polizei allein nicht schon ausreichte. Vermutlich würde kein Stein auf dem anderen bleiben. Alles würde untersucht, hinterfragt und seziert werden. Auch die Bewohner.

Es war nicht mehr als ein Bauchgefühl, trotzdem spürte Rune plötzlich intensiv etwas Unheilvolles aufkommen. Eine Bedrohung wie ein schweres Unwetter, von dem niemand wusste, was es anrichten würde. Rune hoffte inbrünstig, dass er sich irrte.

Egernsund, Dänemark

Das Haus der Ravns lag auf dem Eckgrundstück am Ufer und hob sich von den anderen Wohngebäuden in der Straße deutlich ab: ein Quader mit hellgrauer Betonfassade zwischen beschaulichen Ziegelbauten.

Rasmus stellte seinen Bulli auf dem Seitenstreifen ab. Beim Näherkommen sah er, dass das Haus über mehrere Etagen direkt an den Hang gebaut worden war. Der Höhenunterschied von der Straße bis zum Meer betrug gute neun Meter.

In der Auffahrt war gerade eine große, schlanke Frau damit beschäftigt, Einkäufe aus dem Kofferraum eines Wagens zu laden. Sie trug ihr weißblondes Haar zu einem strengen Knoten auf dem Kopf und wirkte mit ihren grazilen Bewegungen wie eine Ballerina.

Sie drehte sich um. »Rasmus? Rasmus Nyborg?«

Einen kurzen Moment hatte er Schwierigkeiten, die Frau einzuordnen, dann ging ihm auf, dass er einer ehemaligen Kommilitonin seiner Ex-Frau gegenüberstand.

Er hob lässig die Hand. »Hej, Kiersten.«

»Meine Güte, wir haben uns ja eine Ewigkeit nicht gesehen.«

Sie umarmte ihn, und dezenter Parfümduft stieg ihm in die Nase.

»Was machst du denn hier?«

Er erwiderte ihr Lächeln. »Ich habe beruflich in Egernsund zu tun.«

»Arbeitest du noch immer bei der Polizei?«

Er nickte.

»Dann bist du also wegen Elin hier«, stellte sie fest. »Die Frau vom Pfarrer hat mir vorhin erzählt, was mit dem armen Mädchen passiert ist.«

»Wir sprechen derzeit mit allen, die sie kannten«, erklärte Rasmus. »In dem Zusammenhang würde ich mich gerne mit Sebastian unterhalten.« Er fuhr sich über sein unrasiertes Kinn. »Mir war nur nicht ganz klar, dass es sich dabei um deinen Sohn handelt.«

»Ist ja auch schon eine Weile her, seit du ihn zuletzt gesehen hast, zumal es noch in Kopenhagen war.« Kiersten lachte und entblößte dabei ihre perlweißen Zähne. »Komm, wir gehen rein.« Sie bückte sich nach ihren Einkaufstaschen.

»Ich helfe dir.« Rasmus schnappte sich eine Kiste mit Getränken, die noch im Kofferraum stand, und folgte ihr ins Haus.

Das äußere Erscheinungsbild setzte sich im Inneren des Hauses fort. Unverputzte Betonwände, Ahornparkett, minimalistisch eingerichtet mit stilvollen Möbelstücken in dezenten Holz- und Naturtönen, dazu Designerlampen. Die zum Wasser hin ausgerichtete Front war komplett verglast, der offene Wohn- und Küchenbereich lichtdurchflutet. Vom Eingang konnte man direkt bis aufs Meer sehen.

Rasmus pfiff durch die Zähne. Urban Living in Egernsund. Und das mit Wasserblick.

»Beeindruckend, nicht?« Kiersten hielt eine seitliche Tür auf, die in einen Hauswirtschaftsraum führte. Die Trommel der Waschmaschine drehte sich.

Er stellte die Getränkekiste in ein freies Fach in einem der unteren Regale und trat zurück in den Wohnraum.

»Das kannst du wohl laut sagen. So etwas ahnt man von draußen jedenfalls nicht.« Er ging zur Fensterfront.

Die Wolkendecke war seit dem Morgen aufgerissen, und die Sonne stand hoch am Himmel. Ein paar Kinder tummelten sich auf dem Steg und im Wasser, dahinter glitten Segelboote vorbei. Vom Grundstück der Ravns führte eine Steintreppe bis zur Uferstraße. Von dort aus waren es nur noch wenige Schritte bis zu dem schmalen Strandabschnitt. In der Ferne schimmerte die deutsche Küste.

Kiersten trat neben ihn. »Anfangs habe ich nicht verstanden, was Mathias in diesem Ort sieht. Aber seit wir in diesem Haus leben, fühle ich mich der Natur viel stärker verbunden. Es scheint, als wären das Meer und der Himmel eins, und ich bin mittendrin.« Sie lächelte. »Das klingt kitschig, nicht wahr?«

»Ein bisschen«, gab Rasmus zu. »Wie lebt es sich

sonst so in Egernsund? Ist schon ein großer Schritt von Kopenhagen hierher.«

»Die Menschen sind ein wenig eigenartig.« Ein leichter Schatten flog über ihr Gesicht. »Es ist schwer zu beschreiben. Sie sind nicht unfreundlich, aber auch nicht besonders herzlich, zumindest nicht uns gegenüber. Manchmal fühle ich mich hier ein wenig einsam.«

»Was ist mit den Poulsens?«, fragte Rasmus. »Sie scheinen mir recht aufgeschlossen und umgänglich.«

»Ich habe Nora schon ein paarmal auf einen Kaffee eingeladen, aber bislang ist sie noch nie gekommen.« Kiersten löste sich von ihrem Platz, ging in die Küche und verstaute ein paar ihrer Einkäufe in den Schränken. »Apropos Kaffee. Möchtest du einen?«

»Gerne.«

Kiersten hantierte an der Kaffeemaschine herum und kam wenige Augenblicke später mit zwei Kaffeetassen zurück, von der sie eine an Rasmus reichte.

Sie setzten sich an den großen Esstisch, und ihm fiel auf, dass es die gleichen Wishbone Chairs waren, die Camilla und er zur Hochzeit geschenkt bekommen hatten und nun in Camillas neuer Wohnung standen, nur in einer anderen Farbe. Geseifte Eiche mit Naturgeflecht.

Er hätte gerne einen Keks oder besser noch eine Zimtschnecke zu seinem Kaffee gehabt, doch Camilla hatte mal erwähnt, dass Kiersten sich weitestgehend zuckerfrei ernährte. Angesichts ihrer gertenschlanken Figur hatte sich daran bis heute wahrscheinlich nichts geändert.

»Das mit Anton tut mir leid.« Kiersten wirkte unsicher und umklammerte ihre Tasse fest mit beiden

Händen. »Ich habe erst vor Kurzem von seinem Tod erfahren und wollte mich eigent...«

»Schon gut«, unterbrach Rasmus sie, um die Anspannung, die plötzlich in der Luft lag, zu verdrängen.

Er kannte solche Reaktionen. Nach Antons Tod hatten ihn und Camilla viele Menschen gemieden. Nachbarn senkten den Kopf oder wechselten die Straßenseite, wenn sie ihnen begegneten, Kollegen wichen persönlichen Gesprächen aus. Auch Bekannte und sogar langjährige Freunde hatten plötzlich Berührungsängste gezeigt, sich monatelang nicht gemeldet und später damit herausgeredet, dass sie befürchtet hatten, etwas Falsches zu sagen. Offenbar waren sie der Meinung, dass es in dem Fall besser war, überhaupt nichts zu sagen. Anfangs hatte es sie beide verletzt, später vor allem Camilla, ihm dagegen hatte es dabei geholfen, die Spreu vom Weizen zu trennen. Dass er anschließend auch seine wenigen verbliebenen Freunde verloren hatte, stand auf einem ganz anderen Blatt. Das hatte er einzig und allein sich selbst zuzuschreiben.

»Wie geht es Camilla?« Kiersten führte ihre Kaffeetasse zum Mund.

Rasmus tat es ihr nach. »Es geht ihr gut. Wir haben im Dezember eine kleine Tochter bekommen.« Bei dem Gedanken an Ida musste er lächeln.

Kiersten entspannte sich augenblicklich. »Das freut mich so für euch.« Es klang aufrichtig. »Wohnt ihr noch immer in Aarhus?«

»Camilla lebt in Kopenhagen und ich in Esbjerg.« Rasmus stellte seine Tasse wieder zurück auf den Tisch. »Wir sind nicht mehr zusammen.«

Betretene Stille.

»Das tut mir leid.«

Rasmus räusperte sich. »Eigentlich bin ich hier, um mit deinem Sohn über Elin Akman zu sprechen.«

»Sebastian ist noch in der Schule.«

»Leider stimmt das nicht.«

Kiersten sah ihn verwirrt an.

»Ich war vorhin dort, um mit Elins Lehrern und ihren Klassenkameraden zu sprechen«, klärte er sie auf. »Sebastian ist heute nicht zum Unterricht erschienen.«

Kiersten erhob sich von ihrem Stuhl. »Ich sehe in seinem Zimmer nach.« Sie eilte die Treppe ins Untergeschoss hinab und kehrte kurz darauf mit sichtlich angespanntem Gesichtsausdruck zurück. »Sebastian ist nicht da.«

»Wo könnte er sein?«

»Ganz ehrlich? Ich weiß es nicht.«

»Die Lehrerin sagte, Sebastian wäre Anfang der Woche krank gewesen.«

»Das stimmt. Er hatte Magenprobleme und ist im Bett geblieben.« Sie setzte sich wieder ihm gegenüber an den Tisch.

»An welchem Tag war das?«

»Ich habe Sebastian am Dienstag krankgemeldet. Aber es ging ihm bereits seit Montagnachmittag schlecht. In der Nacht ist er ein paarmal zur Toilette gerannt und musste sich übergeben.«

»Aber heute Morgen ging es ihm gut?«

»Ich denke ja, aber ich bin schon früh aus dem Haus. Ich hatte einen Arzttermin in Aabenraa.« Kiersten schaute zum Fenster. Ein paar Kinder waren gerade dabei, ein Schlauchboot ins Wasser zu hieven. »Sebastian ist schwierig, seit wir hier leben. Er vermisst seine Freunde in Kopenhagen. Offensichtlich nimmt er uns den Umzug noch immer übel.« Sie wandte ihm wieder ihren Blick zu. Eine tiefe Traurigkeit lag darin. »Wir hatten gehofft, dass es mit der Zeit besser werden würde, aber seit ein paar Tagen ist Sebastian besonders unausstehlich.«

»Ist etwas vorgefallen?«

»Keine Ahnung.« Sie drehte mit ihren perfekt manikürten Fingern nachdenklich am Ehering. »Vielleicht tue ich Sebastian auch unrecht. Schließlich war er krank.«

»Wie gut kannte er Elin?«

»Die beiden waren in einer Clique, und ich glaube, sie verstanden sich sehr gut.« Kiersten langte nach ihrer Kaffeetasse. »Zumindest war Elin ein paarmal bei uns. Ein wirklich nettes Mädchen und dazu noch sehr apart.«

»War sie alleine hier oder mit den anderen zusammen?«

Kiersten sah ihn über den Rand ihrer Kaffeetasse irritiert an. »Sowohl als auch.«

»Waren die beiden vielleicht ein Paar?«

»Ich habe Sebastian tatsächlich einmal danach gefragt, weil ich den Eindruck hatte, dass sie ihm gefiel. Aber er sagte nein.« Sie stellte ihre Tasse wieder ab. »Wobei das nicht unbedingt etwas heißen muss. Sebastian erzählt mir schon längst nicht mehr alles.«

Rasmus fischte sein Handy aus der Brusttasche seines Hemdes, suchte das Foto von dem goldenen Kreuzanhänger heraus und hielt ihr das Display hin. »Kennst du diese Kette?«

Kiersten betrachtete das Foto. »Gehörte sie Elin?«

Er nickte.

»Ich habe die Kette noch nie gesehen.«

Die Haustür ging auf, und ein dunkelhaariger Teenager kam herein. Er hatte die Statur eines Athleten, die Gesichtszüge waren kantig und ausgeprägt wie die eines Mannes, die Haut sonnengebräunt. Er war ungefähr im gleichen Alter, wie Anton jetzt wäre, wenn sein Sohn noch leben würde. Rasmus ertappte sich dabei, wie er den Jungen anstarrte.

»Sebastian, wo warst du?« Kiersten eilte ihrem Sohn entgegen und umarmte ihn. »Hast du von Elin gehört?«

Der Teenager nickte. Sein Gesicht wirkte verschlossen.

Kiersten wies auf Rasmus. »Sebastian, das ist Rasmus Nyborg, ein alter Freund. Ihr seid euch schon einmal begegnet, als du klein warst. Erinnerst du dich?«

Der Junge schüttelte den Kopf. Er hatte bislang noch keinen einzigen Ton von sich gegeben.

»Er ist außerdem Polizist«, fuhr Kiersten mit ihrer Erklärung fort.

»Hej, Sebastian.« Rasmus erhob sich. »Ich bin wegen Elin Akman hier. Du weißt, dass sie ermordet wurde?« Der Teenager nickte.

»Wie hast du davon erfahren?« Ihm fiel eine Verletzung am rechten Handknöchel des Jungen auf.

»Eine Nachbarin hat es heute Morgen erzählt.« Sebastians Stimme klang belegt.

Rasmus sah ihn mitfühlend an. »Das war bestimmt ein Schock für dich. Bist du deshalb nicht in der Schule gewesen?«

Sebastian nickte erneut.

Rasmus deutete auf die Verletzung. »Was ist da passiert?«

»Ich bin am Badesteg abgerutscht.«

»Komm, setz dich mal zu mir«, forderte Rasmus ihn auf. »Ich möchte dir ein paar Fragen stellen.«

Der Junge machte keinerlei Anstalten, seiner Aufforderung Folge zu leisten, und sah stattdessen seine Mutter an. »Muss ich?«

»Niemand kann dich dazu zwingen«, versicherte ihm Kiersten. »Aber natürlich wäre es besser, du würdest der Polizei helfen. Du möchtest doch sicher auch, dass Elins Mörder gefasst wird, oder? Schließlich warst du mit ihr befreundet.«

»Einen Scheiß war ich.« Für einen kurzen Moment zitterte seine Unterlippe, dann straffte er sich und sah Rasmus an. »Ich lag krank im Bett, als das mit Elin passiert ist, und ich habe keinerlei Bock, irgendwelche Fragen zu beantworten.« Seine Augen verengten sich. »Es ist mir auch völlig egal, ob du ein Freund meiner Eltern bist. Lass mich einfach in Ruhe, dann kommen wir beide prima klar.« Damit machte er auf dem Absatz kehrt und ging die Treppe hinunter.

Rasmus starrte ihm hinterher. Kurz war er versucht, dem Jungen hinterherzugehen, doch er hielt sich zurück. In der Regel brachte es nichts, einem bockigen Teenager Druck zu machen. Den Fehler hatte er bei Anton in der Vergangenheit häufig begangen. Jetzt hieß es, tief durchatmen, Ruhe bewahren und zu einem späteren Zeitpunkt wiederkommen.

»Ich habe dir gesagt, dass er momentan schwierig ist«, versuchte sich seine Mutter an einer Erklärung für Sebastians Verhalten. »Elins Tod macht ihm sicher noch zusätzlich zu schaffen. Du darfst seinem Auftritt nicht zu viel Bedeutung zumessen. Er ist einfach nur überfordert.«

»Das verstehe ich. Trotzdem habe ich einen Mord aufzuklären.« Er fuhr sich mit der Hand über seinen Hinterkopf. »Sebastian hat also zwischen Montagnachmittag und Dienstagabend krank im Bett gelegen?«

»Das stimmt.«

»Hättest du es gemerkt, wenn er zwischenzeitlich weggegangen wäre?«

»Mit Sicherheit.«

»Sag deinem Sohn, dass ich wiederkomme.«

Kiersten nickte. »Ich möchte bei allen Befragungen dabei sein.« Sie stemmte ihre Hände in die Hüften. »Sebastian ist noch minderjährig.«

»Das ist dein gutes Recht.« Er zog eine Visitenkarte heraus und legte sie auf den Tisch. »Ruf mich an, wenn etwas sein sollte.«

»Richte bitte Camilla einen Gruß aus, wenn du sie das nächste Mal sprichst. Vielleicht können wir uns irgendwann mal treffen.«

»Das besprichst du dann am besten mit Camilla selbst.« Rasmus lächelte flüchtig. »Mach's gut, Kiersten.«

»Du auch.« Sie machte dieses Mal keinerlei Anstalten, ihn zu umarmen. »Schade, dass wir uns nicht unter anderen Umständen wiedergesehen haben.«

»Ich finde allein raus.«

Draußen vor der Tür zündete er sich erst mal eine Zigarette an. Das unerwartete Wiedersehen hatte ihn aus dem Konzept gebracht, auch das Gespräch über Camilla und Anton. Einer der Gründe, weshalb man Privates und Berufliches während einer Ermittlung niemals vermischen durfte. Im Grunde war er jetzt genauso schlau wie vorher. Er wusste weder Näheres über die Beziehung zwischen Elin und Sebastian noch wann die beiden zuletzt miteinander gesprochen hatten. Rasmus nahm einen Zug von seiner Zigarette. *Einen Scheiß war ich*, hatte Sebastian gesagt. Das klang fast, als hätten er und Elin sich gestritten. Doch der Junge hatte laut seiner Mutter während der Tatzeit krank im Bett gelegen, damit schied er mit hoher Wahrscheinlichkeit als Mörder aus.

Ihm fiel ein, dass er Kiersten überhaupt nicht nach Mathias gefragt hatte. Vermutlich lag es daran, dass er den Architekten schon damals nicht hatte leiden können. Der Mann war ein Arschloch, arrogant vom Scheitel bis zur Fußsohle. Mit solchen Typen war er noch nie klargekommen.

Rasmus nahm einen weiteren Zug von seiner Zigarette und ging hinunter zum Ufer. Er ließ seinen Blick über die Bucht schweifen. Linker Hand gerieten die Segelmasten von Marina Minde in sein Sichtfeld, und er erinnerte sich, wie er vor Jahren dort gewesen war. Damals hatte Anton noch gelebt.

Er ging in der entgegengesetzten Richtung ein paar Schritte die Uferstraße entlang, die Anwohner und Strand voneinander trennte. Die Fahrbahn war keine drei Meter breit, und er fragte sich, was passierte, wenn sich zwei Autos entgegenkamen. Er blieb stehen und betrachtete das Haus der Ravns. Trotz der großen Fensterfront konnte er nicht ins Innere des Gebäudes sehen. Offenbar waren die Scheiben speziell beschichtet worden, um die Bewohner vor fremden Blicken zu schützen. Er sah zum Meer. Der Strandabschnitt war ähnlich schmal wie die Straße, doch mittlerweile dicht bevölkert. Kinderlachen mischte sich mit Möwengeschrei. Die Temperaturen waren auf über zwanzig Grad geklettert. Eine kleine Gestalt auf dem Fahrrad kam ihm im halsbrecherischen Tempo auf der Uferstraße entgegen. Sonnenlicht blendete ihn. Er schirmte seine Augen mit der rechten Hand ab und sah, dass es Rie Poulsen war, die so heftig in die Pedale trat.

Rasmus hob die Hand. »Hej, Rie.«

Die Kleine bremste ab und kam wenige Meter vor ihm zu stehen.

»Hej.« Sie hatte sich das linke Knie aufgeschlagen. Stellenweise hatte sich bereits Schorf gebildet. Ihr Handy baumelte in Hüfthöhe an dem bunt geflochtenen Band. Sie beäugte ihn. »Habt ihr den gekriegt, der das mit Elin gemacht hat?«

Die Kleine ist wirklich alles andere als schüchtern, dachte Rasmus. »Bisher noch nicht. Weißt du vielleicht, wo Elin am Montag nach der Schule gewesen sein könnte?«

Rie schüttelte den Kopf. »Mir erzählt ohnehin nie irgendjemand etwas. Alle denken, ich wäre zu klein.« Sie streckte sich, um sich ein Stück größer zu machen.

»Wie alt bist du denn?«

»Elf«, erklärte Rie stolz.

Rasmus schmunzelte. Die Kleine gefiel ihm. Unwillkürlich fragte er sich, wie Ida wohl sein würde, wenn sie im gleichen Alter war. Trotzdem sollte er das Mädchen nicht ohne Beisein ihrer Eltern befragen.

Als hätte sie seinen Gedanken erraten, stieg Rie wieder auf ihr Fahrrad. »Ich muss los.« Sie fuhr davon.

Lächelnd sah er ihr hinterher. Sie sollte einen Helm

tragen, schoss es Rasmus angesichts ihres Tempos in den Sinn. Er blickte zum Strand. Eine ältere Frau zog sich gerade aus dem hüfthohen Wasser die Treppe auf den Badesteg hinauf. Rasmus rief sich Sebastians Verletzung am Handrücken zurück ins Gedächtnis. Konnte die Verletzung tatsächlich von dort stammen?

Hamburg, Deutschland

Es war bereits früher Nachmittag, als Vibeke nach zweieinhalbstündiger Fahrt in einer kleinen Seitenstraße im Hamburger Stadtteil Bramfeld, nordöstlich des Zentrums, aus ihrem Dienstwagen stieg. Der Verkehr auf der A7 hatte sich immer wieder gestaut. Es war der Beginn der Sommerferien in Schleswig-Holstein, dazu kamen die Pendler, die frühzeitig ins Wochenende aufbrachen, und etliche Baustellen.

Sontje Akman wohnte am Ende einer Sackgasse in einer gepflegten Wohnanlage mit Rotklinkerbauten umgeben von viel Grün. Trotz der Nähe zur hektischen Bramfelder Chaussee mit ihren Ladenzeilen wirkte es idyllisch und ruhig gelegen.

Vibeke steuerte auf den Hauseingang zu. Kurz nach dem Drücken der Klingel ertönte der Summer. Sie nahm die Treppe in den zweiten Stock.

Ein junger Mann Anfang zwanzig öffnete ihr die Tür. Dunkle Augen, schwarzes kräftiges Haar, dunkler Teint und ein glattrasiertes Kinn. Er war leger in Jeans und T-Shirt gekleidet, unter den Ärmeln zeichneten sich die Muskeln gut trainierter Oberarme ab. »Ja?«

Sie zückte ihren Dienstausweis. »Vibeke Boisen. Polizei Flensburg. Und Sie sind?«

»Timur Akman.« Sein Blick verdunkelte sich. »Sie kommen wegen Elin.«

Sie nickte. »Mein Beileid, Herr Akman.«

»Danke.« Er machte keinerlei Anstalten, sie hineinzubitten.

»Ich würde gerne mit Ihrer Mutter sprechen.«

»Sie hat sich hingelegt. Es geht ihr nicht besonders gut.«

»Das ist verständlich«, erwiderte Vibeke mitfühlend. »In dem Fall möchte ich mich gerne mit Ihnen unterhalten.«

Wortlos ließ er sie eintreten. Vibeke folgte ihm in eine schlichte, funktional eingerichtete Küche, die direkt neben dem Wohnungseingang lag. In der Spüle stapelte sich dreckiges Geschirr, an der Wand hingen großformatige Kunstdrucke. Es roch nach Schweiß und kaltem Zigarettenrauch.

Timur Akman öffnete das Fenster. »Setzen Sie sich.«

Vibeke nahm Platz.

»Wie war Ihr Verhältnis zu Elin?«, begann sie das Gespräch, nachdem sie die Personalien festgehalten hatte.

»Wir standen uns nahe.« Timur Akmans Stimme klang belegt. »Sie war meine kleine Schwester.«

Vibeke ließ einen Moment verstreichen, ehe sie die nächste Frage stellte. »Wann haben Sie Elin zuletzt gesehen?«

»Vor etwa drei Monaten. Wir haben uns in Sønderborg auf einen Kaffee getroffen.«

»Gab es dafür einen bestimmten Grund?«

»Nein. Ich wollte nur sehen, wie es Elin ging. Die letzte Zeit in Hamburg war nicht einfach für sie.«

»Und wie ging es Ihrer Schwester?«

»Gut. Elin wirkte ausgeglichen und glücklich.«

»War sie verliebt?«

»Keine Ahnung.« Er verschränkte seine Finger ineinander. »Sie hat nichts Derartiges gesagt.«

»Elin war keine Jungfrau mehr«, schob Vibeke hinterher, und seine Gesichtszüge verhärteten sich. »Wussten Sie davon?«

»Nein.« Um seine Mundwinkel zuckte es fast unmerklich.

Er lügt, dachte Vibeke. Sie beugte sich vor. »Wer könnte Ihre Schwester umgebracht haben?«

»Ich weiß es nicht.« Er hatte seine Gesichtsmuskeln wieder vollständig unter Kontrolle und hielt ihrem Blick stand. »Vielleicht jemand, der keine Ausländer mag.«

»Ihre Schwester war Deutsche.«

Timur Akman stieß ein verbittertes Lachen aus. »Sie haben nicht den blassesten Schimmer, wie es für uns ist, oder?«

»Dann erzählen Sie es mir«, forderte Vibeke ihn auf.

Doch er zeigte sich wieder verschlossen. »Danke. Kein Bedarf.«

Vibeke unterdrückte ein Seufzen. »Hat Ihre Familie in letzter Zeit Drohungen erhalten oder war sie irgendwelchen Anfeindungen ausgesetzt?«

»Nichts, was über die üblichen Beleidigungen hinausging.«

Als Vibeke fragend die Brauen hob, fuhr er fort.

»Kanake, Knoblauchfresser, Kümmeltürke«, zählte

er mit gleichgültiger Miene auf. »Die Liste lässt sich unendlich weiterführen. Suchen Sie sich etwas aus.«

Vibeke schwieg einen Moment betroffen. »Und Ihre Schwester?«

»Elin wurde selten angefeindet, das ging erst mit den Nacktfotos los. Sie kam ja vom Aussehen her eher nach unserer Mutter.« Er knetete seine Hände. »Außerdem wissen die wenigsten, dass ›Elin‹ auch in der Türkei ein gebräuchlicher Name ist. Viele hielten sie für eine Schwedin.«

Vibeke nickte. Für sie war die Information ebenfalls neu.

»Was ist mit diesem Jungen, der die Fotos Ihrer Schwester ins Netz gestellt hat? Wurde er je dafür belangt?«

»Darian? Meine Eltern haben Anzeige erstattet, und er musste Elin ein Schmerzensgeld zahlen.« Timur Akman schüttelte den Kopf. »Als wäre es damit getan. Die Fotos sind zum Teil noch immer im Netz. Sie waren der Anfang von allem. Ohne die Fotos würde Elin jetzt vermutlich hier am Tisch sitzen und ihre Hausaufgaben machen.« Sein Blick heftete sich für einen kurzen Moment auf die Tischplatte.

Vibeke griff nach ihrem Stift. »Ich muss Sie das leider fragen: Wo waren Sie Montag, so ab fünfzehn Uhr, bis Dienstagabend?«

Timur Akman zog die Brauen zusammen. »Ich war an beiden Tagen an der Uni. Gegen fünf bin ich nach Hause gefahren und habe die Abende mit meiner Familie verbracht.«

»Und dazu gehört?«

»Mein Vater, dann Esma, meine Stiefmutter, meine

beiden jüngeren Schwestern und mein Bruder Sait«, zählte er auf. »Nach dem Abendessen kamen noch mein Onkel und seine Familie dazu. Sie wohnen im gleichen Haus wie wir, nur eine Etage über uns.«

Vibeke blickte vom Notizbuch hoch. »Was studieren Sie?«

»Chemie. Im dritten Semester.«

»Ich brauche eine Auflistung von Kommilitonen, die bestätigen können, dass Sie an der Uni waren.«

»Verdächtigen Sie etwa meinen Sohn?« Sontje Akman stand in der offenen Tür. Sie trug einen rosafarbenen Frottee-Bademantel und wirkte zart und zerbrechlich. Ihr Gesicht war blass und hohlwangig, das strähnige blonde Haar nachlässig zu einem Knoten am Hinterkopf zusammengebunden. Die dunklen Ringe unter ihren Augen deuteten auf wenig Schlaf und großen Schmerz.

»Hallo, Frau Akman«, erwiderte Vibeke freundlich. »Wir überprüfen routinemäßig die Alibis aller Personen, die mit Elin in Kontakt standen.«

»Also auch meins«, stellte Sontje Akman fest und setzte sich zu ihnen an den Tisch.

»Fühlen Sie sich dazu in der Lage, mir ein paar Fragen zu beantworten?«, fragte Vibeke.

»Was wollen Sie wissen? Ob ich einen Verdacht habe, wer meiner Tochter so etwas Schreckliches angetan haben könnte?« Sie bekam einen harten Zug um den Mund. Im nächsten Moment schluchzte sie auf.

Ihr Sohn strich ihr mit einer unbeholfenen Geste über den Arm und warf Vibeke einen finsteren Blick zu.

Sontje Akman zog ein Taschentuch aus ihrer Bademanteltasche und schnäuzte sich geräuschvoll die Nase.

»Entschuldigen Sie, Frau Boisen. Ich muss völlig hysterisch wirken.«

»Sie müssen sich nicht entschuldigen.«

Sontje Akman wandte sich an ihren Sohn. »Kannst du mir einen Gefallen tun und bei Opa im Laden vorbeischauen? Vielleicht braucht er Hilfe.« Sie sah die Kriminalbeamtin an. »Das ist doch okay, oder?«

Vibeke nickte. »Ich habe vorerst alles, was ich von Ihrem Sohn benötige.«

»Bist du sicher, dass du hier ohne mich zurechtkommst?« Timur Akmans Blick huschte zu Vibeke.

»Kümmere du dich bitte um Opa, damit hilfst du mir am meisten«, beruhigte ihn seine Mutter.

»Wenn du meinst.« Er stand auf und verließ die Küche. Kurz darauf fiel die Haustür hinter ihm ins Schloss.

Sontje Akman wandte sich Vibeke zu. »Mein Vater hat ganz in der Nähe einen Tabak- und Zeitschriftenladen. Seit dem Tod meiner Mutter schafft er die Arbeit nicht mehr alleine, deshalb bin ich vor ein paar Jahren hergezogen, um ihn zu unterstützen. Ich war auch Montag und Dienstag dort, jeweils bis zwanzig Uhr.« Sie zwirbelte an einer losen Haarsträhne. »Ich hätte den Laden am liebsten für ein paar Tage geschlossen, doch mein Vater will davon nichts wissen. Aber vielleicht lenkt ihn die Arbeit ab.« Erneut schossen ihr Tränen in die Augen. »Ich würde jedenfalls alles drum geben, wenn ich auch nur ein paar Minuten an etwas anderes denken könnte als daran, dass mein Kind tot ist.« Sie schnäuzte in ihr Taschentuch. »Lassen Sie uns weitermachen.«

»Hat Elin etwas von einem Freund erzählt?«, fuhr Vibeke mit der Befragung fort.

»Nein, aber ich glaube, dass sie verliebt war.« Erstmals lächelte Sontje Akman. »Eine Mutter spürt so etwas. Ich dachte, sie wird irgendwann von sich aus damit zu mir kommen, aber vielleicht befürchtete sie auch, ich könne es ihrem Vater erzählen.«

»Hatte Elin denn Angst vor ihm?«

»Das nicht.« Sontje Akman zögerte. »Ich würde es eher Respekt nennen. Faruk war sehr aufgebracht, als die Nacktbilder von Elin aufgetaucht sind.«

»Ihr Sohn erzählte, Sie hätten den Jungen, der dafür verantwortlich ist, angezeigt. Hat er sich jemals wieder bei Ihrer Tochter gemeldet?«

»Nein. Seine Eltern haben das Schmerzensgeld überwiesen, und seitdem war Ruhe.«

Vibeke machte sich eine entsprechende Notiz. »Wussten Sie, dass Elin keine Jungfrau mehr war?«

Sontje Akmans Augen weiteten sich. »Ich hatte keine Ahnung.« Eine tiefe Falte bildete sich auf ihrer Stirn. »Aber vielleicht hätte ich es mir denken können. Elin wollte vor einiger Zeit meine Einwilligung, dass sie die Pille nehmen darf. Sie sagte, sie hätte Hautprobleme.«

»Wann war das?«

»Irgendwann Anfang März.«

»Wurde Ihre Tochter jemals sexuell belästigt?«

»Nein«, antwortete Sontje Akman bestimmt. »Das hätte sie mir mit Sicherheit erzählt.«

»Wie verstand sich Elin mit den Poulsens?«

»Sehr gut. Ansonsten hätte ich sie nie für ein Jahr dort gelassen. Nora behandelte sie wie ihr eigenes Kind, und Lars war für Elin wie ein zweiter Bruder.«

»Und Rune?« hakte Vibeke nach.

»Er mochte Elin, so wie alle anderen in der Familie.«

Sie knüllte das Taschentuch zusammen. »Vielleicht kann er es nicht immer gut zeigen, aber Rune ist ein feiner Kerl.«

»Hat Ihre Tochter von ihren Freunden erzählt?«

Sontje Akman nickte. »Sie traf sich häufig mit Annelie. Die Mädchen hingen schon früher wie die Kletten zusammen. Aber sie verstand sich auch mit den anderen aus Annelies Clique gut, besonders mit diesem Jungen aus Kopenhagen.«

»Sebastian«, half ihr Vibeke auf die Sprünge.

»Genau. Elin erzählte, dass man von seinem Zimmer direkt aufs Meer sehen kann.« Ein trauriges Lächeln huschte über ihre Lippen.

Vibeke tippte mit ihrem Kugelschreiber auf ihr Notizbuch »Sie haben sicherlich die Schlagzeilen gelesen.«

Sontje Akman nickte.

»Könnte an den Spekulationen der Presse etwas dran sein?« Vibeke hatte ihre Frage bewusst vorsichtig formuliert, doch die blonde Frau starrte sie entgeistert an. »Das ist jetzt nicht Ihr Ernst, oder? Faruk würde das niemals zulassen.«

»Wann haben Sie Ihren Ex-Mann zuletzt getroffen?«, erkundigte sich Vibeke. »Hat er sich seit dem Tod Ihrer Tochter bei Ihnen gemeldet?«

»Nein. Wir haben nur noch selten Kontakt. Aber das ändert nicht das Geringste an meiner Meinung.« In ihren Augen blitzte es. »Für Faruk lege ich meine Hand ins Feuer. Ich war schließlich jahrelang mit ihm verheiratet.«

Sie muss ihn sehr geliebt haben, schoss es Vibeke durch den Kopf. Trotzdem änderte es nichts an der Tatsache, dass niemand einen anderen Menschen vollständig kannte. Zudem waren Faruk und Sontje Akman seit Jahren geschieden. »Weshalb haben Sie und Ihr Mann sich eigentlich getrennt?«

Ehe Sontje Akman antworten konnte, wurde die Haustür aufgeschlossen und ein kräftiger Mann im St.-Pauli-Shirt erschien in der Küche. Er trug einen angesagten Hipster-Bart, das Haar am Oberkopf war nach hinten frisiert, die Seiten millimeterkurz, die Arme bis zum Handrücken tätowiert.

»Hey, Babe, alles klar?« Er legte Sontje Akman von hinten die Hände auf ihre Schultern, als wolle er sein Revier markieren. An seinen Fingern prangten klobige Silberringe.

»Das ist Kriminalhauptkommissarin Boisen von der Flensburger Polizei«, erklärte Elins Mutter.

»Enno Teschke«, stellte sich der Tätowierte vor. »Sontjes Lebensgefährte.« Er musterte sie aus zusammengekniffenen Augen. »Haben Sie den Täter gefasst?«

»Wir gehen derzeit verschiedenen Spuren nach.«

Enno Teschke schnalzte mit der Zunge. »Im Klartext bedeutet das, Sie haben bislang rein gar nichts.«

Vibeke ließ sich nicht provozieren. »Sie kannten Elin?«

Er nickte.

Sie notierte seinen Namen. »Wo waren Sie von Montagnachmittag bis Dienstagabend?«

»Weshalb wollen Sie das wissen?«

»Das gehört zur Routine. Also?«

»Ich war in meiner Kneipe, das *Boxenstop* in der Wandsbeker Chaussee«, erwiderte er selbstgefällig. »Aber vermutlich ist Ihnen das kein Begriff.«

Doch damit lag er falsch, sie kannte das Lokal. Während ihrer Zeit beim Kriminaldauerdienst hatten sie und ihre Kollegen dort häufiger zu tun gehabt. Schlägereien und nächtliche Ruhestörungen waren nur einige Dinge, weshalb die Leute aus der Nachbarschaft die Polizei gerufen hatten. Einmal war es nach Streitigkeiten zwischen zwei Männern zu einem Schusswechsel gekommen.

Vibeke lächelte spröde. »Und Sie haben in Ihrer Kneipe auch übernachtet?«

Enno Teschke schaute sie finster an. »Nein. Ich habe zu Hause geschlafen. Zwei Etagen höher.« Er verschränkte seine tätowierten Arme vor der Brust.

Vibeke klappte ihr Notizbuch zu. »Danke für Ihre Zeit, Frau Akman. Ich melde mich bei Ihnen, sobald sich etwas Neues ergibt.« Sie erhob sich.

»Kann ich Elin sehen?«, fragte Sontje Akman unvermittelt.

»Davon möchte ich Ihnen abraten«, erwiderte Vibeke freundlich. »Die Leiche Ihrer Tochter ist verbrannt. Sie werden Elin nicht erkennen.«

Sontje Akman griff haltsuchend nach dem Arm ihres Lebensgefährten. Vibeke verabschiedete sich und verließ die Wohnung.

Flensburg, Deutschland

Vibeke hielt kurz vor zwanzig Uhr neben der Einfahrt des weißen Siedlungshauses, in dem ihre Freundin Nele wohnte. Erst drei Jahre zuvor war das heruntergekommene Gebäude im südöstlichen und ländlich gelegenen Stadtteil Tarup von Nele und ihrem Mann Jonas aufwendig saniert und um einen modernen Anbau erweitert worden.

Vibeke war versucht gewesen, die Einladung abzusagen, denn der lange Arbeitstag und die zähen Befragungen hatten sie geschafft. Nach ihrem Besuch bei Elins Mutter hatte sie Faruk Akman in seiner Wohnung in Altona aufgesucht, um mit dem Rest der Familie zu sprechen. Mit Elins Stiefmutter Esma, ihren jüngeren Schwestern Selin und Selma, ihrem Onkel und ihrer Tante sowie den Cousins und der Cousine und ihrem jüngeren Bruder Sait.

Die Akmans waren ihr allesamt verhalten begegnet. Abweisende Gesichter, höflich formulierte Antworten. Bei den Angaben, die den Mordzeitraum betrafen, stimmten alle Familienmitglieder überein. Man habe den Nachmittag und den Abend gemeinsam verbracht, zusammen gegessen, sich unterhalten und Tee getrunken. Vibeke war es so vorgekommen, als hätten die Angehörigen an dieser Stelle ein Tonband in Dauerschleife abgespult. Die Familie mauerte, das war ihr sofort klar gewesen, doch über die Gründe konnte sie derzeit nur spekulieren. Bislang gab es keinerlei Anhaltspunkte, dass sich einer der Angehörigen zum Zeitpunkt von Elins Verschwinden in Dänemark aufgehalten hatte. Auch eine mögliche Verwicklung von Enno Teschke in den Fall war weitestgehend vom Tisch. Bei ihrem Abstecher ins *Boxenstop* hatte eine Angestellte bestätigt, dass sich der Kneipenbesitzer bis zur Schließung um ein Uhr nachts in seinem Lokal aufgehalten hatte.

Die anschließende Rückfahrt von Hamburg nach

Flensburg war genauso zäh vonstattengegangen wie die Befragungen. Immer wieder hatte sie im Stau gestanden, eingeklemmt zwischen LKWs, bis unter den Rand vollgepackten Kombis und Campingwagen, die sich pünktlich zu Ferienbeginn kolonnenartig in Richtung Norden schoben. Eigentlich hatte sie noch vorgehabt, ihre Berichte zu schreiben, doch dann war sie so spät in Flensburg gewesen, dass die Zeit nur noch dafür gereicht hatte, ihre Bluse gegen ein schlichtes Seidentop zu tauschen und etwas Make-up aufzulegen.

Vibeke stieg aus dem Wagen und steuerte auf den Eingang des weißen Siedlungshauses zu. In der Auffahrt standen zahlreiche Autos und Fahrräder. Beim Anblick eines St.-Pauli-Aufklebers auf dem Heck eines Kombis kam Vibeke unweigerlich Enno Teschke in den Sinn. Der Gedanke an den Kneipenbesitzer löste ein unbehagliches Gefühl in ihrer Magengegend aus, doch vermutlich lag es nur daran, dass sie selbstgefällige Machos noch nie hatte ausstehen können. Trotzdem nahm sie sich vor, seinen Namen gleich am nächsten Morgen durch den Computer zu jagen.

Aus dem hinteren Garten drang Gelächter und Musik. In der Luft lag der Geruch von gegrilltem Fleisch. Offenbar war das Fest bereits im vollen Gang. Vibeke wischte jeglichen Gedanken an die Arbeit beiseite, betrachtete die Flasche Weißwein, die sie als Gastgeschenk mitgebracht hatte, und trat durch die offene Tür.

Marina Minde, Dänemark

Im Hafen von Marina Minde lagen zahlreiche Jachten vor Anker, Segelmasten reckten sich über spiegelglattem Wasser dem Abendhimmel entgegen. Die Segler saßen paarweise oder in Grüppchen an Deck, tranken ihr Feierabendbier, spielten Karten oder lasen ein Buch, einige schrubbten die Planken. An einem Fahnenmast vor dem *Værftet,* dem Hafenrestaurant mit klassischer dänischer Küche, flatterte der Dannebrog.

Die Stimmung war friedlich und unbeschwert. Nichts deutete auf den grausamen Vorfall hin, der sich einige Tage zuvor auf der anderen Seite der Bucht ereignet hatte.

Rune winkte im Vorbeigehen dem Hafenmeister Anders Eriksen zu, der sich gerade auf dem Steg mit dem Besitzer eines Katamarans unterhielt, und steuerte auf das dunkelrote Holzgebäude zu. Die Außenterrasse des Restaurants war am Freitagabend gut besucht, und es herrschte reges Stimmengewirr. Er entdeckte Flemming an ihrem üblichen Ecktisch mit direktem Blick aufs Wasser, den der Restaurantbesitzer jeden Freitag für sie reserviert hielt.

»Hej.« Rune setzte sich seinem Freund gegenüber an den Tisch.

»Hej, Rune«, begrüßte ihn Flemming. »Wie geht es dir, Nora und den Kindern?« Sein Blick wirkte besorgt.

»Nicht besonders gut, wie du dir vielleicht denken kannst.« Rune fuhr sich mit der Hand übers Gesicht. »Der Tod von Elin nimmt uns alle mit. Sie ist im letzten Jahr zum Familienmitglied geworden.«

Die Kellnerin brachte die Speisekarten. Sie überflogen kurz die Gerichte. Rune entschied sich für den gebratenen Lachs, während sein Freund den gebackenen Dorsch auswählte. Dazu bestellten sie Bier.

»Das arme Mädchen«, sagte Flemming, nachdem die Kellnerin mit der Bestellung abgezogen war. Er sah einen Moment mit nachdenklicher Miene zum Wasser, ehe er sich wieder Rune zuwandte. »Du weißt, dass du immer mit mir sprechen kannst. So ein Tod hinterlässt oft tiefe Wunden bei den Hinterbliebenen. Vor allem, wenn er so früh kommt und noch dazu unter so schrecklichen Umständen.«

Rune nickte. »Man fragt sich, was Gott sich dabei gedacht hat.«

»Das war nicht Gottes Werk«, erwiderte Flemming sanft. »Das Mädchen starb von Menschenhand. Es ist nicht die Aufgabe von Gott, Leid und Not zu lindern. Er hat die Welt erschaffen, aber die Verantwortung dafür tragen wir. Gott ist an der Seite derer, die leiden.«

Rune verzichtete darauf, das Thema weiter auszuführen. Zu häufig hatten sie über die Frage nach dem »Warum?« diskutiert, und vermutlich würde er nie eine Antwort darauf finden, die ihn zufriedenstellte.

Die Kellnerin brachte ihre Getränke, und sie stießen an.

»Skål.«

Eine Weile tranken sie schweigend ihr Bier.

Flemming räusperte sich. »Wir müssen unsere Gemeinde und unsere Kinder vor Eindringlingen schützen.« Er nahm einen kräftigen Schluck aus seinem Glas. »So gesehen hat der Tod des Mädchens auch etwas Gutes.«

Rune ließ sein Bierglas auf die Tischplatte krachen. »Wie kannst du nur so etwas sagen?«

Köpfe flogen zu ihnen herum.

Flemming ruderte augenblicklich zurück. »Ich habe mich falsch ausgedrückt, entschuldige. Ich meine nur, jetzt, wo diese schreckliche Tat passiert ist, werden wir achtsamer sein. Künftig werden wir unsere Kinder nicht mehr aus den Augen lassen, zumindest solange die Polizei den Täter nicht gefasst hat.« Seine Stimme wurde eindringlich. »Es hätte genauso gut eine unserer Töchter treffen können. Annelie. Oder Rie.«

Rune erstarrte. Bei dem Gedanken, seiner jüngsten Tochter würde Ähnliches zustoßen wie Elin, zog sich sein Herz zusammen. »Und was willst du dagegen tun? Vielleicht eine Bürgerwehr gründen?«

»Weshalb nicht?« Der Pfarrer griff nach seinem Bierglas.

Rune tat es ihm nach. »Das ist völliger Unsinn. Niemand weiß bislang, wer hinter der ganzen Sache steckt. Seien wir mal ehrlich. Der Täter könnte genauso gut von hier stammen.«

»Das solltest du lieber nicht zu laut sagen«, warnte ihn Flemming.

»Die Zeitungen schreiben etwas von Ehrenmord, was natürlich der allergrößte Humbug ist.« Rune sah, wie es in Flemmings Augen aufblitzte. Offenbar hatte er seinem Freund gerade das Stichwort geliefert, auf das er gewartet hatte. »Vergiss es. Faruk Akman ist ein anständiger Kerl.« Seine Gedanken glitten zu dem Türken mit den dunklen Augen.

»Was ist mit dem Rest der Familie?« Flemming senkte die Stimme. »Soweit ich weiß, handelt es sich dabei um eine ganze Sippschaft. Einen Clan. Du willst mir doch nicht ernsthaft erklären, dass du für jeden Einzelnen von denen deine Hand ins Feuer legst?«

Das Essen wurde an den Tisch gebracht und ersparte Rune die Antwort. Doch der Keim des Zweifels war gesät. Flemming hatte recht. Was wusste er eigentlich über Faruks neue Familie? Eigentlich nur, dass seine Frau Esma hieß, mit der er drei weitere Kinder bekommen hatte. Einen Jungen und zwei Mädchen. Mehr nicht. Welcher Glaubensrichtung gehörten diese Menschen an? Und war Faruk noch immer derselbe aufgeschlossene Mann wie zu der Zeit, als sie sich kennengelernt hatten? Nein, lautete sein nüchternes Urteil. All die unterschiedlichen Dinge, die ihnen in den letzten Jahren passiert waren, hatten sie zu den Menschen gemacht, die sie heute waren. Das galt für sie alle, nicht nur für Faruk Akman, der ihm allerdings auch erzählt hatte, gegen welche Vorurteile er und seine Landsleute anzukämpfen hatten. Noch immer galten Muslime oftmals als kriminell, frauenverachtend, antisemitisch und potenziell terroristisch veranlagt. So etwas hinterließ seine Spuren.

Rune wurde gerade mit aller Deutlichkeit bewusst, dass er den Türken vermutlich überhaupt nicht mehr kannte.

»Elin war keine Jungfrau mehr«, sagte Rune unvermittelt. Als er Flemmings triumphierende Miene sah, bereute er seine Worte augenblicklich.

»Da hast du deine Erklärung zur Schuldfrage.« Zufrieden widmete sich Flemming seinem gebackenen Dorsch.

Rune stocherte in seinem Blumenkohlsalat herum.

Er hätte lieber den Mund halten sollen, anstatt seinem Freund weitere Munition für irgendwelche abstrusen Theorien zu liefern. »Du glaubst also wirklich, es war einer von ihnen?«

»So etwas habe ich nie behauptet.« Flemming ließ sein Besteck auf den Tellerrand sinken. »Ob du es glaubst oder nicht, aber auch ich mochte Elin. Sie war Annelies Freundin und häufig bei uns zu Hause. Allerdings habe ich da noch nicht gewusst, dass sie vom rechten Weg abgekommen ist.«

»Jetzt klingst du wie ein Katholik.«

Flemming verzog das Gesicht. »Wer auch immer Elin auf dem Gewissen hat, von uns war es jedenfalls keiner. Hier halten die Leute zusammen und bringen einander nicht um.«

Rune schob sich mit der Gabel ein Stück Lachs in den Mund. »Ich habe heute Mathias getroffen«, erzählte er seinem Freund, sobald er den Bissen hinuntergeschluckt hatte. »Er stand auf dem Parkplatz vor unseren Verkaufsräumen und hat sich mit einem unserer Kunden unterhalten. Jon Hansson. Offenbar hat Mathias mal für das Unternehmen gearbeitet. Die beiden waren ganz dicke miteinander.« Er krauste bei der Erinnerung die Stirn. »Mathias hat sich ziemlich gönnerhaft aufgeführt. Langsam verstehe ich, weshalb du ihn nicht leiden kannst.« Er tunkte ein Stück Brot in die Soße.

»Du bist doch nur sauer, dass er dir für seinen Betonbunker keine deiner Ziegel abgekauft hat«, neckte ihn Flemming und hielt ihm sein Bierglas zum Anstoßen hin.

Die restliche Mahlzeit nahmen sie schweigend ein. Dabei dachte Rune weiter über Mathias nah. Ein unangenehmer Kerl. Er fragte sich, weshalb ihm das nicht schon längst aufgefallen war. Selbst Nora ging den Ravns aus dem Weg, dabei war sie die aufgeschlossenste und gastfreundlichste Person, die man sich vorstellen konnte. Jedes Jahr vor dem Sank-Hans-Feuer stimmten sie sich bei ihnen zu Hause gemeinsam mit Nachbarn und Freunden auf das Fest ein. Dann wurde Wein und Bier und ein umfangreiches Buffet aufgetischt, zu dem jeder Gast etwas beisteuerte, ehe sie alle zusammen mit Fackeln zum Ufer zogen. Doch die Ravns hatte Nora bislang dazu nie einladen wollen, obwohl ihre beiden Söhne miteinander befreundet waren. Seiner Frage nach dem Grund war sie dabei stets ausgewichen.

»Kommst du morgen eigentlich zum Kegelabend?«, durchbrach Flemming seine Gedanken.

Jeden Samstag gingen sie zusammen mit Jon Møller, dem hiesigen Feuerwehrchef, und Asger Højfeldt vom Bürgerverein und ihren Frauen zum Kegeln.

Rune schüttelte den Kopf. »Ich denke, eher nicht. Es erscheint mir irgendwie falsch.«

Sein Freund nickte verständnisvoll. »Vielleicht sollten wir es dieses Mal absagen. Herdis steht nach Kegeln auch nicht der Sinn.«

»Das tut es wohl für niemanden.« Rune schob seinen Teller zurück. »Sei mir nicht böse, aber ich lasse es für heute gut sein.« Er tupfte sich den Mund mit der Serviette ab und winkte die Kellnerin für die Rechnung heran.

»Mach dir keinen Kopf«, sagte Flemming. »Wenn es dir nichts ausmacht, bleibe ich noch ein bisschen.«

»Tu das.« Rune zückte sein Portemonnaie und drückte der Kellnerin das Geld für sein Essen in die Hand.

Flemming bestellte ein weiteres Bier, und die beiden Männer verabschiedeten sich.

Kurz darauf stand Rune im Jachthafen auf einem der Stege und sah übers Meer. Die Abenddämmerung hatte sich über die Bucht gesenkt und den Himmel zwischen den neu aufgezogenen Wolken tief orangerot verfärbt. Von den Segelbooten drangen gedämpfte Stimmen an sein Ohr. Windlichter waren angezündet worden, und in einigen Kajüten brannte Licht.

In der Ferne ertönte Donnergrollen. Sofort erfasste Rune das beunruhigende Gefühl, das er bereits am Morgen gespürt hatte. Etwas braute sich zusammen.

5. Kapitel

Padborg, Dänemark

Kein Tatort. Keine Tatwaffe. Kein einziger konkreter Hinweis auf den Täter. Es war Samstagmorgen, kurz nach neun, und Rasmus saß an seinem Schreibtisch im GZ und klopfte mit dem Kugelschreiber auf seine Schreibtischunterlage. Er hatte miserabel geschlafen. Die alten Träume quälten ihn. Letzte Nacht hatte er wieder einmal Antons Hand umklammert, während sein Sohn vom Dach eines zehnstöckigen Hochhauses herunterhing. Der Moment, als ihre Finger auseinanderglitten und Anton fast dreißig Meter in die Tiefe stürzte, hatte sich verdammt real angefühlt. Er war schweißgebadet aufgewacht, und an weiteren Schlaf war nicht mehr zu denken gewesen.

Rasmus langte nach seinem Kaffeebecher. Eigentlich hatte er sich vorgenommen, am Wochenende keine Überstunden mehr zu schieben, um mehr Zeit mit Ida verbringen zu können. Doch der Mord an der sechzehnjährigen Elin Akman machte ihnen allen zu schaffen. Keiner der Ermittler hatte auch nur einen Gedanken daran verschwendet, dass Samstag war. Sogar Søren war pünktlich um acht zur Besprechung erschienen, trotz seiner sechs Kinder. Nur Luís fehlte bislang noch, er würde später zur Gruppe dazustoßen, sobald er die

Handydaten des Opfers ausgewertet hatte, die der Netzbetreiber mittlerweile zur Verfügung gestellt hatte. In der Zwischenzeit ging das Team die Ermittlungsergebnisse des Vortages durch.

Jens und Søren hatten die Nachbarschaft abgeklappert und mit den Mitarbeitern der Ziegelei gesprochen. Niemand hatte Elin Akman am Montagnachmittag in Egernsund gesehen. Das einzige Nennenswerte, das die beiden Ermittler in Erfahrung gebracht hatten, waren einige Fälle von Vandalismus, die in den Tagen rund um Sankt Hans im Ort stattgefunden hatten. Unbekannte hatten an dem roten Bungalow des Segelvereins die Fenster eingeschlagen und das Mobiliar beschädigt, in mehreren Straßen war der Inhalt der Mülltonnen auf die Gehsteige gekippt worden, zudem hatte man das Häuschen an einer Bushaltestelle demoliert. Obwohl sich der Sachschaden insgesamt auf eine vierstellige Summe belief, war es zu keiner Anzeige gekommen. Offenbar war es ein seit Jahren wiederkehrendes Phänomen, dass sich derartige Vorfälle vor allem um Sankt Hans häuften, und man war gewillt, ein Auge zuzudrücken. Ein paar Jugendliche, die unter Alkoholeinfluss ein wenig über die Strenge schlugen, ohne dabei allzu großen Schaden anzurichten, hatten die Geschädigten den Ermittlern erklärt. Kein Grund, ein großes Fass aufzumachen. Das würde man unter sich klären.

Die Kollegen hatten auch mit dem für das Sankt-Hans-Feuer zuständigen Amt bei der Kommune Sønderborg gesprochen. Demnach war an der Stelle, wo die Leiche des Opfers verbrannt worden war, kein Feuer genehmigt worden, doch alles andere hätte ihn ohnehin verwundert. Für die kleineren Feuer an den

Küsten war in der Regel keine gesonderte Erlaubnis notwendig.

Rasmus trank einen Schluck Kaffee und hörte Vibeke Boisen zu, die gerade von ihrem Besuch bei den Akmans berichtete. Seine Kollegin wirkte an diesem Morgen noch blasser als gewöhnlich, so als hätte sie in der letzten Nacht nur wenig geschlafen. Ihm fiel wieder ein, dass sie am gestrigen Abend etwas vorgehabt hatte.

»Irgendetwas hat mich bei den Akmans irritiert«, sagte die deutsche Ermittlerin gerade. »Und damit meine ich nicht, dass sie sich praktischerweise alle gegenseitig ein Alibi gegeben haben. Vielmehr schien mir dort niemand wirklich betroffen zu sein, dass Elin so etwas Schreckliches zugestoßen ist.«

»Vielleicht, weil es einer von ihnen war«, erwiderte Jens. »Jeder weiß Bescheid, deshalb mauern sie. Bei den Türken hält die Familie zusammen. Das ist quasi wie eine geschlossene Gesellschaft.«

Niemand erwiderte etwas, und Rasmus ertappte sich bei dem Gedanken, dass es vielleicht doch nicht ganz abwegig war, den Täter innerhalb der Familie Akman zu suchen. Elin war keine Jungfrau mehr gewesen, ein ziemlich starkes Motiv für einen Ehrenmord. Trotzdem widerstrebte ihm der Gedanke, dass jemand von den Angehörigen das Mädchen getötet hatte.

Er räusperte sich. »Wir sollten nicht vorschnell urteilen. Noch wissen wir zu wenig über die Familie.« Er sah Pernille an. »Hast du die Akmans schon gecheckt?«

»Ich bin sämtliche Datenbanken durchgegangen.« Pernille zog einen Schnellhefter heran. »Die Familie ist weitestgehend unauffällig. Keinerlei Einträge, noch nicht einmal ein paar unbezahlte Knöllchen.« Sie blätterte eine mit einem gelben Haftstreifen markierte Seite auf. »Zumindest bis auf den jüngsten Sohn. Sait. Er ist seit zwei Jahren aktenkundig.«

»Ach.« Rasmus tauschte einen raschen Blick mit Vibeke, die sich Pernille ebenfalls interessiert zuwandte.

Die brünette Polizistin blickte in ihre Unterlagen. »Sait wurde bereits mehrfach bei Demonstrationen festgenommen. Zweimal wurde er in diesem Zusammenhang wegen Körperverletzung angezeigt, ist aber beide Male aufgrund seines Alters mit einem blauen Auge davongekommen. Zudem existiert eine Anzeige wegen Sachbeschädigung. Demnach hatte er einen Pflasterstein auf einen Polizeiwagen geworfen und wurde zu einer Geldstrafe verurteilt.«

»Das scheint ja ein ganz schönes Früchtchen zu sein«, bemerkte Rasmus. »Wie alt ist der Junge?«

Pernille sah in ihren Unterlagen nach. »Fünfzehn.«

»Fünfzehn?« Jens nahm seine Brille von der Nase und polierte die Gläser mit einem kleinen Tuch. »Welche Art von Demonstrationen waren das?«

»Es ging um die Militäroffensive der Türkei in Nord-Syrien.«

»Ich erinnere mich.« Jens setzte seine Brille wieder auf. »Eine Zeit lang sind die Kurden fast täglich auf die Straßen gegangen, um dagegen zu demonstrieren. Bundesweit.«

Pernille nickte. »In Hamburg ist es dabei mit einer Gruppe türkischer Jugendlicher zu Tumulten gekommen. Alles Erdogan-Anhänger, und Sait gehörte auch dazu. Die Polizei musste sogar Wasserwerfer einsetzen.«

Søren wischte sich mit einer Papierserviette ein paar

Gebäckkrümel vom Mund. »Wie kommt ein Junge dieses Alters dazu, wegen einem solchen Antidemokraten auf die Straße zu gehen?« Er wirkte erbost. »Sait ist doch in Deutschland geboren und aufgewachsen, oder irre ich mich da?«

»Du irrst dich nicht«, bestätigte Pernille.

»Dafür wird es mit Sicherheit umfangreiche Gründe geben«, lenkte Rasmus das Gespräch wieder in die richtige Bahn. »Auf jeden Fall halte ich es für wichtig, dass wir so viel wie möglich über die Akmans in Erfahrung bringen. Woher kommt die Familie ursprünglich? Welcher muslimischen Glaubensrichtung gehört sie an? Soweit ich weiß, gibt es da erhebliche Unterschiede. Und natürlich sollten wir Sait Akman genauer unter die Lupe nehmen. Vor allem will ich wissen, in welchen Kreisen er sich bewegt.«

»Ziehst du etwa ernsthaft in Betracht, dass der Junge seine Schwester umgebracht hat?«, fragte Søren. »Demonstrieren ist eine Sache, aber die eigene Schwester erschlagen und hinterher ihre Leiche anzünden?« Er schüttelte ungläubig den Kopf. »Mensch, der ist fünfzehn. Der scheißt sich doch eher vor Angst in die Hose.«

»Wir ermitteln in sämtliche Richtungen«, mischte sich jetzt Vibeke ins Gespräch ein. Ihre Stimme klang bestimmend. »Und wir werden auch dieser Spur nachgehen, so abwegig sie manchen von uns auch erscheinen mag. Sait Akman ist aktenkundig. Noch dazu wegen Körperverletzung. Grund genug für uns, genauso vorzugehen, wie Rasmus es vorgeschlagen hat.«

»Das ist ja was ganz Neues, dass ihr euch mal einig seid.« Søren schaute beleidigt und verschränkte demonstrativ seine kräftigen Oberarme vor der Brust.

Rasmus sah in die Runde. »Wer von euch will das übernehmen?«

Jens Greve hob die Hand.

»Gut, dann ist das damit geklärt. Lasst uns weitermachen.«

»Ich habe da eventuell noch etwas Interessantes«, sagte Vibeke. »Sontje Akman hat einen Lebensgefährten. Enno Teschke. Er ist Kneipenbesitzer und nicht unbedingt der freundlichste Zeitgenosse. Ich habe seinen Namen gleich heute früh durch den Computer laufen lassen. Demnach ist er bereits wegen vorsätzlicher Körperverletzung vorbestraft. Er hat den Freund seiner Ex-Frau verprügelt.«

»Hat der Mann ein Alibi?«, erkundigte sich Rasmus.

Vibeke nickte. »Er war bis um ein Uhr nachts in seiner Kneipe. Seine Angestellte hat seine Angaben bestätigt.«

»Wir behalten ihn trotzdem im Hinterkopf.« Rasmus lehnte sich in seinem Stuhl zurück und faltete die Hände im Nacken. »Ich war gestern bei Sebastian Ravn, das ist noch so ein sonderbarer Kandidat.« In wenigen Worten fasste er für seine Kollegen die kurze Begegnung mit dem Siebzehnjährigen zusammen. Dass er dessen Mutter Kiersten bereits von früher kannte, erwähnte er in diesem Zusammenhang nicht. »Für den Tatzeitraum hat Sebastian ein Alibi. Aber er hat das Mädchen gut gekannt, zumindest erzählte seine Mutter, dass Elin auch alleine bei ihnen zu Hause war.«

»Vielleicht war er Elins Freund«, sagte Vibeke.

»Das wird sich zeigen.« Rasmus beugte sich vor und langte nach seinem Kaffeebecher. »Wir müssen auf jeden Fall noch einmal mit ihm sprechen.«

»Wir sollten über alle Freunde von Elin Informationen einholen«, schlug Vibeke vor. »Und auch noch einmal mit den Lehrern reden. Damit wir ein umfangreiches Bild bekommen.«

»Das kann ich übernehmen«, bot Pernille an.

»Prima. Danke, Pernille.«

Die Tür ging auf, und Luís Silva rollte herein. Auf seinem Schoß hatte er sein Laptop liegen.

»Hej, Luís«, begrüßte ihn Rasmus. »Alles klar?«

»Alles bestens.« Der Portugiese fuhr zu seinem Platz, legte dort das Laptop auf der Schreibtischplatte ab und schloss es mit einem Verbindungskabel an den bereitstehenden Beamer an. »Ich habe zwei gute und zwei schlechte Nachrichten.«

»Erst die guten«, bat Rasmus.

»Anhand der Funkzellenauswertung des Netzbetreibers konnte ich ein Bewegungsprofil erstellen. Demnach hat sich Elins Handy um 15.03 Uhr aus dem WLAN der Schule ausgeloggt und wurde keine fünf Minuten später von einem Sendemast in der Perlegade empfangen.«

»Das ist in der Fußgängerzone.« Søren stand auf, holte den Rollständer mit der Leinwand aus der Zimmerecke und stellte ihn neben dem Whiteboard auf.

Luís schaltete den Beamer an, drückte mehrere Tasten auf seinem Laptop, und auf der Leinwand erschien eine leicht verschwommene Grafik mit roten Kreisen über einer Karte von Sønderborg. »Aus dieser Funkzelle«, er drückte den Schalter einer kleinen Fernbedienung, und einer der Kreise wurde blau, »hat Elin um 15.42 Uhr und um 15.43 Uhr zwei Anrufe getätigt. Die erste Nummer lässt sich dem Handy von

Sebastian Ravn zuordnen. Die Verbindungszeit betrug fünfzehn Sekunden. Entweder war es ein sehr kurzes Gespräch, oder die Mailbox hat sich eingeschaltet. Zumindest entspricht diese Zeitspanne der automatischen Standardeinstellung. Die zweite Nummer gehört Annelie Kjeldsen. Diese Verbindung dauerte etwas über eine Minute.«

»Das war der Anruf, bei dem Elin ihre Verabredung abgesagt hat.« Vibeke blätterte in ihrem Notizbuch. »Ich habe mir die Zeitangaben von Annelies Handy abgeschrieben.« Sie sah hoch. »Sie stimmen überein. Lässt sich feststellen, wo genau sich Elin in der Perlegade befand?«

Luís schüttelte den Kopf. »Das ist die schlechte Nachricht. Wir wissen im Grunde noch nicht einmal, ob sie sich überhaupt dort befand. Ihr Handy hat sich zwar in den dortigen Sendemast eingeloggt, doch die Netzabdeckung erstreckt sich über den kompletten Innenstadtbereich. Wir können dadurch lediglich nachvollziehen, dass Elin nach der Schule nicht direkt nach Egernsund gefahren ist.«

»Und weiter?«, hakte Rasmus nach. »Spann uns bitte nicht auf die Folter, Luís.«

Der Portugiese nickte. »Nach dem Anruf bei Annelie Kjeldsen wurde das Handy ausgeschaltet.« Er drückte erneut den Schalter der Fernbedienung, und auf der Leinwand erschien eine Karte von Südjütland. »Zwei Stunden später wurde es wieder eingeschaltet. Und zwar hier.« Ein blauer Kreis über Broager ploppte auf, der die dortige Funkzelle visualisierte.

Rasmus runzelte die Stirn. »Broager? Das ist gute sechs Kilometer von Egernsund entfernt. Was wollte sie denn dort?« Er blickte in ratlose Gesichter. »Lässt sich ihr Standort näher eingrenzen?«

Luís schüttelte den Kopf. »Das ist die zweite schlechte Nachricht. Die Reichweite der Funkzelle hat einen Radius von etwa zweieinhalb Kilometern.«

Rasmus entfuhr ein Stöhnen. Es war ein wiederkehrendes Problem. Während sich in größeren Städten wie Kopenhagen oder Aarhus die Handystandorte aufgrund der Funkmastdichte bis auf wenige Meter eingrenzen ließen, konnte diese in Landgebieten mehrere Kilometer betragen. »Wurden irgendwelche aus- oder eingehenden Telefonate getätigt?«

»Leider nein. Aber um 17.52 Uhr wurde eine Internetverbindung hergestellt. Für exakt zweiundvierzig Sekunden.«

»Was könnte Elin in der Zeit gemacht habe?«, überlegte Rasmus laut.

»Vielleicht hat sie ihre E-Mails gecheckt«, schlug Pernille vor. »Oder sie hat eine Nachricht bei einem Messenger-Dienst geschrieben. Ich habe ein wenig im Netz geforscht. Elin hat sowohl bei Facebook als auch bei Instagram ein Profil, leider sind beide Konten auf Privatsphäre gestellt, sodass man die Inhalte nicht sehen kann. Dafür bräuchten wir entweder Elins Handy oder ihre Zugangsdaten.«

»Hast du einen Beschluss beantragt?«

Die Ermittlerin nickte. »Das Auskunftsersuchen wurde bereits gestellt, aber wir wissen ja, dass nicht alle Anfragen erfolgreich verlaufen.«

»Ich könnte versuchen, das Passwort für Elins E-Mail-Account herauszufinden«, kam es von Luís. »Wenn sie sich damit in den sozialen Netzwerken angemeldet hat, ist es möglich, das Passwort darüber zurücksetzen zu lassen. Dann hätte ich Zugriff auf ihre Messenger-Dienste.«

»Gut«, erwiderte Rasmus. »Einen Versuch ist es wert. Gibt es noch weitere Verbindungsdaten?«

»Nein. Das Handy wurde anschließend ausgeschaltet. Oder der Akku war leer.« Luís zog ein paar Unterlagen heran. »Ehe ich es vergesse: Der Vorgang Darian Mazur ist gekommen. Es ist ein typischer Fall von *Deep Fakes*. Fotos und Videos, die mithilfe von künstlicher Intelligenz manipuliert werden, eine digitale Waffe gegen Frauen. Wobei es sich in diesem Fall noch um eine harmlose Variante handelt. Bei sechsundneunzig Prozent aller Fälle geht es dabei um Pornos.«

»*Harmlos*?«, entgegnete Pernille empört. »Das Mädchen ist tot.«

»So habe ich es nicht gemeint. Das weißt du.« Luís blickte in seine Unterlagen. »Der Vorfall mit den Nacktbildern ist jedenfalls nie vor Gericht gelandet. Die beiden Parteien haben sich außergerichtlich auf ein Schmerzensgeld geeinigt. Darian Mazur kommt aber als Täter ohnehin nicht infrage. Er lag zur Tatzeit wegen einer Blinddarm-OP im Krankenhaus.«

Einen Moment breitete sich Schweigen im Raum aus.

»Verbrennung ist in der Bibel eine Strafe für Heiden und Ungläubige«, sagte Jens in die Stille hinein. Er zog einen DIN-A4-Zettel zu sich heran. »Ich habe mal ein paar Stellen herausgesucht. *Denn siehe, es kommt ein Tag, der brennen soll wie ein Ofen, da werden alle Verächter und Gottlosen Stroh sein, und der künftige Tag wird sie anzünden, spricht Herr Zebaoth, und wird ihnen weder Wurzeln noch Zweige lassen.* Oder hier:

Denn das gottlose Wesen ist angezündet wie Feuer und verzehrt Dornen und Hecken und brennt wie im dicken Wald und gibt hohen Rauch.«

»Die Bibel ist mitunter sehr grausam«, sagte Rasmus.

»Ähnliche Zitate sind auch im Koran zu finden«, ergänzte Jens. »Ich überlege nur, ob wir es möglicherweise mit einem tief religiösen Menschen als Täter zu tun haben. In Anbetracht dessen, dass Elin offiziell keiner Religion angehörte und damit in den Augen manch anderer eine Ungläubige war, trug sie dennoch bei ihrem Tod ein Kreuz um den Hals. Keiner der Befragten konnte sich erinnern, es schon einmal an ihr gesehen zu haben, und ich frage mich, ob es vielleicht der Mörder war, der Elin die Kette umgehängt hat. Das Kreuz steht auch als Symbol für den Tod.«

»Weshalb hätte der Täter das tun sollen?«

Jens rückte seine Brille auf dem Nasenrücken zurecht. »Ich bin mir nicht sicher. Vielleicht um sie nachträglich zur Christin zu machen? Man müsste sich darüber mit einem Theologen unterhalten.«

»Ich würde sagen, wir behalten das ebenfalls vorerst im Hinterkopf.« Rasmus sah Søren an. »Wie weit sind wir mit der Suche nach dem Fahrrad?«

»An der Schule wurde alles abgesucht. Auch am Bahnhof. Leider keine Spur von dem Fahrrad.« Søren öffnete eine Dose mit Lakritz-Bonbons, wählte eins aus und reichte sie an Pernille weiter.

»Wie ist der Stand der Öffentlichkeitsfahndung?«, erkundigte sich Vibeke.

»Der Aufruf wird heute in den Abendnachrichten ausgestrahlt«, erwiderte Luís. »Ich habe vorhin mit der Pressestelle telefoniert und darum gebeten, dass man sich dabei nicht nur auf Sønderborg, sondern auch auf das Gebiet Broager bezieht.«

Rasmus nickte. »Gut. Dann hoffen wir mal, dass uns das nicht nur einen Haufen Anrufe einbringt, sondern dass wir dadurch auch weiterkommen. Wir müssen unbedingt den Tatort finden.« Er sah auf seine Uhr und erhob sich. »Ich fahre jetzt noch einmal nach Egernsund und unterhalte mich mit Sebastian Ravn. Ich will wissen, was es mit Elins Anruf auf sich hat.«

Vibeke stand ebenfalls auf. »Ich komme mit. Es ist ohnehin besser, wir sind dabei zu zweit.«

Rasmus hatte nichts einzuwenden und leerte im Stehen den Rest seines Kaffeebechers. »Ich würde vorschlagen, wir anderen treffen uns am Montag wieder. Sollte sich bis dahin etwas Entscheidendes ergeben, erreicht ihr mich auf dem Handy. Hej, hej.« Er hob die Hand und verließ gefolgt von Vibeke das Büro.

Hamburg, Deutschland

Die Glocke über der Eingangstür bimmelte vernehmlich, als Timur das Geschäft betrat. In dem Tabak- und Zeitschriftenladen seines Opas schien es, als wäre die Zeit stehengeblieben. Die urige Holzeinrichtung stammte noch von 1972, damals hatten seine Großeltern den Laden eröffnet. In den Regalen und Vitrinen schlummerten über vierzig verschiedene Zigarrensorten und rund einhundert Zigarettenmarken, dazu an die zweihundertfünfzig verschiedene Pfeifenarten und ebenso viele Zippos. Auch das Zeitungssortiment war beachtlich und konnte es mit jedem Bahnhofskiosk aufnehmen. Sein Großvater hatte auch an die kleinen Kunden gedacht. Auf einer Seite der Holztheke standen ein Dutzend große Bonbongläser, bis zum Rand gefüllt mit bunten Naschereien.

Hansens Tabak & Zeitschriften war ein Traditionsgeschäft und aus dem Viertel kaum wegzudenken, trotzdem drohte dem Laden seit der Öffnung des neuen Einkaufscenters auf der gegenüberliegenden Straßenseite das Aus. Eine Schließung wegen Urlaub, Krankheit oder eines Todesfalls war deshalb undenkbar. Vor Jahren hatte seine Mutter vergeblich versucht, ihren Vater dazu zu überreden, das Geschäft zu schließen und in den Ruhestand zu gehen, doch sein Opa hatte davon nichts hören wollen. Nach dem Tod seiner Frau war der kleine Laden sein Lebensinhalt. Deshalb hatte seine Mutter ihren ursprünglichen Job in einer Galerie aufgegeben und war mit Elin nach Bramfeld gezogen, um ihren Vater zu unterstützen. Jetzt ging es auch um ihre Existenz.

In einer Familie helfe man einander, hatte sie zu Timur gesagt. Tatsächlich war dieser Grundsatz eines der wenigen Dinge, die seine beiden unterschiedlichen Welten miteinander verbanden. Auch bei seinem Vater und Esma war die Familie der Lebensmittelpunkt. Die Loyalität der Familie gegenüber stand dabei an oberster Stelle und war wichtiger als individuelle Interessen. Eigene Wünsche und Träume zählten nur, wenn sie mit den Geboten der Familie in Einklang zu bringen waren. Dafür konnte sich jeder auf den anderen verlassen, auch wenn dies im Umkehrschluss eine starke Kontrolle bedeutete. Esmas Paradedisziplin.

Timur fühlte sich oftmals zerrissen zwischen seinem westlichen Leben und der türkischen Kultur. Schon als Kind hatte er fremden Leuten erklären müssen, wo er herkam. Wo er *wirklich* herkam. Manche fragten, ob er sich mehr wie ein Deutscher oder wie ein Türke fühlte. Doch weshalb musste er sich entscheiden? Warum hatten andere Menschen so viel Einfluss darauf, wer er war? Konnte er nicht einfach nur er selbst sein? Timur, der Student, der Chemie studierte, weil er schon als Kind fasziniert von Experimenten war, der auch mit über zwanzig noch am liebsten Comics las und neben Deutsch und Türkisch auch noch Englisch und Französisch beherrschte? Selbst heute noch lobten ihn Menschen, weil er so gut Deutsch sprach. »Weil ich von hier bin«, lautete sein Standardkommentar. Doch das wollten die wenigsten hören.

Er hatte das Thema ausführlich mit seinen deutschen Freunden diskutiert, die beteuerten, die Leute würden mit solchen Fragen ihr Interesse an seiner Person zeigen. Doch es störte ihn, dass ihm das Deutschsein von vornherein abgesprochen wurde.

»Timur, min Jung.« Heinrich Hansen, von allen nur »Heini« genannt, breitete seine Arme aus und drückte seinen Enkel an sich. Dass Timur mittlerweile über zwanzig und einen Kopf größer war als er selbst, hinderte ihn nicht daran, ihn noch immer als Kind zu betrachten. Heini war fünfundsiebzig, ein rüstiger alter Herr mit schlohweißem Haar und heiterem Gemüt. Er liebte es, tagtäglich mit seiner Kundschaft zu flachsen. »Wie geht es deiner Mutter heute?« Er ließ seinen Enkel wieder los.

Timur zuckte die Achseln. »Besser, denke ich. Zumindest hat sie es heute zum ersten Mal wieder aus dem Bett geschafft. Sie will später noch im Laden vorbeikommen.«

»Arme Deern«, sagte Heini mit betrübtem Blick.

Timur wusste nicht genau, ob er seine Tochter oder seine tote Enkelin damit meinte, verzichtete aber darauf nachzufragen. Der Mord an Elin machte dem alten Mann schon genug zu schaffen.

»Hat dein Vater sich schon bei deiner Mutter gemeldet?«, erkundigte sich sein Opa.

»Ich glaube nicht.«

Heini entfuhr ein tiefes Seufzen.

Timur konnte ihn verstehen. Das Verhältnis zwischen seinen Eltern war schwierig zu begreifen. Oft fragte er sich, weshalb sie sich überhaupt getrennt hatten. Bis vor einem Jahr hatte er nie einen Streit oder ein böses Wort zwischen den beiden gehört. Im Gegenteil. Sein Vater bekam häufig diesen weichen Blick, wenn er über seine Ex-Frau sprach, und Esmas Augen schossen dann dunkle Pfeile ab. Nur ein einziges Mal hatte er mitbekommen, dass seine Eltern sich angeschrien hatten. Das war letztes Jahr gewesen, als sein Vater Elin zu den Großeltern in die Türkei hatte schicken wollen. Esma hatte ihn dazu gedrängt und behauptet, Elin wäre Gift für die Familie, vor allem für ihre jüngeren Halbschwestern Selin und Selma.

Seine Mutter hatte wie eine Löwin für seine Schwester gekämpft, und Faruk hatte nachgegeben. Jetzt war Elin tot.

Die Stimmung bei ihnen zu Hause war unheimlich. Alle schlichen wie Raubtiere umeinander herum. Sait und die Cousins tuschelten ständig und verstummten, sobald Timur den Raum betrat. Sein Vater hingegen redete kaum noch, weder mit ihm noch mit anderen, und auch Esma schwieg in Timurs Gegenwart, verfolgte aber jede seiner Bewegungen mit ihren dunklen, argwöhnischen Blicken. Als die Polizistin da gewesen war, hatten alle behauptet, dass die Familie den Montagabend gemeinsam in der Wohnung verbracht hatte. Was aber nicht stimmte.

»Hinten im Lager steht neue Ware«, durchbrach sein Opa seine Gedanken. »Könntest du dich bitte darum kümmern?«

Timur nickte.

Die Türglocke bimmelte, und eine junge Frau mit Kleinkind an der Hand kam herein. Sofort wurde sie von seinem Opa begrüßt und in ein Gespräch verwickelt.

Timur umrundete die Holztheke und trat durch den Vorhang in den hinteren Ladenteil, der als Aufenthalts- und Lagerraum diente. Mehrere Packen neue Zeitschriften und Magazine sowie ein halbes Dutzend Kartons mit Zigaretten warteten darauf, ausgepackt und in die Regale sortiert zu werden.

Auf dem kleinen Tisch, an dem sein Opa am Abend seine Abrechnung machte, lag eine Tageszeitung. Auf der Titelseite war ein symbolisches Sankt-Hans-Feuer abgebildet, daneben ein Schwarz-Weiß-Foto seiner Schwester. *Musste sie sterben, weil sie türkische Wurzeln hatte?* lautete die Schlagzeile. Etwas in seinem Bauch krampfte sich zusammen. Er wandte den Blick ab, löste die ersten Stapel Zeitschriften aus der Folienverpackung und ging damit zurück in den Verkaufsraum. Die junge Frau mit dem Kind war gegangen, dafür hatte ein neuer Kunde den Laden betreten und ließ sich über Pfeifen beraten.

Timur begann damit, die Zeitschrift einzusortieren, dabei streifte sein Blick die unterste Reihe mit den Comics. Erinnerungen schwappten in ihm hoch. Elin und er, wie sie nebeneinander auf zwei kleinen Schemeln hinter der Theke gesessen hatten, jeder eines der bunten Heftchen auf dem Schoß. Sie hatten ganz vorsichtig, mit frisch gewaschenen Händen darin geblättert, damit die Seiten nicht geknickt wurden und die Comics später noch verkauft werden konnten. Seine Schwester hatte die Micky-Maus-Hefte geliebt, während er stets Team Donald gewesen war. Bei dem Gedanken an Elins leuchtende Augen wurde ihm der Hals eng.

»Timur? Alles in Ordnung?« Sein Opa sah ihn besorgt an.

Timur nickte. »Ich brauche nur ein wenig frische Luft.«

Er stürzte aus dem Laden und lief im Eiltempo zwischen Passanten vorbei, ohne auf die befremdlichen Blicke zu achten. Dabei schlug er automatisch den Weg zur Wohnung seiner Mutter ein. Hinter der letzten Biegung blieb er abrupt stehen.

Eine schwarz gekleidete Gestalt stand vor dem roten Backsteingebäude und sah zu einem der Fenster hoch. Ein kräftiger dunkelhaariger Mann mit graumeliertem Vollbart. Sein Vater.

Er wirkte um Jahre gealtert und schien in den letzten Tagen geschrumpft zu sein. Die Schultern waren herabgesackt, so als läge eine zentnerschwere Last auf ihnen, und von seiner stattlichen Größe war nichts mehr zu spüren.

Timur blieb regungslos stehen. Er bemerkte eine kleine kahle Stelle am Hinterkopf seines Vaters, die ihm zuvor noch nie aufgefallen war. Sein Hals wurde noch eine Spur enger.

Die Haustür ging auf, und seine Mutter kam heraus, einen Müllbeutel in der Hand. Eine zarte schwarz gekleidete Gestalt, die beim Anblick ihres Ex-Mannes erstarrte.

Seine Eltern bemerkten ihn nicht, standen sich steif gegenüber. Wie Fremde.

»Sonni.«

Der frühere Kosename kam sehr leise über die Lippen seines Vaters, und Timur dachte erst, er hätte sich verhört, doch dann ließ seine Mutter den Müllbeutel achtlos neben sich auf die Pflastersteine sinken.

Im nächsten Moment hielten sich seine Eltern fest umschlungen. Faruks ganzer Körper bebte, während er in den Armen seiner Ex-Frau lag und dabei schluchzte wie ein verzweifeltes Kind.

Tief betroffen zog Timur sich zurück.

Egernsund, Dänemark

Sebastian saß auf dem Steg und ließ seine nackten Beine über dem Wasser baumeln. Er überlegte abzuhauen. Auf seinem Sparkonto lagen noch um die sechstausend Kronen. Das würde ausreichen, um sich für eine Weile in Kopenhagen über Wasser zu halten. Er kannte ein paar günstige Hostels, wo er unterkommen konnte, bis er wusste, wie es weiterging. Natürlich hätte er auch bei einem seiner Freunde auf der Couch übernachten können, doch das würde nur unnötig deren Eltern auf den Plan rufen.

Seine Mutter hatte ihm eine riesige Szene gemacht, nachdem sie sein nasses T-Shirt mit spitzen Fingern aus der Waschmaschine gezogen hatte. Die Flecken waren noch immer zu sehen gewesen. Er hatte geschwindelt und behauptet, er hätte Nasenbluten gehabt, doch natürlich hatte sie ihn durchschaut – sie war schließlich seine Mutter. Sie hatte ihn geradeheraus gefragt, ob das Blut auf dem T-Shirt von Elin stammte. Da war er ausgeflippt, hatte sie angebrüllt und beschimpft, bis sie heulend abgezogen war. Kurz darauf war sein Vater auf der Bildfläche erschienen und hatte ihm Hausarrest erteilt. Als wenn er sich von dem noch etwas sagen ließe.

Dass er seine Mutter derart angegangen hatte, tat ihm im Nachhinein leid, doch selbst wenn er gewollt hätte: Ihre Frage war unmöglich zu beantworten. Seine Erinnerung bestand noch immer aus losen Fetzen.

Früher hatten seine Mutter und er sich so gut wie nie gestritten, doch jetzt verachtete er sie. Für ihre Schwäche und ihre Lügerei. Nur damit die Leute nicht mitbekamen, wie es wirklich um die Ravns stand.

»Hej, Sebastian.« Annelie ließ sich neben ihm auf den Steg nieder. Er hatte sie nicht kommen hören. Sie trug kurze, abgeschnittene Jeans und ein enges T-Shirt.

»Hej.«

»Warst du gestern wieder krank?«

Er nickte.

»Ich dachte, vielleicht ist es wegen Elin.« Sie klang bedrückt.

Er warf Annelie einen Seitenblick zu. Trotz ihrer

Sonnenbräune wirkte sie fahl im Gesicht. Ihre Augen waren gerötet, als hätte sie vor Kurzem erst geweint. Ihm wurde bewusst, dass sie Elins beste Freundin war. Ob sie Bescheid wusste?

Sebastian räusperte sich, um den Kloß in seinem Hals zu verdrängen. »Bist du heute gar nicht bei Magne?«

»Er hat keine Zeit. Irgendetwas ist mit seiner Mutter.« Sie starrte aufs Wasser. »Ich vermisse Elin.«

Der Kloß kehrte zurück. »Geht mir genauso.«

Annelie rückte näher an ihn heran und legte ihren Kopf auf seine Schulter. Ihr Haar kitzelte an seinem Ohr, und er roch ihr Parfüm. Ein zarter blumiger Duft. Sein Blick fiel in den Ausschnitt ihres T-Shirts. Er sah einen rosafarbenen BH und den Ansatz ihrer Brüste. Einen kurzen Moment war er versucht, sie zu küssen. Im vergangenen Jahr hatte er überlegt, etwas mit ihr anzufangen. Sie sah gut aus. Sehr gut sogar. Sämtliche Jungen in der Klasse waren verrückt nach ihr. Doch dann war Elin gekommen. Einem Mädchen wie ihr war er zuvor niemals begegnet.

Sebastian rückte ein Stück von Annelie ab, und sie nahm den Kopf von seiner Schulter. Er schämte sich ein wenig für seine Gedanken und weil er ihr in den Ausschnitt gestarrt hatte. Sie war Magnes Freundin. Er durfte die Situation nicht ausnutzen, damit es ihm besser ging. Das war unfair gegenüber allen Beteiligten. Davon abgesehen, gab es für ihn ohnehin nur eine. Elin. Immer nur Elin. Sein Schmerz kehrte mit geballter Kraft zurück. Am liebsten hätte er ihren Namen laut herausgebrüllt.

»Wir wollen uns heute Abend alle am Ufer treffen«, sagte Annelie leise. »Um Abschied von Elin zu nehmen. Du kommst doch, oder?«

Sebastian riss sich zusammen. »Natürlich.« Seine Stimme hörte sich rau an. »Wann?«

»Sobald es dunkel wird.«

»Ich werde da sein.«

Annelie stand auf. »Ich muss wieder nach Hause. Hab meiner Mutter versprochen, ihr beim Kochen zu helfen. Was machst du noch?«

»Ich bleibe einfach noch ein wenig hier sitzen.«

Sie lächelte traurig. »Dann bis später.«

Sebastian sah Annelie nach, wie sie den Steg entlangging. Als sein Blick auf das Haus fiel, bemerkte er die hochaufgeschossene Gestalt, die am Rand der Terrasse stand und in seine Richtung schaute. Sein Vater beobachtete ihn. Obwohl es in der Sonne angenehm warm war, begann Sebastian zu frösteln.

Egernsund, Dänemark

Eine Frau in einem schlichten weißen Leinenkleid öffnete ihnen die Tür. Ihr hellblondes Haar fiel ihr offen über die Schultern, an ihren nackten Füßen glänzte roter Nagellack.

»Rasmus!«, rief sie überrascht. »Erst sehen wir uns Jahre nicht und dann gleich zwei Tage hintereinander.«

Vibeke sah ihren Kollegen erstaunt an. Er hatte keinen Ton darüber verloren, dass er die Frau kannte.

»Hej, Kiersten.« Rasmus lächelte angespannt, als er Vibeke vorstellte. »Meine Kollegin Vibeke Boisen von der deutschen Polizei. Wir müssen mit Sebastian sprechen. Ist er da?«

Kiersten Ravn zog die Augenbrauen zusammen. »Er ist in seinem Zimmer. Aber ich möchte dabei sein, wenn ihr mit ihm redet.« Sie ließ die beiden Kriminalbeamten eintreten.

»Schön haben Sie es hier«, sagte Vibeke, den Blick auf die große Fensterfront gerichtet. Segelboote wippten auf den Wellen, Schäfchenwolken standen am strahlend blauen Himmel.

Der Druck hinter ihrer Stirn hatte endlich nachgelassen. Es war dann ein feuchtfröhlicher Abend bei Nele geworden, und sie hatten bis drei Uhr morgens gefeiert. Dementsprechend kurz war die Nacht gewesen. Vibeke bereute ein wenig, das eine oder andere Glas Wein, das auf den Prosecco gefolgt war, nicht stehen gelassen zu haben.

»Ja, die Aussicht ist einmalig.« Kiersten lächelte. Sie sah Rasmus an. »Darf ich euch einen Kaffee anbieten?«

»Nein, danke, wir hatten gerade einen«, kam Vibeke ihrem Kollegen mit der Antwort zuvor. Sie hatte nicht vor, einem Kaffeekränzchen unter alten Freunden beizuwohnen.

Vibeke ignorierte Rasmus' vorwurfsvollen Blick und folgte Kiersten Ravn über die Treppe in die untere Etage. Auch von hier aus konnte man durch bodentiefe Fenster direkt aufs Wasser sehen. Der breite Flur war hell, und es war das gleiche Ahornparkett verlegt wie im Erdgeschoss.

Kiersten Ravn klopfte an eine geschlossene Tür. »Sebastian? Die Polizei ist hier und möchte mit dir sprechen.«

Hinter der Tür rührte sich nichts.

Seine Mutter klopfte ein weiteres Mal, und als sich

wieder nichts tat, ging sie hinein. Die Tür ließ sie offen stehen.

Ein dunkelhaariger Teenager lag mit dem Rücken auf seinem Bett, die Augen geschlossen. Aus seinen Ohrstöpseln dröhnten die dumpfen Bässe eines R&B-Songs.

Auch in diesem Raum war die Einrichtung minimalistisch. Ein Schreibtisch mit Flachbildschirm und Spielkonsole, mattschwarze Metallregale, ein Kleiderschrank aus hellem Holz. An der unverputzten Betonwand über dem Bett hing eine Lampe, die in weißer Neonleuchtschrift das Wort *#chill* formte.

Überall im Zimmer lagen Klamotten herum. Auf dem Boden. Dem Schreibtischstuhl. Den Regalen. Leere Chips-Tüten verteilten sich zwischen aufgeschlagenen Büchern, Laptop und Tablet und irgendwelchen Netzteilen auf dem Schreibtisch. Die Luft war schal und abgestanden.

Kiersten Ravn schob die Schiebetür zur Terrasse auf. »Sebastian!«

Der Junge schreckte hoch und nahm die Stöpsel aus den Ohren. »Mensch, Mama. Musst du so stressen?« Als er Vibeke und ihren Kollegen in der offenen Tür entdeckte, fuhr er sich mit einer flüchtigen Geste durch seinen dunklen Schopf und setzte sich auf die Bettkante.

»Hej, Sebastian.« Rasmus hob zur Begrüßung die Hand. »Meine Kollegin und ich würden dir gerne noch ein paar Fragen stellen. Ist das okay für dich?«

Sebastians Blick glitt zunächst zu Vibeke und weiter zu seiner Mutter, die jetzt an der Wand neben der Tür stand und sich im Hintergrund hielt. Er nickte.

Rasmus trat ein und schob ein paar Kleidungsstücke

auf dem Schreibtischstuhl beiseite, ehe er sich setzte. Vibeke zog sich einen Hocker heran.

»Elin hat dich Montagnachmittag um 15.42 Uhr angerufen«, begann ihr Kollege. »Was hat sie von dir gewollt?«

»Keine Ahnung. Ich bin nicht rangegangen.« Sebastian knetete seine Finger.

»Weshalb nicht? Hattet ihr Streit?«

»Nein. Ich war gerade auf dem Heimweg von der Schule und habe das Handy nicht gehört.«

»Und du hast nicht zurückgerufen?«

Das Kneten seiner Finger wurde stärker. »Elin hatte keine Nachricht hinterlassen, deshalb dachte ich, es wäre nicht wichtig.«

»Hast du mir deshalb gestern nichts von dem Anruf erzählt?«, hakte Rasmus nach.

Sebastian verzog genervt das Gesicht. »Ich hab's halt vergessen. Das kann ja wohl mal passieren.« Bei den letzten Worten war sein Tonfall pampig geworden.

Vibeke ließ ihren Blick über den Schreibtisch schweifen und begutachtete die aufgeschlagenen Bücher. Mathematik. Biologie. Physik. Fächer, die ihr damals in der Schule gelegen hatten.

Ihr Kollege rückte gerade mit seinem Stuhl ein Stück näher an den Teenager heran. »Du hast also nach diesem Anruf gar nichts mehr von Elin gehört.«

Der Schüler schüttelte den Kopf.

»Elin trug eine Halskette mit einem goldenen Kreuz um den Hals, als man sie fand. Hatte sie die von dir?«

»Nein.« Sebastian klang überrascht. »Ich habe sie nie an ihr gesehen.« Er presste die Lippen zusammen.

»Laut unserer Handyauswertung war Elin am späten

Montagnachmittag in Broager«, fuhr Rasmus fort. »Hast du irgendeine Ahnung, was sie dort gewollt hat? Kannte sie vielleicht jemanden dort?«

»Was weiß denn ich?«, brauste der Teenager auf.

»Sebastian«, ermahnte ihn seine Mutter leise.

Vibeke fragte sich, weshalb der Junge so aggressiv auftrat. *Er verheimlicht uns etwas*, schoss es ihr durch den Kopf. Ihr Blick wanderte weiter durchs Zimmer und fiel schließlich auf den Papierkorb, der ganz in der Nähe ihres Hockers am Boden stand. Etwas erweckte ihre Aufmerksamkeit. Der abgerissene Teil eines Fotos. Sebastians dunkler Schopf war darauf zu sehen und das halbe Profil eines Mädchens. Elin Akman. Die beiden küssten sich. Sie stand auf und zog den Papierschnipsel heraus.

»Hey, was soll das?«, fuhr Sebastian sie an.

»Ich würde vorschlagen, du sagst uns jetzt die Wahrheit.« Vibeke reichte das abgerissene Foto an Rasmus weiter. »Du und Elin, ihr wart ein Paar, oder?«

Der Teenager raufte sich die Haare und blickte Hilfe suchend zu seiner Mutter, die ihm leicht zunickte.

»Ja, wir waren zusammen«, gab er schließlich zu. »Heimlich. Elin wollte das so. Weil sie Angst hatte, ihre Familie könnte von uns erfahren. Ihr Vater hatte ihr verboten, einen Freund zu haben.« Sein Blick wirkte glasig. »Aber das mit uns war vorbei. Ich habe mit dem Mord nichts zu tun.« Bei den letzten Worten war seine Stimme gebrochen. Er vergrub das Gesicht in den Händen.

Im nächsten Moment war Kiersten Ravn bei ihrem Sohn und legte mit beschützender Geste ihre Hand auf seine Schulter. Ihr Blick war vorwurfsvoll auf Rasmus gerichtet.

»Wer hat die Beziehung beendet und wann?«, fragte der Ermittler.

Ehe Sebastian antworten konnte, erschien ein Mann in der Tür: auffällige schwarze Brille, zurückgegelte Haare, hochmütiger Gesichtsausdruck. Die Temperatur im Raum schien schlagartig um mehrere Grad zu fallen.

»Schluss jetzt, Sebastian«, herrschte er den Jungen an. »Du sagst kein einziges Wort mehr.« Er wandte sich an die Kriminalbeamten. »Wenn ihr künftig noch einmal mit meinem Sohn sprechen wollt, dann nur in Anwesenheit unseres Anwalts.«

Rasmus' Augen wurden schmal. »Schon klar.« Er erhob sich. »Montagmorgen um zehn Uhr im GZ Padborg. Sollte Sebastian dann nicht auftauchen, schicken wir euch das große Geleit.«

Vibeke stand ebenfalls auf und drückte dem Mann eine Visitenkarte mit der Anschrift des Gemeinsamen Zentrums in die Hand. »Wir finden alleine raus.«

»Warum hast du keinen Ton davon gesagt, dass du die Frau kennst?«, fragte Vibeke, sobald sie im Freien standen.

Rasmus kratzte sich hinter dem Ohr. »Tja. Ich dachte nicht, dass es eine Rolle spielen würde. Ich hatte gehofft, durch sein Alibi wäre Sebastian raus.«

»Da hast du dich offensichtlich geirrt.«

»Genau genommen kenne ich die ganze Familie«, schob ihr Kollege hinterher, als sie zu ihrem Dienstwagen gingen.

Vibeke stöhnte innerlich. Am liebsten hätte sie ihn darauf hingewiesen, wie unprofessionell sein Verhalten war, doch sie hielt sich zurück.

»Bist du befangen?« Sie musterte ihn von der Seite. »Sei ehrlich.«

»Sebastian war drei oder vier, als ich ihn zuletzt gesehen habe.« Rasmus versenkte seine Hände in den hinteren Hosentaschen. »Vermutlich hätte ich ihn nicht einmal wiedererkannt, wäre ich ihm auf der Straße begegnet. Aber um deine Frage zu beantworten: Nein, ich bin nicht befangen.«

Vibeke glaubte ihm. So unkonventionell er manchmal auch sein mochte, so war er doch eine ehrliche Haut. Zumindest hatte er ihr noch nie einen Grund gegeben, an seiner Aufrichtigkeit zu zweifeln. Sie erreichten ihren Dienstwagen. »Der Vater des Jungen machte nicht den Eindruck, als würde er dich kennen.«

Rasmus zuckte die Achseln. »Wir sind uns nur einmal bei einem Fest begegnet. Vermutlich fand er mich schon damals nicht interessant genug, um sich an mich zu erinnern.« Sein Blick schweifte in die Ferne. »Kiersten, Sebastians Mutter, ist eine Studienfreundin von Camilla. Sie war sogar bei unserer Hochzeit. Damals kannte sie Mathias noch nicht.«

»Der Typ ist unangenehm, oder?«

Rasmus nickte. »Irgendwie schon. Zumindest hätte ich Kiersten mehr Geschmack zugetraut.« Jetzt sah er zum Haus der Ravns. »Was denkst du über Sebastian? Glaubst du, er hat mit der Sache zu tun?«

»Nicht, wenn er wirklich krank im Bett gelegen hat.« Vibeke war seinem Blick gefolgt. Die Betonfassade wirkte abweisend, so als wollten sich die Bewohner dahinter schützen. »Aber irgendwie glaube ich nicht dran.«

Rasmus trommelte mit den Fingern auf das Dach des Wagens. »Der Junge war reif. Eine halbe Minute länger, und er hätte uns erzählt, was er weiß.« Kopfschüttelnd zog er seine Hand zurück. »Wenn nur sein verdammter Vater nicht aufgetaucht wäre.«

»Dann bleibt uns nur zu hoffen, dass sich der Anwalt kooperativer verhält.«

Der Blick ihres Kollegen wurde finster. »Du hast Mathias doch erlebt. Kein Wort werden wir mehr erfahren.« Er zog sein Handy aus der Hosentasche.

»Was hast du vor?«

»Uns einen Beschluss zu beschaffen, damit wir an das Smartphone des Jungen kommen.«

»Du kannst dein Handy gleich wieder wegstecken«, sagte Vibeke trocken. »Der Anfangsverdacht ist nicht ausreichend. Davon abgesehen, dass der Junge ein Alibi hat, gibt es weder Zeugen noch ein Tatmotiv. Kein Richter der Welt wird dir diesen Beschluss ausstellen. Das weißt du genauso gut wie ich.«

Rasmus' Kiefermuskeln malmten, als er das Handy wieder einsteckte.

Vibeke sah auf die Armbanduhr. »Wo wir schon hier sind, was hältst du davon, wenn wir noch schnell Magne Boutrup einen Besuch abstatten?«

»Muss das sein?« Ihr Kollege klang verstimmt. »Søren und Jens haben ihn doch schon gestern in der Ziegelei befragt.«

»Ich würde mir gerne noch einen persönlichen Eindruck verschaffen.« Sie öffnete die Autotür.

»Du gibst vermutlich eh keine Ruhe, oder?« Er seufzte. »Aber vorher schuldest du mir noch einen Kaffee.«

»Geht in Ordnung.« Vibeke stieg in ihren Dienstwagen und zog die Tür zu.

Egernsund, Dänemark

Magne Boutrup stand in der offenen Haustür. Mit seinen zauseligen roten Haaren und dem schwarz-weiß karierten Holzfällerhemd erinnerte er Vibeke augenblicklich an eine jüngere Ausgabe des britischen Sängers Ed Sheeran, nur seine Statur war um einiges größer und athletischer. Wie die meisten Rothaarigen hatte er helle Haut, auch seine Brauen und sein Dreitagebart schimmerten rötlich. Unter seinen aufgerollten Ärmeln blitzten Teile eines Surf-Tattoos hervor. Magne war der einzige unter Elins Freunden, der bereits volljährig war.

»Können wir reinkommen?«, fragte Rasmus, nachdem sie sich vorgestellt hatten. »Wir würden dir gerne ein paar Fragen über Elin Akman stellen.«

Vibekes Blick wanderte die nachlässig gestrichene Hausfassade entlang. Der Sockel war grün verfärbt, hier und da schimmerten rote Ziegelsteine hervor. Definitiv war hier kein Profi am Werk gewesen.

Magne Boutrup legte seine Hand an die Tür. »Das ist gerade nicht so günstig.«

Rasmus' Augen wurden schmal. »Du kannst uns auch gerne zur Dienststelle begleiten, falls dir das lieber ist.«

»Wir können auf die Terrasse gehen.« Magne schlüpfte aus der Tür und zog sie hinter sich ins Schloss, ehe Vibeke einen Blick ins Innere des Hauses erhaschen konnte.

Sie sah ihren Kollegen irritiert an, bevor sie dem jungen Mann durch das halbhohe Gartentor zu einer Terrasse aus Waschbetonplatten folgte. Unkraut wucherte zwischen den Ritzen, zwei einsame weiße Plastikstühle bildeten das spärliche Mobiliar. Dazu standen ein paar alte Tontöpfe herum, deren Pflanzen bereits vor Urzeiten vertrocknet waren, dahinter lag ein alter Spaten auf dem Boden. Die Jalousien vor den Fenstern waren heruntergelassen.

Magne Boutrup wies auf die beiden Stühle. »Setzt euch, etwas Besseres kann ich leider nicht anbieten.« Er lehnte sich gegen den Fenstersims neben einen mit Kippen überquellenden Aschenbecher.

»Das ist wunderbar, danke.« Vibeke nahm Platz. Der Stuhl war bequemer, als er aussah.

»Unsere Kollegen haben dich ja bereits kurz in der Ziegelei befragt«, sagte Rasmus, nachdem er sich ebenfalls gesetzt hatte. »Du hast angegeben, mit deiner Freundin Annelie am späten Montagnachmittag und am Abend hier bei dir zu Hause gewesen zu sein.«

»Das stimmt.«

»Was habt ihr gemacht?«

»Das Übliche. Musik gehört. Fernsehen geschaut. Uns eine Pizza gemacht. Ein bisschen geknutscht und so.« Er errötete leicht.

»Wann hast du Elin zuletzt gesehen?«

»Letzten Samstag. Wir waren alle unten am Strand schwimmen. Also Lars, Sebastian, Annelie, Elin und ich.« Magne Boutrup strich sich mit der Hand über den Nacken, und Vibeke bemerkte, dass die Haut an der Stelle krebsrot war. Offenbar hatte er sich beim Baden einen Sonnenbrand geholt.

»Ist dir irgendetwas an Elin aufgefallen?«, erkundigte Rasmus sich. »War sie anders als sonst?«

Magne Boutrup schüttelte den Kopf.

»Haben Sie Elin gemocht?«, fragte Vibeke.

Der junge Mann nickte. »Wir kannten uns ja auch schon länger. Elin war häufiger in den Ferien hier, und da ich in der Ziegelei arbeite, sind wir uns bereits früher über den Weg gelaufen.«

Ihr Kollege schlug seine langen Beine übereinander. »Wusstest du, dass Elin mit Sebastian Ravn zusammen war?«

»Nein«, erwiderte Magne Boutrup überrascht. Er strich sich über seine roten Bartstoppeln. »Annelie hatte zwar vermutet, dass Elin jemanden hatte, aber ausgerechnet Sebastian?«

»Weshalb überrascht dich das?«

»Keine Ahnung.« Er legte den Kopf schief, als müsse er über die Frage nachdenken. »Ich hätte einfach nicht gedacht, dass Elin sein Typ ist. Alle Mädchen, die ich bislang mit Sebastian gesehen habe, fielen in die Kategorie blond und oberflächlich.«

»Und Elin war nicht oberflächlich?«

»Nein. Sie war eher der ernsthafte Typ, interessierte sich für Klimaschutz und für Bücher. Und sie packte auch in der Ziegelei mit an.« Anerkennung schwang in seiner Stimme mit. »Viele der Mädchen, die ich sonst kenne, hätten viel zu viel Angst, sich dort einen Fingernagel abzubrechen. Elin machte sich eher weniger Gedanken um ihr Aussehen. Sie schminkte sich auch kaum.«

»Wissen Sie von der Sache mit den Nacktfotos?«, erkundigte sich Vibeke.

Magne Boutrup nickte. »Elin hat uns gleich zu Anfang davon erzählt. Offenbar war das auch der Grund, weshalb sie von zu Hause weg ist. Sie sagte, sie hätte ziemlichen Stress deswegen gehabt.«

»Sprach sie dabei von jemand Bestimmtem?«

»Nein, nur ganz allgemein von ihren türkischen Verwandten. Das mit den Fotos muss wohl eine große Welle verursacht haben. Sie sagte, alle würden über ihre Familie reden.«

»Fühlte sich Elin bedroht?«, hakte Vibeke nach.

»Den Eindruck hatte ich nicht, zumindest hat sie nichts gesagt.«

Rasmus wippte mit seinem übergeschlagenen Fuß. »Wo warst du am Dienstagabend gegen acht?«

Ein Schatten huschte über das Gesicht des jungen Mannes. »Wie ich schon euren Kollegen erzählt habe, ich war beim Sankt-Hans-Feuer. So wie alle anderen auch.«

»Wir haben Grund zur Annahme, dass Elin sich am Montagnachmittag in Broager aufgehalten hat.« Rasmus setzte sich auf. »Hast du irgendeine Idee, was sie dort gewollt haben könnte?«

»In Broager?« Magne Boutrup drehte an dem schwarzen Lederarmband an seinem Handgelenk. »Keine Ahnung. Wurde Elin dort gesehen?«

»Das hat die Handyauswertung ergeben«, erwiderte ihr Kollege.

Vibeke bemerkte, dass sich Schweißperlen auf Magne Boutrups Stirn gebildet hatten. Er wirkte angespannt, doch das waren die Menschen häufig, wenn sie mit der Polizei zu tun hatten, insbesondere bei einem Mordfall. Ihr Blick fiel auf die heruntergelassene Jalousie hinter seinem Rücken. »Wohnen Sie eigentlich alleine hier?«

»Nein. Zusammen mit meiner Mutter.« Magne Boutrup löste sich von dem Fenstersims. »War es das jetzt? Ich habe noch jede Menge zu tun.«

Die beiden Kriminalbeamten erhoben sich.

»Danke für deine Zeit«, sagte Rasmus. »Melde dich bei uns, falls dir doch noch eine Idee bezüglich Broager kommen sollte.«

»Vielleicht war Elin gar nicht in Broager«, erwiderte Magne Boutrup, »sondern nur der Täter.« Damit machte er auf dem Absatz kehrt.

Rasmus hob die Brauen.

Vibeke zuckte die Achseln. »Er könnte recht haben.«

Die beiden Kriminalbeamten verließen den Garten. Als sie vor dem Haus ankamen, war Magne Boutrup bereits im Inneren verschwunden.

Marina Minde, Dänemark

Rasmus saß mit geschlossenen Augen zurückgelehnt in seinem Stuhl und genoss die angenehme Wärme auf seinem Gesicht.

Es war Vibekes Vorschlag gewesen, bei einem verspäteten Mittagessen den Fall durchzugehen. Jetzt saßen sie im einzigen Restaurant im Jachthafen von Marina Minde und warteten auf ihre Bestellung.

In der Bucht herrschte an diesem Samstagnachmittag reges Treiben. Zahlreiche Boote waren auf dem Wasser, Segler hantierten an den Stegen und auf ihren Jachten herum, die Urlauber der kleinen Ferienhaussiedlung reckten in den Gärten ihre eingeölten Körper der Sonne entgegen. Kinderlachen drang vom naheliegenden Spielplatz an sein Ohr und mischte sich mit dem Gekreische der Möwen. Dazwischen ertönte ein leises Gähnen.

Rasmus blinzelte. »Du hast wohl eine lange Nacht gehabt.«

Vibeke nickte, während sie konzentriert in ihr Notizbuch schrieb. Er fragte sich, ob seine Kollegin überhaupt jemals zur Ruhe kam. Sie war rund um die Uhr Polizistin. Vierundzwanzig Stunden, sieben Tage die Woche.

Wieder einmal fiel ihm auf, wie wenig er eigentlich über sie wusste. Immer wenn er dachte, sie hätte sich endlich geöffnet, verschloss sie sich wie eine Auster und machte es ihm unmöglich, hinter ihre Fassade zu blicken. Rasmus vermutete, dass die Gründe für ihre Reserviertheit in ihrer schwierigen Kindheit lagen, doch sein Bauchgefühl sagte ihm, dass es darüber hinaus noch etwas Tiefergehendes gab, über das sie nicht sprach. Er hätte sie am liebsten gefragt, ob sie noch unter Panikattacken litt, doch er ahnte, dass er damit eine Grenze überschreiten würde. Vibeke Boisen war kein Mensch, der gern eine Schwäche zugab.

Trotzdem hatte seine Kollegin Anteil an Antons Schicksal genommen, ohne jegliches pathetische Gehabe, was Rasmus ihr hoch anrechnete. Umso mehr wurmte es ihn, dass er noch nicht einmal wusste, ob sie einen Freund hatte, während sie sämtliche wichtigen Eckdaten aus seinem Leben kannte. Vielleicht stand sie am Ende gar nicht auf Männer, sondern auf Frauen, so wie Pernille. »Auf was für einen Typ Mann stehst du eigentlich?«

Vibeke blickte von ihrem Notizbuch auf. »Warum willst du das wissen?« Sie musterte ihn argwöhnisch. »Oder versuchst du etwa gerade, mich anzumachen?«

»Gott bewahre, nein.« Rasmus grinste breit. »Ich

wollte nur mal wissen, welche Art Mann es mit dir aushält.«

Sie warf ihm einen ihrer Gletscherblicke zu. »Du bist unverschämt.«

Rasmus langte nach seinem Bier. »Ich weiß.«

Jetzt lächelte sie ebenfalls.

Die Kellnerin brachte zwei große Portionen Fish and Chips und wünschte ihnen einen guten Appetit, ehe sie an einen der Nachbartische eilte, um die Bestellung eines ungeduldigen Deutschen aufzunehmen.

»Also?« Rasmus tunkte ein Stück frittiertes Fischfilet in Tatarsoße und schob es sich in den Mund.

»Ich bin nicht so der Beziehungsmensch.« Vibeke langte nach ihrem Besteck. »Mein letzter Freund war ein Arsch. Seitdem halte ich es lieber unverbindlich.«

»Vielleicht hast du einfach noch nicht den Richtigen getroffen«, sagte Rasmus.

Ein weicher Ausdruck erschien auf Vibekes Gesicht, den er zuvor noch nie an ihr wahrgenommen hatte, doch mit dem nächsten Wimpernschlag war er bereits wieder verschwunden.

»Lass uns über den Fall reden.« Sie klang gewohnt geschäftsmäßig. »Ich habe eine Liste mit unseren bisherigen Hypothesen zusammengestellt.«

»Lass hören.« Rasmus spießte mit der Gabel mehrere Pommes auf.

»Fremdenfeindlichkeit, Ehrenmord beziehungsweise Mord aus niederen Beweggründen, Hexenkult«, zählte Vibeke auf. »Natürlich kann auch ein anderes Motiv zugrunde liegen. Möglicherweise wurde Elin Zeugin eines Verbrechens, oder sie wurde einem Liebhaber lästig.« Sie tippte mit ihrem Stift auf eine Stelle in ihrem

Notizbuch. »Und dann haben wir ja auch noch Enno Teschke.«

»Den Freund der Mutter?«, fragte er zwischen zwei Bissen. »Wie kommst du jetzt auf ihn?«

»Der Mann ist gewalttätig und vorbestraft. Er könnte Elin belästigt haben.«

»Möglich ist alles«, erwiderte Rasmus skeptisch. »Aber er hat ein Alibi.«

Vibeke nickte. »Ich bin nur gründlich. Damit wir am Ende nichts übersehen.«

Rasmus deutete mit der Gabel auf ihr Notizbuch. »Damit halst du dir nur unnötige Arbeit auf. Meiner Meinung nach sollten wir uns vorerst auf die Akmans und Sebastian Ravn konzentrieren und abwarten, was der Öffentlichkeitsaufruf in den Nachrichten bringt.« Er wandte sich wieder seinem Essen zu.

Vibeke legte ihren Stift beiseite. »Du hast ja recht. Mir geht schon die ganze Zeit durch den Kopf, was Magne Boutrup vorhin gesagt hat. Dass Elin vielleicht gar nicht in Broager war. In dem Fall verschwenden wir nur unnötige Ressourcen.« Sie nahm einen Schluck aus ihrem Wasserglas. »Was die Akmans betrifft, werde ich einen alten Kollegen beim LKA kontaktieren. Er ist Türkei-Experte. Vielleicht kann er uns weiterhelfen, was die Hintergründe für einen Ehrenmord betrifft, damit wir die richtigen Rückschlüsse ziehen.«

»Tu, was du nicht lassen kannst«, erwiderte Rasmus, »aber für mich ist bis Montagfrüh Schluss mit der Arbeit. Ich habe Camilla versprochen, sie und Ida morgen bei meinen Eltern zu treffen.«

Vibeke langte wieder nach ihrem Besteck. »Deine Ex-Frau versteht sich gut mit deiner Familie, oder?«

Rasmus nickte. »Camilla ist für meine Mutter wie eine zweite Tochter. Das macht es bei manchen Dingen nicht unbedingt leichter. Egal was ich tue, meine Mutter steht immer auf Camillas Seite. Sie wünscht sich, dass wir wieder zusammenkommen.«

Seine Kollegin musterte ihn. »Und du? Wünschst du dir das auch?«

»Ganz ehrlich? Ich weiß es nicht.« Sein Blick glitt zum Ufer, wo gerade ein Paar sein Kleinkind zwischen sich in die Luft schwenkte. »Ida hätte jedenfalls ein Zuhause mit beiden Elternteilen verdient.«

In dem Moment klingelte Vibekes Handy, das auf dem Tisch lag, doch statt den Anruf anzunehmen, starrte sie auf das Display. Von den Nebentischen drehten sich Köpfe zu ihnen herum.

Rasmus hob die Brauen. »Willst du da nicht langsam mal rangehen?«

Vibeke trug diese ausdruckslose Miene zur Schau, aus der er nie schlau wurde, ehe sie schließlich nach ihrem Handy langte.

Flensburg, Deutschland

Vibeke brachte sich in Kampfstellung. Leicht gebeugte Knie, vorgelehnter Oberkörper, die Hände in den Handschützern dicht vor dem Brustkorb zu Fäusten geballt.

Tao, ihr Trainer und Sparringspartner, nahm automatisch eine defensive Haltung ein. Sie fixierten einander. Im nächsten Moment ging Vibeke zum Angriff über und verkürzte den Abstand. Low-Kick, kräftig ausgeführt gegen das gegnerische Bein, doch Tao hob zur Abwehr ebenfalls sein Bein. Schienbein traf auf Schienbein, und ein scharfer Schmerz schoss durch ihren Körper. Zeitgleich setzte ihr Gegner mit der rechten Faust zu einem Jab an und zielte auf ihr Kinn, doch sie wehrte sekundenschnell mit einem Pak Sao ab.

Es folgte ein längerer Schlagabtausch. Angriff und Konter, Fauststöße, Handkantenschläge, Hammerfäuste. Ebenbürtige Gegner, die einander nichts schenkten. Mit jedem Schlag nahm Vibekes Anspannung ab, die sie seit dem Anruf in Marina Minde erfasst hatte.

Die Betreuerin der Wohngruppe ihrer biologischen Mutter hatte sie darüber informiert, dass Solveigh zu einem Gespräch bereit war – rund zehn Monate nach Vibekes erstem Kontaktversuch. Jetzt lag es an ihr, ob sie der Frau begegnen wollte, die am Tag ihrer Geburt versucht hatte, Vibeke mit einem Kissen zu ersticken.

Sie schlug noch härter zu. »Wenn du deine Aggression nicht rauslässt, richtet sie sich irgendwann gegen dich selbst«, hatte ihr ein Trainer vor Jahren gesagt. Seitdem half ihr das Wing Tsun dabei, ihre innere Balance zu halten. Körperspannung und das Gefühl, aus sich herauszuwachsen, hielten dabei nicht nur Körper und Seele im Gleichgewicht, sondern gaben ihr auch Selbstvertrauen. Zudem wirkten sich die Disziplin und die Konzentration, die sie für ihren Sport benötigte, auch positiv auf ihren Beruf aus. Und ganz nebenbei fühlte es sich ein wenig an, wie Pui Yee zu sein. Eine Kampfkunst-Ikone mit großem Kriegergeist.

Tao wehrte jeden ihrer Schläge ab. Er war ein erfahrener Kämpfer, ohne nennenswerte Schwachpunkte, und dementsprechend schwer zu besiegen. Distanz- und

Schwerpunktgefühl, perfektes Timing und mentale Stärke kamen bei ihm zusammen. Vibekes Kräfte begannen zu schwinden, der richtige Zeitpunkt für eine Finte.

Sie deutete mit einem Schulterzucken einen Jab an. Tao, fokussiert auf ihren Oberkörper, hob instinktiv den Arm, um den erwarteten Schlag abzuwehren, während sie zeitgleich mit dem Fuß in einen kräftigen Low-Kick ging und ihn direkt in der oberen Kniekehle traf. Eine äußerst schmerzhafte Stelle. Tao wich zurück und nahm eine Abwehrstellung ein.

Doch der Kampf war noch nicht vorbei. Während ein solcher Low-Kick anderen Gegnern die Angriffslust nahm, setzte sich Tao zu Wehr. Es folgte ein weiterer Schlagabtausch, ehe sie diesen Teil des Trainings schließlich beendeten und nach einer kurzen Pause zum Kampf mit den Langstöcken übergingen. Als Vibeke am Ende ihre Waffe sinken ließ, hatte sie ihre Entscheidung gefällt.

6. Kapitel

Aarhus, Dänemark

Ida lag auf ihrer Krabbeldecke auf dem Bauch und spielte mit einer Rassel. Hin und wieder schüttelte sie das Spielzeug, gluckste vergnügt, hielt dann inne und steckte sich die bunten Kugeln in den Mund.

Rasmus saß auf dem Sofa und runzelte die Stirn. Er fragte sich, welche Bakterien an so einem Teil alles kleben konnten. Seine Schwester Jonna hatte seit Kurzem einen Hund, und der Gedanke daran, dass seine kleine Tochter gerade den Schmutz von den Kugeln leckte, den der Welpe unter seinen Pfoten ins Wohnzimmer getragen hatte, behagte ihm nicht.

»Möchtest du noch ein Stück von dem Erdbeerkuchen?«, fragte seine Mutter. Freja Nyborg war eine winzige Frau mit silberblondem Kurzhaarschnitt und sonnigem Gemüt, die ihre Kinder und Enkelkinder wie eine Henne begluckte.

Er nickte, den Blick noch immer auf Ida gerichtet.

»Dreck reinigt den Magen.«

Rasmus sah seine Mutter entsetzt an. Offenbar hatte sie seine Gedankengänge erraten.

Freja lachte amüsiert. »Keine Sorge, ich zieh dich nur auf. Heute Morgen hab ich alles geputzt, und der Hund war seitdem überhaupt nicht hier.« Sie stemmte ihre

Hände in die Hüften. »Du solltest Ida nicht in Watte packen, Rasmus. So ein bisschen Schmutz stärkt das Immunsystem und beugt auch Allergien vor. Das ist sogar wissenschaftlich erwiesen. Wenn du deiner Tochter und dir selbst einen Gefallen tun willst, hör lieber mit dem Rauchen auf.«

»Woher …«

»Deine Jacke stinkt wie eine Räucherbude«, erklärte seine Mutter. »Am besten holst du dir den Kuchen schnell selbst aus der Küche, ehe dein Vater alles aufisst.«

Rasmus erhob sich von der Couch und strich seiner Tochter im Vorübergehen liebevoll über den Kopf. Bisher hatte sie nur wenige Haare, doch sie hatten den gleichen Ton wie Camillas rotblonde Locken. Ida gluckste vergnügt und schwenkte ihre Rassel. Freja setzte sich zu ihrer Enkelin auf die Krabbeldecke.

In der Küche traf Rasmus nur auf seine Ex-Frau. Sie war gerade dabei, ein paar Gläser aus dem Geschirrspüler in die Schränke zu räumen. Die Selbstverständlichkeit, mit der sie dabei vorging, versetzte ihm einen Stich.

»Rasmus.« Camilla schaffte es wie kein anderer Mensch, einen Strauß an Gefühlen in seinen Namen zu packen. In diesem Fall waren es Anspannung, Wärme und Vorwurf zugleich. »Gut, dass du kommst. Ich wollte noch etwas mit dir besprechen, ehe wir losfahren.«

»Du willst schon zurück?«, fragte er enttäuscht. »Ihr könntet hier übernachten und bis morgen bleiben.«

Sie schüttelte den Kopf. »Ich habe einen Job, Rasmus, und davon abgesehen hat Ida morgen ihren ersten Krippentag.«

Rasmus seufzte. Er hatte gehofft, Camilla hätte es sich mit der Krippe anders überlegt. Sie hatte Architektur und Design studiert und bei verschiedenen Design-Agenturen und Möbelherstellern gearbeitet. Seit etwa zwei Jahren kümmerte sie sich im Dänischen Zentrum für Architektur in Kopenhagen um den Bereich Marketing und Markenauftritte, eine Arbeit, die ihr sehr viel Spaß machte. Schon früh hatte deshalb für Camilla festgestanden, dass sie wieder arbeiten würde, sobald Ida sechs Monate alt war. Rasmus fand jedoch, dass seine Tochter noch viel zu klein war, um in eine Krippe zu gehen.

»Lass uns das draußen im Garten besprechen«, sagte Camilla. »Ich frag rasch deine Mutter, ob sie sich so lange um Ida kümmern kann.« Sie verschwand aus der Küche.

Rasmus trat aus der seitlichen Tür, die direkt in den Garten führte. Das Wetter war noch immer wechselhaft wie bereits in den Tagen zuvor. Sonne und Regen lösten sich mit einer Regelmäßigkeit ab, als veranstalteten die Wettergötter am Himmel ein Tauziehen. Gerade türmten sich wieder dunkle Wolken auf, doch zumindest hatten sich die Temperaturen um die zwanzig Grad eingependelt, sodass die Wollpullover vorerst in den Schränken bleiben konnten.

Der Vier-Flügel-Fachwerkbauernhof, in dem das Bed and Breakfast seiner Schwester Jonna untergebracht war, stammte aus dem Jahr 1872 und war seit mehreren Generationen im Familienbesitz. Die Gebäude hatten weiß gekalkte Fassaden, Reetdach und leuchtend rot gestrichene Fenster und Türen. Überall standen Kübel mit prächtigen Rosen und Hortensien.

Er steuerte auf die Bank zu, die unter einem der

Apfelbäume stand, und setzte sich. Nur allzu gerne hätte er jetzt eine Zigarette geraucht, doch er wollte die Stimmung nicht zusätzlich damit belasten, indem er sein altes Laster offenbarte.

Er fragte sich, was seine Ex-Frau mit ihm besprechen wollte. Ein ungutes Gefühl machte sich in seiner Magengegend breit.

Wie aufs Stichwort kam Camilla aus der Tür. Sie hatte ihre lockigen Haare in der Zwischenzeit zu einem strengen Knoten am Hinterkopf zusammengedreht. Sein ungutes Gefühl verstärkte sich.

Sie setzte sich neben ihm auf die Bank und kam ohne Umschweife zur Sache. »Liam und ich werden zusammenziehen.«

Rasmus sah sie entgeistert an. »Und das sagst du mir einfach so? Ohne die geringste Vorwarnung?«

»Wie hätte ich es dir denn sonst sagen sollen?« In Camillas Stimme lag die alte Gereiztheit. »Genau genommen müsste ich dich nicht einmal informieren. Wir sind geschieden, Rasmus. Und das nicht erst seit gestern. Mit wem ich zusammenlebe, geht dich im Grunde nichts an.«

Rasmus spürte, wie sein Blut in Wallung geriet. »Ach ja?« Er stand auf, ging ein paar Schritte und wandte sich wieder um. »Natürlich geht es mich etwas an. Schließlich wohnt meine Tochter künftig mit einem fremden Mann zusammen.«

»Jetzt übertreib mal nicht, Rasmus. Ida kennt Liam seit ihrer Geburt.«

»Und jetzt wollt ihr einen auf glückliche Familie machen, oder was?«, brauste er auf. »Ich bin damit absolut nicht einverstanden, nur dass du das weißt.«

»Ich brauche deine Zustimmung dafür nicht«, erklärte seine Ex-Frau trocken.

Rasmus raufte sich die Haare. Er wusste natürlich, dass Camilla recht hatte, und trotzdem, er hasste diesen Lackaffen und seine dämlichen rosa Hemden. Liam. Schon allein dieser Name. Wie er den Kerl einschätzte, würde er sich künftig noch mehr aufspielen, als er es ohnehin schon tat. Und er würde einen großen Platz im Leben seiner Tochter einnehmen, indem er täglich viele kleine Entscheidungen traf und mehr Zeit mit Ida verbrachte, als Rasmus es tat. »Was findest du eigentlich an diesem Typen?«

»Du meinst abgesehen davon, dass Liam gutaussehend, charmant, großzügig, gebildet und zuvorkommend ist?« Camillas Augen funkelten.

Rasmus kickte einen zu Boden gefallenen Apfel übers Gras. Dann atmete er tief durch und setzte sich wieder auf die Bank. Camilla saß am längeren Hebel, egal wie er es drehte und wendete.

»Ich will nicht, dass er mir mein Kind entfremdet, dass Ida irgendwann zu ihm Papa sagt anstatt zu mir.«

»Das wird nicht passieren«, sagte Camilla sanft. »Du bist Idas Vater, und daran wird sich auch nichts ändern.«

Rasmus blickte nachdenklich zum Hof. »Ich habe überlegt, zurück nach Kopenhagen zu ziehen, damit ich näher bei euch bin.«

Camilla musterte ihn aus zusammengekniffenen Augen. »Wird das jetzt ein Revierkampf?«

Er schüttelte den Kopf. »Ich habe mir das bereits vor einiger Zeit überlegt. Deshalb hatte ich neulich auch den Termin im Politigården.«

»Man hat dir einen Job in deiner alten Dienststelle angeboten?«

»So weit sind wir noch nicht. Ich musste den Termin wegen dem Leichenfund in Egernsund absagen.« Er strich sich mit der Hand über den Nacken. »Wenn ich wieder in Kopenhagen wohnen würde, könnte ich dich mit Ida unterstützen. Sie könnte ein paar Monate später in die Krippe gehen.«

Camilla hob die Brauen. »Und wie soll das deiner Meinung nach funktionieren? Indem ich den ganzen Tag zu Hause bleibe? Oder willst du das vielleicht übernehmen?«

»Weshalb nicht?«, erwiderte Rasmus spontan. Tatsächlich war ihm dieser Gedanke bislang nicht gekommen.

»Du bist Polizist, Rasmus. Du kannst nicht ohne deinen Beruf leben.« Camilla strich sich eine Locke aus dem Gesicht, die sich aus ihrem Haarknoten gelöst hatte. »Angenommen, du würdest eine berufliche Auszeit nehmen, um Ida zu betreuen. Was glaubst du, würde passieren? Die erste Zeit würdest du es vielleicht genießen, aber dann? Du würdest unruhig werden. Deine Antennen würden angehen, sobald in Kopenhagen auch nur eine Sirene ertönt, und dann wirst du dabei sein wollen.« Sie suchte seinen Blick. »Es wird dich innerlich zerreißen, weil du dir vorgenommen hast, bei deiner Tochter zu sein, dabei willst du gleichzeitig all die bösen Kerle jagen. Weil du weißt, dass du das am besten kannst.«

Rasmus krauste die Stirn. Camilla kannte ihn so viel besser als er sich selbst.

»Es wird Ida gut gehen in der Krippe«, fuhr seine Ex-Frau fort. »Sie wird glücklich sein, vor allem, wenn sie einen zufriedenen Vater hat.« Ihre Stimme wurde eindringlicher. »Wir können sie nicht in Watte packen, Rasmus, nur wegen dem, was …« Sie hielt inne, die unausgesprochenen Worte hingen schwer über ihren Köpfen in der Luft.

… *Anton passiert ist*, vervollständigte Rasmus ihren Satz in Gedanken. *Den du nicht beschützen konntest.* Ihm schnürte sich der Hals zu.

»Ihr wird nicht das Gleiche zustoßen.« Camillas Stimme klang jetzt ganz sanft und war gleichzeitig erfüllt von einer festen Zuversicht, von der Rasmus nicht wusstc, woher seine Ex-Frau sie nahm.

Sie ist so stark, dachte er. *Viel stärker als ich.*

»Ich mache den Termin im Politigården, und dann werden wir sehen, ob ich zurück nach Kopenhagen komme.« Rasmus musterte Camilla von der Seite, und ihm fiel auf, dass sie einen leichten Sonnenbrand auf dem Nasenrücken hatte. Eine weitere Strähne hatte sich aus ihrem Haarknoten gelöst und fiel ihr ins Gesicht. Er ertappte sich bei dem Gedanken, dass er sie gerne beiseitestreichen würde.

Camilla stand auf. »Ich packe dann mal zusammen. Bei einem Ausflug mit Kind braucht man fast so viele Sachen, als hätte man eine Urlaubsreise geplant.« Sie lächelte. »Ich hatte das ganz vergessen.«

Rasmus sah ihr hinterher, wie sie zurück zum Haus ging. Camilla wirkte glücklich. Sie hatte es verdient, glücklich zu sein, und er sollte sie unterstützen, anstatt ihr das Leben schwerer zu machen.

Erst als sich die Tür hinter ihr schloss, fiel ihm ein, dass er ganz vergessen hatte, ihr von der Begegnung mit Kiersten Ravn zu erzählen.

Kiel, Deutschland

Der dreistöckige Altbau lag an einer Kastanienallee im Stadtteil Düsternbrook und wirkte mit seiner schneeweißen Fassade und den zahlreichen Giebeln mehr wie eine Villen-Residenz mit Luxuswohnungen als ein sozialtherapeutisch betreutes Wohnprojekt.

Vibeke brachte ihren Wagen neben der Einfahrt zum Stehen. Sekundenlang blieb sie völlig regungslos hinter dem Lenkrad sitzen und starrte durch die Windschutzscheibe auf die repräsentativen Säulen des Hauseingangs.

Der Zustand ihrer Mutter sei zurzeit stabil, hatte die Betreuerin gesagt, was immer das auch heißen mochte. Vibeke hatte nicht nachfragt. Chronische Schizophrenie lautete die Diagnose. Eine psychische Störung, die den gedanklichen Prozess, die Wahrnehmung sowie die Sprache und Motorik der Betroffenen beeinträchtigte und die Spaltung von Gedanken und Gefühlen herbeiführte. Im Fall ihrer Erzeugerin äußerte sich die Krankheit durch Halluzinationen und Wahnvorstellungen. Medikamente halfen dabei, die Symptome in Schach zu halten.

Jetzt würde das eintreten, was sie jahrelang versucht hatte zu verhindern. Der Frau zu begegnen, deren unheilvollen Gene in ihr schlummerten. Als Vibeke sich im letzten Jahr zu diesem Schritt entschlossen hatte, war sie in einer lebensbedrohlichen Ausnahmesituation gewesen. Sie konnte jederzeit einen Rückzieher machen. Kein Mensch wusste von dem Versprechen, dass sie sich selbst gegeben hatte. Noch nicht einmal ihr Vater Werner.

Und trotzdem. Wenn sie diesen Schritt jetzt nicht ging, würde sie ihn vermutlich niemals machen. Ihre Albträume würden bleiben, genauso wie ihre Panikattacken.

Ihr Blick glitt die weiße Fassade hinauf. Und wenn es schlimmer wurde?

Die Sorge, die Veranlagung zu der heimtückischen Krankheit von ihrer Erzeugerin geerbt zu haben, begleitete Vibeke bereits ihr halbes Leben. Eine Fachärztin hatte ihr zwar erklärt, dass erst viele verschiedene Faktoren zusammenkommen mussten, ehe die Krankheit ausbrach, doch wer wusste schon, was so eine Begegnung bei ihr auslöste.

Vibeke spürte einen leichten Druck auf der Brust. *Reiß dich zusammen. Du kennst sämtliche Anzeichen für die Krankheit, nichts davon trifft auf dich zu. Du bist nicht wie sie.*

Sie zwang sich, tief ein- und auszuatmen. Als der Druck schließlich nachließ, atmete sie ein letztes Mal tief durch und stieß die Tür auf.

Die junge Sozialtherapeutin, die sie an der Wohnungstür in Empfang nahm, hieß Kathrin Kleiber. Sie hatte ihre dunklen Haare bis über die Ohren wegrasiert, der Rest war zu einem dünnen Zopf am Hinterkopf zusammengebunden. Piercings schmückten Nase und Oberlippe, die Augenbrauen waren als dünne Rundbögen in die Haut eintätowiert.

Sie berichtete Vibeke gut gelaunt, dass Solveighs letzte akute Phase über zwei Monate zurücklag und die weitere medikamentöse Behandlung nun ambulant erfolgen würde. In der chronischen Phase seien die Patienten häufig lethargisch, deshalb funktionierten bei ihrer Mutter sowohl die Psyche als auch die emotionalen Regungen nur eingeschränkt. Sie solle sich das nicht zu Herzen nehmen, der Verlauf bei Solveigh sei völlig normal.

Vibeke verzichtete darauf, der Frau zu erklären, dass sie lediglich hier war, um ein Versprechen einzulösen – und nicht um eine emotionale Beziehung zu der Person aufzubauen, die für sie nicht mehr als ein biologischer Brutkasten war. Während sie der Sozialtherapeutin einen langen Flur entlang folgte, erfuhr sie, dass insgesamt vier Bewohner der Wohngruppe angehörten.

Die Räume waren hell und lichtdurchflutet, und wie so häufig bei einem Altbau mit hohen Decken und Kassettentüren knarzten die Dielen bei jedem Schritt. Das Mobiliar war schlicht und zeitlos. Sie fragte sich, wer das alles bezahlte.

»Ihre Mutter ist gerade im Gemeinschaftsraum und sieht sich einen Film an«, plapperte Kathrin Kleiber munter weiter. »Sie weiß, dass ihre Tochter zu Besuch kommt.«

Vibekes Anspannung wuchs.

»Sie ist nur meine biologische Mutter«, stellte sie klar.

Die eintätowierten Brauen hoben sich. »Aber Sie haben sich schon einmal getroffen, oder?«

»Nein.« Vibeke sparte sich weitere Erklärungen. Es ging niemanden etwas an, dass Solveigh in ihren Augen keinerlei Zuwendung verdient hatte. Das Einzige, was sie miteinander verband, waren die dreiundzwanzig Chromosomen, die ihre Erzeugerin an sie weitergegeben hatte.

Kathrin Kleiber blieb vor einer der offenen Türen stehen. »Solveigh, Ihr Besuch ist da.« Sie lächelte Vibeke aufmunternd zu und verschwand im Nebenzimmer.

Im Gemeinschaftsraum befand sich nur eine einzige Person. Eine korpulente Frau mit kurzen blonden Haaren, die auf den ersten Blick so gar nichts mit der hageren Kreatur gemeinsam hatte, die Vibeke seit Jahren in ihren Albträumen verfolgte. Sie saß in einem Sessel und hatte ihren Blick starr auf den Fernseher gerichtet, wo gerade eine Dokumentation über Buckelwale über den Bildschirm flimmerte. Unter ihrem grünen Strickpullover wölbte sich ihr dicker Bauch.

Ich muss ihre Augen sehen. Vibeke ging ein paar Schritte in den Raum hinein und blieb mit etwas Abstand neben dem Sessel stehen. Vor Anspannung presste sie die Zähne zusammen.

Solveigh wandte ihr langsam das Gesicht zu. Es wirkte aufgeschwemmt. Schmale graue Augen unterzogen sie einer sorgfältigen Musterung.

»Du bist also meine Tochter.« Ihre Stimme hatte einen seltsamen monotonen Klang.

Vibeke starrte zurück, suchte in ihrem Gegenüber nach Ähnlichkeiten, fand sie jedoch nicht. Ihre Kiefermuskulatur entspannte sich.

»Weshalb bist du hier?«

»Ich wollte wissen, wie jemand aussieht, der versucht hat, sein neugeborenes Kind umzubringen.«

Solveigh bedachte sie mit einem trägen Blick. »Ich hatte eine Psychose.«

Vibeke wusste nicht, wie sie reagieren sollte, deshalb schwieg sie. Sie spürte keinen Groll. Keine Wut. Keinen Hass. Kein einziges von all den negativen Gefühlen, die sie mit sich herumtrug, seit sie im Alter von achtzehn Jahren zum ersten Mal Akteneinsicht beim Jugendamt erhalten hatte. Stattdessen regte sich ein Funken Mitleid in ihr. Die Frau war krank. Und die Krankheit war schuld an ihrem Handeln. Schlagartig fiel ein Großteil ihres jahrelangen Ballasts von ihr ab. *Das Monster ist entzaubert.* Vor Erleichterung hätte sie fast aufgelacht.

»Du siehst deinem Vater ähnlich«, sagte Solveigh mit ihrer monotonen Stimme. »Ihr habt die gleichen Augen.« Als sie ihren Blick wieder auf die Buckelwale richtete, streifte ein Lächeln ihre Lippen. »Er ist ein Ungeheuer.«

Vibeke drehte sich um und ging.

Egernsund, Dänemark

Die Abenddämmerung hatte eingesetzt, und eine leichte Brise wehte von der Förde an Land. Die Temperaturen waren noch immer angenehm mild, die Fenster der angrenzenden Häuser zur abendlichen Stunde erleuchtet.

Sebastian fuhr auf seinem Fahrrad den Havnevej entlang. In ihm sträubte sich alles dagegen, an der kleinen Abschiedszeremonie am Ufer teilzunehmen, die seine Freunde für Elin geplant hatten. Ausgerechnet dort, wo ihre Leiche verbrannt worden war. In seinen Augen hatte es einen makabren Beigeschmack, und es erschien ihm nicht richtig, trotzdem würde seine Abwesenheit nur unnötige Fragen nach sich ziehen. Was sollte er seinen Freunden auch sagen? Sorry, ich kann nicht kommen, weil ich Elin vielleicht umgebracht habe?

Am Ende der Straße drosselte Sebastian das Tempo. Der Asphalt ging hier in einen Schotterweg über, und kleine Kieselsteine flogen gegen das Schutzblech seines Fahrrads. Die hohen Gräser der Wiese rauschten im Wind. Links neben ihm schwappte düster das Meer. Die Sicht wurde von Minute zu Minute schlechter. Sein Fahrradlicht flackerte unruhig über den Schotter. Fast hätte er ein Schlagloch übersehen, doch in letzter Sekunde gelang es ihm auszuweichen.

Bis zum Wald waren es nur noch ein paar hundert Meter. Hinter den Bäumen zeichnete sich ein Lichtschein ab. Irgendwo im Gras maunzte eine Katze.

Kurz darauf stieg er vom Fahrrad. Das Leuchten kam von zwei Fackeln, die wenige Schritte von der heruntergebrannten Feuerstelle entfernt am Uferrand im Boden steckten. In ihrem schwachen Licht zeichneten sich drei Gestalten ab. Seine Freunde waren bereits vollständig versammelt.

Er lehnte sein Fahrrad gegen einen Baumstamm.

»Hej, Sebastian, da bist du ja.« Lars kam ihm entgegen.

Sie umarmten sich. Etwas, das sie bislang noch nie getan hatten. Es fühlte sich gut an, gleichzeitig kam er sich vor wie ein Schuft.

Er begrüßte die anderen.

Alle wirkten bedrückt. Annelies Augen glänzten, doch er konnte nicht ausmachen, ob Tränen der Grund dafür waren oder das Licht der Fackeln, ohne sie anzustarren. Magne hatte seinen Arm um sie gelegt.

Lars reichte ihm eine Flasche Bier. Er nahm es dankbar entgegen. Während er einen Schluck trank, bemerkte er Magnes eigentümlichen Blick.

»Stimmt es, dass ihr zusammen wart, du und Elin?«

Sebastian nickte. »Aber es war vorbei.« Er biss sich auf die Unterlippe. Blut quoll aus einer kleinen Wunde in seinen Mundraum. Er spülte es mit Bier hinunter.

»Warum hast du nie etwas davon gesagt?«, fragte Lars.

»Elin wollte es so.«

Sein Freund nickte verständnisvoll. »Hat sie dir viel bedeutet?«

Sebastian spürte Tränen in sich aufsteigen. »Alles.«

Drei Augenpaare richteten sich auf ihn, und er hatte das Gefühl, keine Luft mehr zu bekommen.

»Lasst uns an Elin denken«, sagte Annelie leise.

Sie standen zwischen den beiden Fackeln eng beieinander, hatten der Feuerstelle ihren Rücken gekehrt und blickten zum Wasser.

Annelie stimmte ein Kirchenlied an. *I verden udenfor verden.* Ihre glasklare Stimme erfüllte die Nacht. Bei Sebastian brachen sämtliche Dämme. Tränen strömten ihm über die Wangen, und es gelang ihm nur unter größter Mühe, sich aufrecht zu halten. Er dachte an Elin. An ihre tiefgrünen Augen, die zarten Sommersprossen auf ihrem Nasenrücken, die man nur erkennen konnte, wenn man ganz genau hinsah. Die weichen Lippen, die er so oft geküsst hatte. Ein Schluchzen drang aus seiner Kehle.

Sobald der letzte Ton verklungen war, reichte ihnen Annelie kleine flache Wachslichter.

»Das sind Schwimmkerzen.«

Sie hielt den Docht ihres eigenen Exemplars an die Fackel, bis er brannte, ging dann am Uferrand in die Hocke und ließ die Schwimmkerze behutsam ins Wasser gleiten. Dann wiederholte sie die Prozedur. Die anderen taten es ihr nach.

Die Wellen trugen Dutzende kleine Lichter davon, und Annelie sang ein weiteres Lied, das von Abschied und Wiedersehen handelte.

Sebastian dachte die ganze Zeit an Elin und an die Nachricht, die alles zerstört hatte. Ihn zerstört hatte. Seine Gedanken glitten zu dem Anwalt, der sie zu Hause aufgesucht hatte, um ihn auf das Gespräch mit der Polizei vorzubereiten.

Sebastian wusste nicht, ob er dem Druck standhalten konnte. Vielleicht war es besser, alles zuzugeben. Dass Elin mit ihm Schluss gemacht hatte und er ihr offenbar noch nicht einmal so viel wert gewesen war, um ihm das persönlich zu sagen. Dass in diesem Augenblick seine Welt zusammengebrochen war und er sich betrunken hatte, bis er nicht mehr wusste, wo vorn und wo hinten war.

Sobald er allerdings von dem Blut an seinen Klamotten erzählen würde, zog er seine Mutter in die Sache hinein, denn sie hatte die Kleidungsstücke entsorgt. Im Polizeijargon lautete es vermutlich »Vernichtung von Beweismitteln«. Mit Sicherheit würde man ihn einsperren, wenn er alle Karten auf den Tisch legte. Zu viele Indizien deuteten auf ihn als Täter. Im schlimmsten Fall saß er dann jahrelang unschuldig im Gefängnis, ohne dass sich jemand die Mühe gab, die Hintergründe aufzudecken. Von solchen Fällen hörte man immer wieder.

Sebastian wünschte, er könnte sich endlich erinnern. Hatte er Elin tatsächlich umgebracht? Verstohlen blickte er auf seinen Handrücken. Der Gedanke, ihre Leiche hier, wenige Meter hinter ihm, unter Holzscheite gelegt zu haben, damit sie verbrannte, war ihm schier unerträglich.

Die Feuer waren erst am nächsten Tag entzündet worden, schoss es ihm plötzlich in den Sinn. Zu dem Zeitpunkt war er definitiv zu Hause gewesen. Er konnte das Feuer zumindest nicht angezündet haben.

Die Gedanken in seinem Kopf überschlugen sich. Und wenn er sich nicht erinnerte, weil er unschuldig war? Wenn er Elin überhaupt nicht umgebracht hatte? Doch wer war es dann gewesen? Jemand aus ihrer Familie? Er wusste, was Elin wegen der Nacktfotos hatte durchstehen müssen. Doch würden sie tatsächlich so weit gehen und sie umbringen? Wer sonst könnte es gewesen sein? Jemand aus der Schule? Ein Fremder? Oder jemand von hier?

Sein Blick glitt die Reihe seiner Freunde entlang, die den schwimmenden Kerzen hinterherschauten. Annelie, die noch immer sang, mit tiefer Traurigkeit in der Stimme, Magne, der dabei ihre Hand hielt, und schließlich Lars, der direkt neben ihm stand. Das markante Profil seines Freundes wirkte wie in Stein gemeißelt. Was, wenn es einer von ihnen gewesen war?

7. Kapitel

Padborg, Dänemark

Der Anwalt war die Freundlichkeit in Person. Ein aalglatter Typ mit graumelierten Schläfen, dessen Lächeln genauso perfekt saß wie sein maßgeschneiderter Anzug. Der Blick seiner grauen Augen war kalt.

Ein Haifisch, dachte Rasmus. Er kannte diese Art von Advokaten, war ihnen in der Vergangenheit bereits häufiger begegnet. Erfolgsverwöhnt. Geldgierig. Skrupellos. Schlimmer waren in seinen Augen nur noch Politiker.

Im Gegensatz zu seiner deutschen Kollegin, die am Tisch neben ihm saß, besaß er nicht die Gabe, Konflikte und Spannungen wegzulächeln.

»Was genau wird meinem Mandanten vorgeworfen?«, fragte Asger Eriksen, sobald die übliche Prozedur an Formalitäten hinter ihnen lag. Er zupfte seine Krawatte zurecht und ließ dabei seinen Blick durch den Konferenzraum der Kfz-Fahndungsstelle schweifen, den man ihnen für die Vernehmung zur Verfügung gestellt hatte.

»Wir ermitteln im Mordfall Elin Akman, und Sebastian wird in diesem Zusammenhang von uns als Zeuge befragt«, erklärte Rasmus im neutralen Tonfall. »Wir hoffen, er kann zur Klärung des Sachverhalts beitragen.«

Sein Blick streifte den Teenager, der mit gesenktem Kopf neben seinem Anwalt saß. Er sah erschöpft aus, war blass im Gesicht und hatte rot geäderte Augen, als hätte er in den letzten Tagen kaum geschlafen. »Fürs Protokoll, Sebastian: Wo hast du dich letzten Montag am späten Nachmittag und am Abend aufgehalten?«

Sebastian hob den Blick. »Zu Hause in meinem Zimmer. Es ging mir nicht gut. Ich hatte mir den Magen verdorben und habe bis Dienstagabend krank im Bett gelegen.«

»Was die Mutter meines Mandanten gegenüber der Polizei bereits bestätigt hat«, warf der Anwalt mit leichter Herablassung ein.

Rasmus ignorierte den Kommentar und konzentrierte sich auf den Teenager. »Du hast erzählt, dass du und Elin ein Paar wart, aber zum Zeitpunkt ihres Todes seid ihr bereits getrennt gewesen. Wann genau kam es zur Trennung?«

Sebastian schwieg.

»Ich habe meinem Mandanten geraten, diese Frage nicht zu beantworten«, ließ Asger Eriksen verlauten.

Rasmus fluchte innerlich, hielt aber den Blick des Jungen fest. »Wenn es so ist, wie ich glaube, und du Elin wirklich gernhattest, dann möchtest du doch mit Sicherheit auch, dass ihr Mörder überführt wird, oder?«

Es vergingen mehrere Sekunden, ehe der Teenager schließlich nickte.

»Dann hilf uns, Sebastian«, bat Rasmus. »Was war der Grund für eure Trennung? Ging es dabei um Elins Familie?«

Sebastian schüttelte den Kopf. »Die wussten nichts von uns.« Er knackte mit den Fingern.

»Aber Elin war diejenige, die Schluss gemacht hat, oder?«

Sebastian presste die Lippen zusammen. In seinen Augen flackerte es.

Rasmus wagte einen weiteren Vorstoß. »Weißt du, warum?«

Das Knacken verstärkte sich. Es war offensichtlich, dass der Junge mit sich rang.

»Mein Mandant wird auch diese Frage nicht beantworten«, griff Asger Eriksen ein.

Rasmus hatte seinen Blick noch immer auf den Teenager gerichtet.

»Sie hatte einen anderen«, sagte Sebastian leise.

Rasmus nahm aus den Augenwinkeln wahr, wie sich Vibeke neben ihm gerade machte, und hatte bereits den Mund geöffnet, um die nächste Frage zu stellen, als der Anwalt erneut dazwischengrätschte.

»Mein Mandant wird ab jetzt keine Angaben zur Sache mehr machen.« Asger Eriksen hatte jegliche Freundlichkeit abgelegt. Er packte seine Unterlagen zusammen und stand auf. »Solltet ihr eine weitere Befragung für notwendig erachten, dann nur, wenn der Ladung ein Auftrag der Staatsanwaltschaft zugrunde liegt.« Sein Haifischlächeln blitzte auf. »Komm, Sebastian, wir gehen.«

Der Teenager erhob sich, wobei er den Blick des Polizisten mied.

»Verdammt!« Rasmus schlug seine flache Hand krachend auf die Tischplatte, sobald sich die Tür hinter Anwalt und Mandant geschlossen hatte. »Der Junge war schon wieder kurz davor auszupacken. Dieser unsägliche Anwalt!« Er raufte sich die Haare.

»Der Mann hat nur seinen Job gemacht«, stellte Vibeke trocken fest. »Sebastian hat uns gerade ein mögliches Mordmotiv geliefert. Eriksen musste dem einen Riegel vorschieben. Und solange wir Sebastians Alibi nicht widerlegen können, haben wir keinerlei rechtliche Handhabe.« Sie stand auf, ging zum Fenster und blickte hinaus.

Rasmus hasste es, von seiner Kollegin belehrt zu werden. Vor allem, wenn sie dazu auch noch recht hatte.

Vibeke drehte sich wieder um und lehnte sich gegen die Fensterbank. »Interessant finde ich allerdings die Tatsache, dass Elin jemand anderen hatte.« Sie strich sich über ihre straff zusammengefassten Haare. »Mal ehrlich. Da ist diese junge Deutschtürkin, die uns größtenteils als zurückhaltend und schüchtern beschrieben wurde und die keinen Freund haben durfte. Und dann ist sie für ein Jahr in Dänemark, und es kommt heraus, dass sie nicht nur mit Sebastian zusammen war, sondern auch noch jemand anderen hatte. Irgendwie passt das mit dem Bild, das ich bisher von Elin hatte, nicht zusammen. Vielleicht haben wir das Mädchen bisher völlig falsch eingeschätzt.«

Rasmus strich sich mit zwei Fingern über den Nasenrücken und schloss für einen kurzen Moment die Augen. »Möglich. Aber wir sprechen hier von Teenagern. Was ist bei denen schon normal?«

Vibeke nickte. »Bleibt trotzdem die nicht unerhebliche Frage: Wegen wem hat Elin mit Sebastian Schluss gemacht?«

Hamburg, Deutschland

Timur langte nach seinem Laptop und stopfte ihn zu seinen Büchern in den Rucksack. Die vergangenen zweieinhalb Stunden hatte er an der Einführung in die Technische und Makromolekulare Chemie, kurz *TMC* genannt, teilgenommen. Ein Pflichtmodul im dritten Semester, das sich mit den Grundoperationen und thermischen Trennverfahren wie der Destillation, Rektifikation, Extraktion und Gaswäsche beschäftigte. Obwohl er während der Lehrveranstaltung gedanklich größtenteils bei Sait gewesen war und das Ende erst mitbekommen hatte, als seine Mitstudenten von ihren Plätzen aus dem Hörsaal strömten, schwirrte ihm von den vielen Teilinformationen der Kopf. Doch er musste noch zweieinhalb weitere Wochen durchhalten, erst dann begann die vorlesungsfreie Zeit. Gerade wusste er allerdings nicht, wie er das schaffen sollte. Er hatte seit Tagen nicht mehr richtig geschlafen. Tagsüber pendelte er zwischen den Wohnungen seiner Eltern und der Uni, dazwischen half er seinem Opa im Laden, während er nachts wach im Bett lag, weil seine Gedanken um Elin kreisten. Dann hörte er trotz geschlossener Tür die gedämpften Stimmen seines Vaters und seines Onkels, die jeden Abend bis weit nach Mitternacht zusammen im Wohnzimmer saßen. Meistens fand er nicht vor zwei Uhr in den Schlaf, bis Sait im Nebenzimmer zum *fecir*, dem Morgengebet, ansetzte.

Timur ging als Letzter aus dem Hörsaal, und anders als seine Mitstudenten, die bereits auf dem Weg in die Seminarräume waren, verließ er das Universitätsgebäude.

An der U-Bahn-Station stieg er in die U2 Richtung Jungfernstieg. Er hatte von einem Kommilitonen einen Tipp bekommen, dass sich eine Gruppe türkischer Jugendlicher den Bereich zwischen Europapassage und Applestore als täglichen Treffpunkt auserkoren hatte. Jetzt wollte er sehen, ob Sait unter ihnen war. Bei der Vergabe der Jahreszeugnisse war letzte Woche herausgekommen, dass sein Bruder das Klassenziel nicht erreicht hatte. Seither war die Stimmung bei ihnen zu Hause noch angespannter als zuvor und sein Drang, sich aus den familiären Fesseln zu lösen, nahezu übermächtig geworden. Nur sein Verantwortungsgefühl seinem jüngeren Bruder gegenüber hielt ihn vor diesem Schritt zurück. Sait war dabei abzurutschen, und er würde alles versuchen, um das zu verhindern.

An der U-Bahn-Station Jungfernstieg nahm er den Ausgang zur Alster. Die Wolkendecke war aufgerissen, und strahlender Sonnenschein tauchte die Stadt in helles Licht. Am Fähranleger unter der tribünenförmig angelegten Terrasse spuckte gerade ein Alsterdampfer einen Pulk Touristen aus. Möwen kreischten am Himmel, Enten putzten sich im Wasser das Gefieder, im Hintergrund glitzerte die Alsterfontäne.

Die Steintreppen waren grüppchenweise von jungen Leuten bevölkert. Ein Sprachgewirr aus Arabisch, Farsi und Türkisch drang an Timurs Ohr. Ein paar Teenager, die kaum älter als vierzehn wirkten, tranken Bier. Sein Bruder war nicht darunter.

Er wich ein paar Inlineskatern aus, die sich ein Stück weiter im halsbrecherischen Tempo durch ein Parcours bunter Hütchen schlängelten. Am Übergang zum Ballindamm entdeckte er auf der gegenüberliegenden

Straßenseite eine Horde Jugendlicher, die sich neben dem Eingang des Shoppingcenters gruppiert hatten. Einige von ihnen hielten braune Papiertüten eines ansässigen Fast-Food-Restaurants in der Hand.

Sein Bruder stand etwas abseits und unterhielt sich angeregt mit einem Mann, den Timur noch nie zuvor gesehen hatte. Schwarze Lederjacke, bullige Statur, schwarze Haare, schwarzer Bart. Timur schätzte ihn auf Mitte dreißig.

Jetzt klopfte der Fremde wohlwollend auf Saits Schulter, ehe er in der Europapassage verschwand. Bei Timur gingen sämtliche Alarmglocken an.

Er eilte trotz roter Fußgängerampel über die Straße und wäre dabei fast mit einem abbiegenden Auto kollidiert. Der Fahrer hupte wütend. Eine Frau mit Kinderwagen, die zusammen mit anderen Passanten an der Ampel wartete, beschimpfte ihn als Vollidioten.

»Sait!«, rief Timur.

Sein Bruder drehte sich um. Einen kurzen Moment hatte es den Anschein, als wolle er sich aus dem Staub machen, dann kam ihm Sait mit finsterem Gesichtsausdruck entgegen.

»Was willst du hier?« Er klang aggressiv.

Ohne auf die Frage einzugehen, deutete Timur auf die Tür des Shoppingcenters. »Wer war das eben, mit dem du dich unterhalten hast?«

»Geht dich nichts an.«

»Ich mache mir Sorgen um dich, Sait.« Timur suchte den Blick seines Bruders, doch dieser wich ihm aus.

»Dafür gibt es keinen Grund.«

»Hast du Lust, etwas mit mir zu essen?«, schlug Timur in versöhnlichem Tonfall vor. »Ich lade dich ein.«

»Ich bin mit meinen Freunden hier«, erklärte Sait. Sein Gesichtsausdruck war abweisend. »Außerdem habe ich keinen Hunger.«

»Wir müssen reden, Sait«, bat Timur eindringlich.

Sein Bruder schüttelte den Kopf. »Du willst doch nur rauskriegen, ob ich etwas mit Elins Tod zu tun habe.«

»Sie war auch deine Schwester«, erinnerte ihn Timur.

»Früher einmal.« Sait reckte angriffslustig sein Kinn. »Du glaubst doch ohnehin, dass ich es war, oder?«

»Nein, tue ich nicht.« Timur bemerkte den dunklen Flaum auf der Oberlippe seines Bruders. Sait würde bald erwachsen sein. Und ein Fremder. Eine tiefe Traurigkeit überkam ihn.

Sait lächelte spöttisch. »Du konntest noch nie besonders gut lügen.« Er wandte sich ab, gab einem seiner Freunde ein kurzes Handzeichen und ging weg.

»Sait, warte!« Timur eilte seinem Bruder hinterher und hielt ihn am Arm zurück. Doch Sait riss sich los.

Padborg, Dänemark

Rasmus beendete das Handytelefonat. Er lehnte auf dem Parkplatz des Gemeinsamen Zentrums am Kotflügel seines VW-Busses und steckte sich eine Zigarette an.

Mads Bodilsen von der Personalabteilung hatte reserviert geklungen, als er mit ihm den Termin im Politigården vereinbart hatte. Hoffentlich war das nicht als schlechtes Vorzeichen für ihr anstehendes Gespräch zu deuten. Aber vielleicht bildete er sich das auch nur ein, und Mads' Einsilbigkeit hatte andere Gründe. Stress mit den Kollegen oder Streit mit der Ehefrau.

Er legte den Kopf in den Nacken und blies einen Rauchkringel in die Luft. Zumindest hatte er jetzt erst einmal für übermorgen einen Termin in Kopenhagen. Er konnte die Gelegenheit nutzen, um Ida zu sehen. Natürlich war es nicht optimal, wenn er inmitten einer Mordermittlung einen Tag abkömmlich war, doch für Ida musste er jetzt Prioritäten setzen. Wenn seine Versetzung nach Kopenhagen klappte, war er ohnehin bald raus aus der Sondereinheit. Zugegebenermaßen bereitete ihm dieser Gedanke ein wenig Bauchschmerzen. Die Kollegen waren ihm ans Herz gewachsen. Alle akzeptierten ihn, so wie er war, mit allen Ecken und Kanten. Und von denen besaß er verdammt viele.

Im ersten Stock des Gebäudes ging ein Fenster auf, und Sørens hünenhafte Gestalt erschien.

»Hey, Rasmus, gerade ist ein Anruf gekommen«, rief er mit seiner Baritonstimme, »ein Mann aus Iller hat am Ufer etwas entdeckt. Halt dich zur Abfahrt bereit. Vibeke kommt gleich zu dir runter.«

Rasmus wollte nachfragen, worum es dabei ging, doch Søren war bereits wieder im Inneren des Gebäudes verschwunden. Hoffentlich keine weitere Leiche, dachte er und nahm noch einen Zug von seiner Zigarette.

Im nächsten Moment öffnete sich die Eingangstür, und Vibeke eilte auf ihn zu. Ihr Gesichtsausdruck war angespannt.

»Am Iller Strand wurde ein Fahrrad im Wasser entdeckt«, informierte sie ihn. »Der Beschreibung nach könnte es sich um das von Elin Akman handeln.«

»Wurde die Spurensicherung benachrichtigt?« Er

nahm einen letzten Zug von seiner Zigarette, ehe er sie auf den Boden schnippte und mit dem Fuß austrat.

Vibeke nickte. »Die Kollegen halten sich bereit. Ich habe sicherheitshalber eine Streife zum Absperren geordert.«

»Komm, steig ein.« Rasmus wies mit dem Kopf zum Bulli.

Seine Kollegin warf einen skeptischen Blick durch die Seitenscheibe ins Innere seines Gefährts. Zu dem bisherigen Chaos hatten sich in den letzten Tagen noch ein paar fleckige Pizzakartons und Pappbecher mit kalten Kaffeeresten dazugesellt. »Ich fahre.«

Rasmus seufzte und folgte seiner Kollegin zu ihrem Dienstwagen. Er nahm sich vor, den Bus in den nächsten Tagen wieder auf Vordermann zu bringen.

Seine Kollegin war während der Fahrt auffallend still, ihre Miene verschlossen. Er fragte sich, welche Laus ihr wohl über die Leber gelaufen war. Vielleicht hing es mit dem Anruf zusammen, den sie in Marina Minde erhalten hatte. Danach war ihre Laune schlagartig im Keller gewesen. Aus Erfahrung wusste er jedoch, dass Nachfragen nichts brachte, wenn sie in dieser Stimmung war.

Nach rund zwanzig Minuten auf der 401, wenige Kilometer hinter der Ausfahrt Egernsund, konnte man die beiden Kirchturmspitzen von Broager erkennen. Kurz darauf verließen sie die Landstraße und durchquerten den Ort. Hübsche Ziegelhäuser mit gepflegten Gärten bestimmten das Straßenbild.

Hinter dem Ortsausgang wurde es ländlicher. Felder und Wiesen, so weit das Auge reichte, hin und wieder waren Kühe oder einsame Gehöfte zu sehen. Rasmus erinnerte die Gegend an Solderup, das mitten im südlichen Jütland lag, wo sie im letzten Jahr auf einem heruntergekommenen Bauernhof ermittelt hatten. Für einen Moment schweiften seine Gedanken zu den dortigen Bewohnern. Was wohl aus ihnen geworden war?

»Wir sind gleich da.« Vibekes Stimme riss ihn aus seinen Überlegungen.

Sie hatten Iller erreicht, ein winziges Dorf mit nur wenigen Straßenzügen. Auch hier waren die Gebäude überwiegend aus Ziegelsteinen gemauert, nur vereinzelt waren Holzfassaden zu sehen. Die Fahrbahn führte einen Hügel hinunter, und kurz darauf erreichten sie einen Strandabschnitt. Eine breite, zum Wasser schmal auslaufende Landzunge erstreckte sich über etwa dreißig Meter in die Bucht hinein und mündete in einem Badesteg. Kinder plantschten im Wasser, am Strand lagen ein paar Sonnenanbeter auf bunten Frotteetüchern.

Die Straße war jetzt keine drei Meter breit und schlängelte sich idyllisch die Küste entlang. Rechter Hand schmiegten sich vereinzelte Häuser an den Hang, auf der anderen Seite trennte sie nur ein schmaler Grünstreifen vom Wasser. Rasmus fragte sich, wohin sie ausweichen sollten, für den Fall, dass ihnen ein anderes Auto entgegenkam. Insgeheim war er froh, dass sie jetzt in Vibekes Dienstwagen und nicht in seinem Bulli saßen.

»Der Mann, der angerufen hat, heißt Nils Randrup«, informierte ihn Vibeke. »Er erwartet uns direkt an der Straße.«

Ein Holzsteg mit einem festgebundenen kleinen Ruderboot kam in Sicht. Auf der gegenüberliegenden Straßenseite stand ein korpulenter Mann in grüner Anglerhose vor einem Holzschuppen.

»Das wird er dann wohl sein«, stellte Rasmus fest.

Vibeke hielt den Wagen auf der schmalen Grünfläche unterhalb des Hanges an. Sie stiegen aus.

Der Angelhosenmann trat ihnen mit neugierigem Blick entgegen. Sein rundes Gesicht war vor Aufregung gerötet. »Seid ihr von der Polizei?«

Rasmus nickte. »Rasmus Nyborg und Vibeke Boisen von der Sondereinheit Padborg. Bist du Nils Randrup?«

»Das bin ich.« Er lächelte breit und entblößte dabei sein gelb verfärbtes Gebiss. »Wollt ihr meinen Ausweis sehen?« Ungeschickt fingerte er an der Innentasche seiner Angelhose herum.

»Das hat bis später Zeit«, winkte Rasmus ab. »Zeig uns bitte die Stelle, an der du das Fahrrad entdeckt hast.«

Nils Randrup nickte eifrig. »Ich wollte heute früh ein bisschen mit dem Boot rausfahren, da habe ich es im Wasser entdeckt.« Er wies mit der Hand zum Ende des Holzstegs.

»Das mit dem toten Mädchen in Egernsund habe ich natürlich in den Medien verfolgt«, sprudelte es weiter aus ihm heraus. Sein Gesicht glühte vor Aufregung leuchtend rot. »Wir alle haben das hier. Ist ja nicht allzu weit von uns weg.« Er holte tief Luft. »Jedenfalls habe ich das Foto von dem gesuchten Fahrrad in den Nachrichten gesehen. Ihr könnt euch bestimmt vorstellen, wie dumm ich aus der Wäsche geschaut habe, als ich es hier im Wasser entdeckt habe. Natürlich wollte ich …«

»Vielen Dank für Ihre Hilfe«, unterbrach ihn Vibeke freundlich. »Wir wissen ja, wo wir Sie finden.« Damit drehte sie sich um und überquerte die Straße.

Rasmus war in wenigen Schritten an ihrer Seite, ohne

auf den Zeugen zu achten, der ihnen verdutzt hinterherschaute.

Der Steg war höchstens einen Meter breit, das Holz stellenweise morsch und grünlich verfärbt. Ein kleines Schild wies darauf hin, dass es sich um einen Privatsteg handelte. An einem der hinteren Pfosten war eine metallisch glänzende Angelhalterung angebracht.

Wind kam auf und ließ Schaumkronen auf den Wellen tanzen, als die Ermittler über die Planken gingen. Am Ende des Stegs blieben sie stehen. Das Wasser war trüb und voller Schlingpflanzen. Etwas Gelbes blitzte darunter hervor. In etwa zwei Meter Entfernung lag ein Fahrrad auf dem Meeresboden, neongelb mit türkisfarbener Aufschrift. An der Stelle schien es nicht besonders tief zu sein.

»Das ist es.« Vibeke zückte ihr Handy und wandte sich ein paar Schritte ab, um zu telefonieren. »Ich informiere das KTC.«

Bis die Spurensicherer aus dem Kriminaltechnischen Centrum aus Fredericia eintrafen, würden gut anderthalb Stunden vergehen, dachte Rasmus und schälte sich kurzerhand aus seinen Klamotten. Das Wasser konnte nicht sehr kalt sein, schließlich hatten die Kinder am Badestrand auch darin geplantscht. Als er nur noch seine Unterhose am Körper trug, setzte er sich auf den Steg und ließ seinen rechten Zeh ins Wasser gleiten. Es war eiskalt.

»Heilige Scheiße!« Blitzschnell zog er seinen Fuß zurück.

Vibeke fuhr herum. Zwischen ihren Brauen erschien eine steile Falte. »Du hast doch nicht etwa vor, da reinzugehen?«

»Wonach sieht es denn deiner Meinung nach aus?«, knurrte Rasmus. Angesichts der Wassertemperatur hätte er am liebsten gekniffen, doch mit dem Rückzieher würde er sich vor Vibeke nur unnötig zum Gespött machen.

Im nächsten Moment schwang er sich vom Steg ins Wasser. Es reichte ihm bis zur Brust. Scheiße, war das kalt. Rasmus biss die Zähne zusammen. Schritt für Schritt watete er an das Fahrrad heran, holte schließlich tief Luft und tauchte mit dem kompletten Körper unter Wasser.

Die Kälte schnürte ihm für einen Augenblick die Luft ab. Seine Ohren rauschten, und Salzwasser brannte in seinen Augen, doch schon im nächsten Moment umfassten seine Hände den neongelben Stahlrahmen, und er glitt zurück an die Wasseroberfläche. Das Fahrrad schien tonnenschwer, als er es unter Aufbietung sämtlicher Kräfte aus dem Wasser hob und auf den Steg hievte.

»Pass auf, das Fahrrad ist glitschig«, warnte er Vibeke, die es entgegennahm.

Seetang hatte sich um den Rahmen gewickelt und in den Speichen verfangen. An zahlreichen Stellen zeigten sich erste Korrosionsspuren.

Rasmus zog sich auf den Holzsteg hoch und zitterte vor Kälte am gesamten Körper. »Ich verstehe nicht, wie manche bei diesen Temperaturen freiwillig ins Wasser gehen können.« Er umschlang seinen nackten Brustkorb mit beiden Armen.

Vibeke gab ihm mit der freien Hand ihren Autoschlüssel. »In meiner Sporttasche im Kofferraum ist ein Handtuch. Am besten du beeilst dich.« Sie deutete mit dem Kopf zur Küstenstraße, wo sich ein Streifenwagen näherte.

»Mist.« Rasmus schnappte sich seine Klamotten und hastete in Windeseile über den Steg.

Er hatte sich gerade das Handtuch um die Hüfte geschlungen, als der Streifenwagen direkt neben ihm anhielt.

Das Fenster der Beifahrerseite glitt hinunter. Ausgerechnet Vickie.

»Ich habe gehört, ihr braucht Hilfe«, sagte sie spitz.

Drei weitere Augenpaare musterten ihn aus dem Innenraum.

Rasmus stöhnte innerlich. »Wir haben das Fahrrad von Elin Akman sichergestellt.«

»Aha.« Der Blick seiner Ex-Freundin blieb an dem Handtuch hängen.

»Möglicherweise befindet sich in der Nähe der Tatort«, erklärte Rasmus. »Sperrt also schon mal großräumig ab. Die Spurensicherung ist bereits auf dem Weg hierher.«

»In Ordnung, Kollege«, kam es von dem vollbärtigen Polizisten auf dem Fahrersitz.

Der Streifenwagen fuhr an und hielt ein Stück weiter vor einem Haus mit grauer Holzfassade. In der Einfahrt stand der korpulente Zeuge in Anglerhose und hielt sein Handy auf den halbnackten Polizisten gerichtet.

Rasmus stöhnte. Was für ein Scheißtag.

Egernsund, Dänemark

Rune hob die Hand, um den Fahrer der Spedition zu verabschieden, der gerade mit seinem LKW vom Hof fuhr. Der Sattelzug hatte vierunddreißig Paletten Flexziegel in Multirot geladen, die für ein Bürogebäude in Aarhus benötigt wurden.

Er bemerkte Rie, die auf der gegenüberliegenden Straßenseite mit angezogenen Beinen auf dem Anleger saß und aufs Wasser starrte. Die Reporter, die zwei Tage vor ihrem Haus Stellung bezogen hatten, waren zum Glück verschwunden.

Neben seiner Tochter lag ihr rotes Fahrrad. Das Kind hatte Sommerferien und langweilte sich zu Tode, seit Nora darauf bestanden hatte, dass Rie sich nur im direkten Umfeld der Ziegelei aufhielt. Für jeden anderen Weg musste sie sich zu Hause an- und abmelden. Nora war unerbittlich, was die neue Regelung betraf, doch er konnte seine Frau verstehen. Auch er machte sich Sorgen, solange Elins Mörder nicht gefasst war.

Für einen Freigeist wie Rie, die nichts lieber tat, als die Gegend zu erkunden, bedeuteten diese Einschränkungen allerdings einen groben Einschnitt in ihre Persönlichkeitsrechte, wie sie ihren Eltern bereits mit hoch gerecktem Kinn erklärt hatte. Trotzdem hielt sich seine Tochter bislang an die elterlichen Vorgaben.

Rune wurde schwer ums Herz, als er Rie dort so einsam sitzen sah, und er fragte sich, ob sie mit ihren Vorsichtsmaßnahmen nicht doch ein wenig übertrieben.

»Hej, Papa!« Rie hatte ihn entdeckt und kam über die Straße gelaufen. Ihr Mund war voller lila Flecken. »Herdis war gerade drüben im Wald und hat die ersten

Blaubeeren gefunden. Sie will damit später Muffins backen. Meinst du, ich kann uns auch ein paar davon pflücken gehen?« Seine Tochter sah ihn mit ihren großen Augen erwartungsvoll an. »Mama freut sich bestimmt über frische Blaubeeren.«

»Tut mir leid, Rie«, sein Blick huschte für einen Moment in Richtung Waldgebiet. »Ich möchte nicht, dass du dort zurzeit alleine hinfährst.«

Das Glänzen in Ries Augen erlosch. »Wegen Elin, oder?«

»Ja, wegen Elin.« Ihm kam eine Idee. »Aber vielleicht kannst du Herdis beim Backen helfen. Ich bin sicher, da fällt hinterher der eine oder andere Muffin für dich ab.«

»Das ist nicht das Gleiche«, maulte Rie. Trotzdem griff sie nach ihrem Handy und wählte eine Nummer. »Herdis, ich bin's, Rie. Was hältst du davon, wenn ich dir beim Backen helfe?« Sie lauschte der Stimme am anderen Ende der Leitung, und im nächsten Moment strahlte sie übers ganze Gesicht. »Bis gleich.« Und an Rune gewandt: »Ich bin dann weg.«

Ohne seine Reaktion abzuwarten, lief sie über die Straße, holte ihr Fahrrad vom Anleger und schwang sich auf den Sattel.

Rune wollte ihr noch hinterherrufen, dass sie sich melden sollte, sobald sie am Pfarrhaus ankam, doch dann ließ er es bleiben. Es war schwer genug für seine Tochter. Auch wenn Nora und er versuchten, so viel wie möglich von ihr fernzuhalten, was den Mord an Elin betraf, entging der Kleinen nicht die gedrückte Stimmung, die in ihrem Zuhause herrschte.

Rune beschloss, sich ein wenig die Füße zu vertreten. Er hatte seit einiger Zeit mit erhöhtem Blutdruck zu kämpfen, und der Arzt hatte gemeint, es käme von der mangelnden Bewegung in Kombination mit zu fettem Essen.

»Hej, Lasse«, rief er seinem Mitarbeiter über die Straße zu, der gerade mit einem Gabelstapler eine Palette Ziegel auf den Vorplatz fuhr. »Ich bin mal eine halbe Stunde weg.«

»Alles klar, Chef.«

Rune schlug den Weg Richtung Hafen ein, bog aber an der nächsten Wegbiegung ab, um nicht an der Musterausstellung und den Verkaufsräumen vorbeigehen zu müssen. Er hatte Nora nichts von den Problemen mit seinem Bluthochdruck erzählt, um sie nicht unnötig zu beunruhigen. Wenn sie ihn jetzt durch Zufall dabei sah, wie er während der Arbeitszeit im Ort herumspazierte, würde sie sofort wissen, dass etwas nicht stimmte. Und Sorgen schleppte seine Frau derzeit wahrlich genug mit sich herum.

Neben der Trauer um Elin war auch ihre jahrzehntelange Freundschaft mit Sontje merklich abgekühlt, ein Bruch, der sich vermutlich nie mehr richtig kitten ließ. Er wusste, dass Nora sehr darunter litt. Zudem hatte ihnen Lars beim Frühstück eröffnet, dass Elin mit Sebastian Ravn zusammen gewesen war, und diese Beziehung war sowohl ihm als auch seiner Frau vollständig entgangen. Es offenbarte, wie wenig sie über das Mädchen wussten, mit dem sie fast ein Jahr zusammen unter einem Dach gelebt hatten. Vielleicht war es tatsächlich so, wie Sontje es ihnen vorwarf, und sie hatten sich zu wenig um Elin gekümmert. Weil sie ständig mit anderen Dingen beschäftigt waren. Mit der Ziegelei, ihren Mitarbeitern, dem Organisieren des täglichen Haushalts und die viele Arbeit im Garten. Obwohl sie ihr Bestes gaben, kamen auch ihre eigenen Kinder häufig zu kurz.

Er erreichte den Übergang zur Schnellstraße, wartete einige Autos ab, ehe er sie überquerte, und setzte seinen Weg fort. Hinter der nächsten Biegung konnte er aus der Ferne die Kirche sehen. Sie war Anfang des letzten Jahrhunderts auf Eigeninitiative und mit helfenden Händen der Bürger gebaut worden, weshalb sich viele Egernsunder ihrer Kirche besonders verbunden fühlten. Es war nicht nur ein Gotteshaus, sondern auch der Ort ihres gesellschaftlichen Zusammenhalts.

Rune ging bis zum Haus der Kjeldsens, das ein Stück hinter der Kirche lag. Ries Fahrrad lehnte an der roten Ziegelfassade. Beruhigt trat er den Rückweg an. Kurz darauf hörte er hinter sich die alte Kirchentür quietschen.

Rune drehte sich um und sah, wie Mathias Ravn aus dem Kirchenportal trat, dicht gefolgt von Flemming. Die beiden Männer waren in ein Gespräch vertieft, gaben sich schließlich die Hand, und der Architekt eilte zu seinem Sportwagen auf dem angrenzenden Parkplatz.

Rune winkte und wollte gerade zu seinem Freund hinübergeben, da machte dieser auf dem Absatz kehrt und marschierte in die Kirche zurück. Merkwürdig. Rune hätte schwören können, dass Flemming ihn gesehen hatte. Er starrte dem davonfahrenden Auto hinterher, dann wanderte sein Blick zurück zur geschlossenen Kirchentür. Was hatte Flemming mit Mathias zu schaffen? Dem Mann, den er doch angeblich auf den Tod nicht ausstehen konnte.

Kurz war Rune versucht, in die Kirche zu gehen und seinen Freund darauf anzusprechen, doch etwas hielt ihn instinktiv zurück. Er hatte nicht die geringste Ahnung, worum es bei dem Gespräch zwischen den beiden Männern gegangen war, trotzdem sagte ihm sein Bauchgefühl, dass es nichts Gutes war.

Iller, Dänemark

Vibeke war voller Zuversicht. Endlich kam Bewegung in die Ermittlung. Anhand der in Dänemark üblichen Radcodierung hatten sie schnell feststellen können, dass das neongelbe Fahrrad im Wasser tatsächlich Elin Akman gehörte.

Jetzt hatte die Polizei das Ufer um den Anleger weiträumig abgesperrt, und überall wimmelte es von Beamten. Bis auf Luís war das komplette Team der Sondereinheit vor Ort, befragte Anwohner und Urlauber, während Kriminaltechniker systematisch das Gelände durchkämmten, in der Hoffnung, Spuren auf den Tatort zu finden. Zudem hatte man Kollegen aus Sønderborg abkommandiert, die in Iller von Haustür zu Haustür gingen, während Taucher im Wasser nach der Schultasche des Opfers suchten.

Mit dem Auffinden des Fahrrads hatte sich auch Vibekes Laune ein wenig gehoben. Letzte Nacht hatte sie kaum ein Auge zugetan. Die Begegnung mit ihrer leiblichen Mutter hatte sie aufgewühlt, wenn auch auf ganz andere Weise als erwartet. Das Monster war entzaubert und hatte gleichzeitig ein neues erschaffen. *Er ist ein Ungeheuer.* Diese vier Worte spukten Vibeke unablässig im Kopf herum.

Sie hatte den Namen ihres leiblichen Vaters nie erfahren. In den amtlichen Dokumenten gab es in den betreffenden Spalten keine Einträge, und auch in ihrer Akte beim Jugendamt fehlte jeder Hinweis auf seine Identität. Allerdings waren in den Unterlagen zahlreiche Stellen geschwärzt worden. Um die Rechte von Dritten zu schützen, wie man ihr auf Nachfrage erklärt hatte.

Am Abend musste sie dringend Dampf ablassen, ansonsten bestand die Gefahr einer weiteren schlaflosen Nacht. Und die konnte sie sich absolut nicht leisten. Jetzt galt es, sich voll und ganz auf die Ermittlung zu konzentrieren.

Vibeke hatte zuvor noch einmal mit dem Zeugen Nils Randrup gesprochen, der angegeben hatte, am vergangenen Montagabend beim monatlichen Treffen seines Angelvereins gewesen zu sein. Ihm war nichts Ungewöhnliches aufgefallen, als er gegen Mitternacht nach Hause gekommen war. Das Gesicht von Elin Akman kannte er ausschließlich aus den Medien.

Vibeke fragte sich insgeheim, was Leute dazu bewog, Mitglied in einem Angelverein zu werden, wenn es nur darum ging, ein paar Fische an Land zu ziehen. Doch durch die Zusammenarbeit mit den dänischen Kollegen im GZ hatte sie mitbekommen, dass die Dänen eine stark ausgeprägte Vereinskultur pflegten und es offenbar zum guten Ton gehörte, einem oder mehreren Vereinen anzugehören. Das galt nicht nur für sportliche Aktivitäten, sondern für Hobbys und Interessen jeglicher Art. Es gab Chöre, Strick- und Häkelgruppen, Zuckertütensammler- und Fermentierclubs bis hin zu landesweiten Winterbadevereinen wie der *Vikingeforeningen Det Kolde Gys*, was auf Deutsch so viel bedeutete wie »Wikingerverein kalter Schauer«. Dort zelebrierten die Mitglieder von Oktober bis April das Baden im eiskalten Wasser, indem sie um die Wette Eislöcher hackten oder sich zum Neujahrsspringen splitterfasernackt ins Meer stürzten.

Letztgenanntem Verein gehörte Rasmus Nyborg offensichtlich nicht an. Vibeke hatte ihre Gesichtsmuskeln nur schwer unter Kontrolle halten können, als der Ermittler, der in seinem Beruf keinerlei Konfrontation mit Schlägern, Mördern oder anderen Schwerkriminellen scheute, in feinster Mädchenmanier seinen Fuß zunächst zurück aus dem Wasser gezogen hatte. Doch der arme Kerl hatte genug gelitten. Ausgerechnet Vickie Brandt hatte in dem Streifenwagen gesessen, der zuerst an der Fundstelle erschienen war.

Gerade kam Rasmus den Hang hinunter, wo er die Bewohner der angrenzenden Häuser befragt hatte. Sein Haar war noch immer feucht vom Bad im Fördewasser.

»Und?«, rief ihm Vibeke entgegen.

Ihr Kollege schüttelte den Kopf. »Niemand hat etwas mitbekommen. Ich habe auch Elins Foto herumgezeigt, aber keiner der Leute kann sich daran erinnern, das Mädchen in der Gegend gesehen zu haben.«

»Das muss nicht unbedingt etwas heißen«, erwiderte Vibeke. »Schließlich wird das Fahrrad kaum angeflogen gekommen sein.«

Rasmus zuckte die Achseln. »Der Täter könnte es hier nur entsorgt haben.«

»Möglich. Aber auch dann müssen wir uns fragen, weshalb ausgerechnet hier?« Sie sah nachdenklich die Küstenstraße entlang. »Warum nicht in Egernsund? Ich bin mir sicher, dass wir irgendwo in der Nähe den Tatort finden.«

Rasmus verzog das Gesicht. »Deine Zuversicht möchte ich haben.«

Die beiden Ermittler gingen zum Holzsteg, wo die Kriminaltechniker gerade dabei waren, ihre Sachen zusammenzupacken.

»Hej, Henrik«, wandte sich Rasmus an den Chef der Spurensicherung. »Habt ihr etwas Brauchbares gefunden?«

»Nichts, was auf einen Tatort hindeutet.« Knudsen lüpfte seine Kapuze, und sein grauer Haarschopf kam zum Vorschein. »Aber wir haben ein paar Faserspuren an einem der Pfosten sichergestellt.« Der Blick seiner dunklen Knopfaugen wanderte über die Kleidung der Ermittler, als wolle er sich versichern, dass sein Fund nicht aus den eigenen Reihen stammte. »Zudem haben wir Proben von den Planken genommen.«

»Wurden seit letztem Montag nicht sämtliche Beläge durch den Regen weggespült?«, erkundigte sich Vibeke.

»Nicht zwangsläufig. Das Holz ist stellenweise morsch, und es haben sich Risse gebildet, wo sich Dreck einnistet. Mit etwas Glück finden wir dort Spuren des Täters. Wir werden sehen, was die Laborauswertungen ergeben.«

Sie nickte. »Was ist mit den Tauchern?« Alle blickten zu den Männern in Neoprenanzügen, die im Wasser nach Elin Akmans Schultasche suchten.

»Bislang nichts.«

»Vielleicht haben die Kollegen im Gelände mehr Erfolg.«

»Ich will dich nicht demotivieren«, erwiderte der

Kriminaltechniker freundlich, »aber ich kenne Broagerland. Die Gegend besteht überwiegend aus Moränenlandschaften und Toteis-Senken, dazu kommt ein Boden aus Geschiebelehm, deshalb gab es früher in der Bucht etliche Ziegeleien. Hier einen Tatort zu finden, ohne einen konkreten Anhaltspunkt, ist in meinen Augen schier aussichtslos.«

»Dann hoffen wir mal, dass die Kollegen, die im Ort unterwegs sind, mehr Glück haben«, warf Rasmus ein.

Knudsen nickte. »Ich fahre jetzt mit meinen Leuten nach Fredericia zurück. Meldet euch, solltet ihr mich brauchen, ansonsten bekommt ihr morgen euren Bericht.«

»Vielen Dank, Henrik.« Vibeke lächelte ihn an.

Der Kriminaltechniker erwiderte ihr Lächeln. »Bitte grüß Werner von mir.« Er griff nach seinem silbernen Alukoffer und folgte seinen Mitarbeitern zum Transporter der Spurensicherung.

Vibeke zog ihr Handy heraus und wählte Luís' Nummer, der sich im GZ durch die Hinweise wühlte, die nach dem Öffentlichkeitsaufruf aus der Bevölkerung eingegangen waren. Während sie dem Freizeichen lauschte, sah sie aus dem Augenwinkel, wie Rasmus auf den Holzsteg zusteuerte.

Luís meldete sich.

»Hej, ich bin's, Vibeke«, meldete sie sich. Sie warf einen Blick auf das Straßenschild. »Kannst du bitte überprüfen, ob der Brunsnæs-Fjordvejen zu dem Bereich der Funkzelle gehört, in die Elins Handy zuletzt eingeloggt war.«

»Einen Augenblick.«

Sie hörte, wie seine Finger über die Computertastatur flogen.

»Jep«, ertönte es kurz darauf vom anderen Ende der Leitung.

»Danke, Luís. Ich melde mich später wieder.« Vibeke legte auf.

Rasmus stand auf dem Holzsteg und betrachtete einen entfernten Punkt nördlich der Küste.

»Rasmus, kommst du?« Sie sah, wie sich der Ermittler von seinem Platz löste, und ging zum Dienstwagen.

Mit dem Fahrrad hatten sie ein weiteres Puzzleteil gefunden. Und auch wenn ihnen noch immer der Tatort fehlte, hatte Vibeke das Gefühl, einen entscheidenden Schritt vorangekommen zu sein.

Padborg, Dänemark

Es war bereits früher Abend, als das Ermittlungsteam im GZ zusammentraf. Jemand hatte eine Kanne Kaffee und ein Tablett mit dick belegten Broten auf der Anrichte bereitgestellt, auf der Leinwand war eine Landkarte vom Gebiet Broager projiziert. Eine dünne blaue Linie kennzeichnete die Route von Sønderborg nach Iller, der Fundort des Fahrrads war mit einem roten Kreuz markiert.

Rasmus schenkte sich einen Becher Kaffee ein und ging damit zu seinem Platz. Dabei spürte er die Blicke seiner Kollegen auf sich. Jemand hatte ihm eine gelbe Quietscheente mit Rettungsring auf die Schreibtischunterlage gelegt. Verhaltenes Glucksen.

»Sehr witzig.« Rasmus blickte in grinsende Gesichter.

Vibeke lächelte ebenfalls, hob jedoch abwehrend die Hände. »Von mir haben sie es nicht.«

Luís setzte ein betont unschuldiges Gesicht auf.

Rasmus unterdrückte ein Schmunzeln. »Danke, Luís, die bringe ich Ida mit.« Er legte die Ente beiseite und deutete auf die Leinwand. »Wie lange braucht man mit dem Fahrrad für die Strecke?«

»Auf dem schnellsten Weg etwa vierzig Minuten«, erwiderte Luís.

Søren schälte sich aus seiner Sweatshirtjacke und hängte sie über die Lehne seines Schreibtischstuhls. »Jens und ich haben in Iller jedes Haus abgeklappert. Niemand hat das Mädchen gesehen.« Er ging zur Anrichte und beäugte die Brote, ehe er eines mit Garnelen, Roter Bete und Remoulade-Zwiebel-Topping auswählte und es auf einen der bereitstehenden Teller lud.

Zeitgleich öffnete Jens die unterste Schublade seines Schreibtisches und zog demonstrativ einen Apfel heraus.

»Ein paar Streifenbeamte sind noch dabei, das umliegende Gelände zu durchkämmen.« Rasmus nippte nachdenklich an seinem Kaffee. »Bislang wurde kein Hinweis auf den Tatort gefunden. Damit wird die Möglichkeit, dass der Täter das Fahrrad in Iller nur entsorgt hat, immer wahrscheinlicher. Jetzt stellt sich natürlich die Frage, weshalb ausgerechnet dort.«

»Meiner Meinung nach kann es dafür nur einen einzigen Grund geben.« Søren setzte sich mit seinem Essen hinter den Schreibtisch. »Der Täter wollte vom Tatort ablenken. Ich bin mir mittlerweile ziemlich sicher, dass er aus der Gegend stammt. Er veranstaltet eine Schnitzeljagd mit uns.«

Rasmus nickte beifällig.

»Wir sollten mit der Annahme nicht zu vorschnell sein«, warnte Vibeke. »Genauso gut könnte es sich nur um einen Ortskundigen handeln. Jemand, der in der Gegend häufiger Urlaub macht, dort beruflich zu tun hat oder Familie und Freunde besucht.« Sie sah in die Runde. »Wie weit sind wir eigentlich mit den Ermittlungen in Broager?«

»Das geht nur schleppend voran«, kam es von Pernille. »Im Ort leben über dreitausend Menschen. Jeden einzelnen zu befragen, überschreitet unsere Kapazität. Wir haben deshalb an den öffentlichen Plätzen Plakate angebracht, in denen wir die Bevölkerung um Mithilfe bitten.«

»Wie läuft es denn bislang mit den Hinweisen unseres Öffentlichkeitsaufrufs?«

Luís sah von seinem Bildschirm auf. »Der entscheidende war jedenfalls noch nicht dabei. Oder ich habe ihn noch nicht gefunden. Das Ganze ist eine Heidenarbeit. Es haben Hunderte von Leuten angerufen.«

Vibeke seufzte innerlich. Jeder einzelne Hinweis musste überprüft und bewertet werden, war er auch noch so klein. Dabei durften sie nichts übersehen. Das bedeutete etliche Stunden am Schreibtisch, während in der Zwischenzeit an den Telefonen zahlreiche neue Hinweise eingingen.

»Vielleicht kann dir Pernille bei der Durchsicht der Hinweise helfen?«, schlug sie vor.

Pernille nickte.

Rasmus stellte seinen Kaffeebecher beiseite und erhob sich von seinem Platz. »Als ich vorhin auf dem Steg stand, da habe ich etwas nördlich von Iller ein Gebäude mit einem langen Schornstein entdeckt. Ähnlich wie bei der Ziegelei Poulsen.« Er ging zur Leinwand und zeigte auf die ungefähre Stelle. »Kannst du die Karte vergrößern, Luís?«

»Ich versuche es.« Der Portugiese drehte an einem seitlich angebrachten Rädchen des Beamers. Die Abbildung wurde größer und ein wenig unscharf. Er justierte am äußeren Ring nach, und die Schrift wurde leserlich.

»Cathrinesminde Teglværk«, las Rasmus vor.

»Das ist eine stillgelegte Ziegelei.« Jens legte seinen angebissenen Apfel beiseite und zog ein paar Unterlagen zu sich heran. »Ich habe mich mal ein wenig über die Gegend schlaugemacht. Vor rund hundert Jahren gab es in der Bucht Iller Strand noch acht Ziegeleien, ehe sie nach und nach geschlossen wurden. Die letzte war Cathrinesminde. Sie wurde noch bis 1968 betrieben, dann wurde auch dieser Betrieb stillgelegt. Im Gegensatz zu den anderen sieben Ziegeleien, die komplett abgerissen wurden, blieben dort sämtliche Gebäude erhalten. Seit 1993 befindet sich in den Räumen ein Ziegeleimuseum.«

Rasmus lehnte sich in seinem Stuhl zurück und verschränkte nachdenklich die Hände im Nacken. »Abgesehen von der Ziegelei, was gibt es sonst noch in der Gegend?«

»Ein paar Höfe, ein Reitclub, viele Äcker und *Iller Slot*«, zählte Jens auf. »Wobei es sich dabei vielmehr um eine große Villa als ein Schloss im herkömmlichen Sinn handelt.« Er warf einen Blick in seine Unterlagen. »Die Villa stammt von 1877 und gehörte damals dem

Besitzer der angrenzenden Ziegelei. Seitdem wurde sie mehrfach weiterverkauft. Heute befindet sich ein Bed & Breakfast darin. Es wird überwiegend von Wanderern des Gendarmenpfads zum Übernachten genutzt.« Er hob den Blick. »Ansonsten bleiben Broager und ein paar kleinere Vororte.«

Vibeke klatschte in die Hände. »Ich würde sagen, wir bleiben an Broager dran. Vielleicht bringt uns die Plakat-Aktion weiter.« Sie blickte aufmunternd in die Runde. »Am Ende kann es ein kleiner Hinweis sein, der entscheidend ist. Wir müssen Geduld haben.«

Rasmus wippte unruhig mit dem Fuß. Geduld gehörte nicht unbedingt zu seinen Stärken.

»Das bedeutet aber auch, dass wir weiterhin in sämtliche Richtungen ermitteln«, fuhr Vibeke fort. Sie zeigte auf das Foto von Sebastian Ravn, das an einem zweiten Whiteboard angebracht war. »Wie ihr wisst, war Sebastian heute zur Vernehmung hier. Dabei ließ er durchblicken, dass Elin diejenige war, die Schluss gemacht hat.«

»Damit könnte verletzter Stolz das Mordmotiv sein«, überlegte Søren laut.

Rasmus räusperte sich. »Oder Eifersucht. Laut Sebastian hatte Elin einen anderen.«

»Ach.« Søren fingerte ein Stück Rote Bete aus seinem Bart. »Und wen?«

»Eine Antwort auf die Frage haben wir leider nicht bekommen. Sebastians Anwalt hat den Riegel vorgeschoben. Und solange der Junge ein Alibi hat, wird es dabei wohl auch bleiben.«

»Ein Alibi, das wohlgemerkt von seiner Mutter stammt«, ergänzte Søren. »Wir wissen alle, wie viel das wert ist. Die Mütter meiner Kinder würden sich jedenfalls wie Löwinnen vor ihre Jungen werfen. Ganz egal, was sie getan haben.«

»Das würden wir wohl alle«, pflichtete ihm Rasmus bei.

»Vielleicht sprichst du noch einmal mit Kiersten Ravn«, schlug Vibeke vor. »Ihr versteht euch doch gut.«

»Ich kann's zumindest versuchen.«

»Morgen Vormittag bin ich in Hamburg«, informierte Vibeke ihre Kollegen. »Ich habe einen Termin mit dem zuständigen Jugend-Sachbearbeiter von Sait Akman beim LKA. Anschließend treffe ich mich mit einem früheren Kollegen, der sich mit gewaltzentrierten Ideologien beschäftigt. Er hat selbst türkische Wurzeln. Ich möchte gerne seine Einschätzung zum Thema Ehrenmord hören.«

»Jetzt mal ehrlich«, Søren klang skeptisch, »ist das nicht ein wenig weit hergeholt? Ich meine, jetzt, wo wir das Fahrrad in Iller gefunden haben?«

Vibeke schüttelte den Kopf. »Nicht unbedingt. Timur Akman war in den Ferien früher ebenso häufig in Egernsund wie seine Schwester. Und auch dem Vater ist die Gegend bekannt.« Sie holte tief Luft. »Habt ihr euch schon mal überlegt, ob der Täter nicht vielleicht genau aus diesem Grund das Fahrrad bei Iller ins Meer geworfen hat? Weil er darauf setzt, dass die Polizei den Mörder in der Gegend vermutet?«

Im Raum wurde es vollkommen still.

Sie hat recht, dachte Rasmus. Zum jetzigen Zeitpunkt hatten sie keine einzige konkrete Spur auf einen Tatverdächtigen. Im Grunde konnte es jeder gewesen sein, ob er ihnen nun während der Ermittlungen bereits untergekommen oder bislang überhaupt noch nicht auf der Bildfläche erschienen war.

»Lasst uns weiterhin sämtlichen Spuren nachgehen«, sagte Vibeke. »Zumindest, solange wir diese nicht völlig ausschließen können.«

»Wir benötigen mehr Leute«, kam es von Jens.

Vibeke nickte. »Ich seh zu, was ich machen kann.«

»Und ich rufe Eva-Karin an. Sie müsste seit heute aus dem Urlaub zurück sein.« Rasmus fuhr sich mit der Hand über den Nacken. »Ich habe morgen Vormittag einen Termin in Kopenhagen, den ich leider nicht absagen kann.«

»Gut«, erwiderte Vibeke. »Dann treffen wir uns am Nachmittag. Bis dahin sind wir vielleicht schon ein Stück weiter.«

Stühle scharrten, und die Kollegen verabschiedeten sich.

Rasmus langte nach seinem Autoschlüssel.

Kopenhagen, Dänemark

Ida lag in ihrem Schlafsack im Bett, die kleine Frottee-Maus fest an ihre Brust gedrückt, der Haarflaum leicht verschwitzt. Ihr Schnuller wippte im Mund, während sie leise Schnarchlaute ausstieß.

Rasmus stand in der Kinderzimmertür und beobachtete seine schlafende Tochter. Wie klein sie war.

»Weck sie bloß nicht auf«, ertönte plötzlich Camillas leise Stimme hinter ihm. »Ich bin froh, dass sie endlich schläft.«

Rasmus löste sich von seinem Platz, zog die Tür bis

auf einen Spalt weit zu und folgte seiner Ex-Frau in die Küche.

Mattschwarze Fronten, Metrofliesen, dazu eine naturfarbene Holzarbeitsplatte und viel Chrom. Auf die klassischen Oberschränke war verzichtet worden, stattdessen hingen schlichte Regale an der Wand, darauf stand das sandfarbene Steingutgeschirr, das sie zuletzt in ihrer gemeinsamen Wohnung in Aarhus benutzt hatten. Darunter reihten sich kleine Töpfe mit Kräutern aneinander.

»Möchtest du auch ein Glas?« Camilla deutete auf ihr halbgefülltes Glas Rotwein, das auf dem kleinen runden Esstisch stand.

Rasmus nickte. »Gerne.«

Camilla griff nach der Weinflasche auf der Arbeitsfläche, befüllte ein weiteres Glas und reichte es Rasmus.

»Danke.«

Sie setzten sich an den Tisch. Zwischen ihnen stand Idas rosafarbener Hochstuhl.

Camilla strich sich eine rotblonde Locke hinters Ohr. »Weshalb hast du mir gestern nicht gesagt, dass du heute nach Kopenhagen kommst?«

Rasmus nippte an seinem Wein, ein opulenter Shiraz, tiefdunkel und kräftig. »Ich habe den Termin erst heute Morgen vereinbart.«

»Du kannst nicht immer einfach hier auftauchen und erwarten, dass die Couch für dich bezogen ist«, mahnte seine Ex-Frau ihn sanft. »Was, wenn Liam hier gewesen wäre?«

»Dann wäre ich wieder gegangen.« Er sah sich demonstrativ um. »Wo steckt er überhaupt?«

»Liam hat geschäftlich im Ausland zu tun. Aber jetzt mal wirklich«, ermahnte sie ihn streng, »ich möchte, dass du das nächste Mal vorher anrufst, ehe du einfach so vorbeischneist. Wir brauchen Regeln, Rasmus, damit das hier künftig gut läuft.«

»Ich weiß.« Er schwieg einen kurzen Moment. »Wann ist es denn so weit? Ich meine, wann zieht ihr zusammen?«

»Sobald wir eine geeignete Wohnung gefunden haben.« Ihr Blick flog durch die Küche. »Für drei Leute ist es hier ein wenig zu eng, zumal Liam ein eigenes Arbeitszimmer benötigt.«

Rasmus straffte sich. »Ich werde morgen mit dem Personalleiter im Politigården über meine Rückkehr nach Kopenhagen sprechen.«

»Du kennst meine Meinung dazu.« Seine Ex-Frau nahm einen kräftigen Schluck Rotwein. »Aber natürlich drücke ich dir die Daumen, wenn das alles wirklich dein Wunsch ist.« Sie musterte ihn. »Bislang schienst du mir sehr zufrieden, was deine derzeitige Arbeitssituation betrifft.«

Rasmus nickte. »Das ist auch so. Eva-Karin lässt mir weitestgehend freie Hand. Aber meine Priorität ist nun mal Ida. Das sollte dich eigentlich freuen. Wie war eigentlich ihr erster Tag in der Krippe?«, erkundigte er sich, da Camilla schwieg.

»Da ist alles gut gelaufen.« Um ihre Mundwinkel zuckte es. »Aber natürlich ist das alles eine Umstellung für Ida. Sie ist vollkommen erledigt.«

Eine angespannte Stimmung lag plötzlich in der Luft.

Rasmus ließ den Wein im Glas kreisen. »Ich bin vor Kurzem deiner Freundin Kiersten begegnet.«

»Kiersten Ravn?«

Er nickte.

»Ach«, erwiderte seine Ex-Frau überrascht. »Hier in Kopenhagen?«

»Nein. Sie ist vor ein paar Jahren mit ihrer Familie nach Egernsund gezogen. Wusstest du nichts davon?«

Camilla runzelte die Stirn. »Ich hatte keine Ahnung. Und wie geht es ihr?«

»Augenscheinlich ganz gut. Sie wohnen in einem beeindruckenden Haus mit direktem Blick aufs Meer. Ich glaube, das Innendesign würde dir gefallen.« Er lächelte seine Ex-Frau an.

Camilla schwieg, ihre Miene wirkte verschlossen.

»Kierstens Sohn Sebastian war mit dem ermordeten Mädchen zusammen«, fügte Rasmus hinzu.

Camilla sagte noch immer nichts, sondern drehte stattdessen ihr Weinglas in den Händen. Eine rastlose Geste, die er schon von früher kannte. Etwas stimmte nicht.

»Warum habt ihr eigentlich keinen Kontakt mehr, du und Kiersten? Lag es daran, dass wir nach Aarhus gezogen sind?«

Endlich sah Camilla ihn an. In ihren Augen flackerte es. »Der Grund war Mathias. Ich bin mit ihm einfach nicht klargekommen.«

»Das kann ich verstehen. Ich bin ihm vorgestern erst zum zweiten Mal im Leben begegnet, aber er hat etwas Unangenehmes an sich, das …«

»Er ist ein selbstverliebter Weiberheld«, fiel ihm Camilla harsch ins Wort. »Steigt jedem Rock hinterher. Ich konnte schon damals nicht verstehen, dass Kiersten ihn nicht verlassen hat, aber jetzt zu hören, dass sie noch immer zusammen sind …« Sie brach ab. Ein Schatten flog über ihr Gesicht. Sie rang nach Worten. »Er hat es auch bei mir versucht.«

»Was hat er versucht?« Rasmus starrte seine Ex-Frau fassungslos an.

»Es war bei Kierstens Geburtstagsparty damals«, sagte sie leise. »Du konntest nicht mitkommen, weil du einen Einsatz hattest. An dem Abend wurde viel getrunken. Irgendwann hat mich Mathias auf dem Weg zur Toilette abgepasst. Er hat mich an die Wand gepresst und versucht, mich zu küssen. Einfach so. Ich hatte ihn in keiner Weise dazu ermutigt.«

Rasmus spürte heiße Wut in sich hochwallen und ballte für einen kurzen Moment seine Hände zu Fäusten. »Was hast du getan?«

»Ich habe ihm eine gescheuert.« Sie umklammerte den Stiel ihres Weinglases mit beiden Händen. »Später hat er dann behauptet, ich hätte da irgendetwas missverstanden.«

Rasmus räusperte sich. Vor unterdrückter Wut war sein Hals trocken geworden. »So ein Schwein! Warum hast du mir nie davon erzählt? Dem hätte ich's gezeigt.«

»Genau deshalb«, erwiderte Camilla trocken.

»Trotzdem. Du hättest es mir sagen müssen. Wir waren verheiratet, Camilla.« Er schüttelte den Kopf. »War ich tatsächlich so ein schlechter Ehemann?«

Sie streckte ihre Hand über den Tisch aus, drückte seinen Arm. »Nein, natürlich nicht. Ich hatte nur Sorge, was passieren könnte.« Ein Lächeln streifte ihre Lippen. »Du warst schon immer ein wenig hitzköpfig.«

Er hielt ihren Blick fest, wollte ihre Hand nehmen, die noch immer auf seinem Arm lag, doch Camilla kam ihm zuvor und zog sie zurück.

»Du sagtest, Sebastian war mit dem toten Mädchen

zusammen?« Sie strich sich erneut eine Locke aus der Stirn. »Hat er etwas mit dem Mord zu tun?«

»Wir wissen es nicht. Momentan kommen wir nicht mehr an Sebastian ran. Mathias hat einen Anwalt engagiert.« Ihm fiel etwas ein. »Hast du eigentlich Kiersten davon erzählt? Ich meine, dass ihr Mann dich bedrängt hat?«

»Ja, aber sie hat mir nicht geglaubt und den Kontakt abgebrochen.«

Rasmus schämte sich, dass er von all dem nichts mitbekommen hatte. Was sagte das über ihn aus?

Camilla drehte wieder an ihrem Weinglas, setzte es schließlich an die Lippen und trank den noch vorhandenen Schluck. »Ich habe da ein Gerücht gehört.«

»Was für ein Gerücht?« Rasmus sah sie aufmerksam an.

»Erinnerst du dich an Emma Steensen?«

Er schüttelte den Kopf. »Hilf mit bitte auf die Sprünge.«

»Wir haben zusammen bei 4*Creative* gearbeitet.«

Rasmus konnte sich an eine dralle, stets gut gelaunte Blondine erinnern, die er anlässlich eines Weihnachtsessens kennengelernt hatte, zu dem er Camilla vor Jahren begleitet hatte. »Jetzt weiß ich wieder.«

»Emma und ich sind all die Jahre in Kontakt geblieben. Sie arbeitet bei *H. P. Lundbaek A/S* in der Personalabteilung. Mathias war dort eine Zeit lang als Architekt beschäftigt. Emma weiß, dass Kiersten und ich früher eng befreundet waren.« Sie legte eine kleine Pause ein, ehe sie weitersprach. »Jedenfalls hat sie mir gegenüber durchblicken lassen, dass Mathias die Firma nicht ganz freiwillig verlassen hat.«

Rasmus sah sie interessiert an. »Weißt du Genaueres?«

Kiersten rutschte unruhig auf ihrem Stuhl herum. »Ich habe Emma eigentlich versprochen, es für mich zu behalten, aber nach allem, was du mir gerade erzählt hast …« Sie zögerte.

»Jetzt komm schon, Camilla.«

»Also gut.« Sie holte tief Luft. »Mathias wurde sexuelle Belästigung am Arbeitsplatz vorgeworfen. Und das anscheinend nicht nur einmal. Man hatte den betreffenden Frauen nur nicht geglaubt. Die Angelegenheit wurde unter den Teppich gekehrt. Du musst wissen, Mathias kann sehr überzeugend sein, wenn er es für nötig hält.«

»Aber beim letzten Mal war das anders?«

»Ja. Das Mädchen ist zum Betriebsrat gegangen. Dort konnte man die Vorwürfe nicht ignorieren.«

Rasmus stutzte. »Wir sprechen von einem Mädchen?«

Camilla nickte. »Eine Auszubildende. Gerade mal sechzehn Jahre alt.«

Rasmus' Gedanken überschlugen sich.

Flensburg, Deutschland

Er ist ein Ungeheuer. Die vier Worte ließen sie nicht los.

Vibeke griff nach ihrem Weinglas. Ein trockener Chardonnay aus Frankreich. Eigentlich sollte sie jetzt im Bett liegen, den versäumten Schlaf nachholen. Stattdessen saß sie in einer Bar hoch über den Dächern von Flensburg mit Blick auf den abendlichen Hafen und einen Wald aus glänzenden Segelmasten. Ihr ursprünglicher Plan, beim Wing Tsun Dampf abzulassen, war an dem neuen Bodenbelag gescheitert, der seit heute im Trainingsraum der Kampfkunstschule verlegt wurde. Ihre Freundin Kim hatte deshalb vorgeschlagen, etwas trinken zu gehen, doch die ließ jetzt auf sich warten.

Um Vibeke herum herrschte gedämpftes Stimmengewirr, aus den Lautsprecherboxen rieselte eine softe Nummer von Nora Jones, dazu das Klackern von Eiswürfeln im Shaker, während der Barkeeper gerade einen Cocktail mixte.

Ihre Rastlosigkeit hatte eine neue Stufe erreicht. Was, wenn es stimmte, was Solveigh über ihren Erzeuger gesagt hatte? In dem Fall war sie das Kind einer psychisch Kranken und eines Ungeheuers.

Vibeke trank einen weiteren Schluck Wein, dabei begegnete ihr Blick dem eines Mannes, der zusammen mit drei anderen an einem der Tische schräg hinter ihr stand, im Spiegel der Bar. Dunkelhaarig, kantiges, fast schon derbes Gesicht, dazu ein intensiver Blick. Er deutete ein Lächeln an.

Sie sah wieder weg. Ihr Gedankenkarussell drehte sich weiter. Was für einen Menschen bezeichnete man als Ungeheuer? Jemanden, der andere psychisch oder physisch quälte? Oder ging gerade ihre Fantasie mit ihr durch, und die Äußerung bezog sich nur auf das Aussehen? Das scheinbar harmlose Lächeln, das Solveigh währenddessen über die Lippen gehuscht war, kam Vibeke in den Sinn. Ein leichter Schauer lief ihr über den Rücken.

Ihr Handy piepte. Eine Textnachricht von Kim informierte sie, dass ihre Freundin noch im Krankenhaus aufgehalten wurde. Seufzend tippte Vibeke zurück, dass sie noch eine Weinlänge in der Bar warten würde.

»Können Sie etwas empfehlen?« Der Spiegelmann stand jetzt neben ihr. Ein leichter Akzent schwang in seiner Stimme, den sie nicht gleich zuordnen konnte.

»Bitte?« Vibeke machte auf ihrem Barhocker eine Viertelumdrehung. Hob leicht die Brauen an. Lächelte.

Eine dünne Narbe verlief quer über seinem Nasenrücken, verlieh seinem Aussehen etwas Verwegenes und nahm ihm die Härte.

Er deutete auf ihr Glas. »Ich bin mit Wein nicht besonders bewandert. Taugt Ihrer was?«

Vibeke ließ sich für gewöhnlich nicht in der Bar ansprechen. Zu viele schräge Vögel. Doch dieser Mann gefiel ihr. Und er war eine willkommene Ablenkung. Dazu klang er nicht, als würde er sie gleichzeitig zusammen mit seinem nächsten Drink auf sein Zimmer bestellen wollen.

»Der Wein ist ganz passabel. Ein Franzose.« Sie trank den letzten Schluck und musterte ihn währenddessen über den Glasrand hinweg. Der Grauton seines Hemdes spiegelte sich in der Farbe seiner Augen. »Was mögen Sie?«

»Gin Tonic. Whisky. Einen guten Single Malt. Schon mal probiert?«

Sie nickte. Sein Akzent hatte es ihr angetan. Er hörte sich skandinavisch an. Sie tippte auf Norwegen.

»Wenn ich Sie jetzt auf ein Glas einladen möchte, denken Sie bestimmt, ich gehöre zu diesen Kerlen, die ständig in Bars rumhängen und Frauen anquatschen.«

»Natürlich. Was sonst?« Sie lächelte.

Der Barkeeper sah zu ihnen herüber, und Vibeke gab

ihm ein Zeichen. »Zweimal Single Malt. Glenfarclas.« Sie wandte sich wieder dem Skandinavier zu und deutete auf den freien Barhocker neben sich. »Bitte.«

Er lachte und streckte ihr seine Hand entgegen. »Kjell.«

»Vibeke.«

In seinen Augen blitzte es interessiert auf. »Die Kämpferin.« Er zog sich den Barhocker heran.

8. Kapitel

Hamburg, Deutschland

Das Polizeikommissariat 11, zuständig für die Region Mitte, befand sich in einem zwölfstöckigen Flachdachgebäude am Steindamm im Stadtteil St. Georg. Die Gegend rund um den Hauptbahnhof und den Hansaplatz zählte seit Jahren zu den sozialen Brennpunkten der Stadt und landete zusammen mit dem Bezirk St. Pauli stets auf den obersten Rängen der Kriminalitätsstatistik. Prostitution, Drogenhandel, Gewalt und Diebstahl gehörten hier zum Tagesgeschäft. Die Verwahrlosung durch Alkoholiker, Obdachlose und Junkies war in dem Viertel trotz starker Polizeipräsenz nur schwer in den Griff zu bekommen. Es gehörte zur täglichen Routine von Streifenbeamten, Personenkontrollen durchzuführen, Aufenthaltsverbote und Platzverweise auszusprechen und Verhaftungen vorzunehmen. Polizei und Dealer lieferten sich Tag für Tag ein neues Katz-und-Maus-Spiel.

Vibeke parkte ihren Dienstwagen vor dem Polizeigebäude in einer der Parkbuchten. Kim war gestern nicht mehr in der Bar aufgetaucht, und sie hatte den restlichen Abend und einen Teil der Nacht mit Kjell verbracht, der sich tatsächlich als Norweger entpuppt hatte. Gegen drei Uhr morgens hatte sie sich ihre

Sachen geschnappt und war aus seinem Hotelzimmer geschlichen. Und obwohl der Sex unglaublich gewesen war, beabsichtigte sie nicht, Kjell wiederzusehen. Sie kannte weder seinen Nachnamen, noch hatten sie Handynummern ausgetauscht. Eine Begegnung ganz nach ihrem Geschmack. Ohne jegliche Verpflichtungen oder tiefergehende Gefühle. Letzteres machte ohnehin nur angreifbar.

Die Angelegenheit mit ihrem Erzeuger hatte sie ebenfalls ad acta gelegt. Sie hatte sich da in etwas hineingesteigert. Jetzt sah sie wieder klar. Es waren die Worte einer psychisch Kranken gewesen, und es gab keinen Grund, ihnen zu viel Bedeutung zuzumessen. Davon abgesehen war Werner ihr Vater.

Sie stieg aus dem Dienstwagen. Vor dem Eingang des Polizeigebäudes wehte die Hamburger Flagge unter einem stark bewölkten Himmel am Fahnenmast.

»Moin«, begrüßte sie der kahlköpfige Beamte hinter dem Tresen, nachdem sie das Polizeigebäude betreten hatte.

»Moin.« Vibeke zückte ihren Dienstausweis. »Wo finde ich Carsten Harmsen?«

»Der ist vom Landeskriminalamt, oder?«

»Von 114.« Das war der Sachbereich für Raub, Intensiv- und Jugendtäter.

Der Beamte griff zum Telefonhörer und kündigte ihren Besuch an.

Wenige Minuten später saß Vibeke in einem nüchtern eingerichteten Büro einem drahtigen dunkelhaarigen Mann gegenüber. Carsten Harmsen war etwa Mitte vierzig, hatte einen wachen Blick und zahlreiche Lachfältchen um die Augen.

»Dann wollen wir mal sehen.« Der Kriminalbeamte schlug eine Akte auf. »Sait Akman. Ich kenne den Jungen, wir hatten bereits mehrfach das Vergnügen miteinander. Festnahmen bei Demonstrationen, zwei Anzeigen wegen einfacher Körperverletzung, einmal wegen Sachbeschädigung.« Er hob den Blick und sah Vibeke an. »Aber vermutlich wissen Sie das bereits alles aus der Datenbank. Etwas, das dort nicht erfasst wurde, ist Saits Zugehörigkeit zur Gruppierung 786. Das LKA 7 hatte sie über längeren Zeitraum im Visier.«

»Der Staatsschutz?« Vibeke zog Stift und Notizbuch aus der Tasche.

Harmsen nickte. »Hinter der Gruppierung stehen Jugendliche mit muslimischem Hintergrund. Sie verabreden sich über Instagram und treffen sich im Bereich Europapassage und Jungfernstieg. Alle haben die Nummer 786 hinter ihrem Usernamen.« Er stand auf und wandte sich zur Fensterbank, auf der eine kleine schwarze Kapselmaschine stand. »Möchten Sie auch einen Kaffee?«

»Gerne.«

Der Kriminalbeamte bereitete zwei Tassen Kaffee zu, reichte eine davon an Vibeke und setzte sich wieder. »Ist Ihnen das Abdschad-Zahlensystem ein Begriff?«

Vibeke schüttelte den Kopf.

»Im Kern handelt es sich dabei um eine zahlenbasierte Darstellung des arabischen Alphabets«, erklärte Harmsen. »Dabei werden den einzelnen Buchstaben Zahlenwerte zugeordnet und das Verhältnis von Buchstaben zu Zahl, Wort und Quersumme berücksichtigt. Das bietet die Möglichkeit einer komplexen Symbolik, die sich sowohl in Buchstaben als auch in Zahlen darstellen lässt.«

Vibeke ließ ihren Stift sinken. »Das klingt in der Tat kompliziert.«

Harmsen lächelte. »Das ist es auch. Ein Islamwissenschaftler hat letztes Jahr darüber eine ganze Abhandlung geschrieben. Wenn Sie möchten, lasse ich Ihnen die Ausarbeitung zukommen.« In ihr Nicken hinein fuhr er fort. »Um das Ganze zusammenzufassen: Die sogenannte Basmala-Formel hat einen Zahlenwert von 786. Das lässt sich ins Deutsche mit dem Ausspruch ›Im Namen Gottes, des Gnädigen, des Barmherzigen‹ übersetzen. Es ist ein integraler Bestandteil der islamischen Glaubenspraxis.« Der Kriminalbeamte schmunzelte. »Die Zahl dient den Jugendlichen als Ausdruck ihrer muslimischen Identität und nicht irgendeiner Radikalisierung, wie wir anfangs befürchtet hatten. Das heißt nicht, dass sie nicht kriminell sind.« Er tippte mit den Fingern auf die Akte. »Tatsächlich kommt es immer wieder zu Diebstählen, Abziehdelikten oder Schlägereien. Für die ansässigen Geschäftsleute ist das alles natürlich ein großes Ärgernis. Es vergrault nicht nur die Kundschaft, es schadet auch dem Ansehen der Stadt, vor allem bei Touristen.«

Vibeke kannte das Problem. »Wann war Sait zuletzt auffällig?«

Er sah in seinen Unterlagen nach. »Das war im Oktober letzten Jahres. Eine Prügelei. Er ist mit einer Verwarnung davongekommen.«

»Ich weiß nicht, wie gut Sie den Jungen kennen«, Vibeke griff nach ihrer Kaffeetasse, »aber halten Sie ihn für fähig, jemanden umzubringen?«

Harmsen verschränkte seine Finger ineinander. »Nach all dem, was Sie mir am Telefon erzählt haben, nehme ich an, Sie spielen auf einen Ehrenmord an.« Er sah sie nachdenklich an. »Ganz ehrlich? Die Familie gilt zwar als sehr religiös, trotzdem kann ich es Ihnen nicht sagen.«

»Aber ausschließen können Sie es nicht?«

»Ich würde Ihnen raten, mit den Kollegen der operativen Fallanalyse darüber zu sprechen, um sich eine Risikoeinschätzung einzuholen. Oder Sie halten Rücksprache mit 702.« Das war die Abteilung für Prävention gewaltzentrierter Ideologien.

»Dort habe ich gleich im Anschluss einen Termin.«

»Das ist gut.« Er nippte an seinem Kaffee. »Würden Sie mich auf dem Laufenden halten, was Sait Akman betrifft?«

»Sie mögen den Jungen?«

Harmsen nickte. »Sait hat es nicht immer leicht gehabt. Die klassische Geschichte. Er wurde von seinen deutschen Mitschülern wegen seines türkischen Aussehens gemobbt. Dabei wurde der Junge in Hamburg geboren.« Mitleid schwang in seiner Stimme mit. »Sait konnte oder wollte ab einem gewissen Zeitpunkt dem Unterricht nicht mehr folgen, und seine Noten sind immer weiter abgesackt. Von seinen Eltern kam keine Unterstützung, und statt ihm selbst Nachhilfe zu geben oder ihn zur Nachhilfe zu schicken, haben sie auf die Lehrer geschimpft. Sie meinten, Sait würde benachteiligt werden, weil er Türke ist. Nach der Geschichte mit den Nacktfotos seiner Schwester haben ihn dann auch die eigenen Leute ausgegrenzt. Bleibt nur zu hoffen, dass er die Schule packt, ansonsten wird es für ihn bald zappenduster.«

Vibeke trank des restlichen Kaffee und klappte ihr

Notizbuch zu. »Ich gebe Ihnen Bescheid, sobald die Ermittlungen abgeschlossen sind.« Sie erhob sich. »Danke für den Kaffee.«

Hamburg, Deutschland

Timur pfefferte seinen Rucksack aufs Bett. Im Zimmer gegenüber stritten gerade lautstark seine beiden jüngeren Schwestern, aus dem Radio plärrte türkische Popmusik. Normalerweise saß er um diese Zeit in der Uni-Kantine, doch die Sorge um Sait hatte ihn nach Hause getrieben, wo sein Bruder allerdings nicht war. Vermutlich trieb er sich wieder irgendwo draußen herum. Oder er hockte oben bei den Cousins.

Timur ging in die Küche, um zu sehen, was Esma gekocht hatte. Der Geruch von geschmortem Fleisch, Knoblauch und Zwiebeln lag in der Luft. Auf dem Herd stand ein großer Topf. Er hob den Deckel an: Es gab Güveç, ein Eintopf mit Fleisch, Auberginen und Pilzen. Es roch verlockend, und er überlegte, ob er sich eine kleine Portion davon in eine kleine Schüssel abfüllen und kalt essen sollte. Im Kühlschrank befanden sich eine Platte mit zwei Dutzend langgerollten Böreks, gefüllt mit Schafskäse und Hackfleisch, dazu jede Menge Mercimek Köfte. Timur liebte diese vegetarischen Bällchen aus roten Linsen und Bulgur, und egal, was er sonst über seine Stiefmutter dachte, sie war eine hervorragende Köchin. Er stibitzte sich eines der Bällchen und steckte es sich in den Mund. Es schmeckte himmlisch. Esmas Passion fürs Kochen und Backen wurde nur noch von ihrer zweiten Leidenschaft übertroffen: dem Lästern über andere Frauen. Türkische Frauen, die ihren Glauben nicht so sehr nach außen trugen, wie sie es tat. Esma brannte dafür, die Verstöße von anderen zu entdecken, die sich ihrer Meinung nach gegen muslimische Regeln richteten. In ihren Augen waren Türken, die ihr eigenes Leben lebten, böse Menschen. Diese Einstellung impfte sie auch ihren Kindern ein.

Timur nahm sich noch ein Linsenbällchen. Sein Blick fiel auf den Küchentisch. Unter dem Stapel Post, der für seinen Vater bereitlag, blitzte ein Umschlag des Reisebüros Yildirim hervor. Wollte jemand aus der Familie verreisen?

Timur sah zur Tür. Im Flur war niemand zu sehen. Seine Schwestern hatten aufgehört zu streiten und sangen jetzt einträchtig mit hellen Stimmen ein Lied aus dem Radio mit. Sehr laut und sehr schief.

Er wischte seine Finger am Küchenhandtuch ab, um keine Fettspuren auf dem Papier zu hinterlassen, und langte nach dem Umschlag des Reisebüros. Er war nicht verschlossen. Er zog ein One-Way-Ticket heraus, von Hamburg nach Istanbul, ausgestellt auf den Namen seines Bruders. Der Flug ging bereits übermorgen.

Timurs Gedanken überschlugen sich. Weshalb flog Sait nach Istanbul? Und warum hatte niemand einen Ton davon gesagt? Ob sein Bruder überhaupt von den Plänen seiner Eltern wusste? Natürlich, schoss es Timur in den Sinn. Vermutlich wussten alle davon. Alle außer ihm.

»Was machst du da?« Esmas scharfe Stimme drang an sein Ohr. Er war so vertieft in seine Gedanken gewesen, dass er ihr Kommen nicht bemerkt hatte.

Seine Stiefmutter trug einen Korb mit getrockneter Wäsche in den Händen, den sie jetzt auf den Küchentisch abstellte. Unter ihrem geblümten Kopftuch funkelten ihre Augen wie kleine schwarze Kohlestücke.

»Was soll das?« Timur wedelte mit dem Flugticket vor ihrem Gesicht herum. »Weshalb schickt ihr Sait weg?«

»Sait macht Urlaub«, zischte sie zurück. »Bei seinen Großeltern.«

Er trat einen Schritt näher an Esma heran. »Und weshalb ist dann auf dem Ticket kein Rückflug eingetragen, hä?«

»Wie sprichst du mit mir?«, schimpfte Esma aufgebracht, wich aber ein Stück zurück. »Zeig Respekt, sonst erzähle ich es deinem Vater.« Sie riss ihm das Flugticket aus der Hand.

»Ich soll Respekt zeigen?«, erboste sich Timur. Sein Leben lang hatte er sich an die Regeln gehalten, die einforderten, dass die Jüngeren den Alten stets mit Achtung und Respekt begegneten und die Kinder ihren Eltern. Auch Esma gegenüber. Doch damit war jetzt Schluss. »Das sagt gerade die Richtige. Wer schimpft denn ständig auf Elin? Und auf meine Mutter? Sogar jetzt noch. Denkst du etwa, ich bekomme das nicht mit? Du solltest dich schämen.«

Esmas Augen verengten sich zu schmalen Schlitzen. »Deine Schwester ist selbst schuld an dem, was ihr zugestoßen ist. Und deine Mutter benimmt sich wie eine Hure.«

Timurs Verachtung für die Frau seines Vaters stieg ins Unermessliche. »Du bist eine Natter, Esma. Weißt du das eigentlich?« Einmal ausgesprochen, hielt er sich nicht länger zurück. »Du bist vergiftet von Eifersucht, weil Baba meine Mutter immer noch liebt. Er bleibt nur bei dir, weil er ein anständiger Mann ist.«

Im nächsten Moment traf ihn ein Schwall Spucke im Gesicht.

Angeekelt wischte Timur sie mit dem Ärmel seines Pullovers beiseite. »Ich packe meine Sachen.« Wütend verließ er die Küche. Seine Stiefmutter schimpfte ihm hinterher, doch er ignorierte es.

Im Flur wurde gerade die Haustür geöffnet, und Sait kam herein. Sein Gesicht war blass und verschlossen.

»Ich muss mit dir reden, Sait«, sagte Timur mit einer Stimme, die keinen Widerspruch duldete. »Komm mit!« Er hielt seine Zimmertür auf.

Esma zeterte noch immer lautstark in der Küche. Seine Schwestern zankten wieder.

»Was ist denn hier los?« Sait verzog das Gesicht. »Ich habe jetzt echt keinen Bock auf Rumgenerve.«

»Du bist mich ohnehin bald los. Ich packe gleich meine Sachen und ziehe aus.« Er deutete mit dem Kopf in sein Zimmer. »Und jetzt komm.«

Sein Bruder machte große Augen und folgte ohne weiteren Protest seiner Aufforderung.

»Setz dich.« Timur schloss die Tür.

Sait ließ sich mit missmutigem Gesichtsausdruck auf dem Rand vom Bett nieder.

Timur zog sich den Schreibtischstuhl heran. »Ich habe gerade dein Flugticket gesehen. Du musst mir jetzt die Wahrheit sagen, Sait. Weshalb fliegst du übermorgen in die Türkei?«

»Was soll die Frage?«, erwiderte sein Bruder trotzig. »Darf man noch nicht einmal mehr Ferien machen?«

»Das ist kompletter Bullshit«, sagte ihm Timur auf den Kopf zu. Sein Bruder senkte den Blick. »Keiner von uns ist bislang allein in die Türkei geflogen. Noch nicht einmal Baba. Wir fliegen immer zusammen.«

Sait starrte konzentriert auf seine Schuhspitzen.

Timur ließ nicht locker. »Ist es wegen Elin?« Vor Anspannung war er bei den letzten Worten laut geworden. Er hielt einen Moment inne, um sich zu sammeln, und bemühte sich um einen ruhigen Tonfall. »Sait, du bist mein Bruder. Ich bin immer für dich da, das weißt du. Egal, was passiert ist. Deshalb rede mit mir.« Seine Stimme wurde eindringlich. »Bitte.«

Sait senkte den Kopf. Seine Unterlippe bebte, und unter seinen dichten schwarzen Wimpern glänzten Tränen.

Timurs Hals schnürte sich zu. Er zögerte, dann streckte er seine Hand aus und streichelte seinem Bruder vorsichtig übers Haar. »Sieh mich an, Sait. Was auch immer ist. Ich lasse dich nicht im Stich.«

Endlich hob sein Bruder den Kopf. Tiefe Verzweiflung lag in seinem Blick.

Hamburg, Deutschland

»Gerade in der dritten Generation muslimischer Migranten, die in westlichen Ländern leben, bricht die Problematik des Ehrenmordes verstärkt auf«, erklärte Cenk Bilgiç mit ernster Miene.

Vibeke saß mit gezücktem Stift in seinem Büro beim LKA 702 im Polizeipräsidium am Bruno-Georges-Platz, ihrer früheren Arbeitsstelle. Sie kannte Cenk bereits seit ihrer gemeinsamen Zeit an der Polizeifachhochschule. Er war ein schlanker schwarzhaariger Mann mit sanften Augen und dunkler Stimme. Feine Linien durchzogen seine Stirn, und seine Nase stand ein wenig schief und wirkte, als habe er sie sich in der Vergangenheit gleich mehrfach gebrochen.

Vibeke mochte den ruhigen, ernsthaften Mann, der genau wie das Mordopfer türkische Wurzeln hatte. Eine Zeit lang waren sie sogar miteinander ausgegangen, hatten dann aber feststellen müssen, dass ihre Verbindung eher freundschaftlicher als romantischer Natur war. Mittlerweile war Cenk verheiratet und Vater von drei Töchtern.

»Obwohl sie hier in Deutschland geboren und aufgewachsen sind?«

Cenk nickte. »Diese Generation ist oft noch stärker zerrissen als die ihrer Eltern und Großeltern. Die alten Traditionen stehen häufig im Konflikt mit dem Leben in der Migration, und die Jugendlichen müssen mit sehr gegensätzlichen Erwartungen umgehen.« Er lehnte sich in seinem Stuhl zurück und kreuzte die Beine übereinander. »Je mehr die muslimische Bevölkerung ausgegrenzt wird und die Jugendlichen Erfahrungen mit Diskriminierung und Rassismus machen, desto mehr ziehen sie sich zurück. Nach 9/11 hat sich diese Thematik noch verstärkt. Rassistische Übergriffe gehören quasi zum Alltag. Besonders für Muslime und Menschen, die dafür gehalten werden.« Er griff nach seinem Wasserglas und trank ein paar Schlucke, ehe er weitersprach. »Aber es gibt noch andere Faktoren, die diese Entwicklung verstärken. Eine gescheiterte Schulkarriere und geringe Berufsaussichten zum Beispiel. Die Jugendlichen isolieren sich, entwickeln neue Identitäten in radikalen nationalistischen oder islamischen Strukturen. Dabei suchen sie nach Zugehörigkeit und Anerkennung.« Seine Miene wurde eine Spur düsterer. »Sie sehnen sich nach Stärke. Deshalb sind viele junge Türken auch sehr empfänglich für Erdogan. Er ist aus einfachen Verhältnissen, einer aus der Mitte und hat es geschafft, Präsident zu werden. In ihren Augen repräsentiert er damit Stärke.« Er griff erneut nach seinem Wasserglas. »Leider sind diese Jugendlichen auch empfänglich für türkisch-nationalistische und islamische Organisationen, die sich das zunutze machen, um neue Anhänger zu rekrutieren. Das ist ein schmaler und sehr gefährlicher Grat.«

Vibeke hob ihren Blick vom Notizbuch. Sie hatte schon früher mit Cenk über die Problematik der türkischen Gastarbeiter gesprochen, die Anfang der 1960er-Jahre auf Einladung der Bundesrepublik nach Deutschland gekommen waren. Ihre Lebensplanung hatte es nie vorgesehen, länger hierzubleiben. Keiner hatte damals geahnt, welche langfristigen Folgen das Abkommen für diese Menschen und auch für die deutsche Gesellschaft haben würde. Deshalb hatten sich weder die deutsche Politik und Bevölkerung noch die Gastarbeiter damals um Integration bemüht. Selbst nach fünfzig, sechzig Jahren fühlten sich viele nicht zugehörig. Sie sehnten sich nach ihrer Heimat, wollten aber ihre Kinder und Enkelkinder, die hier geboren waren, nicht zurücklassen. Daher suchten sie Halt in ihrer Religion, in den Moscheen, die ihnen Geborgenheit vermittelten, und in ihrer türkischen Kultur. »Gibt es irgendeine Rechtfertigung im Islam, die einen Ehrenmord begründet?«

Cenk schüttelte den Kopf. »Das ist eine häufige Fehlannahme. Weder im Koran noch in der islamischen Überlieferung findet sich für diese Aussage ein Rückhalt.« Er setzte sich wieder aufrecht. »Ein Ehrenmord hängt vielmehr von den Traditionen der Herkunftsgebiete ab. In der türkischen Gesellschaft bedeutet die Familie alles, und es gilt, gewisse Regeln einzuhalten. Dazu gehört nach traditioneller Auffassung auch der Schutz der Ehre, die sich auf die sexuelle Reinheit und Unbescholtenheit der Frauen einer Familie bezieht. Im Konfliktfall ist diese Ehre sogar wichtiger als ein Menschenleben.«

»Das habe ich schon häufiger gehört, trotzdem ist das für mich schwer nachvollziehbar.«

Cenk zog ein paar DIN-A4-Blätter zu sich heran. »Ich habe mir die Unterlagen angesehen, die du mir geschickt hast. Hinsichtlich der traditionellen Ehre, über die ich gerade gesprochen habe, hat Elin Akman die Grenzen des gesellschaftlichen Verhaltens bereits mit den Nacktfotos, die ins Netz gelangt sind, überschritten.«

»Wofür sie wohlgemerkt aber nichts konnte.«

»Leider spielt das für das Ansehen der Familie keine Rolle«, erwiderte Cenk. »Noch schwerer wiegt allerdings der Umstand, dass das Mädchen keine Jungfrau mehr war. Bereits zu viel Selbstbestimmung und Emanzipation können als unangemessenes Verhalten gewertet werden, doch gerade der Verlust der Jungfräulichkeit gilt als unehrenhaft. Vor allem, wenn Dritte über dieses Fehlverhalten Kenntnis erlangen und der gute Ruf der Familie gefährdet wird. Ist das bei der Familie so?«

»Das kann ich ehrlich gesagt nicht beurteilen.«

»Dann solltet ihr das herausfinden.« Cenk untermalte seine Worte mit einer Geste. »Es ist ein ganz entscheidender Punkt, denn Ehre und die eigene Dominanz spielen in manchen Familien eine große Rolle. Wird die Familienehre nicht durch den Vater oder den Bruder verteidigt, verlieren sie ihr Gesicht, gelten als schwach, unmännlich und ebenfalls als ehrlos. Der Druck, der dabei von außen kommt, ist enorm. Blut ist der einzige Weg, um sich reinzuwaschen.«

Vibeke schauderte, zwang sich aber, sachlich zu bleiben. »Das klingt barbarisch. Wie läuft denn eine solche Reinigung ab?«

»Meistens wird für die Tat ein minderjähriges männliches Familienmitglied ausgewählt. Je jünger, desto geringer fällt die Strafe aus.« Cenk faltete die Hände zusammen. »Die Familie sieht das Verbrechen als rechtmäßig an, interessanterweise bestärken die weiblichen Mitglieder dabei sogar noch die Rachegelüste der Männer. Der Mord selbst wird in der Regel nicht im Affekt begangen, sondern von langer Hand geplant. Es kann also sein, dass sich die Tat erst Wochen oder Monate nach dem Vergehen« – bei dem Wort malte Cenk mit den Händen Gänsefüßchen in die Luft – »ereignet. Eines Tages wird die Frau erschossen, erstochen, erschlagen, vor ein Auto gestoßen, gesteinigt oder verbrannt. Es ist eine regelrechte Hinrichtung.«

»Grausam.«

»Die polizeilichen Ermittlungen im Anschluss sind oftmals schwierig«, fuhr Cenk fort. »Natürlich gibt es Täter, die stellen sich selbst, weil sie stolz darauf sind, die Familienehre wiederhergestellt zu haben. Aber das ist eher selten. Meistens stößt die Polizei bei den Angehörigen auf eine Mauer des Schweigens, dabei kennt jeder den wahren Sachverhalt. Sie decken den Täter, oftmals wird er auch außer Landes geschafft, um den Befragungen zu entgehen.«

Vibeke tippte nachdenklich mit ihrem Stift auf ihr Notizbuch. »Fast alles, was du mir gerade erzählt hast, trifft auf die Familie Akman zu.«

»Und trotzdem bedeutet das nicht automatisch, dass es sich um einen Ehrenmord handelt«, gab Cenk zu bedenken. »Es kommt auch vor, dass Morde als Ehrenmord getarnt werden, obwohl in Wahrheit etwas ganz anderes dahintersteckt. Wenn es um Geld geht oder um die Vertuschung eines anderen Verbrechens. Missbrauch zum Beispiel.«

Daran hatte Vibeke auch schon gedacht. »Würdest du mir einen Gefallen tun?«

»Wenn du mir verrätst, welchen.«

»Nach allem, was ich jetzt weiß, würde ich gerne noch einmal mit den Akman-Brüdern sprechen«, erwiderte Vibeke. »Der ältere, Timur, erscheint mir etwas zugänglicher als die anderen Familienmitglieder. Könntest du mich dorthin begleiten? Vier Augen und Ohren sehen und hören mehr als zwei.«

Cenk sah auf seine Armbanduhr. »Ich müsste vorher noch zwei kurze Telefonate führen. Sagen wir in zwanzig Minuten unten auf dem Parkplatz.«

Vibeke nickte. »Danke, Cenk.« Sie beförderte Stift und Notizbuch zurück in die Umhängetasche und erhob sich von ihrem Stuhl.

»Vibeke, bevor du gehst, eine Sache noch.« Cenk blickte sie schuldbewusst an. »Ich habe vorhin Jan im

Fahrstuhl getroffen. Er hat gefragt, ob wir noch in Kontakt stehen, da habe ich ihm von unserem Termin erzählt. Er bat mich, dir auszurichten, dass du bei ihm vorbeikommen sollst. Es geht wohl um euren Fall.«

Vibeke entfuhr ein Seufzen. Jan Bachmann war der Leiter vom LKA 412, dem Fachkommissariat für Tötungsdelikte, und nicht nur ihr ehemaliger Vorgesetzter, sondern auch ihr früherer Ausbilder und Geliebter, derjenige, von dem sie Rasmus ein paar Tage zuvor erzählt hatte.

Es war die klassische Geschichte gewesen. Sie jung und naiv, hatte an die große Liebe geglaubt, während er seinen Ehering versteckte. Als seine Frau hinter die Affäre gekommen war, hatte Jan sie von einem auf den anderen Tag abserviert, eiskalt, ehe er ihr fünfzehn Jahre später als neuer Vorgesetzter vor die Nase gesetzt worden war. Jan Bachmann war mit einer der Gründe, weshalb sie kurz darauf das LKA verlassen hatte und zurück nach Flensburg gegangen war.

Bei ihrem letzten Zusammentreffen hatte er wimmernd vor ihr auf dem Boden des Fahrstuhls gelegen. Er war übergriffig geworden, wofür sie ihn mit einem gezielten Knietritt zwischen die Beine belohnt hatte.

Vibeke fragte sich, was er jetzt von ihr wollte. Hatte es tatsächlich mit dem Fall Akman zu tun? Ein mulmiges Gefühl machte sich in ihr breit.

»Tut mir leid«, sagte Cenk, der als einer von wenigen von ihrer Beziehung wusste und der Art, wie sie zu Ende gegangen war.

»Schon gut.« Vibeke schenkte ihm ein Lächeln. »Bis gleich.«

Keine zwei Minuten später stieg sie in der dritten

Etage, wo sich die Räume der Mordkommission befanden, aus dem Fahrstuhl. Es war ein seltsames Gefühl, nach über einem Jahr den vertrauten Flur entlangzugehen.

Ein korpulenter Mann kam aus einem der angrenzenden Büros. Kariertes Hemd, leicht verbeulte Cordhose, ein von tiefen Falten durchzogenes Gesicht. Kriminalhauptkommissar Fricke, Leiter vom LKA 411. Verdutzt blieb er stehen.

»Moin, Vibeke.« Verwirrt blickte er sie an. »Sag bloß, du arbeitest wieder hier?«

»Moin, Hans. Nein, ich bin nur auf kurzer Stippvisite.«

»Schade, wir hätten dich gut brauchen können.« Fricke fuhr sich über seine aschblonden Haare. »Ich muss dann. Teamsitzung.« Er lächelte zerstreut und hastete den Flur entlang.

Vibeke sah ihm hinterher. Sie hatte den nach außen oft knurrig wirkenden Fricke schon immer gemocht. Harte Schale, weicher Kern. Sie wandte sich wieder um, klopfte an die nächste Tür und trat ein, ohne eine Antwort abzuwarten.

Jan Bachmann saß zurückgelehnt in seinem Schreibtischsessel, die Füße auf der Tischplatte überkreuzt, und telefonierte. Wie immer wirkte er wie aus dem Ei gepellt. Sein dunkles Haar war frisch geschnitten, das Hemd blütenweiß, der Anzug schien direkt auf seinen athletischen Leib geschneidert. Er hatte sich von seinem Bart getrennt, was ihn nicht nur um Jahre jünger, sondern auch noch eine Spur attraktiver machte.

Vibeke tippte auf eine neue Geliebte im Studentinnenalter.

Bei ihrem Anblick beendete Jan Bachmann augenblicklich sein Telefonat. »Vibeke!« Er erhob sich und lächelte jovial. Offenbar hatte er ihre letzte Begegnung völlig verdrängt. »Bitte, setz dich doch.«

»Nein, danke, ich habe nicht viel Zeit«, erwiderte Vibeke reserviert. »Sag mir einfach, was du willst, dann verschwinde ich wieder.«

»Ganz wie du meinst.« Jan blieb ebenfalls stehen. Er versenkte seine Hände lässig in den Taschen seiner Anzughose. »Ich habe gehört, du ermittelst in Hamburg?«

»Du willst jetzt aber kein Gespräch über Zuständigkeiten mit mir führen, oder? Auch im Fall Akman gilt das Tatortprinzip.« Das Prinzip besagte, dass jene Staatsanwaltschaft und Polizei zuständig war, in deren Hoheitsbereich der Tatort lag.

»Das gibt dir aber noch lange keinen Freifahrtschein.« Alle Freundlichkeit war verschwunden.

Vibeke ließ sich nicht provozieren. »Du bist nicht mehr mein Vorgesetzter«, erinnerte sie ihn. »Entweder sagst du mir jetzt, weshalb du mich sprechen wolltest, oder ich gehe.«

Seine Augen wurden schmal.

»Abdi Akman«, fuhr er im geschäftsmäßigen Tonfall fort, »der Bruder von Faruk Akman. Wir hatten Anfang des Jahres einen Mordfall an einem vermeintlichen Schutzgelderpresser. In dem Zusammenhang ist uns Akmans Name bekannt.«

Vibeke sah ihn aufmerksam an.

»Er soll dem Ermordeten gedroht haben«, fuhr Jan fort. »In seiner Dönerbude. In Anwesenheit von Kunden. ›Wenn ich dich hier noch einmal sehe, bist du tot.‹ Zumindest behauptet das ein Zeuge. Abdi Akman selbst hat abgestritten, dies jemals gesagt zu haben. Auch von Schutzgelderpressung wollte er nichts wissen.« Er zog eine Hand aus der Hosentasche und fuhr sich damit über sein perfekt sitzendes Haar. »Bislang konnten wir seine Aussage nicht widerlegen, aber ich rieche Dreck, wenn er da ist.«

Vibeke blieb unbeeindruckt. »Kannst du mir den Vorgang zukommen lassen?« Es fiel ihr schwer, ihn darum zu bitten, doch persönliche Eitelkeiten waren hier fehl am Platz.

»Aber nur, wenn du mir auch einen Gefallen tust.«

Vibeke unterdrückte ein Seufzen. Das war klar gewesen. Ein Jan Bachmann tat nichts ohne Gegenleistung. »Das wäre?«

»Wenn sich in eurem Fall herausstellen sollte, dass ein Mitglied der Familie Akman tatverdächtig ist, ruf mich an, ehe ihr weitere Schritte unternehmt. Ich will mir von einem Türken schließlich nicht die Statistik versauen lassen.« Erneut ließ er sein joviales Lächeln aufblitzen.

Vibeke starrte ihn an. Sie fragte sich, was sie je an ihm gefunden hatte. Seine rassistische Bemerkung und dazu sein überhebliches Gehabe löste in ihr erneut den Drang aus, ihm mit einem gezielten Tritt die Eier zu pulverisieren. Doch letztendlich war er die Mühe nicht wert. Männer wie Jan Bachmann würden es nie kapieren.

»Schick mir die Akte«, forderte sie ihn auf. »Ansonsten fordere ich sie über die Leitung an, versehen mit einem Hinweis auf deine letzte Äußerung. Ich denke, darüber wird hier niemand sonderlich erbaut sein.«

Sein Lächeln gefror.

»Schönen Tag noch.« Vibeke drehte sich um und ließ ihn stehen.

Hamburg, Deutschland

Esma Akmans Gesicht wirkte abweisend, als sie ihnen eine Dreiviertelstunde später in Altona die Wohnungstür öffnete. Ihr misstrauischer Blick glitt von Vibeke zu ihrem türkischstämmigen Kollegen.

»Hallo, Frau Akman«, begrüßte Vibeke sie freundlich. »Das ist mein Kollege Cenk Bilgiç. Wir möchten gerne mit Timur sprechen.«

Einen kurzen Moment sah es so aus, als wolle ihnen die Frau die Tür vor der Nase zuschlagen, dann ging sie ein Stück beiseite und ließ die beiden Kriminalbeamten eintreten.

»Timur ist in seinem Zimmer.« In ihrer Stimme schwang ein feindseliger Unterton mit.

Sie gingen den Flur entlang. In einem der angrenzenden Räume tanzten zwei Mädchen zu einem Popsong und sangen dabei lautstark mit.

Ohne anzuklopfen, öffnete Esma Akman eine der hinteren Türen. »Besuch.« Sie blieb neben dem Türrahmen stehen.

Vibeke tauschte einen raschen Blick mit Cenk. Dem harschen Tonfall nach herrschte zwischen Stiefmutter und Stiefsohn nicht das allerbeste Verhältnis.

Timur war nicht allein im Zimmer. Auf einem schmalen Bett saß sein jüngerer Bruder Sait. Die Augen des Teenagers waren leicht gerötet, als hätte er gerade erst geweint. Neben ihm auf der Decke stand eine Reisetasche.

Vibeke hob die Brauen. »Will hier jemand verreisen?« Automatisch glitt ihr Blick zu dem jüngeren der Akman-Brüder.

»Nein«, kam ihm Timur zuvor. »Ich ziehe vorübergehend zu meiner Mutter.« Er zog ein paar T-Shirts aus seinem Kleiderschrank und stopfte sie achtlos in die Tasche. »Um ihr und Opa im Laden zu helfen. Die beiden brauchen mich jetzt.«

Vibeke nickte verständnisvoll, dabei wanderte ihr Blick durchs Zimmer, das von der Größe eher einer Abstellkammer glich. Ein schlauchförmig geschnittener Raum, in dem gerade mal ein Bett, ein Kleiderschrank und ein Schreibtisch Platz fanden. Zahlreiche Bücher waren auf dem Boden zu hohen Türmen aufgestapelt, die Fensterbank zur Abstellfläche für Zeitschriften und Comics umfunktioniert worden. »Wir würden Ihnen und Sait gerne noch ein paar Fragen stellen.«

Die beiden Brüder tauschten einen Blick. Etwas, das Vibeke nicht deuten konnte, schwang darin mit. Sie hatte das Gefühl, dass sich gerade zwischen den beiden etwas abspielte, das nicht für fremde Augen bestimmt war. Gleichzeitig zischte Esma, die noch immer neben der Tür stand und alles, was im Zimmer vor sich ging, mit Argusaugen beobachtete, etwas auf Türkisch.

Cenk räusperte sich. »Frau Akman besteht darauf, dass sie dabeibleibt, wenn wir Sait Fragen stellen, da er noch minderjährig ist.«

Vibeke wandte sich der Türkin zu. »Sie können auch direkt mit mir sprechen.«

Esma Akman schwieg, doch ihre Blicke schossen Pfeile ab.

In ihrer Anwesenheit würde keiner der beiden Brüder etwas Brauchbares sagen.

Sie sah Timur an. »Können wir uns vielleicht irgendwo ungestört unterhalten?«

Er griff nach seinem Laptop auf dem Schreibtisch, schob ihn in seinen bereits prallgefüllten Rucksack, der neben ihm auf dem Boden stand, und schwang ihn auf seinen Rücken. Anschließend schnappte er sich seine Reisetasche.

»Ich wollte ohnehin gerade gehen.« Timur wandte sich an seinen Bruder. »Ich rufe dich später an, Sait.« Dann trat er an den beiden Kriminalbeamten vorbei in den Flur, ohne seiner Stiefmutter eines einzigen Blicks zu würdigen.

Vibeke und ihr Kollege verabschiedeten sich und folgten dem Studenten aus der Wohnung.

»Können wir Sie vielleicht irgendwo hinbringen?«, fragte Vibeke, sobald sie im Freien standen. »Dann können wir uns während der Fahrt unterhalten.«

»Nein, danke«, erwiderte Timur höflich. »Ich nehme den Bus, der hält fast vor der Haustür.«

»Hat Ihre Familie eigentlich ein Auto?« Vibeke trat beiseite, um ein paar Passanten durchzulassen. Neben ihnen auf der sechsspurigen Straße donnerte ein LKW vorbei.

Timur Akman ließ seine Reisetasche neben sich auf den Bürgersteig sinken. »Mein Onkel hat einen Sprinter. Er muss mehrfach die Woche damit zum Großmarkt, um Ware für seinen Laden zu kaufen.« Der Student runzelte die Stirn. »Weshalb fragen Sie mich das?«

»Wir haben den Mörder Ihrer Schwester noch immer nicht gefasst«, sagte Vibeke. »Und es gibt ein paar Dinge in Zusammenhang mit Ihrer Familie, die noch unklar sind. Ich glaube, Sie können uns dabei helfen.«

Die Miene des Studenten verschloss sich. »Ich wüsste nicht, wie.«

»Indem Sie offen mit uns sprechen.« Sie musterte ihn aufmerksam. »Ich bin mir ziemlich sicher, dass Sie uns etwas verschweigen, Herr Akman.«

Er hielt ihrem Blick stand, sagte aber nichts. Seine Hände umklammerten die Gurte seines Rucksacks.

»Wo waren Sie am letzten Montagnachmittag und am Abend?«

»Das habe ich doch schon angegeben. Zu Hause bei meiner Familie.«

»Und es waren wirklich alle zusammen dort?«, hakte Vibeke nach. »Auch Sait?«

Einen kurzen Moment, kaum mehr als ein Wimpernschlag, schien er zu zögern, dann nickte er.

»Sollte sich herausstellen, dass Sie gelogen haben, kann das strafrechtliche Folgen haben«, drohte Vibeke. »Damit können Sie sich im schlimmsten Fall Ihre Zukunft verbauen. Ich hoffe, das ist Ihnen klar.«

Um Timur Akmans Mundwinkel zuckte es fast unmerklich.

»Sie sollten uns endlich in Frieden lassen«, sagte er schließlich.

»Ohne Antworten kommen wir immer wieder, Herr Akman.«

Neben ihr griff Cenk in die Innentasche seiner Jacke und zog eine Visitenkarte heraus, die er dem Studenten reichte. »Akrabanin akrabaya akrep etmez ettigini.«

Timur Akman sah ihn ausdruckslos an, dann griff er nach seiner Reisetasche und ging davon.

»Was hast du ihm gesagt?«, erkundigte sich Vibeke.

»Das war ein türkisches Sprichwort. Sinngemäß bedeutet es: Erwarte von einem Skorpion nicht annähernd das Böse, das Verwandte einander antun können.«

Sie ließ sich die Worte einen kurzen Moment durch den Kopf gehen. »Du denkst also auch, dass bei den Akmans etwas im Busch ist.«

Cenk nickte. »Allerdings. Die Familie verschweigt etwas.«

»Und ich versuche jetzt herauszufinden, was das ist.« Vibeke zückte ihr Handy.

Hamburg, Deutschland

Der schwarze Imbisscontainer *Brücke 10* stand direkt am Ausgang des Alten Elbtunnels in Steinwerder. Touristen kamen häufig wegen der schönen Aussicht auf Landungsbrücken, Michel und Elbphilharmonie hierher. Ein unbezahlbarer Rundumblick. Hin und wieder gesellten sich zu den Urlaubern auch Werftarbeiter auf eine Bockwurst oder ein Fischbrötchen dazu.

Faruk Akman stand bereits in Arbeitskluft an einem der Bistrotische, vor sich ein Pott Kaffee, als Vibeke aus dem Tunnel ins Freie trat. Ihren Dienstwagen hatte sie auf dem Parkplatz an den Landungsbrücken stehen lassen.

»Hallo, Herr Akman«, begrüßte sie ihn. »Danke, dass Sie sich die Zeit nehmen.«

Faruk Akman nickte schweigend. Sein Gesicht wirkte grau und eingefallen, die Augen lagen in dunklen Höhlen.

Vibeke holte sich am Tresen des Containers einen Kaffee und gesellte sich zu ihm an den Tisch, während die Touristen im Hintergrund reihenweise Selfies vor der Hafenkulisse machten. Über ihnen hingen die Wolken wie graue Putzlappen vom Himmel. Nicht mehr lange, und es würde zu regnen beginnen.

»Mein Vater kam vor sechzig Jahren hierher«, fing Faruk Akman unaufgefordert an zu erzählen. Dabei blickte er Richtung Wasser. »Zusammen mit seinem Bruder. Beide haben damals in der Werft gearbeitet, schufteten an den Drehmaschinen wie die Tiere, fast rund um die Uhr. Können Sie sich vorstellen, wie es dort in den Werkhallen ist?« Eine rein rhetorische Frage, denn er sprach bereits weiter, ehe sie antworten konnte. »Die Hitze der Schleifmaschinen und der Schweißgeräte? Deutschland schmecke für ihn nach Metallsplittern und Bohrstaub, hat mein Vater einmal gesagt.« Seine Hände umklammerten seinen Kaffeebecher. »Für Gastarbeiter gab es damals keine Wohnungen. Mein Vater und mein Onkel schliefen in Baracken mit Mehrbettzimmern, teilten sich mit anderen Arbeitern Toilette und Waschraum im Gang. Außerhalb der Werft hatten sie keinerlei Kontakt zu Deutschen, sie bekamen auch keine Sprachkurse. Offenbar dachte zu dem Zeitpunkt niemand daran, dass sie länger bleiben würden. Mein Vater kaufte sich ein Wörterbuch, um wenigstens ein paar Brocken Deutsch zu lernen.« Er trank einen Schluck Kaffee, sah Vibeke noch immer nicht an. »Als die ersten Debatten aufkamen, weniger

Ausländer zu beschäftigen, holten mein Vater und mein Onkel ihre Familien nach Deutschland. Sie fanden dann auch tatsächlich eine Wohnung in Altona. Dort wurde ich geboren.« Er schwieg einen Moment, ehe er weitersprach. »Meine Eltern sind hier nie heimisch geworden. Besonders mein Vater litt unter der Fremdenfeindlichkeit, die ihnen entgegenschlug. Nicht nur von der Politik, sondern vor allem im Alltag. Er hatte über zwanzig Jahre für die Werft geschuftet, eine Arbeit, für die sich manch Deutscher zu schade war, und trotzdem gab man ihm das Gefühl, nur ein Mensch zweiter Klasse zu sein.« Er sah Vibeke zum ersten Mal direkt an. Ein unausgesprochener Vorwurf lag in seinem Blick. »Ende der Achtzigerjahre gingen meine Eltern mit meinen beiden Schwestern zurück in die Türkei, während mein Bruder und ich bei der Familie meines Onkels blieben. Ich hatte einen Ausbildungsplatz in der Werft bekommen. Als Erster in der Familie.« Er drehte den Kaffeebecher in seiner Hand. »Über dreißig Jahre arbeite ich jetzt schon dort. Ich habe einen guten Draht zu meinen Kollegen, meine Vorgesetzten begegnen mir mit Respekt, und die Arbeit gefällt mir. Doch seit dem Tod meiner Tochter geht alles von vorne los. Jetzt bin ich wieder nur der Ausländer. Sie halten mich und meine Familie für Mörder. Als hätte es die letzten dreißig Jahre nie gegeben.«

Vibeke fühlte sich unwohl in ihrer Haut. Die Worte des Mannes berührten sie, doch sie war Polizistin und hatte einen Mord aufzuklären. »Dann machen Sie es uns einfacher, Herr Akman. Reden Sie mit mir. Waren Sie alle zur Tatzeit zu Hause? Auch Ihr Sohn Sait?«

Faruk starrte sie mit unergründlicher Miene an. Schließlich nickte er. »Sie würden mich das nicht fragen, wenn Sie Ihre Arbeit gründlich machen würden.« Er umklammerte seinen Kaffeebecher so fest, dass das Weiß unter seinen Knöcheln hervortrat.

Vibeke seufzte innerlich. So kam sie nicht weiter. Sie musste den Mann auf andere Weise aus der Reserve locken.

»Erzählen Sie mir von Elin.«

Ein trauriges Lächeln umspielte seine Lippen. »Für Elin sollte alles einfacher werden.« Er strich sich mit einer müden Geste übers Gesicht. »Sontje wollte für unsere Tochter ein selbstbestimmtes Leben. Sie sollte nicht wie Timur zwischen unseren Kulturen hin- und hergerissen werden, sondern ihren eigenen Weg finden. Deshalb gaben wir ihr einen Namen, bei dem ihre Herkunft nicht sofort ersichtlich ist, um sie vor Vorurteilen zu schützen. Außerdem sollte Elin später selbst entscheiden, welcher Religion sie angehören möchte. Wir wollten alles richtig machen.« Sein Blick glitt in die Ferne. »Und jetzt sieht man, wohin es uns gebracht hat«, schloss er verbittert.

Sie schwiegen einen Moment.

Vibeke blickte zu den Möwen, die über ihren Köpfen am Himmel kreischten. Eine steife Brise kam auf, fegte warmen Wind über die Elbe und zerzauste ihr die Haare.

»Sie haben erzählt, Sie hätten Elin zuletzt im Juli gesehen, ehe sie nach Dänemark ging.« Sie strich sich eine Haarsträhne hinters Ohr, die sich aus ihrem Pferdeschwanz gelöst hatte. »Haben Sie Ihre Tochter seitdem noch einmal gesprochen?«

Der Türke presste die Lippen zusammen. Ein paar Sekunden vergingen, ehe er schließlich antwortete. »›Ich hasse dich!‹ Das waren Elins letzte Worte an mich. Weil ich sie zu ihren Großeltern in die Türkei schicken wollte.« Er strich sich über seinen Bart. »Elin hat mir später einen Brief geschickt, in dem sie sich entschuldigt hat, aber ich war zu verletzt, um meiner Tochter vergeben zu können. Daran werde ich mein Leben lang zu tragen haben.« Tiefer Schmerz schwang in seiner Stimme mit. Seine Miene verschloss sich wieder. »Ich habe mein Kind verloren. Und ich werde nicht zulassen, dass Sie oder Ihre Kollegen meine Familie verunglimpfen oder ihr weiteren Schaden zufügen.« Es klang wie eine Kampfansage. »Meine Pause ist vorbei.«

Damit schob er den Kaffeebecher beiseite, ohne ihn zwischenzeitlich angerührt zu haben, und ging davon. Im nächsten Moment begann es zu tröpfeln.

Kopenhagen, Dänemark

Rasmus durchquerte den runden Innenhof mit den Säulenreihen des Politigården. Das unter Denkmalschutz stehende Polizeihauptquartier, in dem er viele Jahre seines Berufslebens verbracht hatte, lag im Südwesten der Kopenhagener Innenstadt und war erst vor einiger Zeit aufwendig saniert worden.

Das Gespräch mit Mads Bodilsen von der Personalabteilung war ernüchternd gewesen. Weder in den Fachabteilungen für Tötungsdelikte noch für den Bereich der organisierten Kriminalität war derzeit ein Job zu besetzen. Die einzige vakante Stelle, die man ihm anbieten konnte, war beim Wirtschaftskriminalistischen

Prüfdienst. Die Arbeit dort beinhaltete größtenteils das Prüfen und Auswerten von Geschäftsunterlagen und IT-Daten und das Erfassen der entsprechenden Ergebnisberichte. Stupide Schreibtischarbeit, noch dazu in einem Bereich, von dem er kaum eine Ahnung hatte.

Rasmus war völlig frustriert. Seine Kompetenz lag in der Ermittlungsarbeit und nicht in der Sichtung irgendwelcher Rechnungen und Kontodaten. Trotzdem hatte er um Bedenkzeit gebeten. Mads Bodilsen hatte zugestimmt und ihm darüber hinaus versichert, dass man auf ihn zukommen würde, sobald sich in den Abteilungen der Schwerkriminalität personelle Veränderungen abzeichneten.

Rasmus wusste jedoch nicht, ob er dem Personalchef glauben konnte. Während des Gesprächs hatte ihn das ungute Gefühl beschlichen, dass man in Kopenhagen nicht besonders erpicht auf seine Anwesenheit war. Woran das lag, konnte er sich natürlich an zwei Fingern abzählen. Dabei hatte man ihm vor noch nicht allzu langer Zeit eine Rückkehr in Aussicht gestellt, sofern er alle geforderten Antiaggressionsprogramme durchlief und seine Beurteilungen einwandfrei blieben. Doch offenbar klafften Theorie und Praxis weit auseinander. Niemand wollte einen Querulanten wie ihn in den eigenen Reihen haben, egal wie viel Persilscheine er mittlerweile vorweisen konnte. Die Personalakte war wie das Internet: Beide vergaßen nie.

Vor dem Polizeigebäude zündete sich Rasmus eine Zigarette an und ging zunächst die Niels Brocks Gade entlang, ehe er am Ende der Straße in den H.C. Andersens Boulevard bog. Vor ihm schoben sich Touristengruppen Richtung Hans-Christian-Andersen-Statue und

Rådhuspladsen. Vom Tivoli wehte Kinderlachen herüber, vermischte sich mit den Geräuschen des Straßenverkehrs und der Achterbahn.

Er hatte den Vergnügungspark bereits selbst unzählige Male besucht. Früher als Kind mit seinen Eltern, später als Erwachsener mit Anton an der Hand. Nostalgische Kettenkarussells, das Ringelspiel mit Tieren und der fliegende Koffer aus Andersens Märchenwelt, Riesenrad und Achterbahn, Konzerte auf der Freilichtbühne, dazu Süßigkeiten und andere Köstlichkeiten. Dinge, die nicht nur Kinderaugen leuchten ließen. Am Abend verwandelte sich die Parkanlage in ein Lichtermeer.

Rasmus nahm sich vor, irgendwann auch mit Ida hinzugehen, und bog in die nächste Seitenstraße ein. Er war auf dem Weg zu dem kleinen italienischen Restaurant, in dem er früher Stammgast gewesen war. Dort hatte er zusammen mit Familie, Freunden oder nur zu zweit mit Camilla unzählige Drei-Gänge-Menüs verspeist. Sie hatten in dem Lokal Geburtstage und Hochzeitstage gefeiert, zusammen gelacht, gestritten und ernste Dinge besprochen, anfangs furchtbar verliebt mit Schmetterlingen im Bauch, bevor sie etliche Jahre später ihre Scheidung dort besiegelten. Jetzt wollte er sich einen kleinen Lunch genehmigen und währenddessen über das Angebot nachdenken, ehe es zurück nach Esbjerg ging.

Gerade als die dunkelrote Markise des Restaurants in sein Sichtfeld geriet, klingelte sein Handy. Er nahm den letzten Zug von seiner Zigarette, schnippte sie zu Boden und nahm das Gespräch an, während er gleichzeitig die Kippe austrat.

»Hej, Rasmus«, meldete sich Pernille. »Du musst nach Broager kommen.« Sie machte eine bedeutungsschwangere Pause, ehe sie weitersprach. »Wir haben den Tatort gefunden.«

Broager, Dänemark

Ein paar tiefhängende Zweige schabten über das Dach des Bullis, als Rasmus kurz hinter Molmark die Landstraße verließ und in den Illerstrandvej bog. Die Fahrt von Kopenhagen hierher hatte über drei Stunden gedauert. Fast hätte er das kleine Schild am Straßenrand übersehen, das den Weg zum Teglværksmuseum Cathrinesminde anzeigte, dabei war er erst am Tag zuvor mit Vibeke fast die gleiche Strecke gefahren.

Kieselsteine klackerten gegen den Radkasten seines Bullis, und er drosselte das Tempo. Gleichzeitig setzte draußen Nieselregen ein. Er betätigte die quietschenden Scheibenwischer, die er schon vor Monaten hatte erneuern wollen.

Der Himmel war dicht mit Wolken verhangen, Felder und Wiesen, so weit das Auge reichte. Ein kräftiger Wind fegte von der Küste ins Landesinnere, ließ Gräser und Halme tanzen. Nach etwa fünfhundert Metern tauchte hinter einer Baumreihe auf einer Anhöhe ein prächtiges Backsteinhaus auf. Ein Schild wies darauf hin, dass es zum Verkauf stand.

Unterhalb des Hügels lag Cathrinesminde, eine Ansammlung flacher roter Gebäude. Mittig ragte der lange Schornstein in den Himmel, der ihm bereits gestern vom

Steg in Iller aus aufgefallen war. Dahinter erstreckte sich die Flensburger Förde. Grau und wuchtig.

Der Regen wurde stärker, senkte sich wie ein trüber Schleier über das Gelände, ließ es trist und trostlos erscheinen. Die Konturen von Ufer und Wasser verschwammen miteinander.

Langsam rollte Rasmus mit dem Bulli auf das rotweiße Flatterband zu, das quer über die Straße gespannt worden war. Der angrenzende Besucherparkplatz wirkte wie leergefegt. Uniformierte der deutsch-dänischen Streife hatten sich an den verschiedenen Geländezugängen positioniert, hinter den Absperrungen standen vereinzelt Schaulustige.

Vor einem langgezogenen ockerfarbenen Spitzgiebelgebäude, direkt am Ufer, entdeckte Rasmus den Transporter der Kriminaltechnik und ein halbes Dutzend Spurensicherer in weißen Schutzanzügen.

Er kurbelte die Seitenscheibe hinunter, zeigte dem Uniformierten an der Absperrung seinen Dienstausweis und durfte passieren.

Rasmus parkte seinen VW-Bus hinter Vibekes Dienstwagen am Straßenrand und ging die restlichen Meter zu Fuß. Regentropfen fanden den Weg in seinen Nacken, und er klappte den Kragen seiner Jacke hoch. In einiger Entfernung sah er Vickie, die zusammen mit einem Kollegen den Zugang zum Gendarmstien flankierte, der am Ufer entlangführte.

Beim Näherkommen erkannte Rasmus anhand der Eingänge, dass das Spitzgiebelgebäude in drei Wohneinheiten unterteilt war. Türen und Fenster waren grün lackiert. Ein Besucherschild wies darauf hin, dass es sich um frühere Arbeiterwohnungen handelte, die den

Alltag der Ziegelarbeiter vergangener Epochen widerspiegelten. Auf der angrenzenden Rasenfläche wehte an einem Fahnenmast der Dannebrog.

Vibeke Boisen stand zusammen mit Henrik Knudsen, der gerade die Kapuze seines Overalls lüpfte, vor dem mittleren Hauseingang.

»Wir haben schon auf dich gewartet«, begrüßte ihn seine Kollegin.

»Es ging nicht schneller.« Rasmus nickte dem Kriminaltechniker zu. »Hej, Henrik. Was habt ihr gefunden?« Er warf einen Blick durch die offene Tür ins Innere des Gebäudes.

Der Wohnraum war winzig und originalgetreu eingerichtet. Möbel, Küchenutensilien, Bücher in Regalen, Bilder an den Wänden. Über den Kochplatten des alten Ofens war eine Leine gespannt worden, daran hingen Tücher und Kleidungsstücke zum Trocknen, der Tisch war mit Geschirr gedeckt. Es wirkte, als seien die Bewohner nur für einen kurzen Moment hinausgehuscht.

Ein von der Polizei aufgestellter Scheinwerfer beleuchtete die Szenerie wie bei einem Filmset. Durch die offene Tür zum Nebenraum war ein an die Wand geschobenes altes Holzbett zu sehen. Auf der freien Bodenfläche davor kroch ein Kriminaltechniker herum.

»Einer Mitarbeiterin des Museums ist aufgefallen, dass im Schlafzimmer ein Kissenbezug fehlt«, informierte ihn Vibeke. »Das war bereits letzte Woche. Anfangs dachte sie, einer der Besucher hätte ihn als Souvenir mitgehen lassen, auch wenn ihr das merkwürdig vorkam. Heute Morgen hat sie dann im Supermarkt unser Fahndungsplakat gesehen und sich daraufhin genauer in der Wohnung umgeschaut. Dabei hat sie unter dem Bett Blutspritzer entdeckt.«

»Der Täter hat den Raum gereinigt«, übernahm nun Knudsen das Wort. »Aber nicht gründlich genug. Unter Luminol leuchtet es dort drinnen wie unter einer Diskokugel.«

»Habt ihr die Tatwaffe gefunden?«

Der Kriminaltechniker schüttelte den Kopf. »Bislang nicht. Aber meine Mitarbeiter sind noch dabei, das Gelände zu durchkämmen.«

»Gab es irgendwelche Einbruchsspuren?«, erkundigte sich Vibeke.

»Zumindest keine offensichtlichen. Wir haben das Türschloss ausgebaut und werden es in der KT genauer untersuchen.«

Rasmus deutete mit dem Kopf zur Haustür. »Wie lange braucht ihr noch, bis wir reinkönnen?«

»In einer halben Stunde dürften wir durch sein.« Knudsen setzte die Kapuze seines Overalls auf und ging zurück in die Wohnung.

Rasmus wandte sich an Vibeke. »Wollen wir uns in der Zwischenzeit auf dem Gelände umsehen?«

Seine Kollegin nickte und reichte ihm ein Faltprospekt. *Velkommen til Cathrinesminde Teglværk* stand auf dem Deckblatt. »In der Broschüre befindet sich ein Übersichtsplan. Das da vorne ist der Ringofen.« Sie wies mit der Hand auf den mittleren Gebäudeteil der alten Ziegelei.

»Wie war es in Hamburg?«, erkundigte sich Rasmus, während sie darauf zusteuerten.

»Informativ, aber lass uns besser später in Ruhe darüber reden.«

Die oval angelegte Außenmauer des Ringofens war von kleinen Kammern umgeben. Laut einer Informationstafel wurden dort früher die getrockneten Steine hineingegeben, ehe man sie von außen zumauerte, um mit der Vorerhitzung zu beginnen.

»Lass uns dort mal hochgehen.« Vibeke wies auf eine seitlich angebrachte Treppe, die auf eine obere Etage führte. »Wenn ich den Plan richtig gelesen habe, geht es dort zur Schürebene. Das möchte ich mir ansehen.«

Rasmus folgte ihr die Treppe hinauf. Am oberen Absatz angekommen, stieß er einen leisen Pfiff aus. Auf den ersten Blick hatte es den Anschein, als würden sie in einer riesigen Scheune stehen: hoher Spitzgiebel, schweres Holzgebälk, sandbedeckter Boden. Erst beim genauen Hinsehen erkannte er, dass sie sich direkt auf der Ringofendecke befanden. Über die gesamte Fläche verteilt lugten Metalldeckel hervor, wie die Kappen von Sprengköpfen, sowie Griffe, die Schürhaken ähnelten. Schummriges Licht fiel durch ein paar schmale Fenster, tauchte den riesigen Raum in eine gespenstische Atmosphäre.

Rasmus bückte sich und hob einen der verdreckten Metalldeckel an. Darunter befand sich ein Loch, das in schier endlose Tiefe reichte. Unwillkürlich durchlief ihn ein Schaudern.

»Von hier oben wurde der Brennvorgang gesteuert«, erklärte Vibeke, die mittlerweile am anderen Ende der Ringofendecke vor einer weiteren Informationstafel stand. »Die Löcher dienten dabei zum Abzug der Heißluft.« Sie legte ihre Hand an den unteren Teil des Schornsteins, der durch den Dachfirst ins Freie ragte, und ließ ihren Blick umherschweifen. »Sieht nicht so aus, als würden wir hier irgendeine Spur finden.«

Rasmus legte den Metalldeckel zurück an seinen Platz. Anschließend zog er ein Papiertaschentuch aus seiner Jackentasche und wischte sich damit die dreckverschmierten Finger und die Handinnenfläche ab. »Lass uns gehen.«

Sie nahmen die Treppe auf der gegenüberliegenden Seite und gelangten in die Trockenscheune. Auf Regalen lagerten hier Ziegelsteine dicht an dicht. Zwischen den Gängen leuchteten die Schutzanzüge von zwei Kriminaltechnikern.

Rasmus sprach sie an. »Habt ihr irgendetwas gefunden?« Beide schüttelten ihre mit Kapuzen verhüllten Köpfe.

»Ich sehe mal nach, wie weit Knudsen ist.« Vibeke drehte sich um und marschierte davon.

Auch Rasmus trat ins Freie. Der Regen hatte ein wenig nachgelassen. Er ging über den Schotterweg zur Rasenfläche und sah sich um. Angenommen das Blut, das in der Arbeiterwohnung gefunden wurde, stammte tatsächlich von Elin Akman. Was war hier geschehen? Weshalb war das Mädchen ausgerechnet hierhergekommen? Zu einer stillgelegten Ziegelei? Und warum hatte sie niemand gesehen?

Das Museum hatte bis siebzehn Uhr geöffnet, doch mit Sicherheit hielten sich einige Touristen auch noch länger hier auf und erkundeten das Außengelände. Er blickte zurück zur Ziegelei, drehte sich dann um hundertachtzig Grad und marschierte zum Wasser.

Überall am Ufer lagen Ziegelsteine herum, größtenteils zerbrochen zwischen Sand und Seetang. Er bückte sich nach einem Lochstein, hellgrau mit weißen Sprenkeln, umfasste ihn mit der Hand. Anton hatte diese

Steine früher gesammelt. Die schönsten hatte er mit einem Lederband versehen und an Weihnachten an Freunde oder Familie verschenkt. Rasmus schob den Stein in seine Hosentasche und ließ seinen Blick über die Bucht schweifen. Eine schmale mit Gras überwucherte Landzunge ragte über hundert Meter in die Förde hinein, darauf ein plattgedrückter Trampelpfad, der zu ein paar bunten Holzhütten führte. Kleine Fischerboote wippten auf den Wellen.

Eine kräftige Böe fegte von der Ostsee Richtung Küste und peitschte die Gischt meterhoch auf. Der Geruch von Seetang und Salz stieg ihm in die Nase.

Wie schön es hier ist, dachte Rasmus. Sein Blick verharrte auf dem Ziegelschrott. Ihm kam ein Gedanke. Er machte auf dem Absatz kehrt und eilte zurück zu dem ockerfarbenen Gebäude, wo die Kriminaltechniker gerade dabei waren, ihre Ausrüstung zusammenzupacken.

»Henrik!«, rief er dem Leiter der Spurensicherung entgegen. »Hast du die Schlüssel für die anderen Wohnungen?«

Knudsen bückte sich zu seinem Alukoffer hinunter und beförderte einen Schlüsselbund zutage. »Du musst testen, welcher passt.«

Vibeke kam aus der angrenzenden Tür. »Was hast du vor?«

»Gleich.« Rasmus probierte die Schlüssel aus. Gleich der zweite passte. Er ging in die Wohnung. Die Räume waren anders geschnitten als nebenan, die Einrichtung ähnlich und originalgetreu gestaltet. In wenigen Schritten war er im Schlafzimmer und hob die Bettdecke am Fußende an. Darunter lag ein roter Ziegelstein.

Seine Großmutter hatte ihm einmal erzählt, da war er

noch ein Kind, dass sie früher in kalten Winternächten einen in ein Handtuch gewickelten Ziegelstein mit ins Bett genommen hatten, weil die Wärme des Küchenofens nicht in sämtliche Räume ausstrahlte.

Rasmus verließ die Wohnung, eilte unter den fragenden Blicken seiner Kollegen zum dritten Hauseingang und kontrollierte dort ebenfalls die Betten. Auch hier lagen am Fußende ausnahmslos rote Ziegelsteine. Keine Minute später stand er in der Wohnung, in der man das Blut gefunden hatte, und hob bei dem an die Wand geschobenen Bett die Decke an. Der Ziegelstein fehlte.

»Sag mal, was treibst du da eigentlich?« Vibeke war ihm hinterhergegangen

»Die Tatwaffe ist ein Ziegelstein.« Rasmus schaute aus dem Fenster. Von seinem Platz aus konnte er die bunten Holzhäuser sehen. »Und vermutlich liegt er jetzt irgendwo da vorne im Wasser, zwischen all den hunderttausend anderen.« Er drehte sich zu seiner Kollegin um. »Ich bin mir sicher, dass der Täter aus der Gegend stammt.«

Egernsund, Dänemark

Sebastian zog sich die Leiter hinauf. Oben auf dem Steg schlüpfte er fröstelnd in seine Flip-Flops und langte nach seinem Handtuch, das er zuvor parat gelegt hatte. Er fragte sich, wann es endlich Sommer wurde. Letztes Jahr um die gleiche Zeit hatten sie an die dreißig Grad gehabt, jetzt konnten sie froh sein, wenn sie überhaupt zwanzig erreichten. Zudem regnete es ständig.

Er rubbelte sich mit dem Handtuch ab und schlang es sich anschließend um den Oberkörper. Trotzdem fröstelte er noch immer. Wann war er bloß so empfindlich geworden? Vielleicht kam die Kälte ja von innen. Das würde zumindest zu dem Gefühl passen, dass etwas in ihm abgestorben war.

Elin war häufig kalt gewesen. Er erinnerte sich daran, wie er ihr vor Monaten einen seiner dicken Pullover geliehen hatte, kurz bevor sie zusammengekommen waren. Ein dunkelblauer Troyer. Hatte sie ihn eigentlich je zurückgegeben? Sebastian wusste es nicht.

Er hastete in seinen Flip-Flops den Steg entlang und überquerte die schmale Straße, die Strand und Haus voneinander trennte. Auf der Terrasse stand sein Vater und beobachtete ihn.

Sebastian hätte am liebsten auf der Stelle kehrtgemacht. Er hasste den Alten. Nicht nur, weil sein Vater Vergnügen darin fand, andere Menschen kleinzumachen, sondern vor allem für das, was er seiner Mutter angetan hatte.

Einen Neuanfang hatten seine Eltern den Umzug nach Egernsund genannt, angeblich um ihre Ehe zu retten. Sebastian war sich sicher, dass dies nur der halben Wahrheit entsprach. Sein Vater hatte sich nicht geändert. Nach außen gab er den intellektuellen, erfolgreichen Stararchitekten aus Kopenhagen, dabei war er nichts weiter als ein kleines rechtes Arschloch. Schon seit Jahren war er ein glühender Anhänger der Dänischen Volkspartei und in Kopenhagen ständig zu deren Versammlungen gerannt. Aufnahmestopp von Flüchtlingen. Widerstand gegen multikulturelle Aktivitäten. Förderung dänischer Werte. Das war genau sein Ding.

Anfangs, als sein Vater Elin noch für eine Schwedin gehalten hatte, war er wie ein eitler Gockel um sie herumscharwenzelt und hatte ihr bei jeder Gelegenheit Komplimente gemacht. Es war so was von peinlich und ekelhaft gewesen. Sebastian hatte es regelrecht genossen, ihn darüber aufzuklären, dass Elin türkische Wurzeln hatte und ihr Vater Muslim war.

Für den Alten war es ein regelrechter Schock gewesen, dass sein Sohn mit einem dieser Flüchtlinge befreundet war, wie er Ausländer gern alle über einen Kamm scherte. Dass Elin nicht nur der dritten Generation einer türkischen Einwandererfamilie angehörte, sondern zudem auch einen deutschen Pass besaß, machte für ihn dabei keinen Unterschied. Doch sein Vater war mit Sicherheit nicht der Einzige in Egernsund, der so tickte. Gleich und gleich gesellte sich gern.

Sebastian eilte die Stufen hoch und schob nach wenigen Schritten die Verandatür zu seinem Zimmer auf. Seine nassen Haare hinterließen Wassertropfen auf dem Parkett.

»Sebastian?« Sein Vater stand in der Tür, wie immer ohne anzuklopfen. »Komm bitte ins Wohnzimmer. Deine Mutter und ich müssen mit dir reden.«

»Lass mich wenigstens vorher noch duschen.«

»Von mir aus.« Mathias kniff die Augen hinter seiner Panto-Brille streng zusammen. »Aber in zehn Minuten bist du oben.«

Sebastian nickte, und sein Vater verschwand. In Windeseile schlüpfte er in seine Klamotten, verließ das Zimmer und schlich die Treppe hinauf. Er hörte die aufgebrachten Stimmen seiner Eltern in der Küche. Offenbar stritten sie sich. Das war seine Chance.

Auf Zehenspitzen huschte er zur Haustür hinaus, und erst als er sie hinter sich zuzog, hörte er seinen Vater seinen Namen brüllen. Sebastian schnappte sich sein Fahrrad, das an der Hauswand lehnte, schwang sich auf den Sattel und trat in die Pedale. Während des Fahrens fischte er die Ohrstöpsel seines Handys heraus und steckte sie sich in die Ohren. Kurz darauf pumpte die Musik in seine Gehörgänge. *Pure white heron, away, away you go.*

Bei dem Gedanken, wie sein Vater jetzt tobte, musste er grinsen. Vorgestern war er schier ausgeflippt, nachdem dieser Rasmus Nyborg mit seiner Kollegin da gewesen war und er spitzgekriegt hatte, dass Sebastian am Mordabend nicht nur sturzbetrunken mit blutigen Klamotten durch die Nacht getorkelt war, sondern seine Frau die Sachen hinterher auch noch ausgewaschen hatte. Es hatte nicht viel gefehlt, und sein Vater wäre handgreiflich geworden.

Tatsächlich wäre es besser gewesen, seine Mutter hätte den Mund gehalten, dann wäre Sebastian jetzt nicht den ständigen Kreuzverhören seines Vaters ausgesetzt. Der tat ja gerade so, als würden Sebastians Erinnerungen schneller zurückkehren, je häufiger er die gleichen Fragen stellte. Was natürlich völliger Bullshit war.

Sebastian erreichte den Hafen und hatte große Lust, sich im Kiosk einen Hotdog und eine Cola zu kaufen, doch er hatte kein Geld dabei. Er beschloss, bei Lars vorbeizufahren. Seit dem Abend am Ufer hatte er keinen seiner Freunde gesehen.

Das Ziegeleigelände lag still in der herannahenden Dämmerung. Die Arbeiter hatten schon vor Stunden

Feierabend gemacht. Er bog in die Einfahrt zum Wohnhaus der Poulsens. Im Kies lag Ries rotes Fahrrad. Sebastian lächelte. Er hätte gerne eine kleine Schwester wie sie gehabt. Auch wenn Lars immer behauptete, dass sie nervte.

Er stellte sein Fahrrad neben dem Eingang ab und drückte auf die Klingel.

Wenige Augenblicke später erschien Nora in der Tür. »Hej, Sebastian.«

»Hej, ich wollte zu Lars. Ist er da?«

Nora schüttelte den Kopf. »Er ist mit Annelie und Magne nach Sønderborg gefahren. Sie wollten zusammen ins Kino gehen.«

Sebastian biss sich auf die Unterlippe. Weshalb hatten sie ihn nicht gefragt, ob er mitkommen wollte?

»Soll ich ihm etwas ausrichten?«

Er schüttelte den Kopf. »Danke, nicht nötig.«

»Lars hat erzählt, du warst mit Elin zusammen?« Nora musterte ihn kühl.

Sebastian nickte, fühlte sich plötzlich unbehaglich in seiner Haut. Er wartete darauf, dass die Mutter seines Freundes weitersprach, doch sie sah ihn nur weiter forschend an.

»Dann will ich mal wieder.« Rasch machte er auf dem Absatz kehrt und griff nach seinem Fahrrad. Dabei spürte er Noras Blick im Nacken.

Sebastian schob sein Fahrrad über die Straße. Dort blieb er stehen und sah zurück. Die Haustür der Poulsens war wieder geschlossen. Irgendwie verhielten sich alle merkwürdig. Oder bildete er sich das nur ein?

Tief in Gedanken versunken schob er sein Fahrrad am Ufer entlang. Vielleicht hielten sie ihn für den Mörder, jetzt, da sie wussten, dass er mit Elin zusammen gewesen war und sie ihn abserviert hatte. Im Grunde konnte er ihnen das noch nicht einmal übelnehmen, schließlich traute er sich selbst nicht über den Weg. Mittlerweile schien ohnehin jeder jeden zu belauern.

Sogar Elin hatte er nicht vertrauen können, und diese Enttäuschung schmerzte ihn am allermeisten. Er hatte tatsächlich geglaubt, in ihr eine Seelenverwandte gefunden zu haben, und dann hatte sie ihn eiskalt abserviert.

Sebastian spürte, wie die Verzweiflung in ihm hochkroch. Er umklammerte den Fahrradlenker eine Spur fester, und die regenerierten Hautstellen auf seinem rechten Handrücken traten hervor. Gleichzeitig erreichte er den kleinen roten Pavillon des Segelvereins. Eines der Fenster war mit einer Sperrholzplatte vernagelt.

Eine Erinnerung flackerte auf und war so schnell wieder verflogen, dass er einen kurzen Moment dachte, er hätte sich das nur eingebildet.

Sebastian schob sein Fahrrad näher an den Pavillon heran, lehnte es gegen die rote Fassade. Er legte beide Hände an das Fenster neben dem mit der Sperrholzplatte und spähte ins Innere des Bungalows. Im nächsten Moment fiel ihm alles wieder ein.

Padborg, Dänemark

»Der Täter kommt aus der Gegend«, wiederholte Rasmus die Worte vor dem Team, die er bereits in Cathrinesminde zu Vibeke gesagt hatte. Dabei deutete er mit dem Zeigefinger auf die Stelle der Landkarte, an der Egernsund lag. »Ich habe vorhin mit Dr. Larsen von der Rechtsmedizin telefoniert. Ein Ziegelstein als Tatwaffe passt zum Verletzungsmuster des Opfers.«

Vibeke drehte nachdenklich den Stift in ihrer Hand. Rasmus' Behauptung leuchtete ihr ein, völlig überzeugt war sie trotzdem nicht. Zumindest nicht, solange unklar war, welche Rolle die Akmans in diesem Szenario spielten. Denn dass sie etwas vor der Polizei geheim hielten, war ihr spätestens seit heute klar. Die Anspannung der Akman-Brüder war nahezu greifbar gewesen. Trotzdem nahm sie Rasmus' Worte ernst. Ihr Kollege war ein erfahrener Ermittler und hatte schon häufiger bewiesen, dass er mit seinem Bauchgefühl richtiglag Auch wenn ihr bislang noch völlig unklar war, wie die Dinge im Einzelnen zusammenhingen.

»Wer kommt deiner Meinung nach als Täter infrage?«, fragte sie ihn. »Sebastian Ravn?«

Rasmus nickte. »Er bleibt ein Kandidat. Aber ich habe da auch noch eine andere Person im Auge.«

»Wen?«

»Mathias Ravn. Sebastians Vater.«

Verblüffte Blicke in der Runde.

Vibeke sah ihren Kollegen interessiert an. »Wie kommst du ausgerechnet auf ihn?«

Rasmus kratzte sich mit Zeige- und Mittelfinger im Nacken. Eine Geste, die Vibeke schon häufiger an ihm beobachtet hatte, und zwar immer, wenn er sich unwohl in seiner Haut fühlte. Sie war gespannt, was als Nächstes kam.

»Meine Ex-Frau Camilla«, fuhr er fort, »war früher mit den Ravns befreundet, und sie hat mir erzählt, dass

Mathias offenbar nicht ganz freiwillig aus Kopenhagen weggezogen ist.«

»Du hast mit deiner Ex-Frau über unseren Fall geredet?«, entfuhr es Vibeke schärfer als beabsichtigt. Es war ihnen strikt verboten, mit Außenstehenden über laufende Ermittlungen zu sprechen. Eine Regel, an die sie sich stets gehalten hatte.

Rasmus' Augen wurden schmal. »Natürlich nicht. Ich habe lediglich erwähnt, dass ich den Ravns in Egernsund begegnet bin, aber natürlich kann Camilla eins und eins zusammenzählen.«

»Was genau hat sie denn erzählt?« Søren verschränkte seine kräftigen Arme vor der Brust und sah ihn wissbegierig an.

»Offenbar ist Mathias ein notorischer Schürzenjäger«, erwiderte Rasmus. Seine Kiefermuskeln malmten. »Er soll an seiner vorherigen Arbeitsstelle Mitarbeiterinnen belästigt haben. Zuletzt eine sechzehnjährige Auszubildende.«

Søren pfiff durch die Zähne. »Das ist ja ein Ding.«

»Ist das schon bestätigt?«, erkundigte sich Jens sachlich.

Vibeke warf ihm einen dankbaren Blick zu.

»Bislang nicht«, erwiderte Rasmus. »Ehe ich dem nachgehen konnte, wurde ich nach Broager gerufen.« Erneut wanderten seine beiden Finger zum Hinterkopf. Dabei mied er den Blick in ihre Richtung.

Kein Wort über Kopenhagen, dachte Vibeke. Sie fragte sich, was er dort eigentlich gemacht hatte. Es musste einen triftigen Grund gegeben haben, wenn er inmitten einer Mordermittlung dorthin fuhr. Sicher nicht, um nur mit seiner kleinen Tochter zu spielen. Oder doch?

Vibeke nahm sich vor, Rasmus später danach zu fragen, ehe es zu unnötigen Spannungen kam.

»Ich setze mich nachher mit Mathias' früherem Arbeitgeber in Verbindung«, sagte der Ermittler in diesem Moment.

»Wir sollten auch überprüfen, ob Mathias Ravn für den Mordzeitraum ein Alibi hat«, ergänzte Vibeke. »Bislang wissen wir nur, dass seine Frau zu Hause bei Sebastian war.«

»Darum kann ich mich kümmern«, bot Søren an.

»Gut.« Vibeke sah zu Pernille. »Hattest du schon Gelegenheit, Erkundigungen über Elins dänische Freunde einzuholen?«

Ihre Kollegin nickte und zog ein DIN-A4-Blatt zu sich heran. »Annelie Kjeldsen, sechzehn Jahre alt, Einserschülerin und Klassenbeste, gilt als hilfsbereit, freundlich und ehrgeizig. Sie ist sowohl bei Lehrern als auch bei ihren Mitschülern äußerst beliebt. Ihr Vater ist Flemming Kjeldsen, der Pfarrer von Egernsund. Sie hat keine Geschwister.« Sie blickte kurz hoch. »Lars Poulsen, siebzehn Jahre alt, fällt ebenfalls unter die Kategorie Musterschüler. Schüler und Lehrer beschreiben ihn als ruhig und introvertiert. Er wird voraussichtlich eines Tages die Ziegelei seines Vaters übernehmen.« Pernille langte nach ihrem Wasserglas und trank einen Schluck, ehe sie fortfuhr: »Über Sebastian Ravn konnte ich nicht viel Neues ausgraben. Seine Lehrerin beschreibt ihn als schwierigen Schüler. Das bezieht sich weniger auf seine Leistungen, die im Klassendurchschnitt liegen, sondern viel mehr auf sein Verhalten. Er soll im Umgang mit seinen Lehrkräften nicht besonders respektvoll sein. Last, but not least kommen wir zu Magne Boutrup. Er hat die Schule nach der zehnten Klasse verlassen und ist bereits volljährig. Derzeit macht er in der Ziegelei Poulsen eine Ausbildung und wohnt noch bei seiner Mutter. Der Vater ist vor zwei Jahren bei einem Verkehrsunfall ums Leben gekommen. Seit einem Vierteljahr ist Magne mit Annelie Kjeldsen zusammen. Er gilt als freundlich, fleißig und zuverlässig.« Sie legte den Zettel wieder beiseite. »Mehr konnte ich in der Kürze leider nicht in Erfahrung bringen.«

Rasmus sah sie aufmerksam an. »Wurde eigentlich das Alibi von Luisa Rönning überprüft?«

»Das Mädchen, das behauptet hat, mit Elin befreundet zu sein, obwohl sie sich so ekelhaft ihr gegenüber verhalten hat?«

»Genau die.«

»Luisa war zu Hause. Dafür gibt es mehrere Zeugen.«

»Danke, Pernille«, sagte Vibeke. »Ich würde morgen gerne noch einmal mit den Poulsens und mit Annelie Kjeldsen sprechen. Wir müssen unbedingt herausfinden, wer dieser andere ist, wegen dem Elin mit Sebastian Schluss gemacht hat. Vielleicht weiß von ihnen auch jemand, was sie in Cathrinesminde zu suchen hatte. Vorausgesetzt, das gefundene Blut stammt tatsächlich von ihr.«

»Vielleicht hat Elin sich dort mit ihrem neuen Freund getroffen«, kam es von Pernille. Die Ermittlerin hatte sich bislang im Hintergrund gehalten. »Ich habe mich erkundigt. Montags hat das Ziegeleimuseum geschlossen. Sie wären dort ungestört gewesen.«

»Ein etwas seltsamer Ort für ein Rendezvous, oder?« Søren öffnete die oberste Schublade seines Schreibtisches und beförderte einen Schokoriegel zutage.

»Die Kriminaltechniker haben in der Arbeiterwohnung bislang keine Einbruchsspuren feststellen können«, überlegte Vibeke laut. »Demnach müssten Elin oder der Täter einen Schlüssel gehabt haben. Ich würde vorschlagen, wir warten mit den weiteren Schritten, bis morgen früh die Laborergebnisse vorliegen. Sollte sich unser Verdacht bestätigen und wir haben den Tatort gefunden, stellen wir in Cathrinesminde alles auf den Kopf. In dem Fall muss es eine Verbindung geben.«

»Eine Sache noch«, warf Jens ein. Er rückte seine runde Brille zurecht. »Bislang wissen wir nur durch Sebastian Ravn, dass Elin jemand anderen hatte. Was, wenn es nicht stimmt?«

»Für mich klang seine Aussage glaubwürdig«, erwiderte Vibeke. Sie sah zu Rasmus, der beifällig nickte. »Vielleicht erhalten wir Gewissheit, wenn wir den Chatverlauf einsehen können. Weiß jemand, ob es da etwas Neues gibt?« Ihr Blick fiel auf den leeren Schreibtisch von Luís, der sich wegen eines Arzttermins abgemeldet hatte.

»Bislang gibt es weder Rückmeldung von den Plattformbetreibern noch von den App-Anbietern«, beantwortete Pernille die Frage.

Vibeke seufzte. Das war zu erwarten gewesen. »Lasst uns weitermachen. Ich hatte heute Vormittag in Hamburg einige interessante Treffen.« Sie fasste für das restliche Team in kurzen Worten die Gespräche mit den Kollegen beim LKA sowie mit Timur und Faruk Akman zusammen. Schon während sie erzählte, fiel ihr auf, wie Søren die Backen aufblies.

»Du denkst also tatsächlich an einen Ehrenmord«,

brach es aus ihm heraus, sobald sie ihren letzten Satz beendet hatte.

»Zumindest schließe ich es nicht gänzlich aus«, erwiderte Vibeke. »Die Familie hält etwas vor uns zurück. Davon bin im Übrigen nicht nur ich überzeugt, sondern auch Cenk Bilgiç.«

Søren lehnte sich kopfschüttelnd zurück. »Dafür kann es einen völlig anderen Grund geben.«

»Möglich. Fakt bleibt aber, dass die Akmans jedem Gespräch über Elin ausweichen.«

»Und wie soll das deiner Meinung nach zusammenhängen?« Rasmus erhob sich hinter seinem Schreibtisch und ging zur deutsch-dänischen Landkarte. »Hier wurde Elin Akmans Leiche gefunden.« Er zeigte auf das rote Fähnchen, das den Leichenfundort in Egernsund kennzeichnete, dann wanderte seine Hand weiter zur nächsten Markierung in Iller. »Hier ihr Fahrrad, und an dieser Stelle befindet sich vermutlich der Tatort.« Er nahm ein neues Fähnchen zur Hand und befestigte es an der Stelle der stillgelegten Ziegelei. Ein langgezogenes Dreieck bildete sich. »Angenommen, jemand von den Akmans hat mit dem Mord etwas zu tun, weshalb dann so umständlich?« Er sah Vibeke mit erhobenen Brauen auffordernd an und sprach weiter, ehe sie antworten konnte: »Während meiner ganzen Laufbahn als Polizist hatte ich es nur ein einziges Mal mit einem Ehrenmord zu tun. Da wurde in Kopenhagen eine Achtzehnjährige von ihrem Bruder auf offener Straße erschossen.« Er hatte sich in Rage geredet. »Mitten am Tag. Das war eine kaltblütige Hinrichtung. Insgesamt neun Familienmitglieder wurden anschließend wegen Mord oder Beihilfe zum Mord verurteilt.« Er deutete auf das Dreieck an der Landkarte. »Aber keiner von denen hat dabei so eine Schnitzeljagd veranstaltet.«

Sämtliche Blicke waren nun auf Vibeke gerichtet.

Vibeke atmete tief durch. Rasmus klang überzeugend. Hätte sie den Akmans heute nicht selbst gegenübergestanden, wäre sie komplett seiner Meinung gewesen. Doch dieses Gefühl, dass man ihnen etwas verschwieg, das mit Elin in Zusammenhang stand, war stärker. Dennoch brachte es die Ermittlung keinen Schritt voran, wenn sie jetzt einen Streit provozierte, indem sie auf ihrem Standpunkt beharrte.

»Wir werden herausfinden, was passiert ist«, erklärte sie deshalb diplomatisch.

Pernille nickte. »Vibeke hat recht. Es ist zu viel im Unklaren, um jetzt die richtigen Schlüsse zu ziehen.«

»Dass ihr Frauen aber auch immer zusammenhalten müsst.« Søren grinste breit.

Rasmus zog kopfschüttelnd ein Päckchen Zigaretten aus der Brusttasche seines Hemdes. »Ich gehe eine rauchen.«

»Wir sind mit der Besprechung noch nicht fertig«, erinnerte ihn Vibeke, doch ihr Kollege war bereits aus der Tür. Als sie sich wieder umdrehte, war die Stimmung im Raum deutlich abgekühlt.

Flensburg, Deutschland

Es war bereits nach zwanzig Uhr, als Vibeke die Tür zu ihrer Dachgeschosswohnung aufschloss. Im Flur blinkte auf der Kommode die Nachrichtenanzeige ihres

Festnetztelefons. Sie streifte ihre Schuhe ab und holte sich in der Küche ein Bier aus dem Kühlschrank. Mit der Flasche in der Hand ging sie zurück in den Flur, um die Sprachbox abzuhören. Elke hatte eine Nachricht hinterlassen und fragte, ob sie am Freitag zum Abendessen kommen wolle. Sie beschloss, ihre Mutter am nächsten Tag zurückzurufen. Der nächste Anrufer war Jonas gewesen, der wissen wollte, ob sie Lust hatte, in den nächsten Tagen mit ihm einen Kaffee trinken zu gehen.

Kaffee trinken. Das klang unverfänglich, trotzdem würde sie ablehnen. Er war der Mann ihrer Freundin. Dass bald ein »Ex« davorstand, machte für sie dabei keinerlei Unterschied.

Sie löschte die Nachricht und ging zurück in die Küche. Nach einem Blick in den leeren Kühlschrank holte sie eine Tiefkühlpizza aus dem Gefrierfach und schob sie in den Ofen. Anschließend stieg sie mit dem Bier in der Hand die Metalltreppe im Schlafzimmer hinauf, die zur Dachterrasse führte.

Der Blick reichte über die Dächer von Flensburg bis zur Förde. Segelmasten reckten sich in die Höhe. In der Ferne verschwammen die Konturen von Meer und Küste grau in grau am Horizont. Es hatte endlich aufgehört zu regnen, und auch die Temperaturen waren zum Abend hin milder geworden. Der Wind rauschte leicht und verschluckte die abendlichen Straßengeräusche. Vom Balkon der Nachbarwohnung drang leises Gemurmel.

Vibeke trank einen Schluck Bier, genoss den Ausblick und die Ruhe. Sie dachte an letzte Nacht. An Kjell. Fast bedauerte sie es, dass sie nicht mehr über ihn wusste.

Doch vermutlich würden sich ihre Wege ohnehin nie wieder kreuzen. Sie schob die Gedanken an ihn beiseite.

Stattdessen fragte sie sich, was Rasmus gerade machte. Nach seiner Zigarettenpause war er wortkarg zurückgekehrt. Hing seine schlechte Laune damit zusammen, dass sie unterschiedlicher Meinung waren, was das weitere Vorgehen bei der Ermittlung betraf? Das hatte bereits in der Vergangenheit zu Reibereien zwischen ihnen geführt. Während Rasmus stets seinem Bauchgefühl nachging, hielt sie sich lieber an Fakten. Dabei sollten sie als Teamleitung gemeinsam vorangehen. Souverän. Entschlossen. Führungsstark.

Vibeke seufzte. Sie würden sich wieder zusammenraufen. Am Ende konnte sie sich immer auf Rasmus verlassen. Trotzdem. Irgendetwas machte dem Dänen zu schaffen, vielleicht hing es auch mit seinem Besuch in Kopenhagen zusammen. Sie erinnerte sich, wie Rasmus ihrem Blick ausgewichen war. Vielleicht hatte er geahnt, dass sie das Gespräch mit ihm suchen wollte, und ging ihr deshalb aus dem Weg. Das wäre typisch für ihn. Vermutlich dachte er, dass sich alle Probleme irgendwann von selbst in Luft auflösten.

Sie trank einen weiteren Schluck Bier. Ihre Gedanken glitten zu den Akmans. Die Familie mauerte. Das war offensichtlich.

Die türkischen Lebensstrukturen waren zum Teil kompliziert und nur schwer zu durchschauen, die Traditionen und Bräuche vielschichtig, wie sie aus früheren Gesprächen mit Cenk erfahren hatte. Es gab viele türkische Familien, die waren weltoffen und liberal, manche pflegten ihre Kultur nur in den eigenen vier Wänden, andere wiederum erfüllten jedes gängige Klischee, riegelten sich ab und lebten lieber nach den Regeln des Korans als nach dem Grundgesetz. Türken waren jedenfalls nicht gleich Türken. Die Menschen unterschieden sich in ihren Bräuchen, ihren Sprachen und auch in ihrem Glauben. Es gab Türken, die waren katholisch, evangelisch oder orthodox, und selbst die islamische Gemeinde war in mehrere Konfessionsgruppen unterteilt. Sunniten, Schiiten, Alewiten.

Vibeke fiel ein, was Jan Bachmann über Elins Onkel Abdi erzählt hatte. Spielte diese Sache bei ihrem Fall womöglich eine Rolle? Das Piepen des Backofen-Timers riss sie aus ihren Gedanken. Sie ging die Metalltreppe ins Schlafzimmer hinunter.

Fünf Minuten später saß sie mit einem Stück Pizza in der Hand vor ihrem Laptop am Küchentisch. Jan hatte ihr tatsächlich den angeforderten Vorgang geschickt. Es geschahen noch Zeichen und Wunder.

Die nächsten zwei Stunden las sie sich konzentriert durch die verschiedenen Berichte und Zeugenaussagen. Die Inhalte entsprachen dem, was sie bereits von Jan erfahren hatte. Laut einem Zeugen soll Abdi Akman das Mordopfer – den vermeintlichen Schutzgelderpresser – wenige Tage vor seinem Tod bedroht haben. Er selbst stritt dies jedoch vehement ab. Aussage stand gegen Aussage. Sie scrollte zu der Stelle, an der sein Alibi vermerkt war. Er hatte angegeben, den Mordabend zusammen mit seiner Frau und den Kindern bei seinem Bruder Faruk in der Wohnung verbracht zu haben. Sämtliche Familienmitglieder hatten diese Angaben bestätigt. Nachdenklich lehnte sich Vibeke in ihrem Stuhl zurück.

9. Kapitel

Esbjerg, Dänemark

»Ich habe mir deine Berichte durchgelesen, Rasmus.« Eva-Karin Holm schlug ihre schlanken Beine übereinander. Wie üblich trug die Vizepolizeiinspektorin einen ihrer strengen Hosenanzüge, an diesem Morgen ein dunkelblaues Exemplar. Ihre Haut war sonnengebräunt, und das kurze blonde Haar schimmerte eine Nuance heller als sonst, was ihre Gesichtszüge weicher erscheinen ließ. Auch ihre Miene wirkte sichtlich entspannt.

Rasmus ertappte sich bei dem Gedanken, dass seine Chefin häufiger in den Urlaub fahren sollte. Es war noch nicht einmal acht Uhr morgens, und während er selbst noch hundemüde war und nur mühsam ein Gähnen unterdrücken konnte, wirkte sie zu dieser frühen Stunde bereits wie das blühende Leben. Wenn er es nicht besser wüsste, würde er darauf tippen, dass sie bereits eine Runde auf dem Golfplatz gedreht hatte.

»Das ist eine schreckliche Geschichte, die dem armen Mädchen zugestoßen ist«, fuhr Eva-Karin fort. »Der Fall schlägt bereits Wellen bis nach Kopenhagen. Eine ermordete Schülerin türkischer Abstammung macht sich in unserem Land nicht besonders gut, vor allem bietet es den Rechtspopulisten zusätzliches Nährfutter.

Es wäre also gut, wenn wir den Täter so schnell wie möglich dingfest machen könnten.«

»Wir arbeiten daran«, erwiderte Rasmus. »Ein paar mehr Leute wären dabei allerdings hilfreich.«

Der Gesichtsausdruck der Vizepolizeiinspektorin wurde streng. »Es ist Urlaubszeit, Rasmus, und davon mal ganz abgesehen haben wir keinerlei freie Ressourcen, um euch zusätzliche Beamte zur Verfügung zu stellen.«

Rasmus nickte. Es war ein bekanntes Problem. Vor rund zehn Jahren hatten die Politiker in Kopenhagen beschlossen, dass Dänemark weniger Polizisten benötigte, und die Anzahl der Beschäftigten deutlich reduziert. Doch obwohl die Mitarbeiterzahl in der Zwischenzeit wieder angestiegen war, fehlten ihnen die Leute an allen Ecken und Enden. Nicht nur, dass die Kriminalität kryptischer geworden war und mehr Beamte für die Aufklärung benötigt wurden, auch die verstärkten Grenzkontrollen erforderten zusätzliches Personal.

»Apropos Ressourcen.« Eva-Karin Holm legte die Fingerspitzen gegeneinander. »Es gibt da noch eine andere Sache, die ich gerne mit dir besprechen würde.«

Rasmus spannte unwillkürlich die Muskeln an.

»Keine Sorge«, ein Lächeln umspielte die Mundwinkel seiner Chefin, »es handelt sich um etwas durchaus Positives.«

Augenblicklich entspannte er sich wieder.

»Wie du sicherlich weißt, geht William Lysgaard Ende des Jahres in den Ruhestand.«

Rasmus hatte davon gehört. William war der stellvertretende Polizeidirektor ihrer Behörde, und schon seit Wochen wurde in den Fluren darüber spekuliert, wer in

Zukunft seinen Platz einnehmen würde. Es waren sogar Wetten abgeschlossen worden.

»Und ich werde seine Nachfolgerin sein«, fuhr die Vizepolizeiinspektorin fort.

»Gratuliere«, erwiderte Rasmus überrascht. »Das freut mich für dich.« Er meinte das durchaus aufrichtig.

Eva-Karin war eine gute Chefin. Sie behielt ihre Abteilung stets im Griff, konnte entschlossen handeln sowie Verantwortung abgeben, und trotz einer gewissen Strenge besaß sie in den entscheidenden Momenten das nötige Einfühlungsvermögen. Dabei trat sie ihren Mitarbeitern im Umgang stets respektvoll und gerecht gegenüber. Mit der Beförderung würde sie im Rang zur Vicepolitimester aufsteigen, möglicherweise saß er sogar gerade der künftigen Polizeidirektorin gegenüber. Rasmus fragte sich allerdings, was ihre Beförderung für ihn bedeuten würde. Seine Chefin hatte ihm bei seinen Ermittlungen weitestgehend freie Hand gelassen, aber würde das auch ihr Nachfolger tun?

»Ich habe dich als künftigen Leiter der Mordkommission vorgeschlagen«, durchbrach Eva-Karins Stimme seine Gedanken.

Rasmus sah sie ein zweites Mal überrascht an. »Mich?«

»Verwundert dich das etwa?« Sie lachte, und ihre strengen Gesichtszüge wurden weich. »Du hast den Job doch schon in Aarhus gemacht, kennst alles aus dem Effeff. Ganz ehrlich, Rasmus«, ihre Stimme wurde ernst, »wäre diese schreckliche Sache mit deinem Sohn nicht passiert, hättest du den nächsten Schritt längst vor mir gemacht.«

Rasmus' Hals wurde eng. »Das ist nett, dass du das

sagst, aber wir wissen beide, dass ich es ganz alleine vergeigt habe.«

»Das ist Vergangenheit«, erwiderte Eva-Karin resolut. »Jetzt hast du die Chance, noch einmal von vorne zu beginnen. Du würdest deinen alten Dienstrang zurückbekommen und dementsprechend natürlich auch die Bezüge. Und wenn du dir Gedanken um deinen Verbleib in der Sondereinheit machen solltest, diese Entscheidung läge bei dir selbst.« Erwartungsvoll sah sie ihn an.

Rasmus rutschte unbehaglich auf seinem Stuhl herum. Er musste Eva-Karin von seinem Gespräch im Politigården erzählen. Wenn er jetzt nicht mit offenen Karten spielte, würde er ihr Vertrauen für immer verlieren, sollte sie von anderer Seite Wind davon bekommen. »Ich hatte gestern ein Treffen mit Mads Bodilsen.«

Seine Chefin runzelte die Stirn. »Du willst zurück nach Kopenhagen?«

»Ich möchte näher bei Ida und Camilla sein.«

»Das verstehe ich natürlich.« Eva-Karin klang enttäuscht. »Kannst du in deine alte Abteilung zurück?«

Er schüttelte den Kopf. »Es ist lediglich eine Stelle beim Wirtschaftskriminalistischen Prüfdienst frei.«

Seine Chefin hob die Brauen, sagte aber nichts.

»Ich bin mir noch nicht sicher, ob ich das machen will«, sagte Rasmus. »Bisher hatte ich noch keine Gelegenheit, in Ruhe darüber nachzudenken.«

Die Vizepolizeiinspektorin beugte sich vor. »Ich mache dir einen Vorschlag, Rasmus. Überlege in aller Ruhe. Bis Ende Oktober hast du dafür Zeit, dann brauche ich deine Antwort. Ich kann mich nicht für dich starkmachen, solange du nicht weißt, in welche Richtung du künftig gehen willst.« Sie fuhr sich mit beiden Händen durch die blonden Haare. »Darf ich dir einen Rat geben?«

Rasmus nickte.

»Du bist mit Leib und Seele Ermittler, lass dich nicht zu etwas anderem machen.« Ihre hellen Augen nahmen einen leicht melancholischen Ausdruck an. »Ich hätte dich wirklich sehr gerne hier auf diesem Stuhl.«

Er nickte erneut. Schwieg. Sein Blick streifte seine Armbanduhr.

»Geh nur, wenn du losmusst«, forderte ihn seine Vorgesetzte auf.

Rasmus erhob sich. An der Tür drehte er sich noch einmal um. »Danke, Eva-Karin.« Dann eilte er aus dem Raum.

Egernsund, Dänemark

Anderthalb Stunden später bog Rasmus in Egernsund in die Parkplatzeinfahrt zum Hafen ab. Die Fahrt hatte er dazu genutzt, um über das Angebot seiner Chefin nachzudenken. Es erschien ihm äußerst verlockend, zumindest in beruflicher Hinsicht. Privat würde es allerdings nichts anderes bedeuten, als dass er weiterhin zwischen Esbjerg und Kopenhagen pendelte, während es sich Liam im Schoß seiner Familie gemütlich machte. Wie würde sich das auf sein künftiges Verhältnis zu Ida auswirken? Konnte er überhaupt Nähe zu seiner Tochter aufbauen, wenn er rund dreihundert Kilometer von ihr entfernt lebte? Also doch der Wirtschaftskriminalistische Prüfdienst?

Rasmus beschloss, diese Entscheidung zu vertagen, und stieg aus dem Dienstwagen. Die Morgensonne brannte vom Himmel, als hätte sich der Wettergott jetzt doch höchstpersönlich dazu entschieden, den Sommer einzuläuten.

Von Vibeke Boisen war weit und breit nichts zu sehen, stattdessen entdeckte er Søren Molin, der nur wenige Meter entfernt an einem der Tische im Außenbereich des Kiosks saß.

»Hej«, begrüßte er seinen Kollegen, der zwischen den Händen einen riesigen Burger hielt und genüsslich kaute. Mit dem neuen Fall war offenbar auch sein Appetit zurückgekehrt. »Ist das etwa dein Frühstück?«

Søren schüttelte den Kopf und schluckte seinen Bissen hinunter. »Ich hatte schon ein veganes Porridge.« Er verzog das Gesicht. »Brigitte ist der Meinung, ich sollte mich gesünder ernähren. Jetzt gibt es zu Hause quasi nur noch Grünfutter.« Er biss ein weiteres Mal herzhaft in seinen Burger, legte den Rest auf den vor ihm stehenden Teller und spülte mit einem kräftigen Schluck Cola hinterher.

Rasmus sah sich um. »Wo steckt Jens? Wolltet ihr nicht zusammen zu den Ravns fahren?«

»Der ist nur mal kurz austreten.« Søren widmete sich wieder seinem Essen und vertilgte den Rest des Burgers mit wenigen Bissen. »Sag mal, was ist das eigentlich für eine Geschichte mit den Ravns und deiner Ex? Nimm's mir nicht übel, aber du hast gestern ein wenig angespannt gewirkt.« Er wischte sich mit der Papierserviette den Mund ab.

Rasmus' Laune sank schlagartig. »Der Typ hat nicht nur seine Mitarbeiterinnen angemacht, sondern auch

Camilla.« Er spürte, wie sein Blut erneut in Wallung geriet. »Während wir verheiratet waren.«

»Ausgerechnet die Freundin seiner Frau?« Søren schüttelte erbost den Kopf. »Manche kennen da echt nichts.«

Rasmus stieß mit seinem Fuß gegen das Stuhlbein. »Den würd' ich mir am liebsten direkt vorknöpfen.«

Sein Kollege nickte solidarisch. »Täte ich auch, wenn irgendein Kerl meiner Brigitte zu nahe käme. Dem würde ich eine Abreibung verpassen, die sich gewaschen hat.«

»Wer will hier wem eine Abreibung verpassen?«, fragte Jens Greve, der gerade um die Hausecke bog.

In seinem anthrazitgrauen Anzug, dem frisch gestärkten weißen Hemd und den auf Hochglanz polierten Schuhen wirkte der Ermittler einmal mehr wie ein Finanzbeamter als wie ein Polizist. Er musterte seine beiden Kollegen aufmerksam hinter seiner runden Brille.

Rasmus warf Søren einen warnenden Blick zu, doch zu spät.

»Mathias Ravn hat sich an Rasmus' Frau rangemacht«, sagte dieser im gleichen Moment.

»Dann ist es ja gut, dass wir beide gleich mit dem Mann sprechen und nicht Rasmus«, stellte Jens nüchtern fest. »Wir sind hier schließlich nicht in irgendeinem Bruce-Willis-Film.« Er zog den Autoschlüssel aus der Außentasche seines Jacketts und sah seinen Kollegen auffordernd an. »Wollen wir?«

Søren erhob sich, beförderte den leeren Pappteller in den Müll und schnappte sich seine noch halbvolle Cola-Flasche. Beim Weggehen warf er Rasmus einen aufmunternden Blick zu. »Bis später.« Dabei schwang er in kämpferischer Geste die Faust in die Höhe.

Unwillkürlich musste Rasmus schmunzeln, während er seine beiden ungleichen Kollegen dabei beobachtete, wie sie in ihren Dienstwagen stiegen und davonfuhren. Würde er in Kopenhagen arbeiten, wäre es vorbei damit, schoss es ihm in den Kopf.

Im nächsten Moment bog Vibeke Boisen in ihrem dunkelblauen Passat auf den Parkplatz. Sie ließ das Fahrerfenster hinunterfahren. Ihr Blick war kühl. »Pernille hat gerade angerufen. Die Laborergebnisse liegen vor. Das in Cathrinesminde gefundene Blut stammt zweifelsfrei von Elin Akman.« Ihre Stimme klang distanziert. »Steig ein.«

Vermutlich war sie noch immer sauer, weil er sich während der Besprechung kurz vom Acker gemacht hatte. Jetzt durfte er sich dafür mit Sicherheit noch eine Gardinenpredigt anhören. Seine Laune sank auf den Tiefpunkt.

Egernsund, Dänemark

»Wisst ihr, weshalb ich meine Arbeit so liebe?« Rune Poulsen griff nach einem Brocken Lehm vom Förderband und nahm ihn sorgfältig in Augenschein. »Es sind nicht nur die verschiedenen Produktionsprozesse, die jeden Stein zu etwas Besonderem machen, sondern am Ende hat man ein Produkt, das länger als tausend Jahre hält.« Er knetete den Lehm in seiner Hand und warf ihn zurück aufs Förderband. »Um einiges länger als so manche Freundschaft.« Den letzten Satz hatte er offenbar zu sich selbst gesprochen.

Sie standen in einer riesigen Halle mit einer beträchtlichen Anzahl an Maschinen. Pressmaschinen, Hebeapparate, Sortier- und Formmaschinen, Trommeln mit Mahlwerken und zahlreiche Förderbänder. Überall ratterte, dampfte und zischte es. Es roch nach Lehm, Staub und Feuchtigkeit.

Durch ein Seitentor wurde die riesige Schaufel eines Baggers sichtbar, der eine Fuhre Lehm in einen containerartigen Behälter entlud. Aus einer Öffnung weiter unten rieselte das grob gemahlene Material direkt auf einem Förderband zur Weiterverarbeitung wieder heraus.

»Können wir vielleicht woanders weitersprechen?«, rief Rasmus über den Lärm hinweg, den der Bagger beim Abladen verursachte.

Rune Poulsen nickte und führte die beiden Kriminalbeamten durch eine Seitentür ins Freie, wo auf Paletten verpackte Ziegeleisteine dicht an dicht standen.

Vibeke betrachtete die verschiedenen Farbschattierungen.

»Jeder Stein ist anders«, erklärte der Ziegeleibesitzer, der ihren Blick offenbar bemerkt hatte. »Die natürlichen Farben der Backsteine sind Gelb und Rot, das hängt davon ab, aus welcher Erdschicht der Ton gewonnen wird. Der rote stammt aus den oberen Schichten, der sogenannte Blauton, aus dem später die gelbe Farbe entsteht, wird aus der unteren gewonnen. Alle anderen Farben, die ihr hier seht, entstehen beim Mischen der unterschiedlichen Sorten und beim Brennvorgang.«

Rasmus räusperte sich vernehmlich.

»Also was kann ich für euch tun?« Rune Poulsen beförderte einen Lappen aus der hinteren Tasche seiner Arbeitshose und wischte sich daran seine dreckverschmierten Hände ab. Dabei blickte er von Rasmus zu Vibeke und wieder zurück.

»Es hat sich eine neue Sachlage ergeben«, erklärte ihr Kollege. »Wir haben den Tatort gefunden. In Cathrinesminde.«

Rune Poulsens Augen weiteten sich. »In der alten Ziegelei?«

»In einer der Arbeiterwohnungen«, präzisierte Rasmus.

»Können Sie sich vorstellen, was Elin da gewollt hat?«, erkundigte sich Vibeke. »Hat sie sich dort vielleicht öfter aufgehalten?« Ihr Blick fiel auf die groben Hände des Mannes. Rune Poulsen war definitiv ein Mann, der mit anpackte, und keiner dieser Frühstücksdirektoren, die ihre Unternehmen vom Schreibtisch aus lenkten.

Er hob die Achseln. »Davon weiß ich nichts.«

»Wir vermuten, dass sich Elin dort mit jemandem getroffen hat«, schob Rasmus hinterher. »Wer könnte das sein?«

»Vermutlich der Ravn-Junge. Mit dem soll sie doch etwas gehabt haben.« Eine Spur Bitterkeit lag jetzt in seiner Stimme.

Vibeke fragte sich, was der Grund dafür war. Wurde Sebastian Ravn bei den Poulsens nicht gern gesehen? Oder war es die Enttäuschung darüber, dass Elin ihre Gasteltern nicht eingeweiht hatte?

Der Ziegeleibesitzer schaute zu Boden, dabei glitt sein Blick rastlos von links nach rechts. Etwas beschäftigte ihn.

»Ist Ihnen noch etwas eingefallen?«, hakte Vibeke nach.

Rune Poulsen sah sie an. »Wozu?«

»Cathrinesminde.«

Er schüttelte den Kopf. Seine Finger umklammerten den Lappen in seiner Hand.

Ein Gabelstapler mit mehreren Paletten Ziegelsteinen fuhr vorbei. Auf dem Fahrersitz saß Magne Boutrup.

Der Chef hob die Hand. »Hej, Magne, halt mal an!«

Der Gabelstapler kam zum Stehen.

»Sag mal, weißt du, ob Elin häufiger in Cathrinesminde war?«, erkundigte sich Rune Poulsen bei seinem Mitarbeiter.

Magne runzelte die Stirn. »In der alten Ziegelei?« Er hob die Achseln, ohne das Lenkrad seines Gefährts dabei loszulassen. »Nein. Weshalb fragst du?«

Rasmus trat einen Schritt näher heran. »Weil Elin Akman dort in einer der Arbeiterwohnungen ermordet wurde.«

Der junge Mann wurde eine Spur blasser. »Wie gesagt, davon weiß ich nichts.« Er deutete mit dem Kopf in Richtung eines LKWs, der in der Auffahrt stand. »Kann ich weitermachen? Der wartet schon eine ganze Weile auf mich.«

Rasmus nickte.

Vibeke sah dem davonfahrenden Gabelstapler nachdenklich hinterher. Konnte Magne derjenige sein, mit dem sich Elin getroffen hatte? Die beiden waren nicht nur in der gleichen Clique gewesen, sondern waren sich vermutlich auch täglich auf dem Ziegeleigelände über den Weg gelaufen. Doch das Gleiche traf auch auf Lars Poulsen zu.

Sie wandte sich wieder an den Ziegeleibesitzer. »Wo finden wir denn Ihren Sohn und Ihre Frau?«

»Nora ist im Büro bei den Verkaufsräumen. Sie liegen direkt gegenüber vom Hafen. Aber ich habe keine Ahnung, wo Lars steckt.« Sein Blick glitt zum Gebäude. »Eigentlich wollte er heute in der Ziegelei mit anpacken, aber der Junge ist gerade ein wenig durch den Wind. So wie wir alle.« Er steckte den Lappen in seiner Hand zurück in die hintere Hosentasche. »Wenn es das war, würde ich gerne wieder zurück an meine Arbeit gehen.«

Vibeke nickte. »Danke für Ihre Zeit. Wir melden uns, sobald sich etwas Neues ergibt.«

Die beiden Männer verabschiedeten sich, und Rune Poulsen verschwand durch die Seitentür zurück ins Gebäude.

Vibeke steuerte die breite Einfahrt an, wo sie ihren Dienstwagen abgestellt hatte. Den Griff der Fahrertür bereits in der Hand, wandte sie sich um. Ihr Kollege stand noch immer unverändert an der gleichen Stelle und starrte auf das Ziegeleigebäude.

»Rasmus, kommst du?«, rief sie.

Ihr Kollege reagierte nicht. Was machte er bloß wieder?

Gerade als sie erneut rufen wollte, löste sich der Däne von seinem Platz und schlenderte ihr mit nachdenklicher Miene entgegen. »Was ist los?«

»Zwei Ziegeleien und haufenweise Ziegelsteine«, erwiderte Rasmus kryptisch.

Vibeke seufzte. »Und was soll mir das jetzt sagen? Nein, lass mich raten. Du hast wieder irgend so ein Bauchgefühl, oder?«

Ihr Kollege nickte, dabei grinste er schief. »Irgendwo hier liegt die Verbindung. Wir müssen sie nur finden.«

»Dann hoffen wir mal, dass wir das bald tun.« Vibeke öffnete die Autotür. »Aber zuerst sprechen wir mit Annelie Kjeldsen.« Sie stieg in den Wagen und wartete, bis sich Rasmus neben ihr auf den Beifahrersitz schob. »Was ist eigentlich los mit dir?«

Augenblicklich verhärteten sich seine Gesichtszüge.

»Gut, wenn du nicht reden willst.« Vibeke steckte den Zündschlüssel ins Schloss. Sie bemühte sich um einen verständnisvollen Tonfall. »Aber wenn doch, dann bin ich für dich da. Das Gleiche hast du übrigens einmal zu mir gesagt. Und ob du's glaubst oder nicht, aber es hat mir geholfen.« Als er erneut nicht reagierte, startete sie den Motor.

»Du würdest es ohnehin nicht verstehen«, erklärte Rasmus schlecht gelaunt.

»Woher willst du das wissen?«

»Weil ich selbst noch nicht einmal weiß, wie ich damit umgehen soll.« Er wandte ihr den Blick zu. Ein melancholischer Ausdruck lag in seinen Augen. »Und außerdem ist es nicht gerade dein Fachgebiet.«

Vibeke stellte den Motor wieder aus. »Dann nehme ich an, es geht um Beziehungsdinge.«

Rasmus nickte. »Aber nicht um meine. Um Camillas. Und Liams.«

Er sprach letzteren Namen so gedehnt aus, dass Vibeke augenblicklich wusste, dass er den Mann auf den Tod nicht ausstehen konnte. »Liam?«

»Camillas aktueller Lebensabschnittsgefährte.« Er klang noch verstimmter als zuvor. »Sie wollen demnächst zusammenziehen.«

»So wie du klingst, bist du darüber nicht gerade sehr erbaut.«

»Er zieht ja nicht nur mit Camilla zusammen, sondern auch mit Ida«, stellte ihr Kollege säuerlich fest.

Vibeke hob die Brauen. »Aber das ändert doch nichts an eurer Beziehung.«

Rasmus kniff die Augen zusammen. »Siehst du, ich sagte doch, dass du das nicht verstehst.«

»Ich bemühe mich«, schob Vibeke hinterher. »Was willst du jetzt tun?«

Er kratzte sich am Hinterkopf. »Darüber bin ich mir noch nicht ganz im Klaren.«

Vibeke lehnte sich im Sitz zurück. »Deshalb warst du also in Kopenhagen«, stellte sie fest. »Du willst zurück zum Politigården.«

»Es wäre ein reiner Schreibtischjob. Beim Kriminalistischen Wirtschaftsdienst.«

»Puh«, entfuhr es ihr.

Rasmus seufzte. »Ich weiß.«

»Darf ich dir einen Rat geben?«

»Das hat heute schon einmal jemand zu mir gesagt.« Er lächelte müde. »Dann schieß mal los. Ich bin ganz Ohr.«

Vibeke drehte sich zu ihm. »Worum geht es dir wirklich? Nur um Ida? In dem Fall kann ich gut verstehen, dass du zurück nach Kopenhagen willst. Wenn es aber so ist, wie ich vermute«, sie zögerte und hoffte, dass sie nicht gerade eine unsichtbare Grenze überschritt, »und es dir auch um Camilla geht, dann kläre das zuerst, ehe du irgendwelche Entscheidungen triffst, die du womöglich später bereust.«

Rasmus runzelte die Stirn. »Ich sagte ja bereits, dass du von diesen Dingen keine Ahnung hast.«

Vibeke lächelte. »Das betrifft nur mein eigenes Leben.

In deinem Fall sehe ich deutlich klarer. Und das sage ich nicht, weil ich dich in irgendeiner Weise aus unserem Team loswerden will. Ganz im Gegenteil.«

Rasmus öffnete den Mund, um etwas zu erwidern, überlegte es sich dann anscheinend anders und schloss ihn wieder.

Vibeke startete den Motor.

Egernsund, Dänemark

Eine Frau öffnete ihnen die Tür. Sie trug ein geblümtes Sommerkleid, das ein wenig altbacken wirkte, und das leicht ergraute blonde Haar fiel ihr zum Flechtzopf gebunden über die Schulter.

»Hej.« Ein eulenartiger Blick hinter dicken Brillengläsern musterte Vibeke, ehe er sich Rasmus zuwandte. »Rasmus, der Polizist.«

»Hej.« Er lächelte schief, und Vibeke beobachtete irritiert, wie Herdis Kjeldsen ihren Zopf über die Schulter warf und dabei ein glockenklares Lachen erklingen ließ, als wäre sie siebzehn. Es erstaunte sie immer wieder aufs Neue, welche Wirkung Rasmus auf Frauen hatte.

»Das ist meine Kollegin Vibeke Boisen von der deutschen Polizei«, stellte Rasmus sie vor. »Wir möchten gerne mit Annelie sprechen. Ist sie da?«

»Sie und Lars sind hinten im Garten.« Herdis Kjeldsen öffnete die Tür ein Stück weiter. »Einfach gerade den Flur entlang und durchs Wohnzimmer.«

Die beiden Kriminalbeamten traten ein.

Im Haus empfing sie ein seltsamer Geruch, den

Vibeke nicht gleich zuordnen konnte. Im Vorübergehen erhaschte sie einen Blick in eine Küche mit pastellgrün gestrichenen Fronten. Auf einem Gasherd köchelte es in verschiedenen Kupfertöpfen. Überall auf der Arbeitsplatte lagen bündelweise Kräuter und Blüten verstreut.

Eine Kräuterhexe, schoss es Vibeke durch den Kopf. Sie fragte sich, was die Pfarrersfrau in ihren Töpfen so alles zusammenbraute.

Die Tür am Ende des Flurs stand offen. Dahinter lag ein großzügig geschnittener Wohnraum. Helle Holzvertäfelung, zahlreiche Vintage-Möbel, von denen kein Stück so recht zum anderen zu passen schien, Trockenblumensträuße und gehäkelte Spitzendeckchen. Das schlichte Holzkreuz, welches als einziger Wandschmuck über dem Sofa hing, erinnerte Vibeke an die Halskette, die Elin Akman getragen hatte. Bodentiefe Fenster boten einen Ausblick auf den Garten. Blühende Hortensienbüsche, Stauden in prächtigen Farben und Hochbeete mit üppigen Kräutern und Pflanzen umrahmten eine frisch gestutzte Rasenfläche.

Sie traten durch die offene Verandatür. Annelie Kjeldsen und Lars Poulsen saßen auf der Holzbank unter einem Kirschbaum und steckten die Köpfe über ihren Handys zusammen. Vögel zwitscherten in der Baumkrone, zwischen einem Steinbeet mit Findlingen plätscherte ein Springbrunnen, und durch die Blätter schimmerte das grün verwitterte Kirchendach der Egernsund Kirke.

»Hej!« Rasmus hob die Hand zum Gruß.

Die beiden Teenager fuhren auseinander. Vibeke fiel auf, dass sich die beiden optisch ähnelten. Blond, blauäugig, gutaussehend. Nur die Gesichtszüge, die bei

Annelie noch eher mädchenhaft als erwachsen wirkten, waren bei dem Poulsen-Jungen bereits markant ausgeprägt.

»Hej«, begrüßte auch Vibeke die Teenager.

Annelie Kjeldsen lächelte flüchtig. Sie trug kurz abgeschnittene Jeansshorts, die ihre langen schlanken Beine vorteilhaft betonten, und ein schlichtes Shirt mit tiefem V-Ausschnitt. Für eine Pfarrerstochter nicht besonders züchtig, dachte Vibeke. Sie tippte darauf, dass das Mädchen in so manch pubertären Fantasien ihrer Mitschüler die Hauptrolle spielte.

Rasmus kam ohne Umschweife zur Sache. »Elin wurde in Cathrinesminde in einer der früheren Arbeiterwohnungen ermordet. Fällt euch dazu etwas ein?«

Die beiden Teenager wechselten einen schnellen Blick.

»Wir waren im letzten Jahr mit der Schule im Ziegeleimuseum.« Annelie warf sich mit geübter Geste die langen Haare über die Schulter. »Elin fand es dort allerdings gruselig.«

»Du hast also keine Idee, was sie dort wollte?«

Das Mädchen schüttelte den Kopf.

»Könnte es sein, dass sie dort mit jemandem verabredet war?«, hakte Vibeke nach.

»Keine Ahnung.«

»Ihr beide wart doch eng befreundet, Elin und du.« Sie musterte das Mädchen. »Erzählt man sich solche Dinge nicht unter Freundinnen?«

»Wenn ich es wüsste, würde ich es sagen.« Annelie schob ihre Unterlippe vor. »Ich habe Elin auch nicht alles von mir erzählt. Jeder Mensch hat schließlich das Recht auf seine Privatsphäre. Oder erzählst du deiner Freundin immer alles?«, fragte sie zickig zurück.

Vibeke musste unwillkürlich an Kim denken, die nicht die geringste Ahnung davon hatte, wie der Abend für sie an der Bar geendet hatte, und fühlte sich ertappt. Eins zu null für Annelie, dachte sie und wandte sich Lars Poulsen zu. »Was ist mit dir? Hast du irgendeine Idee, weshalb Elin in Cathrinesminde gewesen sein könnte?«

»Nein.« Er kniff die Augen zusammen. »Dürft ihr das eigentlich? Uns hier verhören, obwohl wir minderjährig sind?«

Rasmus schnalzte. »Das ist kein Verhör. Wir stellen euch nur ganz freundlich ein paar Fragen. Niemand zwingt euch, uns zu antworten. Aber natürlich können wir unser Gespräch auch gerne bei uns auf der Dienststelle fortsetzen, wenn dir das lieber ist.« Er langte nach seinem Handy. »Ich rufe auch sehr gerne deine Eltern an.«

Der Teenager errötete. »Nein, schon gut. Ich will schließlich auch, dass der Täter gefasst wird.« Sein Blick war düster. »Es ist ein Scheißgefühl, wenn man weiß, dass da draußen irgendwo ein Mörder frei herumläuft. Der kann ja quasi von überall her kommen.«

Vibeke griff das Stichwort augenblicklich auf. »Wie gut kennst du eigentlich Timur Akman?«

»Timur?« Lars Poulsen krauste die Stirn. »Es ist ein paar Jahre her, seit ich ihn zuletzt gesehen habe, aber früher hat er häufig mit Elin zusammen die Sommerferien bei uns verbracht. Ich fand ihn immer cool.«

»Kennt er sich hier in der Gegend aus?«, erkundigte sich Vibeke. Sie merkte, wie sich Rasmus neben ihr versteifte. »Ich meine, wart ihr irgendwann mal zusammen in Cathrinesminde?«

Lars legte den Kopf ein wenig schief und schien nachzudenken.

»Doch, waren wir«, kam es jetzt von Annelie. »Es ist schon ein paar Jahre her, aber da sind wir zusammen den Gendarmenpfad entlanggewandert. Erinnerst du dich?« Sie sah Lars von der Seite an. »Damals sind wir auch an der alten Ziegelei vorbeigekommen.«

»Stimmt.« Er blickte wieder zu Vibeke. »Weshalb fragst du? Steht Timur etwa unter Verdacht? Wegen dem, was die Zeitungen schreiben?«

»Nein«, kam Rasmus ihr zuvor, ehe sie antworten konnte. Seine Kiefermuskeln malmten. »Wir verschaffen uns nur einen Überblick.« Er warf Vibeke einen warnenden Blick zu. »Sollte euch noch etwas zu Cathrinesminde einfallen, meldet euch. Und denkt bitte auch noch einmal darüber nach, mit wem sich Elin getroffen haben könnte.«

Die beiden Teenager nickten unisono.

»Wann findet eigentlich die Beerdigung statt?«, erkundigte sich Annelie. Ihre Zickigkeit war wie weggefegt.

»Sobald ihr Leichnam freigegeben wird«, erklärte Rasmus eine Spur freundlicher. »Das kann aber noch ein wenig dauern.«

Sie verabschiedeten sich.

»Wir sind kein Stück weitergekommen«, ließ ihr Kollege verlauten, sobald sie den hinteren Garten über einen schmalen Kiesweg neben dem Gebäude verlassen hatten. Er wischte sich mit dem Handrücken ein paar Schweißperlen von der Stirn.

Die Sonne stand jetzt senkrecht am Himmel und brannte mit voller Kraft auf sie nieder. Über einem Busch mit pinkfarbenen Blüten summte eine dicke Hummel. Neben dem Hauseingang lehnte jetzt ein rotes Kinderfahrrad an der Backsteinfassade.

»Das würde ich nicht sagen.«

Um Rasmus' Mund zuckte es. »Du spielst auf Timur Akman an?«

Vibeke nickte.

Das Handy ihres Kollegen klingelte. Er sah aufs Display und wandte sich ab, um in Ruhe zu telefonieren. Als er sich wieder umdrehte, hatte sich eine steile Falte zwischen seinen Brauen gebildet.

»Was ist los?«

»Luís hat die Zugangsdaten zu Elins Facebook-Profil bekommen. Sie hat Sebastian tatsächlich wegen eines anderen abserviert.«

»Was sein Motiv nicht unbedingt schmälert.«

»Aber zumindest hat er die Wahrheit gesagt. Luís sieht sich den restlichen Account noch in Ruhe an. Er wollte uns nur vorab Bescheid geben, was Sebastians Aussage betrifft.« Rasmus krempelte die Ärmel seines Hemdes hoch. »Außerdem lässt Søren ausrichten, dass Mathias für die Tatzeit ein Alibi hat. Er war wohl in Kopenhagen.« Sein Gesicht wirkte grimmig.

»Irgendwie habe ich den Eindruck, dass dich diese Neuigkeit enttäuscht«, stellte Vibeke fest.

»Der Typ ist ein Arsch.« Damit drehte sich ihr Kollege um und stapfte zur Straße.

Hamburg, Deutschland

Die Centrum-Moschee lag zentral im Stadtteil St. Georg. Sein Vater hatte ihm erzählt, dass sich in dem kastenförmigen Gebäude früher eine öffentliche Badeanstalt befunden hatte, ehe es in den 1970er-Jahren zum Gebetshaus umgebaut worden war. Später hatte man den Bau um eine Kuppel und zwei Minarette auf dem Dach erweitert, sodass er auch äußerlich als Moschee zu erkennen war.

Timur legte den Kopf in den Nacken und starrte auf die grünen wabenartigen Verzierungen der beiden zwanzig Meter hohen Stahltürme, die eigens in einer Werft für die Moschee angefertigt worden waren. Die sechseckige Struktur stellte ein jahrhundertealtes Symbol des Islams dar, auch wenn sie ihn vielmehr an das Muster eines Fußballs erinnerte.

Timur straffte sich. Im Gegensatz zu seinem Onkel und seinen beiden Cousins, die regelmäßig zum Freitagsgebet und häufig auch mittwochs in die Moschee kamen, hatte er diesen Ort nur wenige Male aufgesucht. Die zahlreichen Riten, die im Vorfeld eingehalten werden mussten, zu denen neben der äußerlichen Waschung auch die innerliche und spirituelle Reinigung gehörte, das Ausziehen der Schuhe sowie das Aufsetzen der Takke, der traditionellen muslimischen Kopfbedeckung, waren ihm stets suspekt geblieben. Dazu der Ruf des Muezzins, das anschließende Pflichtgebet vom Imam, bei dem die Gemeinde jedes Wort und jede Gebetsstellung ihres Vorbeters wiederholte, bis hin zum Abschluss, bei dem Allah neunundneunzigmal hintereinander gepriesen wurde. Sein Onkel Abdi hatte ihm zu seinem dreizehnten Geburtstag extra dafür eine Gebetskette mit neunundneunzig Perlen geschenkt, die ihm das Abzählen erleichtern sollten, doch er hatte sie kein einziges Mal benutzt.

Timur betrat die Moschee. Seit dem Auftauchen der Polizei hatte er nicht mehr mit Sait gesprochen. Sein Bruder reagierte weder auf Anrufe noch auf irgendwelche SMS oder WhatsApp-Nachrichten. Timur ging davon aus, dass Esma ihm das Handy weggenommen hatte, um den Kontakt zu unterbinden. Die Familie ließ seinen Bruder bis zu seinem Abflug in die Türkei mit Sicherheit nicht mehr aus den Augen, und nach allem, was er gestern erfahren hatte, konnte er ihre Gründe sogar nachvollziehen.

Im Eingangsbereich der Moschee befanden sich ein Friseur und ein Buchladen. Wegen Letzterem war es vor Jahren zu öffentlichen Diskussionen gekommen, nachdem dort gewaltverherrlichende und antijüdische Kinderfilme verkauft worden waren. Nach der Entlassung des Verantwortlichen hatten sich die Gemüter jedoch wieder beruhigt, und mittlerweile wurden sowohl Gemeinde als auch Moschee von der Bevölkerung im Viertel weitestgehend akzeptiert.

Timur ging an einer Gruppe junger Männer vorbei, passierte die Waschräume und nahm die Treppe in den zweiten Stock, wo sich der Hauptgebetssaal befand. Im Vorraum stapelten sich Schuhe in den dafür vorgesehenen Regalfächern. Er trat an die offen stehende Tür. Üppig bemalte Fayencen in Blautönen, Säulen und Bögen, ein prachtvoll verzierter Teppich.

Im Raum war es rappelvoll, jeder einzelne Gebetsplatz schien belegt zu sein. Niemand schenkte ihm

Beachtung. Gerade gingen die Anwesenden in die Knie, berührten anschließend mit Stirn und Nase den Boden.

Timur ließ seinen Blick über die Rücken der Betenden gleiten. Schließlich erhob der Imam seinen Oberkörper mit seinem typischen Sprechgesang, die Gemeinde tat es ihm nach, und Timur entdeckte in der dritten Reihe die kräftige Gestalt seines Onkels Abdi. Links neben ihm knieten seine beiden Söhne und direkt im Anschluss Sait.

Timur zog sich wieder zurück. Gewohnheitsmäßig würde sein Onkel im Anschluss an die Gebetszeremonie das Afiyet aufsuchen, das im unteren Stockwerk des Moscheegebäudes untergebracht war, um dort seine Tasse Tee einzunehmen, während die Jugendlichen im Eingangsbereich rumlungerten. Das war seine Chance, um Sait abzupassen.

Fünfzehn Minuten später stand er im Buchladen direkt neben der offenen Eingangstür, blätterte scheinbar interessiert durch eines der ausliegenden Bücher und entdeckte durch die Fensterscheibe seine beiden Cousins. Sait war nicht bei ihnen. Verdammt, wo steckte sein Bruder? Hatte Onkel Abdi etwa darauf bestanden, dass Sait ihn zum Teetrinken begleitete?

Nervös nahm Timur ein anderes Buch zur Hand und blätterte durch die Seiten. Im nächsten Moment tauchte die schlaksige Gestalt seines Bruders auf. Timur atmete erleichtert auf.

»Sait«, zischte er.

Sein Bruder drehte sich um und entdeckte ihn durch die Scheibe. Er warf einen unsicheren Blick zum Ausgang der Moschee, durch den seine beiden Cousins gerade verschwunden waren, und kam in den Buchladen. »Was machst du hier?«

»Ich will, dass du mit mir kommst.« Timur sprach leise, damit ihn der Buchhändler, der ihn schon eine ganze Weile argwöhnisch beäugte, nicht verstehen konnte. »Du kannst morgen nicht in die Türkei fliegen, Sait. Dann ist es vorbei mit deiner Zukunft.«

Die Miene seines Bruders versteinerte sich. »Wenn ich hierbleibe, ist es ebenso vorbei.«

»Sait«, flehte Timur. »Lass mich dir helfen.«

»Ach ja, und wie?«

»Lass uns gemeinsam zur Polizei gehen.«

Sait schüttelte den Kopf. »Vergiss es, die sperren mich doch sofort ein.«

»Bitte, lass uns …«

»Sait!« Abdi Akman stand in der Ladentür. Sein Gesicht war vor Wut verzerrt, die Stimme scharf und schneidend. »Du kommst sofort mit. Und du«, er wandte seinen funkelnden Blick Timur zu, »gehörst nicht länger zur Familie. Das hast du selbst entschieden. Nicht wir.«

Sait sah ihn ein letztes Mal an, dann drehte er sich um und folgte seinem Onkel aus der Moschee.

Timur spürte, wie ihm die Tränen in die Augen stiegen. Für einen Moment verharrte er völlig regungslos auf der Stelle. Schließlich legte er das Buch in seiner Hand zurück auf den Stapel und verließ den Laden. Als er ins Freie trat, sah er gerade noch, wie sein Bruder mit seinem Onkel und den Cousins um die nächste Hausecke bog.

Egernsund, Dänemark

Rasmus drückte auf die Klingel. Niemand öffnete. Die Einfahrt war leer, nur ein blaues Mountainbike lehnte neben dem Garagentor.

Er klingelte ein weiteres Mal. Als sich hinter der Tür wieder nichts rührte, zündete er sich eine Zigarette an und ging hinunter zum Ufer.

Der schmale Strandabschnitt war bei dem sonnigen Wetter bis auf den letzten Quadratzentimeter mit bunten Badetüchern belegt. Ein paar Kinder lagen bäuchlings auf dem Steg. Gerade flitzte ein Hund einer Frisbee-Scheibe hinterher und spritzte dabei das Wasser auf.

Rasmus nahm einen weiteren Zug von seiner Zigarette, ging ein paar Schritte die Uferstraße entlang, blieb stehen und sah die Steintreppe hinauf, die zum Haus der Ravns führte.

Die getönten Scheiben der Fensterfront verwehrten ihm den Blick ins Innere. Die Sonne blendete ihn, und er kniff die Augen zusammen, um besser sehen zu können. Wie es schien, stand im Untergeschoss eine der Schiebetüren einen Spalt weit offen. Wenn er sich richtig erinnerte, befand sich dahinter Sebastians Zimmer.

Er sah zurück zum Meer. Niemand schenkte ihm Beachtung. Mit langen Schritten huschte er die Stufen hinauf.

Aus dem Haus drangen ihm laute Geräusche entgegen, als würde drinnen gerade die Welt untergehen. Der Klang von aufeinanderprallenden Laserschwertern, Triebwerksdröhnen, Explosionen, untermalt von einem metallischen Fiepen und einem charakteristischen Soundtrack. *Star Wars*. Augenblicklich hatte Rasmus

Antons Gesicht vor Augen. Sein Sohn hatte die Sternenkrieg-Saga über alle Maßen geliebt. Instinktiv fingerte er in seiner Hosentasche nach der Luke-Skywalker-Figur, die an seinem Schlüsselbund hing, und umschloss sie mit seiner Hand. Antons Lieblingsfigur. Schnell zog er die Hand wieder zurück, verdrängte jeden weiteren Gedanken an seinen Sohn und trat vor die Schiebetür.

Sebastian hatte ihm den Rücken zugewandt und saß auf seinem Schreibtischstuhl vor dem großen Computermonitor. Gerade schossen ein TIE Fighter und ein X-Wing in rasender Geschwindigkeit durchs Bild und nahmen sich gegenseitig unter Beschuss. Es ratterte, dröhnte und knallte.

Rasmus räusperte sich laut. »Sebastian?«

Der Junge reagierte nicht, sondern konzentrierte sich ganz auf den leuchtend gelb-roten Feuerball, der gerade auf dem Bildschirm explodierte.

Rasmus schraubte seine Stimmfrequenz ein Stück höher. »Sebastian!«

Der Teenager wirbelte mit weit aufgerissenen Augen auf dem Stuhl herum, in der Hand einen Controller. »Meine Güte, hast du mich erschreckt!« Es krachte mehrfach ohrenbetäubend aus den Soundverstärkern.

»Mist, jetzt haben die mich erledigt.« Sebastian tippte auf seiner Fernbedienung herum, und der Bildschirm fror ein. Er feuerte den Controller auf die Schreibtischplatte.

»Darf ich reinkommen?«, fragte Rasmus.

Sebastian verschränkte die Arme vor der Brust. »Ich soll ohne meinen Anwalt nicht mit der Polizei sprechen.«

Rasmus nickte. »Ich bin nur hier, um dir zu sagen, dass ich dir glaube.«

Sebastian sah ihn misstrauisch an. »Was genau glaubst du mir?«

»Ich meine Elins Nachricht, von der du uns erzählt hast.« Der Teenager presste für einen Moment die Lippen zusammen, dabei glitt sein Blick unruhig von links nach rechts. »Ihr habt mich nie gefragt, ob ich Elin umgebracht habe.«

»Hast du es denn getan?«

Sebastian schüttelte den Kopf. »Ich hätte ihr nie im Leben etwas antun können. Auch wenn ich mir eine Zeit lang selbst nicht ganz sicher darüber war.«

»Aber jetzt bist du es?«

Sebastian nickte.

Rasmus deutete mit seinem Kopf zum Bildschirm. »Mein Sohn Anton hat das auch immer gespielt. Vermutlich erinnerst du dich nicht, aber als ihr beide klein wart, habt ihr euch einige Male getroffen.«

»Daran erinnere ich mich tatsächlich nicht.« Sebastians Blick blieb skeptisch, offenbar war er unsicher, ob er ihm glauben sollte. »Spielt dein Sohn es immer noch?«

»Anton ist vorletztes Jahr gestorben.«

»Das tut mir leid.«

Rasmus wies mit der Hand zum Bildschirm. »Kann man das eigentlich auch zu zweit spielen?«

»Dein Ernst?«

Als er nickte, langte Sebastian nach einem zweiten Controller und streckte ihn Rasmus entgegen.

Padborg, Dänemark

»Sebastian Ravn hat das Mädchen nicht umgebracht«, ließ Rasmus verlauten, nachdem er die Tür zum Büro der Sondereinheit aufgestoßen hatte.

Fünf Augenpaare blickten ihm entgegen.

»Wir warten seit geschlagenen anderthalb Stunden auf dich.« Vibekes unterkühlte Stimme holte ihn augenblicklich auf den Boden der Tatsachen zurück. Ein Teil seiner Euphorie verschwand.

»Ich hatte noch eine Mission zu erledigen.« Er befüllte sich einen Becher mit Kaffee, schnappte sich eine der bereitliegenden Zimtschnecken und setzte sich hinter seinen Schreibtisch. »Sebastian hat uns nicht alles erzählt. Er hat sich am Mordabend nach Elins Nachricht betrunken, und zwar so sehr, dass er danach einen vollständigen Filmriss hatte. Tagelang ...«

»Du warst bei den Ravns und hast mit Sebastian gesprochen?«, unterbrach ihn Vibeke. »Alleine?«

Er nickte.

»Ich glaub's ja nicht.« In ihren Gletscheraugen loderte es. Auch Jens Greve schüttelte den Kopf.

»Lasst ihn doch erst mal weitererzählen, ehe ihr ihn zum Schafott führt«, mischte sich jetzt Søren ein.

Rasmus fuhr dankbar fort: »Sebastian hatte tagelang keine Erinnerung. Der arme Junge dachte zwischenzeitlich sogar, er hätte Elin tatsächlich umgebracht.« Er machte eine bedeutungsvolle Pause. »Erinnert ihr euch an die Fälle von Vandalismus, die in Egernsund in den Tagen um Sankt Hans passiert sind?«

Alle nickten.

»Die zerbrochene Scheibe des Bungalows vom Segelverein und das zertrümmerte Mobiliar gehen auf Sebastian Ravns Konto.«

»Ach«, kam es von Luís. »Und davon hat er dir einfach so erzählt?«

»Lass mich mal so sagen«, Rasmus grinste schief, »die Macht war mit mir.«

»Und wird der Junge das auch offiziell aussagen?« Vibeke musterte ihn mit hochgezogenen Brauen.

»Sebastian sitzt gerade unten bei einem Kollegen und gibt seine Aussage zu Protokoll«, entgegnete Rasmus zufrieden. »Und ehe du fragst, seine Mutter ist auch dabei.«

Was sich genau vor rund einer Stunde im Haus der Ravns abgespielt hatte, behielt er an dieser Stelle lieber für sich. Während er gerade mit Sebastian versucht hatte, einen Sternzerstörer der Imperialen Flotte zu bekämpfen, hatte der Junge plötzlich zu erzählen begonnen. Von dem Moment, als er Elins Nachricht erhalten hatte, über den Wodka aus den Beständen seines Vaters bis hin zum Aufwachen mit Handverletzung, ohne Erinnerung an das zuvor Geschehene, dafür mit blutiger Kleidung. Immer wieder hatte der Teenager zwischendurch um Fassung gerungen.

Sebastian hatte noch nicht ganz zu Ende erzählt, als plötzlich seine Mutter in der Tür aufgetaucht war. Es hatte Rasmus sämtliche Überredungskünste gekostet, dass die aufgebrachte Kiersten ihn nicht direkt aus dem Haus warf, sondern ihm und ihrem Sohn stattdessen zuhörte. Am Ende hatte er sie davon überzeugen können, Sebastian ins GZ Padborg zu begleiten, damit er seine Aussage zu Protokoll geben konnte. Kiersten hatte sogar darauf verzichtet, den Anwalt anzurufen, was ihr mit Sicherheit jede Menge Ärger mit ihrem Mann einbringen würde, doch Rasmus hatte ohnehin den Eindruck, dass es um die Ehe der Ravns nicht zum Besten stand.

»Klasse, Rasmus.« Pernille lächelte anerkennend und ließ dabei ihre Zahnlücke aufblitzen. »Wie immer du das auch geschafft hast.«

Rasmus nickte. Er hoffte sehr, dass Sebastian mit einer Anzeige wegen Sachbeschädigung davonkam. In der Stunde, die sie gemeinsam verbracht hatten, war ihm klar geworden, dass er es mit einem todunglücklichen Teenager zu tun hatte, und er fragte sich, ob es Anton damals ähnlich gegangen war. Er hatte Sebastian seine Handynummer aufgeschrieben, mit dem Angebot, sich an ihn zu wenden, sollte er jemals Hilfe benötigen.

»Wurde das Alibi von Mathias Ravn schon überprüft?« Sein Blick glitt zu Søren, während er eine Ecke von seiner Zimtschnecke abbiss. Das Gebäck war süß und klebrig, genau wie er es am liebsten mochte.

Søren nickte. »Er war von Montagmorgen bis Dienstagnachmittag bei einem Architektenkongress in Kopenhagen. Sowohl die Organisatoren als auch das Hotel, in dem er untergebracht war, haben das bestätigt. Rein theoretisch könnte er Elin natürlich trotzdem umgebracht haben. Von Kopenhagen nach Cathrinesminde braucht man mit dem Auto gute drei Stunden.«

»Wie war am Montagnachmittag der Zeitablauf bei dem Kongress?«

Søren sah in seinen Unterlagen nach. »Die letzte Veranstaltung, eine Podiumsdiskussion, ging bis siebzehn Uhr. Um zwanzig Uhr hat man sich zum gemeinsamen Abendessen getroffen.«

»Das wäre zeitlich niemals zu schaffen gewesen«, warf Luís ein.

»Theoretisch hast du recht, aber die Podiumsdiskussion hatte mehrere hundert Teilnehmer. Möglicherweise konnte er sich währenddessen unbemerkt absetzen.«

Jens tippte mit dem Stift in seiner Hand nachdenklich auf die Tischplatte. »Mathias Ravn ist zumindest nicht völlig aus dem Schneider. Was ist eigentlich mit der Sache bei seiner früheren Arbeitsstelle? Haben die bestätigt, dass er dort Mitarbeiterinnen sexuell belästigt hat?«

»Ohne richterlichen Beschluss will man mir dort keine Auskunft erteilen«, erwiderte Rasmus. »Und den bekommen wir erst bei hinreichendem Anfangsverdacht.«

Es nervte ihn, dass ihnen die Bürokratie wie so häufig einen Strich durch die Rechnung machte, vor allem wenn es dabei um einen Typen wie Mathias Ravn ging. Dass der Kerl es tatsächlich gewagt hatte, ausgerechnet Camilla anzugraben, machte Rasmus noch immer rasend. Während er sich den Rest der Zimtschnecke in den Mund steckte und mit einem kräftigen Schluck Kaffee hinunterspülte, fiel ihm wieder ein, was Vibeke heute Vormittag über ihn und seine Ex-Frau gesagt hatte. Obwohl es ihm schwerfiel, es zuzugeben, hatte seine Kollegin einen Nerv getroffen. Natürlich bedeutete ihm Camilla noch etwas. Schließlich war sie die Mutter seiner Tochter und die seines toten Sohnes, und im Gegensatz zu vielen anderen geschiedenen Paaren gingen sie zivilisiert und freundschaftlich, zum Teil sogar liebevoll miteinander um. Welche Gefühle er allerdings darüber hinaus noch für Camilla hatte, diese Frage hatte er sich seit ihrer Scheidung nicht gestellt. Zu groß waren der Schmerz und der Verlust, die damit einhergingen. Doch allein den Gedanken daran, dass Camilla bald mit einem anderen Mann zusammenleben, neben ihm einschlafen und morgens neben ihm aufwachen würde, konnte er nur schwer ertragen. War es möglich, dass er seine Ex-Frau immer noch liebte, trotz allem, was zwischen ihnen passiert war? War dies der Grund, weshalb er sich Vickie nie ganz hatte öffnen können?

»Rasmus?« Sørens Baritonstimme riss ihn aus seinen Gedanken, und er merkte, dass alle ihn anstarrten. »Hat Sebastian eine Vermutung geäußert, wegen wem ihn Elin abserviert hat?«

Rasmus griff zur Kaffeetasse und trank einen Schluck, um sich zu sammeln, ehe er antwortete. »Nein. Elins Nachricht hat ihn eiskalt erwischt.«

»Kannst du sie vielleicht einmal vorlesen, Luís?«, bat Vibeke.

Der Portugiese nickte. »Ich habe mir einen Screenshot aus dem Messenger-Verlauf gemacht.« Er gab ein paar Befehle auf seiner Computertastatur ein und drehte den Bildschirm anschließend so, dass alle die Nachricht auf dem stark vergrößerten Screenshot sehen konnten.

SRY kann ich dir nicht F2F sagen aber ich hab da jemand anderen kennengelernt ich glaub wir sollten uns nicht mehr sehen

»Ein einziger Satz?« Søren schüttelte den Kopf. »Und dann noch per Chat? Das ist nicht unbedingt die feine Art. Kein Wunder, dass der Junge ausgeflippt ist. Was bedeutet dieses F2F überhaupt?«

»Face to face«, erwiderte Luís.

Rasmus wandte sich dem Portugiesen zu. »War die Trennung im Chatverlauf abzusehen?«

»Nicht wirklich. Davor hagelte es nahezu täglich Herz- und Kuss-Emojis. Aber wir haben es mit Teenagern zu tun. Liebe hat in dem Alter nicht unbedingt die längste Haltbarkeit.«

»Wie sieht es sonst mit Elins sozialen Kontakten in den Netzwerken aus? Konntest du einen Kandidaten ausmachen?«

»Leider nein. Elin war in Social Media nicht sehr aktiv. Es gibt keine Selfies wie bei anderen Mädchen ihres Alters. Wenn überhaupt, dann hat sie irgendwelche Sprüche-Bilder gepostet.«

»Vermutlich hängt das mit dieser Nacktfotogeschichte zusammen«, überlegte Rasmus laut.

»Das denke ich auch. Ich habe mir die anderen Chatverläufe angesehen. Alles absolut unauffällig. Es gibt auch keinen Hinweis auf eine Verabredung in Cathrinesminde.«

Rasmus dachte angestrengt nach. Das Ganze war nur schwer durchschaubar. Hatten sie etwas übersehen? Natürlich blieb immer noch die Möglichkeit, dass Elin sich persönlich verabredet hatte, ohne technische Hilfsmittel. Oder dachten sie völlig falsch, und der Täter hatte das Mädchen in die alte Ziegelei verschleppt? Doch ergab das überhaupt Sinn?

»Taucht der Name ihres Bruders in irgendwelchen Nachrichten auf?«, fragte Vibeke gerade.

Luís nickte. »Die beiden haben sich hin und wieder über WhatsApp geschrieben.«

»Kannst du mir den Verlauf der letzten zwölf Monate ausdrucken?«

»Kein Problem.« Luís zog die Computertastatur zu sich heran. Kurz darauf ratterte der Drucker.

Rasmus musterte seine Kollegin, nachdem sie die Ausdrucke entgegengenommen hatte. »Du lässt nicht locker, oder?«

»Ebenso wenig wie du offensichtlich«, konterte Vibeke.

Er unterdrückte ein Grinsen. Sosehr sie ihm mit ihrer Korrektheit manchmal auch auf den Zeiger ging, sie war eine hervorragende Ermittlerin. Schade nur, dass sie dieses Mal danebenlag, was die Akmans betraf.

»Was ist eigentlich im Zusammenhang mit Abdi Akman und dem Mord an diesem Schutzgelderpresser herausgekommen?«, erkundigte er sich. »Hat dir dein Hamburger Kollege die Unterlagen geschickt?«

Vibeke nickte. »Abdi Akman hat für die Tatzeit ein Alibi. Und ratet mal, welches.«

»Er hat mit seiner Familie zusammengesessen«, erwiderte Jens prompt. »Genau wie im Mordfall seiner Nichte.« Sein Gesicht wurde grimmig, als sie erneut nickte. »Praktisch, so eine Verwandtschaft.«

Rasmus bemerkte den Blick, den sich Jens und Vibeke zuwarfen. Offenbar waren die Deutschen sich wieder mal einig. »Ist eigentlich der Tatortbericht der Spurensicherung gekommen?«

»Jep.« Luís zog ein paar Unterlagen heran. »Es wurden in der Wohnung zahlreiche Fingerabdrücke sichergestellt, allerdings waren die meisten davon überlagert, und nachdem sich seit dem Mord zahlreiche Touristen in den Räumen aufgehalten haben, wird es schwierig werden, die relevanten einem möglichen Täter zuzuordnen.« Er überflog die Seite. »Die Kriminaltechniker haben außerdem das Türschloss ausgebaut und untersucht. Es gibt keinerlei Hinweis darauf, dass ein mechanisches Werkzeug eingesetzt wurde. Elin oder der Täter müssen demnach einen Schlüssel gehabt haben. Zumindest werden die Türen jeden Abend von einer Mitarbeiterin abgeschlossen.«

Rasmus kratzte sich nachdenklich am Kinn. »Wo werden die Schlüssel aufbewahrt?«

»In einem der Büros im Hauptgebäude. Aber auch dort wird jeden Abend abgeschlossen.«

»Es muss also irgendeine Verbindung geben«, stellte Rasmus fest. »Entweder zwischen Elin und Cathrinesminde oder dem Täter. Jemand, der Zugang zum Schlüssel hat oder zumindest weiß, wo dieser aufbewahrt wird. Wurde schon eine Liste der Mitarbeiter angefordert?«

Luís nickte. »Wir bekommen sie im Laufe des Tages.«

»Wer sind die Betreiber des Museums?«

Sein Kollege sah auf den DIN-A4-Zettel in seiner Hand. »Das Museum Sønderjylland, das noch neun weitere Museen verwaltet. Unter anderem Schloss Sønderborg und das Kunstmuseum in Tønder.«

»Dann sollten wir auch mit den Leuten vom Museumsverbund sprechen. Vielleicht kommen wir dort weiter.«

Luís nickte.

Rasmus wandte sich Vibeke zu, die bereits den Chatverlauf der Akman-Geschwister durchging. »Und, schon was gefunden, Frau Kollegin?«

Vibeke hob den Blick. »Leider nein.« Sie schob den Ausdruck beiseite.

»Ich glaube, dafür habe ich etwas«, kam es von Pernille, die in den letzten fünfzehn Minuten auffallend still vor ihrem Computer gesessen hatte.

Rasmus sah sie aufmerksam an. »Und was?«

»Ich bin auf die Verbindung gestoßen, nach der wir gesucht haben.« Die brünette Ermittlerin blickte hoch. »Sie führt direkt nach Egernsund.« Sie machte eine bedeutsame Pause. »Zur Ziegelei Poulsen.«

Egernsund, Dänemark

Rune stieg aus dem Transporter. Auf der anderen Straßenseite fuhr gerade Mille, die Frau vom örtlichen Feuerwehrchef, in ihrem kleinen roten Auto vorbei. Er hob die Hand, winkte ihr freundlich zu, doch sie hielt ihren Blick stur auf die Fahrbahn gerichtet. Irritiert ließ Rune seine Hand wieder sinken. Die Leute in Egernsund verhielten sich sonderbar. Nicht nur Mille. Heute auf dem Weg zur Musterausstellung hatte er den alten Johan getroffen, der zusammen mit seinen Söhnen die kleine Werft betrieb. Er hatte die Straßenseite gewechselt.

Nora war es mit einigen Leuten ähnlich ergangen, wie sie ihm bei ihrer gemeinsamen Kaffeepause erzählt hatte. Sogar Herdis verhielt sich ihr gegenüber reserviert, dabei waren die beiden seit der Schulzeit befreundet.

Waren das tatsächlich die gleichen Menschen, mit denen sie noch vor gut einer Woche zusammen gesungen und gefeiert hatten?

Lag es daran, dass Elin in Cathrinesminde ermordet worden war? Und dass seine unbedachte Äußerung Flemming gegenüber, der Täter könne genauso gut von hier stammen, damit realen Nährboden bekam? Weil er ausgesprochen hatte, was niemand hören wollte?

Die Neuigkeit über den Tatort hatte sich in Windeseile im Ort herumgesprochen, seitdem breiteten sich Argwohn und Misstrauen wie eine ansteckende Krankheit unter den Bewohnern aus. Auch ihn hatte die Nachricht aufgewühlt. Ihre Ziegelei war eng mit Cathrinesminde verbunden, erzählte das Museum doch auch ihre Geschichte. Doch was hatte Elin dort gesucht? Auch wenn sie hin und wieder im Betrieb mit angepackt hatte, war sie an dem Museum nie übermäßig interessiert gewesen.

Rune öffnete die Heckklappe des Transporters. Seine Frau hatte ihn darum gebeten, in der Gärtnerei ein paar Dinge zu besorgen. Jetzt stapelten sich auf der Ladefläche diverse Säcke Pflanzenerde, Rindenmulch und Dünger. Um Nora eine Freude zu bereiten, hatte er auch noch zwei Kübel mit Hortensien gekauft. In Rosa und Pink. So bodenständig und unprätentiös seine Frau auch war, in dieser Hinsicht tickte sie wie ein junges Mädchen.

Nora würde Augen machen, und ein klein wenig Stolz regte sich in seiner Brust. Es war lange her, seit er seiner Frau Blumen mitgebracht hatte, und insgeheim hoffte er, ihr damit ein Lächeln zu entlocken. Nora zog sich immer mehr zurück, hatte ihre Fröhlichkeit verloren, auch im Umgang mit den Kindern. Eine Entwicklung, die Rune Sorgen bereitete.

Mit einem Seufzen lud er sich einen der schweren Säcke auf die Schulter und trug ihn zum Gartenschuppen und im Anschluss die beiden anderen. Schließlich standen nur noch die Pflanzenkübel neben dem Transporter im Kies.

Rune wollte gerade die Heckklappe schließen, als ihm an der Verkleidung der Reifenkästen etwas ins Auge fiel.

Er kletterte in den Laderaum. Der Kunststoff hatte sich an einer Stelle von der Wandverschalung gelöst. Darin hatte sich ein Stück Reisig verklemmt. Offenbar stammte es noch von dem Transport der Holzabfälle für das Sankt-Hans-Feuer.

Im nächsten Moment fiel ihm ein, dass sie ein ganz anderes Fahrzeug dafür benutzt hatten. Irritiert starrte er auf den dünnen Zweig in seiner Hand. Er schob die alten Decken auf der Ladefläche beiseite. Die schwarzen Müllsäcke, die Transportgurte, alles lag da wie immer. Vor Erleichterung lachte er auf. Was hatte er denn erwartet? Eine Blutlache?

Auf den zweiten Blick erschien ihm allerdings etwas anderes sonderbar. Es dauerte eine Weile, bis er darauf kam, dass die Fläche auffallend sauber war. Abgesehen von der Stelle, wo gerade noch die Säcke gelegen hatten. Dort befanden sich ein paar Erdkrümel. Tatsächlich war es sogar so sauber, als wäre der Laderaum erst vor Kurzem gereinigt worden. Kein Staub, kein Dreck. So sah es in der Regel nur aus, wenn anlässlich der jährlichen Inspektion eine Innenraumreinigung durchgeführt worden war. Doch die lag über ein halbes Jahr zurück.

Rune stieg zurück ins Freie. Sein Blick heftete sich auf die Ziegelei. War der Transporter letzten Montag benutzt worden? Und wenn ja, von wem?

Die Schlüssel waren für die Mitarbeiter frei zugänglich, und niemand musste fragen, wenn er den Transporter nutzen wollte. Natürlich nur für den Firmengebrauch, doch Rune hatte auch schon das eine oder andere Auge zugedrückt, wenn einer seiner Leute das

Fahrzeug für einen Umzug oder den Transport eines Möbelstücks ausgeliehen hatte. Nora und er selbst nutzten den Transporter ebenfalls, sogar Lars hatte ihn schon gefahren, obwohl er noch überhaupt keinen Führerschein besaß. Natürlich rein zu Übungszwecken.

Runes Blick wanderte zum Fenster im ersten Stock des Wohnhauses, hinter dem sich das Zimmer seines Sohnes befand. Im gleichen Moment ging eine Etage tiefer die Haustür auf, und seine Frau erschien.

Rune beschloss, ihr vorerst nichts von seinem Fund zu sagen, um sie nicht unnötig zu beunruhigen. Womöglich sah er nur Gespenster. Er wollte sich gerade nach den Kübeln mit den Hortensien bücken, als Nora schon auf ihn zueilte. Ihr Gesicht war hochrot, die Augen weit aufgerissen.

»Was ist los?«

Noch ehe seine Frau antwortete, wusste er, dass etwas Schreckliches passiert war. Seine Kehle schnürte sich zusammen.

Nora schluchzte auf. »Rie ist verschwunden.«

Padborg, Dänemark

Vibeke drückte aufs Gaspedal. Mit über hundert Stundenkilometern und Blaulicht führte sie die Wagenkolonne auf der Landstraße 401 Richtung Egernsund an.

Rie Poulsen war seit über fünf Stunden verschwunden. Fünf Stunden, in denen niemand das Mädchen gesehen hatte oder wusste, wo sie sich aufhielt. Rasmus, der neben ihr auf dem Beifahrersitz saß, war kalkweiß im

Gesicht geworden, als der Anruf von Rune Poulsen gekommen war. Sie erinnerte sich daran, dass Ries rotes Fahrrad an der Hauswand der Kjeldsens gelehnt hatte, als sie um die Mittagszeit dort gewesen waren. Dies war auch der letzte bekannte Aufenthaltsort des Mädchens. Laut Herdis Kjeldsen war Rie gegen halb drei nachmittags aufgebrochen, um nach Hause zu fahren, doch dort war sie nie angekommen. Sie hatte ihre Eltern auch nicht angerufen, ehe sie losgefahren war, sonst wäre ihr Verschwinden viel eher aufgefallen. Als Rie nicht zur üblichen Zeit zum Abendessen erschienen war, hatte Nora Poulsen zunächst Herdis angerufen und im Anschluss sämtliche Freunde und Bekannte abtelefoniert. Niemand wusste, wo das Mädchen steckte.

Die Sondereinheit war in höchster Alarmbereitschaft, und die Mühlen der Polizei liefen bereits auf Hochtouren. Sie hatten sämtliche verfügbaren Kräfte geordert. Neben Einsatzkräften aus Esbjerg rückte Verstärkung vom GZ Padborg und vom Grenzschutz an. Auch die Hundestaffel und ein Polizeihubschrauber waren angefordert worden.

In einer großflächig angelegten Suchaktion würden die Beamten das Gebiet in und um Egernsund akribisch durchkämmen.

Anders als allgemein angenommen, gab es kein Zeitlimit, ab wann eine Person offiziell als vermisst galt. Sobald es einen konkreten Verdacht auf einen Unfall, ein Verbrechen oder Suizidabsichten gab, wurde die Fahndung eingeleitet. Bei vermissten Kindern ging man sicherheitshalber immer von einer Gefahr für das Leben oder die körperliche Unversehrtheit aus, wie es im Juristendeutsch lautete. Bei Rie Poulsen lag insbesondere durch die Verbindung zum Fall Elin Akman eine erhöhte Bedrohungslage vor.

Im Wagen herrschte angespanntes Schweigen. Vibeke warf Rasmus einen kurzen Seitenblick zu. Ihr Kollege starrte mit angestrengtem Blick aus der Windschutzscheibe. Verschwundene und ermordete Kinder, die Kleinsten und Schwächsten der Gesellschaft, zählten für jeden Polizisten zum schlimmsten Szenario im Job, da war es kaum verwunderlich, dass nicht alle es schafften, den nötigen emotionalen Abstand zu wahren. Doch für Rasmus Nyborg war es noch weitaus schwieriger als für andere.

»Wir finden sie«, sagte Vibeke in die Stille hinein.

Ihr Kollege murmelte etwas Unverständliches. Im Rückspiegel blinkten die Blaulichter der nachfolgenden Wagenkolonne.

Vibeke konzentrierte sich wieder auf die Straße.

Als der Anruf von Rune Poulsen gekommen war, hatten sie sich ohnehin gerade im Aufbruch nach Egernsund befunden.

Pernille hatte bei ihren Nachforschungen entdeckt, dass die Ziegelei Poulsen in der Vergangenheit nicht nur gemeinschaftliche Projekte mit dem Ziegeleimuseum auf die Beine gestellt hatte, sondern darüber hinaus eines der Nebengebäude in Cathrinesminde ihr Firmenschild trug.

Möglicherweise hatten sie dadurch auch Zugang zu den Schlüsseln der Arbeiterwohnungen oder wussten, wie sie sich diese beschaffen konnten.

Vibeke klopfte mit den Fingern auf das Lenkrad. War jemand aus der Ziegelei in den Mord verwickelt? Ein Angestellter oder vielleicht sogar ein Familienmitglied?

Eigentlich undenkbar. Dennoch kam es immer wieder vor, dass sich der Täter im direkten Umfeld des Opfers befand, und die Ermittler behielten diese Möglichkeit stets im Hinterkopf. In ihrem Fall galt das nicht nur für die Poulsens, sondern auch für die Akmans. Oder fiel Elins Familie mit dem Verschwinden von Rie Poulsen aus dem Kreis der Verdächtigen raus?

Sei nicht vorschnell, dachte Vibeke. *Bis jetzt weiß kein Mensch, was genau mit Elin Akman passiert ist. Oder mit Rie Poulsen. Wir können nichts und niemanden ausschließen.*

Hoffentlich war das Mädchen nicht tot, schoss es ihr durch den Kopf. Schnell schob sie den Gedanken wieder beiseite.

Sie passierten die Egernsundbroen, und Vibeke erhaschte einen Blick auf den kleinen Hafen. Eine weiße Motorjacht lag längsseits des Anlegers, ein vereinzelter Spaziergänger ging am Kai entlang. Linker Hand waren alte Fischkutter und Segelboote an Holzstegen vertäut, im Hintergrund ragte der lange schmale Schornstein der Ziegelei auf.

Der Himmel war wolkenfrei und in tiefes Blau getaucht, während die Abendsonne die Wasseroberfläche wie eine Million Lichtreflexe glitzern ließ. Alles in der Bucht wirkte friedlich und idyllisch. Wie trügerisch, dachte Vibeke.

Sie hielten am Ende der Sackgasse vom Havnevej, dort, wo das Wald- und Wiesengebiet begann. Søren und Jens, die sich in dem Wagen hinter ihnen befunden hatten, waren bereits in Richtung Kirche abgebogen, um die Kjeldsens und die Anwohner der angrenzenden Häuser zu befragen.

Am Straßenrand parkten Einsatzfahrzeuge der Polizei dicht an dicht, davor ein riesiger Pulk an Beamten in dunklen Schutzanzügen, die sich für ihren Einsatz bereitmachten.

Vibeke und Rasmus stiegen aus. Hinter ihnen klappten die Türen der nachfolgenden Wagen.

»Wer ist hier der Einsatzleiter?«, sprach Rasmus einen der Einsatzkräfte an.

Der Beamte deutete mit der Hand auf einen kahlköpfigen Mann, der ihnen den Rücken zugewandt hatte. Wie bei allen anderen stand auch bei ihm in großen weißen Buchstaben der Schriftzug *POLITI* auf dem Schutzanzug.

Vibekes Handy piepte. Eine Nachricht von Pernille, die ihr mitteilte, dass sie zusammen mit ein paar Streifenbeamten in der Ziegelei angekommen war.

»Ich fahre zu den Poulsens«, informierte sie ihren Kollegen.

Rasmus nickte. »Ich bleibe hier.« Seine Stimme klang angespannt. »Wir müssen Rie finden. In spätestens zwei Stunden ist es stockdunkel.« Ohne ein weiteres Wort drehte er sich um und marschierte auf den Einsatzleiter zu.

Vibeke stieg wieder in ihr Auto. Keine zwei Minuten später fuhr sie auf den Hof der Poulsens. Drei Streifenwagen und ein dunkler Kombi vom GZ standen in der Einfahrt. Sie parkte direkt dahinter.

Pernille kam ihr aus dem Wohnhaus entgegen. Über ihrer hellblauen Bluse trug sie eine schwarze Polizeiweste.

»Nora Poulsen ist völlig aufgelöst«, informierte sie die brünette Ermittlerin. »Sie schreibt gerade eine Liste mit den Namen von Ries Freundinnen. Allerdings hat sie die Leute bereits selbst abtelefoniert. Keiner weiß, wo das Mädchen steckt. Auch am Strand wurde sie nicht gesehen.« Sie pustete sich eine dunkle Haarsträhne aus dem Gesicht, die im nächsten Augenblick an die gleiche Stelle zurückfiel.

Am angrenzenden Ziegeleigebäude ging eine Seitentür auf, und zwei Uniformierte erschienen. Vickie Brandt und ihr Kollege.

»Hallo, Vickie.« Vibeke schenkte Rasmus' Ex-Freundin ein flüchtiges Lächeln. »Habt ihr etwas gefunden?«

Die rothaarige Polizistin schüttelte den Kopf. »Bislang nicht, aber wir sind auch noch nicht mit sämtlichen Gebäuden durch. Wir wollten nur sehen, wohin diese Tür führt.« Ihr mit Sommersprossen übersätes Gesicht war ernst, als sie mit der Hand die weitere Zufahrt entlang wies. »Ein paar Kollegen suchen das hintere Gelände ab. Dort wird der Lehm gelagert.«

»Was ist mit Rune Poulsen?«, fragte Vibeke. »Steckt der hier irgendwo?«

Wie aufs Stichwort bog ein weißer Transporter mit dem Firmenlogo der Ziegelei in die Kieseinfahrt und hielt hinter Vibekes Dienstwagen. Die beiden Streifenbeamten verschwanden wieder im Gebäude.

Rune Poulsen und sein Sohn Lars stiegen aus dem Transporter.

»Habt ihr meine Tochter gefunden?« Der Ziegeleibesitzer klang vor Anspannung ein wenig atemlos.

»Wir haben gerade erst angefangen«, erwiderte Vibeke freundlich.

»Natürlich.« Er fuhr sich mit seinen schaufelgroßen Händen übers Gesicht. »Ich bin nur ganz krank vor Sorge. Es wird bald dunkel werden.«

»Wir haben ein Großaufgebot an Beamten im Einsatz, und es wird alles Menschenmögliche unternommen, damit wir Ihre Tochter schnell finden.« Sie musterte sein besorgtes Gesicht. »Aber vielleicht können Sie uns helfen. Wo könnte Rie hingefahren sein, nachdem sie bei den Kjeldsens war?«

»Sie wollte mit Sicherheit nach Hause kommen.« Rune Poulsens Stimme wirkte jetzt kraftlos. »Nora hat Lasagne gemacht. Ries Lieblingsessen. Das hätte sie nie und nimmer freiwillig verpasst.« Er stockte. »Jemand muss sich meine Kleine geschnappt haben.«

»Wer, Herr Poulsen?«, fragte Vibeke eindringlich. »Wer könnte das gewesen sein?«

»Ich weiß es nicht.« Der Ziegeleibesitzer klang verzweifelt. »Wir haben gerade schon die Gegend abgefahren.« Er sah seinen Sohn an, der still und blass neben ihm stand. »Geh schon mal rein, Lars, und sieh nach deiner Mutter.«

»Einen Moment«, hielt Vibeke den Teenager zurück. »Wann bist du vorhin bei den Kjeldsens weg?«

»Eine halbe Stunde nach Ihnen.«

Vibeke fiel sofort auf, dass er sie, anders als zuvor, siezte. Hatte das einen besonderen Grund?

»Zusammen mit Annelie«, ergänzte Lars. »Wir waren unten in der Bucht schwimmen. Bis meine Mutter anrief, um nach Rie zu fragen.«

»Weißt du, wo deine Schwester sein könnte?« Vibeke ließ ihn nicht aus den Augen. »Hat sie irgendwelche Lieblingsplätze? Ein Geheimversteck vielleicht?«

»Nein. Rie ist überall unterwegs. Im Wald. Am Wasser. Vor der Sache mit Elin ist sie häufig den ganzen Tag mit ihrem Fahrrad durch die Gegend gefahren.« Sein

Blick wanderte von Vibeke zu Pernille und wieder zurück. »Kann ich jetzt zu meiner Mutter gehen?«

Vibeke nickte.

»Ich komme mit.« Pernille war mit wenigen Schritten an der Seite des Jungen.

»Weshalb haben Sie uns nicht gesagt, dass Ihre Ziegelei Räume in Cathrinesminde hat, nachdem Sie erfahren haben, dass Elin dort getötet wurde?«, fragte Vibeke ohne weitere Umschweife an Rune Poulsen gewandt.

Der Ziegeleibesitzer sah sie erstaunt an. »Weil es nicht stimmt.« Er lächelte matt. »Aber vermutlich haben Sie das Schild mit unserem Firmennamen gesehen, das an einem der Nebengebäude hängt. Das Museum hat es angebracht«, fuhr er in Vibekes Nicken hinein fort. »Früher befanden sich dort die geschlossenen Trockenscheunen, jetzt sind darin Unterrichtsräume, Archive und eine Steinsammlung untergebracht. Jedes der Gebäude ist nach einem Ziegelwerk aus der Gegend benannt.« Rune Poulsen starrte gedankenverloren ins Leere. »Ich war schon seit einer halben Ewigkeit nicht mehr in Cathrinesminde.« Er zerfurchte die Stirn. »Weshalb ist das überhaupt wichtig?«

»Weil man einen Schlüssel braucht, um in die Arbeiterwohnungen zu gelangen.«

»Und jetzt denken Sie …« Er brach ab.

»Kann es sein, dass irgendjemand aus der Ziegelei oder aus dem Ort etwas gegen Ihre Familie hat?«, fragte Vibeke.

Der Ziegeleibesitzer ließ seinen Blick zum Wasser schweifen. »Bis vor einer Woche hätte meine Antwort nein gelautet, doch so langsam bin ich mir da selbst nicht mehr so sicher. Elin ist tot. Und meine Tochter verschwunden. Das kann kein Zufall sein.«

»Und Sie haben wirklich keinen Verdacht?«

Rune Poulsen schüttelte den Kopf.

»Wie stehen Sie zu den Kjeldsens?«

»Wir sind seit Ewigkeiten befreundet, kennen uns bereits seit der Schulzeit. Annelie und Lars sind wie Geschwister aufgewachsen.« Ein Schatten flog über sein Gesicht. Er massierte mit Daumen und Zeigefinger seinen Nasenrücken, schloss für einen kurzen Moment die Augen. Als er sie wieder öffnete, standen Tränen darin. »Bitte. Finden Sie meine Tochter.«

In der Ferne ertönten die Rotoren eines Hubschraubers.

Egernsund, Dänemark

Rasmus stand am Ufer und blickte über die Förde, nur wenige Schritte von der Stelle entfernt, an der acht Tage zuvor Elin Akmans Leiche im Feuer verbrannt war.

Dunkelheit hatte sich über die Bucht herabgesenkt. Im schwarzen Wasser spiegelte sich das Mondlicht. Schwacher Wind kam auf, und der Geruch von Salz und Seetang stieg ihm in die Nase.

Mehrere Stunden lang hatte eine Heerschar an Polizisten samt Spürhunden das Wald- und Wiesengebiet Stück für Stück durchkämmt, ohne eine Spur von dem vermissten Mädchen zu finden. Auch der Einsatz des Helikopters mit Wärmebildkamera die Küste entlang und die Befragung der Bewohner rund um das Pfarrhaus und die Ziegelei waren ergebnislos verlaufen. Rie Poulsen blieb verschwunden.

Aufgrund der Dunkelheit hatten sie die Suche abgebrochen, doch gleich am Morgen würde man sie wieder aufnehmen, den Radius erweitern und die Bevölkerung über sämtliche öffentliche Kanäle um Mithilfe ersuchen. Doch mit jeder weiteren Minute, die ohne ein Lebenszeichen der Elfjährigen verging, wurde es unwahrscheinlicher, sie lebend zu finden.

Ich habe es nicht kommen sehen, dachte Rasmus. *Warum habe ich nicht kommen sehen, dass die Kleine in Gefahr schwebt?* Die Fragen schwirrten wie ein Schwarm Wespen in seinem Kopf herum. Weshalb ausgerechnet Rie? Worum ging es bei alledem? Um Elin? Die Ziegelei? Oder um die Poulsens? War der Täter vielleicht einer von ihnen? Die Vorstellung widerstrebte ihm. Vielleicht hatten sie sich auch verrannt, und der Täter war ganz woanders zu suchen. Jemand, den sie bislang überhaupt nicht auf dem Schirm hatten. Ein Fremder. Mister Unbekannt.

Rastlos tigerte er am Ufer durch das knöchelhohe Gras, fuhr sich mit beiden Händen über den Schädel. Schließlich bückte er sich nach einem verkohlten Ast und schleuderte ihn unter lautem Wutgebrüll ins Meer.

Schwer atmend ging Rasmus in die Hocke, durchforstete sein Gehirn. Etwas schlummerte in seinem Hinterkopf, ohne dass er es zu fassen kriegte. Etwas, das er übersehen hatte. Vor Anspannung presste er die Zähne zusammen, bis es schmerzte. Er stöhnte leise. Am liebsten hätte er jetzt ein Bier getrunken oder besser gleich mehrere, doch wenn er Rie finden wollte, musste er einen klaren Kopf bewahren. Die Vorstellung, dass die Kleine genau in diesem Moment irgendwo um ihr Leben kämpfte, ängstlich und allein, war nahezu unerträglich. Er musste sie finden. Lebend. Eine andere Option gab es nicht. Entschlossen ballte er die Hand zur Faust und erhob sich aus der Hocke.

Flackernde Lichter bewegten sich durch die Finsternis in seine Richtung. Automatisch fuhr er zum Waffenholster, berührte das kühle Metall seiner *Heckler & Koch*, die griffbereit an Ort und Stelle saß.

Stimmen wurden laut.

»Was zum Teufel?« Rasmus starrte in die Dunkelheit, konnte jedoch kaum mehr als Silhouetten erkennen, die sich auf ihn zubewegten. Waren die Einsatzkräfte noch einmal zurückgekommen?

Im nächsten Moment traf ihn der Strahl einer Taschenlampe mitten ins Gesicht.

»Hey, was soll das?« Schützend hielt er sich die Hand vor die Augen.

»Ach, du bist das.« Die Stimme kam ihm vage bekannt vor.

Das Licht wurde gesenkt, und Rasmus erblickte einen dichten stahlgrauen Haarschopf und darunter das Gesicht von Flemming Kjeldsen. Hinter dem Pfarrer standen mehr als zwei Dutzend weitere Männer, darunter auch Mathias Ravn. Wie üblich trug der Architekt seinen Intellektuellen-Dresscode. Mit kaltem, abschätzigem Blick musterte er die Gestalt des Polizisten durch seine schwarzen Brillengläser.

Rasmus hätte ihm am liebsten direkt seine überhebliche Visage poliert. Doch für persönliche Befindlichkeiten war an dieser Stelle kein Platz. Jetzt ging es nur darum, Rie Poulsen zu finden.

»Was tut ihr hier?«, fragte Rasmus an Flemming Kjeldsen gewandt, der offensichtlich der Anführer der Truppe war.

»Wir suchen nach Rie«, ließ der Pfarrer verlauten. »Weil die Polizei lieber Feierabend macht.«

Rasmus knirschte mit den Zähnen, ließ sich jedoch nicht provozieren. »Es ist gut, dass ihr euch an der Suchaktion beteiligt, aber in der Dunkelheit bringt das nichts.« Mit den Augen suchte er unter Flemmings Gefolgschaft nach Rune Poulsen, fand ihn jedoch nicht. »Davon abgesehen, haben unsere Leute in diesem Gebiet bereits jeden einzelnen Stein umgedreht. Das Mädchen ist nicht hier. Also geht wieder zurück in eure Häuser.«

»Das ist unser Ort. Hier entscheiden wir, wann wir nach Hause gehen.« Flemming Kjeldsen sprach ruhig und leise, doch der Klang seiner Stimme war umso bedrohlicher.

Rasmus spürte instinktiv, dass er einem Mann gegenüberstand, mit dem nicht zu spaßen war. Offensichtlich betrachtete sich der Pfarrer nicht nur in seiner Eigenschaft als Kirchenmann als Oberhaupt der Gemeinde. Das goldene Kreuz, das die tote Elin Akman um den Hals getragen hatte, fiel ihm wieder ein.

Der Pfarrer musterte ihn aus wässrigen grauen Augen. »Wir sind nur wohlmeinende Bürger, die sich und ihre Kinder schützen wollen, wenn es die Polizei nicht tut.« Es klang wie eine Drohung.

Rasmus fiel es wie Schuppen von den Augen. Die Männergruppe, die vor ihm stand, war nicht einfach nur ein Suchtrupp, sondern eine Bürgerwehr. Das war von offizieller Seite nicht verboten, solange die

Mitglieder sich nicht bewaffneten oder ihre Befugnisse überschritten.

»Wie gesagt, haltet eure Augen gerne offen.« Rasmus sah in die Runde. »Gegen eine wachsame Nachbarschaft ist nichts einzuwenden, sofern ihr euch an die Regeln haltet. Dazu gehört auch, dass ihr die Polizei informiert, sobald ihr das Mädchen findet oder einen Hinweis auf den mutmaßlichen Täter habt. Jede Art von Selbstjustiz ist ein Straftatbestand.« Sein Blick wanderte zu Mathias Ravn. »Ich hoffe, ich habe mich damit klar genug ausgedrückt.«

Leises Murmeln, einige aus der Gruppe nickten.

Die Männer bildeten eine Gasse, um Rasmus durchzulassen. Die fremden Blicke im Nacken bescherten ihm ein mulmiges Gefühl, und er ärgerte sich, dass er sich von ihnen nervös machen ließ. Die sozialen Masken fallen ab, dachte er. Es fragte sich nur, ob unter den selbsternannten Hilfssheriffs auch ein Mörder war.

Egernsund, Dänemark

Rune blieb vor seiner Haustür stehen, zögerte hineinzugehen. Trotz der späten Stunde waren die Fenster hell erleuchtet, drinnen wartete Nora auf seine Rückkehr. Und auf erlösende Nachrichten.

Wie sollte er seiner Frau erklären, dass er überall nach Rie gesucht hatte und trotzdem ohne sie nach Hause kam? Sobald er durch diese Tür trat, würde er Nora ihren letzten Strohhalm entreißen, an den sie sich gerade so verzweifelt klammerte. Ihr fester Glaube daran, dass ihr Mann alles regelte, so wie er es immer tat, würde sich mit seinem Erscheinen in Luft auflösen. Zusammen mit ihrer Hoffnung.

Er drehte dem Wohnhaus den Rücken zu, ging die wenigen Schritte über die Kiesauffahrt zur Trockenscheune und von dort aus in die Formerei. Die Fließbänder standen still, die Umrisse der riesigen Knetmaschine erhoben sich schemenhaft in der dunklen Halle. Der vertraute Geruch nach Lehm, Staub und Feuchtigkeit lag in der Luft. Wie sollte er hier weitermachen, wenn Rie etwas passiert war?

Ein tiefes Schluchzen drang aus seiner Kehle, und er suchte Halt an dem Fließband direkt neben ihm, wo er sich mit beiden Händen festklammerte. Sein ganzer Körper bebte, als ihn die Verzweiflung übermannte und Angst und Schmerz zusammen mit einer Tränenflut aus ihm herausbrachen.

Nach einer gefühlten Ewigkeit wischte Rune sich schließlich mit dem Handrücken über die Augen und straffte sich. Niemand durfte ihn so sehen. Er musste sich zusammenreißen. Stark bleiben. Für seine Frau. Für Rie.

Rune holte tief Luft, löste sich von seinem Platz und verließ die Ziegelei durch den Haupteingang. Dabei fühlten sich seine Beine unendlich schwer an.

Der spärliche Schein der Straßenlaternen tauchte den Asphalt in trübes Licht. Die Straßen waren menschenleer, die angrenzenden Häuser in nächtlicher Ruhe versunken. Von der Hitze des Tages war kaum noch etwas spürbar.

Das Kultur- und Bürgerhaus lag am Ende der Sundgade in einem lang gezogenen Spitzgiebelgebäude aus ockerfarbenen Steinen und rotem Ziegeldach. Obwohl es fast Mitternacht war, standen auf dem Parkplatz zahlreiche Autos. Hinter den Fenstern brannte Licht. Sobald Rune das Gebäude betreten hatte, hörte er Stimmen aus dem großen Versammlungsraum.

Sie waren alle da. Nohr Larsen, sein früherer Schulkamerad und Vorsitzender des Bürgerhauses, Mikkel Hedgren, der in der Nähe von Egernsund eine Tankstelle betrieb, genau wie Mads Lonegard, dem die Gärtnerei gehörte, in der Rune am Vormittag die Hortensien für Nora gekauft hatte. Da war Jon Møller, der hiesige Feuerwehrchef, zusammen mit dem schicken Theo, der ihm in seinem Friseursalon gegenüber der Kirche im achtwöchigen Rhythmus seinen Haarschnitt verpasste, Per Lundgren vom Hafenkiosk sowie zahlreiche Ziegeleimitarbeiter und andere bekannte Gesichter. Auch Mathias Ravn war anwesend und lehnte etwas abseits mit vor der Brust verschränkten Armen an einem der Tische.

Sie alle lauschten Flemming Kjeldsen, der auf einem kleinen Podest stand, wie auf der Kanzel seiner Kirche, und seinen Blick über seine Schäfchen schweifen ließ.

»Rune, mein Freund.« Der Pfarrer winkte ihn heran. »Gibt es etwas Neues von Rie?« Er legte ihm die Hand auf die Schulter.

Rune schüttelte den Kopf.

Flemming löste seinen Griff. »Wir haben gerade darüber gesprochen, wo wir noch nach Rie suchen könnten.«

Rune sah schweigend in die Runde. Vertraute Gesichter. Alle waren gekommen, um zu helfen. Einen kurzen Moment wurde ihm warm ums Herz. Im nächsten fiel ihm der Reisig im Transporter ein. Sein Argwohn kehrte zurück. War einer von ihnen verantwortlich für Ries Verschwinden? Und an der Ermordung von Elin?

Während der Pfarrer mit den Anwesenden darüber zu diskutieren begann, ob man sich als nächstes Suchgebiet das Waldstück vor Marina Minde vornehmen sollte, betrachtete Rune prüfend jede einzelne Person im Raum. Zuletzt blieb sein Blick an Flemming hängen, der ihm am nächsten stand. Rie war zuletzt im Pfarrhaus gesehen worden. Was, wenn sie es überhaupt nicht verlassen hatte?

Lars hatte erzählt, dass er am Nachmittag bei Annelie gewesen war und sie anschließend zum Schwimmen in die Bucht gegangen waren. Zu dem Zeitpunkt hatte sich Rie bei Herdis in der Küche aufgehalten. Seitdem war sie nicht mehr gesehen worden.

»Ich möchte, dass wir zu dir gehen«, presste Rune hervor.

Flemming sah ihn irritiert an. »Ja, natürlich. Das können wir später gerne machen.«

»Jetzt.«

Die Augen des Pfarrers verengten sich. »Was soll das, Rune?«

»Rie war zuletzt bei euch.« Rune machte einen Schritt auf ihn zu. »Ich will mich davon überzeugen, dass sie nicht mehr dort ist.«

Im Raum wurde es mucksmäuschenstill.

Flemmings Gesichtszüge entgleisten. »Du solltest die Schuld lieber nicht bei anderen suchen.« Seine Stimme hatte jegliche Sanftheit verloren, klang nun hart und unnachgiebig, als würde er auf der Kanzel in seiner Kirche stehen und über das Unrecht der Welt lamentieren.

»Wenn hier jemand schuldig ist, dann bist du es. Du hättest diese Türkengöre niemals herbringen dürfen. Aber du hast ja nicht hören wollen.«

Rune bemerkte, wie Mathias Ravn beifällig nickte. Daher wehte also der Wind. Zwei Menschen mit gleicher Gesinnung. Mit einem Schritt war er beim Pfarrer und packte ihn am Kragen. »Erlaubt dein Gott das eigentlich?«, brüllte er ihm ins Gesicht. »Ich dachte immer, für ihn sind alle Menschen gleich. Aber hinter deiner Kutte versteckt sich nichts weiter als ein elender Rassist!« Er ließ Flemming so plötzlich wieder los, dass dieser ins Taumeln geriet und zu Boden ging.

Nohr Larsen eilte an die Seite des Pfarrers, um ihm auf die Beine zu helfen.

Betretene Gesichter. Rune machte auf dem Absatz kehrt und verließ ohne ein weiteres Wort den Raum.

10. Kapitel

Sønderborg, Dänemark

Es war 2.21 Uhr, und Rasmus lag hellwach im schmalen Bett von Sørens achtjähriger Tochter, nachdem sein Kollege darauf bestanden hatte, ihm Unterschlupf für die Nacht zu gewähren. Natürlich hätte er genauso gut im Bus schlafen können, doch davon hatte Søren nichts hören wollen.

Rasmus' Gedanken kreisten wie in einer Endlosschleife um Rie Poulsen. Was war mit dem Mädchen passiert? Hatte man sie entführt? Sie umgebracht? Schwamm ihre Leiche längst irgendwo in der Förde? Doch warum sollte jemand der Elfjährigen so etwas antun? Hing es mit dem Mord an Elin zusammen? Hatte Rie vielleicht irgendetwas gewusst? Doch in dem Fall hätte sie sicherlich mit ihren Eltern darüber gesprochen. Und hätte der Täter eine unliebsame Zeugin nicht schon längst beiseitegeschafft? Was hatten sie übersehen? Eine Familie, zwei Mädchen. Das eine tot, das andere verschwunden. Beide minderjährig. Hatten sie es am Ende mit einem Sexualdelikt zu tun?

Er sah schon die morgigen Schlagzeilen vor sich. *Wieder ein Kind spurlos verschwunden.* Man würde ihr Team öffentlich vorführen und der Polizei Inkompetenz unterstellen. Im Grunde hätten die Medien damit nicht einmal völlig unrecht. Keiner von ihnen hatte überhaupt in Erwägung gezogen, dass Rie Poulsen in Gefahr sein könnte, und alle im Team fühlten sich deshalb betroffen. Und obwohl sie bis weit nach Mitternacht zusammen im GZ gesessen hatten, gab es bislang nicht die geringste Spur von dem Mädchen. Der Täter war ihnen nach wie vor einen Schritt voraus.

Auch die umgehend eingeleitete Handyortung hatte sie nicht vorangebracht. Ries Smartphone war bis 14.32 Uhr in dem WLAN der Kjeldsens eingeloggt gewesen, ehe das Signal ihres Handys wenige Minuten später von einem Sendemast außerhalb des Pfarrhauses empfangen worden war. Danach hatte es keine weitere Aktivität gegeben.

Rasmus stöhnte. Seine Gedanken drehten sich im Kreis. Er sollte lieber zusehen, dass er eine Mütze Schlaf abbekam, vielleicht würde das den Nebel in seinem Kopf vertreiben. Er schloss die Augen und kroch tiefer unter die rosa Einhorn-Bettdecke.

In dem kleinen alten Fachwerkhaus, das wenige Minuten von Sønderborgs Stadtzentrum entfernt am Nordufer lag, war es fast vollkommen still, nur das Summen des Kühlschranks war durch den Türspalt zu hören. Seine Gedanken glitten zu Ida, ihrem flaumigen Haar, ihrem süßen Duft und ihrem breiten zahnlosen Lächeln.

Rasmus schreckte hoch. Er dachte, er wäre nur kurz weggenickt, doch ein Blick auf das Display seines Handys verriet ihm, dass er über drei Stunden geschlafen hatte. Ries Handy, schoss es ihm durch den Kopf. Er hatte sie längst fragen wollen, ob sie die Aufnahmen mit ihm am Fundort der Leiche gelöscht hatte, und es dann doch vergessen. Es hatte die ganze Zeit in seinem

Hinterkopf herumgespukt. Auch Ries Eltern hatten erzählt, dass die Kleine ständig fotografierte und filmte, was ihr vor die Handylinse kam.

Was, wenn sie durch Zufall den Täter aufgenommen hatte?

Schlagartig war Rasmus hellwach. Angenommen, er hatte recht, wie hätte der Täter davon erfahren sollen?

Er schob die Einhorn-Decke beiseite und stand auf. Vor den Sprossenfenstern brach gerade die Morgendämmerung an. Erste Lichtstrahlen wischten die Dunkelheit beiseite und verfärbten den Horizont in ein tiefes Orange.

Er schlüpfte in seine Klamotten und ging in die angrenzende Küche. Dort stellte er die Kaffeemaschine an und suchte in den Schränken nach dem Kaffeepulver. Während es schließlich brodelte, zischte und dampfte, starrte er aus dem Fenster.

Draußen wurde es heller. Die Konturen des modernen Universitätsgebäudes auf der gegenüberliegenden Uferseite traten hervor, und der Als Sund, der kurz zuvor noch von der Nacht verschluckt gewesen war, lag schimmernd im Morgenlicht.

Warum ausgerechnet jetzt? Rasmus dachte fieberhaft nach. Cathrinesminde, fiel es ihm ein. Den Tatort hatten sie erst vor Kurzem gefunden. Ries Bruder Lars hatte erzählt, seine Schwester sei überall gewesen. Eine stillgelegte Ziegelei war für ein auf Abenteuer erpichtes Mädchen wie sie mit Sicherheit ein großartiger Ort zum Erkunden. Konnte es sein, dass Rie zur Tatzeit in Cathrinesminde herumgestromert war? Und erst jetzt, mit der Bekanntmachung des Tatorts, hatten sie den Täter aufgeschreckt? Sie hatten dem Mädchen viel zu wenig

Beachtung geschenkt, nie gefragt, wo sie am Montagnachmittag gewesen war. Weil eine Elfjährige für sie als Täterin ausfiel. Doch nicht als Zeugin. Adrenalin schoss durch seine Blutbahnen. Konnte Rie in Cathrinesminde sein? Sie hätten längst dort suchen müssen, anstatt sich nur auf die Umgebung zu konzentrieren, in der das Mädchen verschwunden war. Wenn ihr dort etwas zugestoßen war, würde er sich das niemals verzeihen. Rasmus verließ die Küche, um Søren zu wecken.

Cathrinesminde, Dänemark

Rasmus hielt mit dem VW-Bus direkt vor dem ockerfarbenen Gebäude mit den Arbeiterwohnungen. Das Ziegeleigelände wirkte zu dieser frühen Stunde einsam und verlassen. Parkplatz und Wege waren wie leergefegt, das rot-weiße Absperrband der Polizei verschwunden. Seine Nerven waren zum Zerreißen gespannt. Mit dem Schlüsselbund in der Hand, das ihm zuvor eine noch verschlafene Museumsmitarbeiterin ausgehändigt hatte, eilte er zunächst zur mittleren Tür und öffnete sie.

»Rie?!« Rasmus trat über die Schwelle.

In der Arbeiterwohnung empfing ihn vollkommene Stille. Alles in dem Raum sah noch genauso aus wie vor zwei Tagen. Die Möbel, die Küchenutensilien, die Bücher in den Regalen. Auch die über den Ofen gespannte Leine mit den Tüchern und Kleidungsstücken und der gedeckte Tisch wirkten unverändert, genau wie das angrenzende Schlafzimmer.

Rasmus wiederholte die Prozedur bei den beiden

anderen Wohnungen mit dem gleichen Ergebnis. Kein einziger Hinweis auf das verschwundene Mädchen. Er trat zurück ins Freie.

Ein schwarzer Kombi, gefolgt von zwei Streifenwagen, kam gerade den Hügel hinuntergefahren und hielt hinter seinem VW-Bus. Søren stieg aus dem ersten Fahrzeug, jeweils vier Uniformierte aus den beiden anderen. Rasmus war erleichtert, dass Vickie nicht unter ihnen war. Spitze Bemerkungen seiner Ex-Freundin waren jetzt das Letzte, was er brauchte.

»Hej!« Rasmus eilte seinem Kollegen entgegen. »Ich habe schon in den Arbeiterwohnungen nachgesehen. Dort ist sie nicht.«

Søren nickte, wandte sich um und instruierte die uniformierten Beamten, die daraufhin in Zweierteams auf die Ziegelei zusteuerten.

»Und du glaubst wirklich, das Mädchen könnte hier sein?« Der Ermittler ließ seinen Blick über das weitläufige Gelände schweifen.

»Bis eben dachte ich es zumindest«, erwiderte Rasmus. Seine anfängliche Euphorie hatte erste Risse bekommen.

»Gut, dann komm.« Søren steuerte nun ebenfalls auf die Ansammlung langgestreckter roter Gebäude zu.

Rasmus war mit wenigen Schritten an seiner Seite. »Zur Ringofendecke.« Er eilte voraus.

An der oval angelegten Außenmauer des Ringofens stieg er die seitlich angebrachte Treppe hinauf. Schummriges Licht empfing sie unter dem schweren Holzgebälk. Gleich im nächsten Moment bekam seine Euphorie den nächsten Dämpfer verpasst. Die riesige Halle war leer.

Søren, der ihm die Treppe hinauf gefolgt war, pfiff

leise durch die Zähne. »Das ist ja spooky hier.« Sein Blick glitt über die Metalldeckel, die über die gesamte Fläche verteilt waren, um die Bodenlöcher abzudecken.

»Von hier oben wurde der Brennvorgang gesteuert«, erklärte Rasmus resigniert. »Ich gehe wieder runter. Rie ist hier nicht.«

»Ich sehe mich noch etwas um.« Søren bückte sich, um einen der Metalldeckel anzuheben.

Rasmus nickte und nahm den Weg, den er zuvor gekommen war. Im Freien zündete er sich eine Zigarette an und ging ein paar Schritte Richtung Ufer. Weit und breit war keine Menschenseele zu sehen. Vor der Küste glitt ein vereinzeltes Segelboot dahin, in ein paar Stunden würden es Dutzende sein. Trotz der frühen Stunde war es bereits angenehm warm, und es versprach ein weiterer schöner Sommertag zu werden.

Wo steckst du bloß, Rie? Er ließ seinen Blick über die Bucht schweifen. Auf der schmalen Landzunge, die sich in die Förde hineinstreckte, leuchteten die bunten Fischerhäuschen in der Morgensonne.

Etwas Rotes blitzte zwischen den Holzfronten hervor.

Rasmus schnippte seine Zigarette beiseite, eilte im Laufschritt zu dem plattgedrückten Trampelpfad, über zerbrochene Ziegelsteine, Scherben und Grashalme hinweg, und erreichte den ersten Schuppen, ein dunkelgrünes Exemplar.

Die Tür war unverschlossen. Fischernetze, Seile und Taue, eine Kiste Bier. Doch keine Rie.

Das Rote, das er aus der Ferne gesehen hatte, entpuppte sich als alter Fahrradrahmen. Ein Erwachsenenmodell, stark verrostet und ohne Reifen. Er lief weiter zum zweiten Häuschen, hier war das Holz naturbelassen, morsch und stark verwittert, die Tür mit einem Vorhängeschloss versehen. Durch einen Spalt konnte er ins Innere der Hütte sehen. Bis auf ein paar Angeln, Eimer und zwei an die Wand gelehnte Klappstühle war auch dieser Schuppen leer.

Rasmus knöpfte sich ein Fischerhäuschen nach dem anderen vor, doch das Ergebnis war immer dasselbe. Keine Spur von dem verschwundenen Mädchen. Seine These fiel wie ein Kartenhaus in sich zusammen. Er hatte sich geirrt.

Hamburg, Deutschland

Timur zog das Bettlaken von der Schlafcouch, schmiss es zu Kissen und Decke auf den Sessel und klappte das Möbelstück zurück in seinen Ursprungszustand.

Es war eine vorübergehende Lösung, bis er ein Zimmer in einer WG oder einen Platz im Studentenwohnheim fand. So lange würde er in der Wohnung seiner Mutter ausharren müssen, zusammen mit ihrem Freund Enno. Der schien sich hier mittlerweile viel häufiger aufzuhalten als in seinen eigenen vier Wänden. Hoffentlich machte sich der Typ hier nicht auf Dauer breit. Sein prolliges Gehabe und die herablassende Selbstgefälligkeit, mit der er seine Mutter behandelte, waren Timur ein Dorn im Auge. Enno passte kein bisschen zur ihr, zumindest nicht so gut wie sein Vater. Seit er seine Eltern neulich zusammen gesehen hatte, war Timur mehr denn je davon überzeugt, dass sie sich noch immer liebten. Vermutlich hätten sie sich nie getrennt, hätte sich nicht Esma zwischen sie gedrängt.

Timur seufzte und warf einen Blick auf sein Handy. Keine Nachricht von Sait. Am Nachmittag ging der Flug seines Bruders nach Istanbul. Nur noch wenige Stunden, in denen er eingreifen konnte. Wenn er nur wüsste, was richtig war.

Am Abend hatte er versucht, seinen Vater zu erreichen, doch er war nicht an sein Handy gegangen. Offensichtlich machte seine Familie jetzt tatsächlich Ernst, und er gehörte nicht mehr dazu. Der Gedanke schmerzte ihn mehr, als er erwartet hatte.

So häufig hatte er sich gefragt, weshalb er sich zwischen beiden Welten entscheiden musste. Jetzt war ihm diese Entscheidung abgenommen worden.

Timur raffte das Bettzeug zusammen und stopfte es ins untere Fach der Anrichte, die seine Mutter für ihn freigeräumt hatte. In dem oberen befanden sich die wenigen Habseligkeiten, die er am Vortag von zu Hause mitgenommen hatte. Natürlich hätte er für die Übergangszeit auch in Elins Zimmer wohnen können, doch das brachte er nicht über sich. In dem Raum war alles unverändert geblieben, und sobald er ihn betrat, hatte er das Gefühl, Elin könne jeden Augenblick zurückkommen. Anschließend überkam ihn stets eine tiefe Traurigkeit.

Timur schnappte sich seinen Rucksack sowie einen Hoodie und verließ das Wohnzimmer. Im Flur roch es nach frisch gebrühtem Kaffee. Er ging in die Küche, wo er auf Enno traf, der sich gerade einen Kaffee einschenkte. Sein Hipster-Bart war frisch gestutzt, die Seiten unter dem langen Deckhaar wieder auf Millimeterhöhe gebracht. Er trug verwaschene Jeans und dazu ein enges braunes T-Shirt, das seine muskelbepackten Arme betonte.

»Hey, Timur, alles klar?« Auf der Vorderseite seines Oberteils prangte das kreisrunde Bärenmarke-Emblem. »Möchtest du Kaffee?«

»Gern.« Timur verspürte einen kurzen Anflug von Sympathie für den Freund seiner Mutter. »Wo steckt Mama?«

Enno reichte ihm mit seiner ringbestückten Hand den befüllten Kaffeebecher. »Im Schlafzimmer. Sie telefoniert. Irgendeine Frau aus Egernsund hat angerufen.«

»Nora?«

Enno zuckte die Schultern und zündete sich eine Zigarette an.

»Kannst du das nicht draußen machen?« Timur öffnete demonstrativ das Fenster.

»Sag mir nicht, was ich zu tun habe, Junge.« Enno blies ihm ein paar Rauchkringel ins Gesicht.

Timurs Sympathie war augenblicklich verflogen. Er würde sich heute noch um eine andere Bleibe kümmern. Mit dem Kaffeebecher in der Hand ging er in den Flur. Vor der Schlafzimmertür seiner Mutter blieb er stehen. Ihre Stimme drang nach draußen, doch sie war so leise, dass er ihre Worte nicht verstehen konnte. Es war das erste Mal seit Tagen, dass seine Mutter mit Nora sprach. Worüber redeten die beiden? Über seine Schwester? Oder wussten sie Bescheid?

Er rückte ein Stück näher an die Tür heran. Lauschte. Drinnen war es jetzt vollkommen still. Im nächsten Moment wurde die Tür geöffnet, und er stand seiner Mutter gegenüber.

»Timur.« Sontje strich sich mit einer fahrigen Geste die Haare aus dem Gesicht. Ihre Augen waren geschwollen und gerötet. »Das war Nora.« Sie deutete auf das Telefon in ihrer Hand. »Rie ist verschwunden.«

Timur zuckte vor Schreck zusammen, und heißer Kaffee schwappte über seine Hand. »Verdammt.« Er saugte mit dem Mund einen Moment an der geröteten Stelle. »Was heißt verschwunden?«

»Rie ist seit gestern Nachmittag nicht nach Hause gekommen.« Tränen schossen seiner Mutter in die Augen. »Es ist alles genau wie bei Elin.« Ihre Stimme kippte.

Timurs Gedanken rasten. Nein. Es war nicht wie bei Elin. Es konnte gar nicht so sein.

»Was ist, wenn man sie auch ermordet hat?« Die Tränen quollen jetzt sintflutartig aus den Augen seiner Mutter. »Oh Gott. Und ich habe Nora vorgeworfen, dass …« Sie verstummte schlagartig.

»Es ist nicht wie bei Elin«, versuchte Timur seine Mutter zu beruhigen.

»Das kannst du doch gar nicht wissen. Die arme Nora.« Sontje ließ sich auf das noch ungemachte Bett sinken. »Ich weiß genau, was sie gerade durchmacht.«

Timur betrat das Schlafzimmer, stellte seinen Kaffeebecher auf der Kommode ab. Dann setzte er sich neben seine Mutter, versuchte die zerwühlten Laken und den Gedanken daran, was Enno und sie darauf alles getrieben hatten, zu ignorieren.

»Doch, ich weiß, dass es nicht wie bei Elin ist«, sagte Timur nachdrücklich. Er schluckte. »Es hat alles mit Sait zu tun.«

Seine Mutter riss die Augen auf, dann legte sie ihre

Hand auf seinen Unterarm. »Du musst mir jetzt alles sagen, hörst du?«

Timur nickte. Dann begann er zu erzählen.

Padborg, Dänemark

»Wie ist der aktuelle Stand?« Vibeke sah in die angespannten Gesichter ihrer Kollegen. Alle im Team wirkten müde und abgeschlagen. Die Stimmung war gedrückt.

Am frühen Morgen hatte es bereits eine Pressekonferenz gegeben, seitdem standen die Telefone der speziell dafür eingerichteten Hotline nicht still. Der entscheidende Hinweis war allerdings bislang ausgeblieben.

Pernille stand an dem Whiteboard, an das sie eine großformatige Karte von Egernsund befestigt hatte. Ihr dunkles Haar hatte sie zu einem Knoten hochgezwirbelt, der von einem Bleistift gehalten wurde. »Die Suchtrupps haben das Waldgebiet im Nordosten komplett durchkämmt. Und auch den Bereich rund um die Ziegelei.« Sie deutete mit der Hand auf das weitflächige grüne Gelände, das direkt an das Lehmlager der Ziegelei grenzte. »Außerdem wurden das komplette Nord- und Südufer abgesucht, Teile davon sind nur schwer zugänglich. Leider ist es bei einem Wassergebiet dieser Größenordnung ohne einen konkreten Anhaltspunkt unmöglich, Taucher einzusetzen. Man hat mir gesagt, dass nicht alle Leichen, die in der Förde landen, zwangsläufig wiederauftauchen. Manche verfangen sich unter

Wasser oder gelangen erst Monate später an die Oberfläche. Die Förde ist für diese Jahreszeit ungewöhnlich kühl. Das wirkt der Bildung von Fäulnisgasen entgegen, die für den Auftrieb sorgen.«

Betretenes Schweigen.

»Es gibt mehrere Wege, um vom Haus der Kjeldsens zur Ziegelei zu gelangen«, fuhr Pernille fort. »Rie fuhr in der Regel die Sungade entlang und am Hafen vorbei.« Sie deutete mit der Hand auf die rot markierte Strecke. »Der kürzere Weg über den Brillevej führt über die 401, eine vierspurige Landstraße. Den sollte Rie laut ihren Eltern möglichst vermeiden.« Die Verbindung war blau markiert. »Die Anwohner entlang beider Wege werden befragt, aber natürlich besteht auch noch die Möglichkeit, dass Rie einen Seitenweg genommen hat.«

»Möglicherweise hat sie der Täter bereits vorher abgefangen«, warf Rasmus ein. Er hielt mittlerweile die dritte Tasse Kaffee in den Händen und war dazu kreidebleich im Gesicht. »Wir sollten checken, ob es in der Gegend leerstehende Gebäude gibt.«

»Gute Idee.«

»Oder Rie hat das Haus der Kjeldsens nie verlassen«, schob Rasmus hinterher. »Keiner der Nachbarn hat das Mädchen wegfahren sehen. Und die Handydaten besagen nur, dass sich Ries Handy aus dem WLAN-Netz der Kjeldsens ausgeloggt hat. Nicht, dass sie nicht mehr dort war.«

»Sie war nicht mehr im Haus.« Sørens Stimme klang rau. Auf seiner Schreibtischplatte stand ein Teller mit mehreren Gebäckteilchen. Er hatte keins davon bislang angerührt. Ein Zeichen dafür, wie sehr ihn das Verschwinden des Mädchens mitnahm. Der Ermittler hatte sechs Töchter. »Jens und ich haben uns in sämtlichen Räumen umgesehen. Mit ausdrücklicher Erlaubnis von Herdis Kjeldsen.«

Jens nickte bestätigend. »Habt ihr heute eigentlich schon die Schlagzeilen gelesen?« Er hielt eine Zeitung hoch.

Erneut ein Kind verschwunden! Polizei machtlos war darauf in fetten schwarzen Buchstaben zu lesen. Daneben prangte ein großformatiges Foto von Rie Poulsen, auf dem sie verschmitzt in die Kamera lächelte. »Und das ist noch die harmlose Variante.« Er hielt ein anderes Exemplar in die Höhe. Hier lautete die Überschrift: *Das zweite Opfer des Hexenmörders?*

»Das gibt es doch nicht«, brauste Søren auf und streckte die Hand nach der Zeitung aus. Beim Lesen des Artikels erschien ein angespannter Zug um seinen Mund. »Was für Aasgeier.«

»Schmierfinken der allerübelsten Sorte«, bestätigte Jens. »Anstatt die Bevölkerung sachlich um Mithilfe zu bitten, saugen die sich irgendwelchen Dreck aus den Fingern. Davon abgesehen, dass es nicht nur ein mieses Bild auf unsere gesamte Belegschaft wirft, geht das vor allem zu Lasten des Mädchens.« Er schüttelte den Kopf und löste dabei ein Stück weit seine Krawatte. Obwohl er nur wenige Stunden geschlafen haben konnte, sah ihr Kollege aus, als wäre er direkt aus der Hochglanzbroschüre eines Herrenausstatters gesprungen. »Niemand von denen schert sich einen feuchten Kehricht darum, wie es den Eltern dabei geht, wenn sie diesen Schund lesen müssen.«

»Lasst uns weitermachen.« Vibeke blickte aufmunternd in die Runde, ehe ihr Blick an Rasmus hängenblieb. »Hast du schon mit Ries Eltern gesprochen, was deine These mit Cathrinesminde betrifft? Könnte sie sich zur Tatzeit dort aufgehalten haben?«

Der Ermittler nickte. »Ich habe vorhin mit ihrem Vater telefoniert. Rie interessierte sich tatsächlich für die alte Ziegelei, allerdings war ihr strikt verboten, alleine dort hinzufahren.«

»Was es für die Kleine vermutlich nur noch interessanter gemacht hat«, kam es von Søren.

»Genauso sehe ich es auch«, klinkte sich Rasmus ein. »Leider macht es den Täterkreis nicht unbedingt kleiner.«

»Wir müssen sie alle noch einmal abklappern.« Vibeke klopfte mit ihrem Kugelschreiber auf die Tischplatte. »Und zwar jeden, der mit der Ziegelei zu tun hat.« Sie erwartete Widerspruch, allen voran von Rasmus, der diese Art von mühsamer Kleinarbeit für gewöhnlich hasste und größtenteils auch für überflüssig befand, doch alle stimmten ihr zu. »Wir müssen wissen, wo sich jeder Einzelne gestern Nachmittag aufgehalten hat. Das umfasst auch die Leute, die sich in dieser Bürgerwehr organisiert haben, von der Rasmus uns erzählt hat. Der Täter könnte sich ihnen angeschlossen haben, um nicht aufzufallen.« Sie blickte in die Runde. »Lasst uns die Aufgaben verteilen.«

»Ich würde gerne diese Hilfssheriffs ein wenig aufmischen.« Søren knackte mit den Fingern. Er sah zu Jens. »Bist du dabei?«

Jens nickte.

Vibeke wandte sich an Rasmus. »Dann fahren wir beide zur Ziegelei?«

Ehe ihr Kollege antworten konnte, klingelte auf

Pernilles Schreibtisch das Telefon. Die Ermittlerin nahm das Gespräch an. Sie lauschte einen Moment und hob dann zwei Finger als Zeichen, dass es wichtig war. Sie zog den Bleistift aus ihrem Knoten, und ihre Haare fielen auf die Schultern herab. Zwischen ihren markanten Brauen erschien eine steile Falte.

Sie haben Rie Poulsens Leiche gefunden, schoss es Vibeke durch den Kopf. Sämtliche Muskeln in ihrem Körper spannten sich an.

»Wir kümmern uns darum.« Pernille legte auf. »In der Presseabteilung hat sich eine Zeugin gemeldet. Die Mitarbeiterin aus einem Café in Sønderborg. Sie hat Elin Akman am Nachmittag des Mordes dort zusammen mit einem jungen Mann gesehen.«

Vibeke atmete auf. »Und ich dachte schon …« Sie sprach den Rest des Satzes nicht aus. Ihre Erleichterung spiegelte sich in den Gesichtern ihrer Kollegen. »Warum meldet sich die Frau erst jetzt?«

»Sie ist am gleichen Abend für zehn Tage nach Mallorca geflogen und erst gestern Nacht zurückgekommen«, erwiderte ihre Kollegin.

»Kann sie den jungen Mann beschreiben?«

Pernille nickte. »Sie sagt, es sei eindeutig ein Ausländer gewesen.«

Vibeke und Rasmus griffen zeitgleich nach ihren Jacken.

Sønderborg, Dänemark

Das Café lag in der Fußgängerzone mitten im Stadtzentrum von Sønderborg und entpuppte sich als eine Filiale der Bäckereikette Lagkagehuset, was auf Deutsch so viel wie »Kuchenhaus« bedeutete. Kaffee trinkende Menschen saßen an den Tischen im Außenbereich, tippten auf ihren Smartphones herum oder unterhielten sich, andere streckten einfach nur ihr Gesicht mit geschlossenen Augen der Sonne entgegen.

In der Bäckerei roch es verlockend nach Kaffee und Frischgebackenem. Vibeke hatte selten eine größere Auswahl an Backwaren gesehen. Die Vitrinen waren randvoll mit dänischen Leckereien. Zimtschnecken und Wienerbrød in allen möglichen Varianten, dazu Plundergebäck, Törtchen und Torten neben zahlreichen Sorten Brot und Brötchen, Schalen mit Salaten, Joghurt, Früchten und Müsli und jeder Menge üppig belegter Sandwiches. Bei jeder anderen Gelegenheit hätte Vibeke sich am Automaten eine Nummer gezogen und zwischen den zahlreichen wartenden Kunden eingereiht.

Rasmus, der an der Theke stand, um sich nach der Anruferin zu erkundigen, drehte sich um und gab ihr ein Handzeichen, ihm in eine ruhige Ecke der Bäckerei zu folgen.

Eine zierliche Blondine mit hellblondem Pferdeschwanz, die vermutlich keinen Tag älter als zwanzig war, kam mit zwei Pappbechern Kaffee hinter dem Tresen hervor. Auf dem Plastikdeckel lag jeweils ein dunkles, mit Haselnüssen und Haferflocken besetztes Bällchen.

»Hej, ich bin Lone«, stellte sich die Blondine vor. An

ihrer linken Braue steckte ein Piercing. »Hier, für dich.« Sie drückte Vibeke einen der Kaffeebecher in die Hand, den anderen reichte sie Rasmus.

»Danke.« Vibeke beäugte das runde Gebäckteil auf dem Deckel.

»Das ist Chokorug«, erklärte Lone, die ihren Blick offenbar bemerkt hatte. »Roggenbrot mit Schokoladenstückchen. Es schmeckt himmlisch.«

»Später vielleicht.« Vibeke legte den Snack auf eine Serviette und nippte am Kaffee. Er war sehr heiß und sehr gut. »Bitte erzähle, was du letzten Montag beobachtet hast.« Das Duzen fiel ihr nicht leicht. Doch sie hatte festgestellt, dass die Dänen sehr viel auskunftsfreudiger waren, als wenn man sie förmlich siezte.

»Das Mädchen, diese Elin, sie war hier, um sich eine Zimtschnecke zu kaufen«, erzählte Lone mit leiser Stimme. Sie klang angespannt. »Sie kam häufiger. Manchmal war noch ein anderes Mädchen dabei, aber letzten Montag kam sie alleine. Sie hat sich dann draußen zum Essen hingesetzt.« Sie zeigte auf einen der schwarzen Stühle, die unter der Markise standen. »Kurz darauf tauchte dann dieser junge Mann auf.«

»Weshalb ist dir das aufgefallen?« Rasmus ließ seinen Blick durch den rappelvollen Laden schweifen, während er an seinem Kaffee nippte.

»Es war gerade kein Kunde da. Und die beiden haben sich gestritten. Ziemlich heftig sogar.«

»Hast du zufälligerweise mitbekommen, worum es dabei ging?« Rasmus schob sich wie beiläufig das Chokorug in den Mund.

Lone schüttelte den Kopf. »Ich hatte schon überlegt rauszugehen, um das Mädchen zu fragen, ob es Hilfe benötigt, aber dann kamen jede Menge Kunden in den Laden. Die musste ich natürlich bedienen.« Eine leichte Röte überzog ihr Gesicht. »Ich wünschte, ich hätte es getan.«

»Es ist nicht deine Schuld, was Elin passiert ist«, sagte Vibeke.

Lone nickte. »Als ich wieder Luft hatte, waren die beiden weg. Sowohl das Mädchen als auch der Typ.«

Vibeke sah zu Rasmus, der damit beschäftigt war, sich mit der Serviette Schokoladenreste vom Mund zu wischen, und fuhr mit der Befragung fort: »Wie spät war es, als du die beiden gesehen hast?«

»Ich habe nicht auf die Uhr geschaut. Aber ich schätze, zwischen drei und halb vier.«

»Wie sah der Mann aus?«

»Dunkle Haare, dunkler Teint«, zählte Lone auf und bediente damit das typische Klischee. »Definitiv ein Ausländer. Das Alter kann ich nur schwer einschätzen. Vielleicht siebzehn oder achtzehn. Aber das muss nicht unbedingt stimmen, er war ja einige Meter entfernt. Er könnte auch älter gewesen sein.«

Vibeke zog ihr Handy heraus und holte die Wahlbild-Vorlage aufs Display, die ihr Pernille kurz zuvor zugeschickt hatte. Darauf waren acht Männer abgebildet, darunter Sait und Timur Akman. »Ich habe hier ein paar Fotos. Wenn du weiterwischst, kannst du sie dir einzeln anschauen. Vielleicht ist der Mann dabei, den du zusammen mit Elin gesehen hast.«

Die junge Frau nahm das Smartphone entgegen, studierte aufmerksam das Übersichtsfoto, runzelte kurz die Stirn und wischte zum nächsten Bild.

Vibeke nahm wahr, dass Rasmus unruhig mit dem

Fuß wippte. Sie warf ihm einen warnenden Blick zu, den er jedoch nicht zu bemerken schien, da er vollauf damit beschäftigt war, Lone zu fixieren. Bei Bild Nummer vier erschien erneut ein leichtes Runzeln auf ihrer Stirn. Das Wippen verstärkte sich. Zwei Fotos weiter blickte die junge Frau schließlich auf.

»Das ist er.« Sie tippte mit dem Finger auf das Display, um ihre Aussage zu verdeutlichen.

»Sicher?«, fragte Vibeke.

»Ganz sicher.«

Das Foto Nummer sechs zeigte Sait Akman.

Egernsund, Dänemark

Sebastian drosselte das Tempo, als der Asphalt in den Schotterweg überging. Die Sonne stand jetzt hoch am Himmel und brannte ihm ungehindert in den Nacken. Neben ihm bewegten sich Halme und Gräser der angrenzenden Wiesen träge im Wind, Insekten summten geschäftig herum. Segelboote glitten über das Wasser der Förde und markierten weiße Farbtupfer auf den blauen Hintergrund. Die Landschaft wirkte am helllichten Tag völlig anders als in der Nacht. Idyllisch. Trügerisch.

Hinter der nächsten Baumreihe stieg er vom Fahrrad und schob es auf die Lichtung zu. Die runde, heruntergebrannte Fläche kam in sein Sichtfeld, und er biss sich auf die Unterlippe. Am Ufer kauerte eine blonde Gestalt. Annelie.

Beim Näherkommen sah er, wie ihre Schultern

bebten. Kurz überlegte er umzudrehen, um sie in diesem intimen Moment nicht zu stören, doch genau da entdeckte sie ihn.

»Sebastian.« Sie wischte sich mit der Hand die Tränen fort.

»Möchtest du lieber alleine sein?«, erkundigte er sich.

»Nein, ist schon okay.« Sie schniefte.

»Hast du dich mit Magne gestritten? Ich bin ihm vorhin begegnet. Er sah auch völlig fertig aus.«

Anstatt einer Antwort traf ihn ein vorwurfsvoller Blick aus rotgeweinten Augen.

»Entschuldige, so war das nicht gemeint«, schob Sebastian schnell hinterher. Er war wirklich ein Idiot.

»Schon gut.« Annelie erhob sich. »Was machst du eigentlich hier?«

Er lehnte sein Fahrrad gegen einen Baumstamm und ging zu ihr ans Ufer, wobei er penibel darauf achtete, die verbrannte Bodenfläche nicht zu betreten. »Ich habe das Gefühl, Elin hier näher zu sein.« Er stellte sich neben Annelie, und sie blickten beide übers Wasser. »Vermutlich geht es dir ähnlich.« Aus den Augenwinkeln nahm er wahr, wie sie nickte. »Sie fehlt mir.«

Annelie fasste nach seiner Hand, drückte sie stumm. Erneut liefen ihr Tränen übers Gesicht.

Sebastian schluckte. »Du glaubst nicht, dass ich es war, oder?«

»Nein. Das habe ich nie.«

Es klang aufrichtig. Erleichterung durchflutete ihn. »Hast du das mit Lars' Schwester gehört?« Er löste sich von ihrer Hand.

»Natürlich.« Annelie blickte in die Ferne. »Alle haben das. Mein Vater hat sogar einen Suchtrupp organisiert.

Sie waren die halbe Nacht unterwegs. Ich glaube, dein Vater war auch dabei.«

»Echt?«, entgegnete Sebastian überrascht. »Ich dachte, die beiden können sich nicht ausstehen.«

»Das dachte ich auch.«

Eine Weile standen sie schweigend nebeneinander. Sebastians Blick huschte zu ihrem Profil. Das helle Haar, die fein geschwungenen Brauen, die vollen Lippen. Wenn er sich damals nicht in Elin, sondern in Annelie verliebt hätte, wäre ihm jetzt vielleicht leichter ums Herz. Er bereute den Gedanken sofort. Es fühlte sich an, als würde er Elin verraten, bis ihm einfiel, dass sie es war, die den Verrat begangen hatte. »Was glaubst du, was mit Rie passiert ist?«

»Ich weiß es nicht.« Annelie presste die Lippen zusammen. Es schien, als wäre sie kurz davor, erneut in Tränen auszubrechen, doch dann straffte sie sich. »Das alles ist irgendwie unwirklich. Auch die Leute sind merkwürdig geworden. Sogar Magne.«

»Was ist mit Magne?«, hakte Sebastian nach.

»Ach, ich weiß auch nicht.« Sie winkte ab. »Vergiss es einfach, dass ich was gesagt habe. Vielleicht hängt es nur mit seiner Mutter zusammen.«

Sebastian sah sie fragend an.

Annelie wich seinem Blick aus. »Tut mir leid. Magne möchte nicht, dass ich jemandem davon erzähle. Ich hätte das Thema gar nicht anschneiden sollen. Erzähl ihm bitte nichts davon.«

»Okay.«

»Ich muss jetzt los«, sagte Annelie. Sie wirkte plötzlich angespannt. »Ich habe meiner Mutter versprochen, ihr mit dem Essen zu helfen. Wir sehen uns.« Sie stellte sich auf die Zehenspitzen und hauchte ihm einen Kuss auf die Wange, dann ging sie über die Wiese davon.

Sebastian blieb noch eine Weile am Ufer stehen, dachte über Annelies Worte nach. Sie hatte recht. Die Leute verhielten sich merkwürdig. Aber galt das nicht auch für ihn? Die ersten Tage nach Elins Tod hatte er sich wie ein Zombie aufgeführt, kein Wunder, dass ihm seine Freunde aus dem Weg gegangen waren. Möglicherweise maß er der Sache ohnehin zu viel Bedeutung bei. Zumindest Annelie schien ihm nichts nachzutragen. Viel wichtiger war es jetzt, Rie Poulsen zu finden.

Er fragte sich, wie es wohl Lars gerade ging. Vermutlich waren er und seine Familie völlig verzweifelt. Er schämte sich ein wenig, dass er seinen Freund tatsächlich verdächtigt hatte, Elin etwas angetan zu haben. Vielleicht sollte er bei den Poulsens vorbeifahren und seine Hilfe anbieten.

Sein Blick fiel auf die verkohlten Brandreste. Er konnte immer noch nicht begreifen, was passiert war. Weshalb hatte Elin mit ihm geschlafen, wenn er ihr nicht wichtig gewesen war? Was hatte ihm der andere voraus? War er nicht erfahren genug? Hatte sie sich deshalb einen anderen gesucht? Sebastian schluckte. Doch wer war es?

Lars schloss er mittlerweile aus. Magne? Eigentlich konnte Sebastian sich das nur schwer vorstellen. Er betete Annelie regelrecht an, las ihr jeden Wunsch von den Augen ab. Vielleicht jemand von der Schule? Oder ein verheirateter Mann? Das Bild seines Vaters flammte vor seinem inneren Auge auf. Das konnte nicht sein, oder? Sebastian wusste, dass sein Vater seine Mutter in der Vergangenheit häufig betrogen hatte. Die Wände ihrer Wohnung in Kopenhagen waren nicht besonders dick gewesen, und er hatte jeden einzelnen Streit mitbekommen. Aber passte eine Minderjährige in sein Beuteschema?

Sebastian schüttelte den Kopf. Das war selbst seinem Vater nicht zuzutrauen.

»Verdammt, Elin.« Er kickte mit dem Fuß einen verkohlten Zweig beiseite. »Warum hast du nicht einfach mit mir gesprochen?«

Es brachte nichts, länger hierzubleiben. Hier würde er auch keine Antworten auf seine Fragen bekommen.

Sebastian schnappte sich sein Fahrrad und ließ die Lichtung hinter sich, erst auf dem Schotterweg schwang er sich auf den Sattel.

Kurze Zeit später erreichte er den Havnevej. In Höhe der Ziegelei lungerten noch immer einige Reporter am Straßenrand. Er überlegte vorbeizufahren, doch dann stieg er ab und schob sein Fahrrad über die Kieseinfahrt zum Haus der Poulsens. Durch das auf Kipp stehende Küchenfenster ertönten laute Stimmen. Eine gehörte Nora, die andere stammte von seinem Alten. Was machte der hier?

»Kein Wort an Kiersten«, sagte sein Vater gerade aufgebracht. »Ist das klar?«

Sebastians Gedanken rasten. Worüber sprach sein Vater?

»Geh endlich«, forderte ihn Nora mit bebender Stimme auf.

»Ich wollte nur helfen, vergiss das nicht.«

Stille.

Sebastian beschloss, sich vom Acker zu machen. Dass sein Vater ihn dabei erwischte, wie er am Fenster lauschte, fehlte ihm gerade noch. Er schwang sich auf sein Fahrrad, geriet im Kies aber sofort ins Straucheln und stieg wieder ab.

Hinter ihm öffnete sich die Haustür. »Sebastian?«

Er drehte sich um.

»Was tust du hier?«

Sebastian musterte seinen Vater kühl. »Das sollte ich wohl lieber dich fragen.«

Padborg, Dänemark

Vor dem Gebäude des Gemeinsamen Zentrums wartete eine Horde Reporter und ein Team des örtlichen Radiosenders. Kameras klickten, Blitzlichter flammten auf, als Rasmus die Fahrertür zuschlug und neben Vibeke Boisen über den Parkplatz eilte.

»Rasmus Nyborg, eine kurze Stellungnahme.« Ein Reporter streckte ihm sein Mikrofon entgegen.

Rasmus hob abwehrend die Hand, während seine Kollegin und er sich durch die Menge ins Gebäude drängten. Noch von Sønderborg aus hatte Vibeke Kontakt zum LKA Hamburg aufgenommen und um Amtshilfe bei der Festnahme von Sait Akman gebeten.

Sie hasteten die Treppe in den ersten Stock hinauf, dabei fragte sich Rasmus zum gefühlt hundertsten Mal, wie diese neue Entwicklung ins Bild passte. Noch vor wenigen Stunden war ihm alles glasklar erschienen. Der Täter stammte aus Egernsund. Punkt. Doch die Nachricht, dass Sait Akman kurz vor dem Mord zusammen mit dem Opfer gesehen wurde, hatte diese Gewissheit wieder ins Wanken gebracht. Und die Zeugin wirkte verdammt zuverlässig. Auch die Zeitangaben, die ihnen Lone genannt hatte, passten ins Bild.

Rasmus erreichte die Tür zum Büro der Sondereinheit und öffnete sie schwungvoll. Vibeke war zuvor zu den Waschräumen abgebogen.

Luís war als einziger Ermittler anwesend, alle anderen Schreibtische waren verwaist, die Kollegen unterwegs zu den Befragungen.

»Gibt es etwas Neues über Rie Poulsen?«

Der Portugiese schüttelte den Kopf.

»Verdammt!« Rasmus schlug mit der flachen Hand auf einen der Tische.

»Und bei euch?«, erkundigte sich Luís.

»Die Zeugin hat tatsächlich Sait Akman als denjenigen identifiziert, mit dem Elin letzten Montag gesehen wurde«, erwiderte Rasmus grimmig.

Der Portugiese machte große Augen. »Das ist ja ein Ding.« Er kam mit seinem Rollstuhl hinter dem Tisch hervor. »Und was bedeutet das jetzt für die Ermittlungen?«

Rasmus umfasste mit der Hand sein unrasiertes Kinn. »Wenn ich das nur wüsste. Aber das werden wir mit Sicherheit bald erfahren. Sait Akman wird gerade von den Hamburger Kollegen verhaftet.«

»Leider wird er das nicht«, ertönte Vibekes Stimme. Sie stand in der offenen Tür, das Handy in der Hand. Ihr blasses Gesicht war maskenhaft. »Das Vögelchen ist ausgeflogen, wie die Kollegen es so schön formuliert haben.«

Rasmus sah sie fassungslos an. »Wie jetzt?«

»Er war nicht zu Hause«, erwiderte Vibeke. »Und die

Mutter behauptet, sie wisse nicht, wo er ist. Genau wie alle anderen Familienmitglieder, mit denen die Kollegen gesprochen haben.« Sie seufzte. »Die Fahndung ist raus. Sämtliche Streifen sind informiert, auch die Kollegen am Bahnhof und am Flughafen. Doch vermutlich wurde der Junge längst außer Landes geschafft.«

»Verdammt!« Rasmus schüttelte den Kopf. »Genau so etwas hat Jens angedeutet.« Er räusperte sich und sah Vibeke reumütig an. »Ich hätte die Sache ernster nehmen sollen. Was, wenn Sait mit dem Verschwinden der Kleinen etwas zu tun hat? Das werde ich mir dann nie verzeihen.«

»Mal den Teufel nicht an die Wand.« Vibeke schenkte sich am Sideboard einen Kaffee ein. »Keiner kann bislang mit Sicherheit sagen, dass der Mord an Elin und Ries Verschwinden miteinander zu tun haben.«

Rasmus beäugte sie skeptisch. »Glaubst du das wirklich, oder willst du mich nur trösten?«

»Ganz ehrlich? Ich weiß nicht mehr, was ich glauben soll. Deshalb halte ich mich lieber nur noch an die Fakten.« Vibeke setzte sich hinter ihren Schreibtisch und trank einen Schluck Kaffee, ehe sie weitersprach. »Abgesehen davon hilft es niemandem weiter, wenn wir uns an dieser Stelle Vorwürfe machen. Das können wir später immer noch tun. Jetzt müssen wir das Mädchen finden.« Ihr Blick huschte zu Luís, der wieder hinter seinen Schreibtisch gerollt war, auf dem sich zahlreiche Unterlagen stapelten. »Was hast du da?«

»Das sind die Listen von Juwelieren und Geschäften, die in den letzten zwölf Monaten Ketten mit Kreuzanhängern verkauft haben, wie die Tote sie getragen hat. Pernille hat schon mit der Durchsicht angefangen.«

»Wie viele Verkaufsstellen sind das?«, erkundigte sich Vibeke.

Luís blätterte durch die Listen. »Unter Berücksichtigung von Sønderborg etwa drei Dutzend.«

»Sollten wir unsere Kapazitäten tatsächlich jetzt für so etwas einsetzen?«, warf Rasmus ein. »Die Kette könnte schließlich überall auf der Welt gekauft worden sein.«

Vibeke warf ihm einen ihrer Gletscherblicke zu. »Wir müssen das überprüfen. Das weißt du genauso gut wie ich.«

»Schon gut.« Rasmus hob abwehrend die Hände. »Ich rufe Søren an und frag, wie weit sie mit den Befragungen sind. Vielleicht können wir sie noch unterstützen.« Er griff nach dem Telefon und hatte gerade Sørens Handynummer gewählt, als ein Uniformierter in der Tür erschien.

»Da ist Besuch für dich.« Der Beamte reichte Vibeke einen Zettel. »Es ist wohl dringend.«

Vibeke sah auf das Stück Papier in der Hand, und ihre Augen weiteten sich. »Das gibt es doch nicht.« Sie reichte den Zettel an Rasmus weiter und stürmte aus der Tür.

Sontje und Timur Akman stand dort in kaum lesbarer Handschrift.

Rasmus eilte seiner Kollegin hinterher.

»Hej«, rief ihm Luís nach. »Könnte mich hier vielleicht auch mal jemand …«

Den Rest des Satzes hörte Rasmus nicht mehr.

Padborg, Dänemark

Sontje Akman wirkte noch zarter und schmaler als bei ihrer letzten Begegnung. Unter ihren Augen lagen dunkle Schatten, die Wangen wirkten eingefallen, als hätte sie in der letzten Woche etliches an Gewicht verloren. Ihre blonden Haare wirkten strähnig, der Ansatz leicht fettig. Ihr Sohn sah auch nicht wesentlich frischer aus. Dunkle Bartstoppeln wucherten an seinem Kinn und hatten jene unansehnliche Länge zwischen Dreitagebart und Vollbart erreicht. Genau wie bei seiner Mutter lagen auch seine Augen in dunklen Höhlen. Seit der Begrüßung hatte er noch keinen Ton von sich gegeben, sondern starrte unablässig einen imaginären Punkt auf der Tischplatte an.

Rasmus hatte auf die Schnelle den Konferenzraum der Fahndungsabteilung für das Gespräch organisiert, um Elins Angehörige nicht im Büro der Sondereinheit mit den Fotos vom Leichenfundort und denen aus der Rechtsmedizin zu konfrontieren. Ein Kollege aus der Einsatzzentrale hatte sich als Schreibkraft zur Verfügung gestellt und dokumentierte das Gespräch im Hintergrund.

Vorausgesetzt, Timur Akman redete endlich. Dessen Rumgeeiere machte Rasmus schier rasend. Jede weitere Minute, die sie damit verschwendeten, litt unter Umständen irgendwo ein elfjähriges Mädchen. Den Gedanken, dass Rie Poulsen längst tot sein könnte, ließ er erst gar nicht zu. Er zwang sich zur Sachlichkeit. »Wo steckt Sait?«

Timur Akman knetete seine Finger.

Rasmus tauschte einen Blick mit Vibeke, den auch Sontje Akman bemerkte.

»Du musst jetzt reden, Timur«, drängte sie ihren

Sohn. »Bitte denk an Rie. Erzähl den Kommissaren, was du mir gesagt hast. Oder soll ich es tun?«

»Nein, Mama, schon gut.« Timur hob den Blick. »Sait hat Elin letzten Montag getroffen.«

»Waren die beiden verabredet?« Rasmus verriet nicht, dass sie die Information bereits besaßen.

Der Student schüttelte den Kopf. »Elin wusste nicht, dass Sait auftauchen würde. Niemand wusste davon. Ich hätte ihn davon abgehalten, wenn ich auch nur die geringste Ahnung gehabt hätte.«

»Erzählen Sie uns, was bei dem Treffen passiert ist«, forderte ihn Vibeke auf.

»Elin hatte mir vor einiger Zeit während eines Telefonats anvertraut, dass sie einen Freund hat«, begann Timur schließlich. »Ich habe es niemandem verraten, selbst meiner Mutter nicht. Doch Sait hat das Gespräch durch Zufall mitbekommen, und anhand meiner Antworten hat er sich wohl alles zusammenreimen können.« Er blickte auf seine Hände. »Sait war der Meinung, Elin hätte bereits genug Schande über die Familie gebracht und jemand müsste sie stoppen. Es gibt Leute, die ihn dabei noch anstacheln.«

»Was für Leute?«

»Sait hat sich vor Kurzem der *Neuen Türkischen Generation* angeschlossen. Das ist eine türkisch-nationalistische Gruppe mit einem bundesweiten Netzwerk. Er und ein paar seiner Kumpels wurden von denen angesprochen. Ihre politischen Verbindungen reichen bis zur türkischen Regierung.«

Vibeke nickte und fragte ihn eindringlich: »Was hat Ihr Bruder getan?«

Timur tauschte einen raschen Blick mit seiner Mutter,

die ihm aufmunternd zunickte. »Sait hat Elin vor ihrer Schule abgepasst und ist ihr in ein Café gefolgt.«

»Was ist dort geschehen?«

»Die beiden haben sich gestritten.« Der Student senkte den Blick. »Sait hat Elin bedroht.«

»Auf welche Weise?«

»Er sagte, dass die Familie sie bestrafen wird, wenn sie sich weiter unehrenhaft verhält.« Timur fuhr sich mit beiden Händen übers Gesicht. »Dann hat er ihr sein Messer gezeigt.«

Es wurde mucksmäuschenstill im Raum.

Rasmus sprach als Erstes. »Wie hat Elin reagiert?«

»Sie hat sich ihr Fahrrad geschnappt und ist geflohen.« Timur blickte ihn flehentlich an. »Sait hatte nie vorgehabt, Elin etwas anzutun. Er wollte ihr nur Angst machen. Bitte. Das müssen Sie mir glauben.«

Rasmus' Kiefer malmte, einen Scheißdreck musste er. Aber er riss sich zusammen. »Ich nehme an, Sait ist ihr hinterher?«

Timur nickte.

»Aber er wollte ihr nichts tun, ja?« Rasmus konnte seinen Sarkasmus nicht länger zurückhalten und fing sich dafür einen strafenden Blick von Vibeke ein.

»Sait hat es nicht geschafft, Elin einzuholen. Deshalb ist er zurück nach Hause gefahren.«

»Behauptet Sait«, ergänzte Rasmus.

»Ja, und ich glaube ihm.«

»Wie ist er nach Sønderborg gekommen?«, erkundigte sich Vibeke.

»Mit dem Zug.«

Rasmus legte bedächtig die Fingerspitzen an die Lippen. »Sait ist danach also einfach in den Zug gestiegen?«

»Ja, das ist er«, erklärte der Student mit fester Stimme.

»Dann fasse ich zum Verständnis noch einmal zusammen.« Rasmus lehnte sich in seinem Stuhl zurück. »Dein Bruder Sait, der sich laut Aussage deiner Familie und dir am Montagnachmittag bei euch zu Hause aufgehalten hat, war gar nicht dort, sondern hat Elin in Sønderborg vor ihrer Schule aufgelauert, sie verfolgt und schließlich mit einem Messer bedroht. Sie ist vor ihm geflohen, er ist hinterher. Kurz darauf ist Elin tot.« Er kratzte sich mit der Hand am Hinterkopf. »Anschließend belügst du und alle anderen in deiner Familie die Polizei, einschließlich Sait.« Er holte Luft und beugte sich vor. »Nenn mir einen Grund, weshalb ich dir jetzt glauben sollte?«

»Weil ich die Wahrheit sage«, presste Timur hervor. »Elin war meine Schwester. Wir sind zusammen aufgewachsen, und ich habe sie geliebt. Sehr sogar.« Seine Stimme bebte. »Genau wie Sait. Er ist mein kleiner Bruder. Und ja, er hat Scheiße gebaut, große Scheiße sogar, aber er hat Elin nicht umgebracht.«

Rasmus betrachtete den jungen Mann, der jetzt sein Gesicht in den Händen vergrub. »Und weshalb hat Sait nicht längst die Wahrheit gesagt?«

»Hättet ihr ihm denn geglaubt?« Timur schüttelte den Kopf. »Niemand hätte ihm die Wahrheit abgenommen. Nicht bei seiner Vorgeschichte. Ihr hättet Sait verhaftet und ihm all das unterstellt, was die Scheißpresse schreibt.« Seine Stimme schraubte sich eine Oktave höher. »Man hat unsere Familie doch schon längst vorverurteilt. Ist es nicht so?« Sein Blick wanderte von Rasmus zu Vibeke, blieb an ihr hängen. »Mein Onkel

Abdi wurde von der Polizei in Hamburg stundenlang verhört, nur weil irgend so ein Typ behauptet hat, er hätte jemanden bedroht. Dabei kannte er diese Person nicht einmal. Jeder, der ausländisch aussieht, gilt für euch doch als potenziell gefährlich.«

Seine Kollegin ließ sich nicht provozieren. »Warum haben Sie eigentlich nicht angerufen, sondern sind stattdessen hergekommen?«

»Wir wollten anschließend nach Egernsund, um Nora beizustehen«, kam es von Sontje Akman. Ihr Sohn senkte den Blick.

»Wo ist Ihr Bruder jetzt?«, fragte ihn Vibeke.

Timur zögerte, dann blickte er auf seine Armbanduhr. »Er dürfte gerade mit dem Flieger in Istanbul landen.«

Vibeke langte nach ihrem Handy und verließ den Raum.

Rasmus nahm Timur Akman ins Visier. »Was ist mit Rie Poulsen?«

»Das weiß ich nicht. Sait hat mit ihrem Verschwinden nichts zu tun. Die beiden kennen sich noch nicht einmal.« Sein Blick huschte erneut zu seiner Mutter. »Rie ist der einzige Grund, weshalb ich zugestimmt habe, mit Ihnen zu sprechen.« Er wandte sich wieder an Rasmus. »Damit die Polizei keine Zeit mehr damit verschwendet, unserer Familie hinterherzuspionieren. Nur deshalb habe ich das Versprechen gebrochen, das ich Sait gegeben habe.«

Rasmus sah dem Studenten direkt in die Augen, der seinem Blick standhielt. Alles, was er sagte, klang glaubhaft, auch wenn seine Beweggründe die falschen waren.

Rasmus erhob sich. »Bitte wartet hier. Der Kollege

wird noch das Protokoll anfertigen, das Timur anschließend unterschreiben muss.«

»Danach können wir gehen?«, fragte Sontje Akman. Sie klang besorgt.

Rasmus nickte.

»Und was passiert dann? Ich meine mit Timur.«

»Eine Falschaussage zu tätigen und damit die Ermittlungen der Polizei zu behindern, ist ein Straftatbestand, das kann strafrechtliche Folgen haben. In welchem Ausmaß das auf Ihren Sohn zutrifft oder den Rest der Familie, kann ich Ihnen leider nicht sagen, das entscheidet die Staatsanwaltschaft.« Er sah den Studenten an. »Ich würde Ihnen raten, sich einen Anwalt zu nehmen.«

»Ich wollte nie etwas Unrechtes tun, nur meinen Bruder schützen«, sagte Timur. »Das ist mir bei Elin leider nicht gelungen.«

In Rasmus regte sich Mitgefühl, doch er unterdrückte es. Hätte Sait Akman anders gehandelt, wäre Elin vielleicht noch am Leben und Rie Poulsen nicht verschwunden. Es war eine Last, an der die Brüder ihr Leben lang tragen würden.

Rasmus ging zur Tür. Dort drehte er sich noch einmal um. »Wir melden uns bei Ihnen, sobald es eine neue Entwicklung im Fall Ihrer Tochter gibt.« Er nickte Sontje Akman zu und verließ den Konferenzraum. Mit schnellen Schritten eilte er zurück ins Büro der Sondereinheit.

»Wir haben also eine völlig andere Ausgangssituation«, sagte Vibeke Boisen gerade, als er durch die Tür trat.

»Hej, Rasmus. Ich habe Luís gerade von Timur Akmans Aussage erzählt.«

Rasmus hockte sich auf die Kante seines Schreibtisches. »Macht ruhig weiter.«

Luís nickte. »Wie können wir sicher sein, dass dieser Sait seiner Schwester nicht doch nach Cathrinesminde gefolgt ist?«

»Ohne ein entsprechendes Verkehrsmittel konnte er das gar nicht«, erwiderte Vibeke. »Geschweige denn ihre Leiche und ihr Fahrrad wegschaffen.«

»Es sei denn, es hat ihm jemand geholfen«, gab Luís zu bedenken.

»Theoretisch wäre das natürlich möglich. Sein Onkel hat einen Transporter.« Vibeke sah Rasmus an. »Trotzdem glaube ich, was Timur gerade ausgesagt hat. Es war offensichtlich, wie schwer es ihm fiel, seinen Bruder zu belasten.« Sie rieb sich das Kinn. »Also, wir haben Elin, die mit dem Messer bedroht wurde. Sie hatte Angst, vermutlich sogar Todesangst. Was tut so ein junges Mädchen in dem Fall?«

»Die Polizei hat sie zumindest nicht gerufen«, stellte Luís fest. »Vermutlich würde sie zusehen, dass sie auf schnellstem Weg nach Hause kommt. In dem Fall bedeutet das Egernsund.«

Rasmus schüttelte den Kopf. »Elin musste befürchten, dass Sait ihr dorthin folgt. Er hätte den Bus oder ein Taxi nehmen können, um sie abzufangen, ehe sie die Ziegelei erreicht.«

Vibeke blickte gedankenverloren aus dem Fenster. »Was macht also eine Jugendliche, die große Angst hat?«

»Sich ein Versteck suchen«, erwiderte Luís.

Rasmus nickte. »Elin war in Panik, weiß vielleicht auf die Schnelle nicht, wohin sie soll, und deshalb tut sie etwas ganz Entscheidendes.« Er löste sich von seinem Platz und ging zu dem Whiteboard, auf dem sie die Namen aller Beteiligten geschrieben hatten.

»Sie ruft die Menschen an, die ihr – abgesehen von ihrer Familie – am nächsten stehen.« Vibeke wirkte plötzlich wie elektrisiert. »Ihren Freund. Und ihre beste Freundin.«

»Ganz genau«, erwiderte Rasmus. »Und wie wir wissen, hat Elin exakt das getan.« Er griff nach dem schwarzen Textmarker und kreiste die Namen von Sebastian Ravn und Annelie Kjeldsen ein. »Einer von beiden hat gelogen.«

Im Raum wurde es so still, dass man eine Stecknadel hätte fallen hören können.

»Man hat uns für dumm verkauft«, fuhr Rasmus fort. »Und zwar von Anfang an. Aber das hat jetzt ein Ende.«

Vibeke langte nach ihrem Autoschlüssel. »Wen knöpfen wir uns als Erstes vor?«

Rasmus brauchte keine Sekunde lang zu überlegen. »Annelie Kjeldsen.«

Egernsund, Dänemark

Annelie öffnete ihnen die Tür. Sie trug ihre üblichen abgeschnittenen Jeans, dazu ein schlichtes weißes Shirt und farblich passend lackierte Nägel. Ihr Handgelenk schmückten zahlreiche bunt geflochtene Bänder.

»Hej, Annelie«, sagte Rasmus. »Meine Kollegin und ich würden dir gerne noch ein paar Fragen stellen.«

»Ich habe euch doch schon alles gesagt, was ich weiß.« Das Mädchen wirkte über das Erscheinen der Polizei alles andere als begeistert. »Wenn ich wüsste, wo Rie sein könnte, hätte ich längst Bescheid gegeben.«

»Unsere Fragen beziehen sich auf Elin. Dürfen wir reinkommen?«

Wortlos hielt Annelie die Tür ein Stück weiter auf.

»Sind deine Eltern zu Hause?«, fragte Rasmus, während sie dem Mädchen in den Hausflur folgten.

»Meine Mutter ist im Garten und mein Vater drüben in der Kirche. Er leitet die Chorprobe. Warum?«

»Frag deine Mutter doch bitte, ob sie bei der Befragung dabei sein möchte.«

Annelie blieb stehen. Ein ängstlicher Ausdruck huschte über ihr Gesicht. »Sollte sie das denn?«

»Das bleibt euch überlassen.«

Ein langgezogenes »Okay« folgte. Die Schülerin ging ins Wohnzimmer und trat durch die offene Verandatür in den Garten.

Rasmus und Vibeke tauschten einen Blick, während sie den Stimmen von Herdis Kjeldsen und ihrer Tochter aus dem Garten lauschten. Leider war nicht zu verstehen, was die beiden miteinander sprachen. Seine Anspannung wuchs.

Kurz darauf kam Annelie zurück. Ohne ihre Mutter.

»Zeigst du uns dein Zimmer?«, fragte Vibeke.

Annelie nickte und führte sie über eine schmale Wendeltreppe zu einer Tür in den ersten Stock.

Dahinter verbarg sich ein Jugendzimmertraum wie von einem Interior-Blog auf Pinterest. Eine schwarzweiße Tapete mit unregelmäßigen Sprenkeln, weißlasierte Möbel, dazu Textilien in zarten Pastelltönen:

rosafarbene Vorhänge, hellgraue Kissen, fliederfarbene Bettwäsche.

Über dem Bett prangte Annelies Initial, ein übergroßes mit rosa-weißem Vichy-Karo-Stoff bezogenes »A«, daneben stand eine Schneiderpuppe – drapiert mit Spitzentop, Tüllrock und Glitzergürtel – vor einem großformatigen Spiegel.

Über dem Schreibtisch hingen zahlreiche Urkunden in schlichten Rahmen, die Annelie Kjeldsen als Siegerin zahlreicher Schülerwettbewerbe auswiesen. Sprachen. Politik. Mathematik. Naturwissenschaften. Sport. Informatik. An einer Drahtkordel hingen zahlreiche mit Clips befestigte Fotos. Auf den meisten strahlte eine braungebrannte Annelie in die Kamera, häufig zusammen mit ihren Freunden. Mit Lars und Magne, mit ein paar Mädchen, die Rasmus nicht kannte, und eines zeigte sie zusammen mit Sebastian auf dem Badesteg. Beide lachten. Elin war auf keinem der Bilder zu sehen, doch vermutlich hatte sie sich nach der Geschichte mit dem Nacktfoto nur noch ungern ablichten lassen.

Annelie ließ sich auf die fliederfarbene Bettwäsche gleiten. Rasmus zog sich den Schreibtischstuhl heran, während sich seine Kollegin gegen die Fensterbank lehnte. Zuvor hatten sie vereinbart, dass Rasmus die Befragung der Schülerin übernehmen sollte.

Er startete unverfänglich. »Du hast uns erzählt, Elin hätte dich am Montag gegen Viertel vor vier angerufen, um dir zu sagen, dass sie sich krank fühle und nicht kommen könne.«

»Genau«, bestätigte die Schülerin. »Ich hatte euch deshalb auch mein Handy gezeigt.«

»Natürlich.« Rasmus nickte. »Was die Uhrzeit

betrifft, gibt es daran auch nichts anzuzweifeln, aber was ist mit dem Inhalt des Gesprächs?«

Annelie sah ihn irritiert an. »Elin sagte, sie könne nicht kommen, weil sie krank wäre«, wiederholte sie ihre Angaben. »Deshalb bin ich dann zu Magne gefahren.«

»Deine Freundin hat also nichts davon erwähnt, dass sie kurz vorher von ihrem Stiefbruder Sait in einem Café in Sønderborg mit einem Messer bedroht wurde?«

Annelie wurde im Gesicht ganz fahl unter ihrer gebräunten Haut. »Nein. Davon höre ich zum ersten Mal.«

»Dann hat Elin dich nicht um Hilfe gebeten? Sie hat dich auch nicht nach einem Unterschlupf gefragt?«

Das Mädchen schüttelte entschlossen den Kopf.

Rasmus sah sie mit hochgezogenen Brauen schweigend an.

»Was soll das Ganze überhaupt?«, brach es schließlich aus Annelie heraus, sodass ihr Zungenpiercing sichtbar wurde.

»Wir denken, dass du uns angelogen hast, Annelie.«

Das Mädchen wurde noch eine Spur blasser um die Nase.

Er ließ sie nicht aus den Augen. »Kennst du eigentlich jemanden, der in Cathrinesminde arbeitet?«

»Nein.« Annelie blickte von Rasmus zu Vibeke und wieder zurück. »Ihr glaubt, dass ich …« Sie brach ab. Im nächsten Moment füllten sich ihre Augen mit Tränen.

»Du lügst, Annelie. Die ganze Zeit. Auch gerade eben.«

Die Schülerin schlug die Hände vors Gesicht. Als sie

wieder aufblickte, strömten ihr Tränen über die Wangen.

Rasmus wartete.

»Ja, ich habe gelogen, aber ich …« Erneut brach sie ab, schluchzte. Tiefe Verzweiflung spiegelte sich in ihrem Gesicht.

Vibeke reichte dem Mädchen ein Taschentuch. Annelie schnäuzte sich geräuschvoll, doch sie hörte nicht auf zu weinen, es wurde von Sekunde zu Sekunde schlimmer.

Rasmus wurde unsicher. Gingen sie zu weit? Sollten sie lieber die Eltern dazuholen? Doch würde Annelie in deren Gegenwart offen reden? Er hatte das Gefühl, dass sie kurz davor war, die Wahrheit zu sagen.

Vibeke löste sich von ihrem Platz an der Fensterbank. »Ich hole deine Mutter.« Sie verließ das Zimmer, ließ die Tür aber offen.

Annelie schluchzte noch immer. Ihre Augen waren mittlerweile rot und geschwollen, auf den Wangen hatten sich unansehnliche Flecken gebildet. Ihr Schluchzen verstärkte sich, dabei schien ihr ganzer Körper zu beben.

Rasmus konnte nicht länger tatenlos zusehen. »Bitte beruhige dich, Annelie.« Er langte nach der Wasserflasche, die in Griffweite auf dem Schreibtisch stand, und reichte sie ihr. »Hier, nimm einen Schluck.«

Das Mädchen nahm die Flasche mit zittriger Hand entgegen und trank einige Schlucke, schien sich dabei tatsächlich ein Stück weit zu beruhigen.

Rasmus zwang sich, keinen harschen Ton mehr anzuschlagen. »Verrätst du mir jetzt, was passiert ist?«

»Magne, er …« Annelie schluchzte erneut.

Er nahm den Faden sofort auf. »Was ist mit Magne?«

Die Schülerin antwortete nicht, dafür strömte ein weiterer Schwall Tränen über ihr Gesicht.

Rasmus fühlte sich langsam überfordert. Mit jedem Schwerkriminellen konnte er es mühelos aufnehmen, darauf war er bei der Polizei schließlich jahrelang trainiert worden, aber eine hysterische Sechzehnjährige brachte ihn an seine Grenzen. Sein Blick glitt zur Tür, und er fragte sich, wo Vibeke und die Mutter des Mädchens so lange steckten.

Annelie wimmerte, und er unterdrückte ein Stöhnen. Ihm fiel ein, dass Ida irgendwann im gleichen Alter sein würde.

Er bemühte sich um einen verständnisvollen Tonfall. »Am besten du erzählst der Reihe nach.«

Annelie nickte unter Tränen. »Elin rief mich Montagnachmittag an. Sie sagte, sie müsste irgendwo untertauchen. Das klang völlig surreal, und ich fragte natürlich, warum. Ich dachte, sie hätte mit irgendwem Streit. Mit Nora oder Rune.« Sie knüllte das Taschentuch in ihrer Hand zusammen. »Elin meinte, sie würde mir das alles später erklären, jetzt wäre dafür keine Zeit. Sie klang total panisch. Ich schlug ihr vor, sie solle zu mir kommen, aber das wollte sie nicht. Sie hat dann einfach aufgelegt.«

»Und dann bist du zu Magne gefahren?«

Annelie nickte. »Ungefähr eine halbe Stunde später, aber …« Erneut brach sie ab.

»Aber?« Sein Geduldsfaden war kurz davor, endgültig zu reißen.

»Es war niemand zu Hause.« Sie knetete das zerknüllte Taschentuch in ihrer Hand. »Ich wusste, wo der Ersatzschlüssel versteckt ist und dass Magne nichts dagegen haben würde, wenn ich in seinem Zimmer auf ihn warte. Ich habe mir dann einen Film angeschaut und bin darüber eingeschlafen. Als ich wach wurde, war Magne zurück. Er sagte, er wäre schon ein Weilchen da gewesen, hätte mich nur nicht wecken wollen. Wir haben uns dann den Film gemeinsam zu Ende angeschaut.«

»Wo ist Magne vorher gewesen?«, hakte Rasmus nach.

»Das ist es ja. Er sagte, er hätte länger in der Ziegelei zu tun gehabt. Aber gestern habe ich durch Zufall herausgefunden, dass das nicht stimmt.«

»Du hättest uns gleich davon erzählen müssen, Annelie.«

»Wie hätte ich denn wissen sollen, dass mein Freund mich anlügt?« Annelie klang jetzt völlig verzweifelt. »Und wir haben ja auch den restlichen Abend zusammen verbracht. Deshalb habe ich mir nichts weiter dabei gedacht.«

Rasmus knirschte mit den Zähnen. Am liebsten hätte er das Mädchen kräftig geschüttelt, doch das brachte nichts außer der nächsten Suspendierung. »Kannst du dir vorstellen, dass Magne Elin ermordet hat?«

»Ich weiß nicht mehr, was ich glauben soll.« Eine dicke Träne rollte über ihre Wange. »Magne ist schon seit Tagen so komisch. Aber hätte ich es nicht irgendwie merken müssen, wenn er Elin das angetan hat?«

Es sind häufig diejenigen, denen man es am wenigsten zutraut, dachte Rasmus, sprach seine Gedanken jedoch nicht aus. »Wann bist du Montagabend nach Hause gefahren?«

»So gegen elf.«

Die Angabe deckte sich mit ihrer ersten Aussage und mit der ihrer Eltern.

»Weißt du, wo Magne gestern Nachmittag war?«

Annelie sah ihn aus ihren verweinten Augen an. »Du meinst zu der Zeit, als Rie verschwunden ist?«

Er nickte.

»Nein.« Ihre Stimme war kaum mehr als ein Flüstern.

Im Flur waren Schritte zu hören, gleich darauf tauchte Herdis Kjeldsen auf, gefolgt von Vibeke, die ihr Handy in der Hand hielt.

Annelie stürzte augenblicklich schluchzend in die Arme ihrer Mutter, die sie schützend umfingen. Herdis Kjeldsen bedachte Rasmus mit einem vorwurfsvollen Blick.

Er erhob sich vom Schreibtischstuhl. »Wir melden uns später noch einmal.« Sein Blick streifte Vibeke. »Komm, wir gehen.«

Seine Kollegin folgte ihm kommentarlos ins Freie. Sobald sie die Haustür hinter sich ins Schloss gezogen hatte, hielt sie ihr Handy in die Höhe. »Luís hat angerufen, gerade als ich mit Annelies Mutter reden wollte.« Sie steuerte auf den Dienstwagen zu. »Anscheinend hat Magne Boutrup vor drei Wochen eine Kette mit einem goldenen Kreuzanhänger bei einem Juwelier in Sønderborg gekauft. Und zwar exakt das gleiche Modell, das Elin um den Hals getragen hat, als sie gefunden wurde. Die Verkäuferin konnte sich daran erinnern, dass der junge Mann genauso aussah wie Ed Sheeran, nur viel besser gebaut.« In ihren Augen blitzte es triumphierend.

»Deshalb hast du mich also so lange da oben alleine schmoren lassen«, stellte Rasmus trocken fest.

»Das ist alles, was du dazu zu sagen hast?« Vibeke musterte ihn irritiert über das Dach des Dienstwagens hinweg, doch dann machte sich die Erkenntnis in ihrem Gesicht breit. »Du hast Annelie zum Reden gebracht.«

Rasmus nickte. »Ich erzähle es dir unterwegs.« Er öffnete die Autotür und stieg ein.

Egernsund, Dänemark

Die Fenster waren verschlossen, die Vorhänge zugezogen. Im hellen Sonnenlicht wirkte das Haus der Boutrups noch schäbiger, als Vibeke es von ihrem ersten Besuch in Erinnerung hatte. Die Flecken an der weiß gestrichenen Fassade traten deutlich hervor, und sie bemerkte erstmals die grünlichen Verfärbungen am Sockel. An der Haustür platzte stellenweise die Farbe ab. Niemand öffnete.

Vibeke trat ein Stück zurück und spähte zu den oberen Fenstern hinauf, doch auch hier waren die Vorhänge zugezogen.

»Ich rufe in der Ziegelei an.« Ihr Kollege zog sein Handy aus der Hosentasche und wandte sich ab, um zu telefonieren.

Vibeke ging zur Gartenpforte, drückte die Klinke herunter. Sie war unverschlossen.

Rasmus beendete sein Telefonat und trat neben sie. »Magne hat sich heute krankgemeldet.« Er tippte erneut auf seinem Handy herum. »Ich versuche, ihn anzurufen.«

Vibeke nickte. »Gut, ich sehe hinten nach.« Sie ging durch die Gartenpforte und nahm den Weg am Haus entlang.

Die Terrasse sah aus wie beim letzten Mal. Die zwei einsamen Plastikstühle, die Tontöpfe mit den vertrockneten Blumen, der alten Spaten, auch der mit Kippen überquellende Aschenbecher stand noch immer auf dem Fenstersims. Vibeke fragte sich, ob er in der Zwischenzeit überhaupt einmal geleert worden war.

Die Jalousie vor dem Panoramafenster war heruntergelassen, hinter der Verandatür behinderte eine hauchdünne Gardine die Sicht durch die Scheibe, die allerdings einen schmalen Spalt freiließ. Vibeke spähte hindurch.

Lasierte Holzmöbel. Blumendrucke. Ein schlichtes graues Sofa. Darauf lag bäuchlings eine Gestalt im Karohemd. Groß. Kräftig. Rote Haare wie Ed Sheeran. Magne Boutrup.

Sein rechter Arm hing regungslos zum Boden herab.

Auf dem Sofatisch daneben leuchtete das Display eines Handys auf. Jetzt bemerkte sie auch die Tablettenschachtel und die beiden herausgezogenen Blister.

»Um Himmels willen!« Vibeke schlug mit der flachen Hand gegen die Scheibe.

Der junge Mann rührte sich nicht.

Rasmus bog um die Hausecke. »Er geht nicht ran.« Er steckte sein Handy ein. Gleichzeitig erlosch das Display auf dem Couchtisch.

»Magne liegt da drinnen.« Vibeke trat beiseite, damit ihr Kollege durch den Spalt der Gardine sehen konnte. »Ich glaube, er hat Tabletten genommen.«

»Verdammt.« Rasmus schnellte herum, ließ seinen

Blick über die Veranda schweifen und schnappte sich den verrosteten Spaten, der hinter den Tontöpfen auf dem Boden lag. »Geh zur Seite.«

Im nächsten Moment schlug ihr Kollege mit dem Spaten die Scheibe ein. Es gab einen mächtigen Knall, und ein feiner Regen Glassplitter flog umher. Rasmus vergrößerte das Loch mithilfe des Spatens, langte schließlich vorsichtig hindurch zum Fenstergriff und öffnete die Verandatür. Mit wenigen Schritten war er an Magnes Seite, befühlte ihm den Puls. »Er lebt.«

Vibeke wählte den Notruf.

Egernsund, Dänemark

Vibeke blickte dem abfahrenden Rettungswagen hinterher. Noch im Wohnzimmer hatte Rasmus unter Anweisung des Leitstellendisponenten in der Notrufzentrale bei Magne Boutrup erste Rettungsmaßnahmen eingeleitet. Ob er den Suizidversuch ohne Folgeschäden überstehen würde, konnte zu diesem Zeitpunkt noch niemand sagen. Auch nicht, wann er wieder ansprechbar sein würde. Ein Umstand, der ihnen zu schaffen machte, denn noch immer hatten sie keinen Hinweis auf den Verbleib von Rie Poulsen. Vibeke befürchtete, dass es für das Mädchen möglicherweise längst zu spät war. Der Gedanke löste ein schmerzhaftes Ziehen in ihrer Magengegend aus.

Ein schwarzer Kombi bog von der Straße in die Einfahrt. Türen klappten auf, und Søren, Jens und Pernille stiegen aus.

»Hej, alles okay so weit?« Pernille blickte sie besorgt an.

Vibeke nickte.

»Wo steckt Rasmus?«

»Er ist im Rettungswagen mitgefahren.«

Søren blickte zur Eingangstür. »Was hat Magne geschluckt?«

»Diazepam«, erwiderte Vibeke. »Ein verschreibungspflichtiges Beruhigungsmittel, allerdings in der Regel nicht tödlich.«

»Gibt es einen Abschiedsbrief?«, erkundigte sich Jens.

Vibeke schüttelte den Kopf. »Zumindest haben wir bislang keinen gefunden.«

»Was für ein Desaster.« Søren fuhr sich mit der Hand über die Stirn. »Das sieht für mich ganz nach einem Schuldeingeständnis aus.«

»Es hat ganz den Eindruck. Trotzdem sollten wir keine voreiligen Schlüsse ziehen. Bislang haben wir kein Tatmotiv.«

»Sex, Eifersucht«, zählte ihr Kollege aus dem Stegreif auf. »Oder es ging um unerfüllte Liebe. Die treibt Menschen zu den grausamsten Taten. Die Gefühle kochen über, die Liebe schlägt in Hass um, der Gedanke, den anderen zu töten, ist manchmal nur einen Atemzug entfernt.«

»Möglich.«

»Wissen wir etwas über den Verbleib von Rie Poulsen?«, erkundigte sich Jens.

Vibeke schüttelte den Kopf. »Magne war nicht ansprechbar.«

»Habt ihr schon im Haus nachgesehen?«

»Ja. Dort ist sie nicht.«

»Lasst uns die Räume trotzdem durchsuchen.« Jens ging zurück zum Kombi, schälte sich aus seinem Sakko und faltete es fein säuberlich zusammen, ehe er es im Kofferraum verstaute. Anschließend zog er einen Karton mit Einweghandschuhen heraus. »Vielleicht finden wir irgendeinen Hinweis.«

Vibeke nickte. Bis jetzt hatten sie keinen einzigen stichhaltigen Beweis, dass der Mord an Elin Akman und das Verschwinden von Rie Poulsen tatsächlich zusammenhingen. Sie konnte nur hoffen, dass sie das Richtige taten. Vibeke ließ ihren Blick zur Ausfahrt schweifen. Wo steckte das Mädchen?

Pernille schien ihre Gedanken zu erraten. »Die Waldgebiete in der Nähe wurden alle durchkämmt.« Die Ermittlerin zog ein Päckchen Kaugummi aus ihrer Hosentasche und nahm sich einen Streifen heraus. »Möchte jemand?« Alle schüttelten die Köpfe, und sie steckte das Päckchen wieder ein. »Vielleicht wird Rie in irgendeinem Haus gefangen und versteckt gehalten.«

»Das ist dann wohl die Stecknadel im Heuhaufen.« Søren klang resigniert.

Jens reichte ihm den Karton mit Einweghandschuhen.

»Luís ist gerade dabei, eine Liste mit leerstehenden Gebäuden in der Gegend zu erstellen«, meinte Pernille.

»Wir sollten noch einmal mit Magnes Mutter sprechen«, überlegte Vibeke laut, »allerdings ist sie derzeit nicht zu Hause.«

»Ich habe das vorhin gecheckt«, sagte Pernille. »Die Mutter ist seit Anfang der Woche in einer psychosomatischen Klinik in Aabenraa untergebracht. Sie leidet seit dem Tod ihres Mannes an Depressionen.«

»Okay«, sagte Vibeke. »Ich würde vorschlagen, du stattest Magnes Mutter einen Besuch in der Klinik ab und ich spreche noch einmal mit den Eltern des Mädchens.« Ihr Blick glitt zu Jens und Søren. »Wenn ihr hier fertig seid, treffen wir uns in der Ziegelei.«

Ihre Kollegen nickten.

»Dann los.« Vibeke eilte auf ihren Dienstwagen zu.

Egernsund, Dänemark

Sebastian vergrub seine Füße im Sand. Er war warm von der Sonne. Wasser tropfte ihm aus den Haaren auf die nackten Schultern.

Er saß am Ende des schmalen Strandabschnitts, dort, wo der Fjordvej einen Knick machte und riesige Findlinge am Ufer den Strand ablösten. In Höhe des Stegs tummelten sich an diesem Nachmittag nur vereinzelt Kinder, dafür ebenso viele Erwachsene. Eltern, die ihren Nachwuchs normalerweise ohne Aufsicht in Wassernähe ließen, sofern er denn schon schwimmen konnte, begleiteten ihre Zöglinge nun auf Schritt und Tritt. Obwohl die Menschen in Egernsund für gewöhnlich vernünftige Leute waren und nicht zur Panik neigten, hatte sich seit dem Verschwinden von Rie Poulsen Furcht und Angst wie ein dunkler Schatten über den Ort gelegt. Alle kannten die Tochter des Ziegeleibesitzers und sorgten sich um ihre eigenen Kinder.

Sein Vater ging ihm seit der Begegnung bei den Poulsens aus dem Weg. Vermutlich, weil er Sebastian noch immer die Antwort schuldig war, was er heimlich mit Nora zu schaffen hatte.

Helles Lachen drang an Sebastians Ohr, und einen kurzen Moment dachte er, es stamme von Elin, doch natürlich irrte er sich. Es gehörte einem Mädchen mit taillenlanger blonder Mähne, die mit einem Jungen auf dem Steg um eine rote Luftmatratze kämpfte.

Das hätten wir sein können. Elin und ich. Tiefe Traurigkeit überkam ihn, und er vergrub seinen Kopf zwischen den Armen.

Plötzlich fiel ein Schatten auf ihn.

»Sebastian.« Kurz darauf legte sich eine warme Hand in seinen Nacken. »Hier bist du.« Seine Mutter ließ sich neben ihn in den Sand gleiten.

Er blinzelte die aufkommenden Tränen weg.

»Elin fehlt dir, oder?«

Sebastian nickte.

Kiersten drückte seinen Arm. »Ich habe dich gesucht, weil ich mit dir sprechen muss.« Sie klang ernst. »Dein Vater und ich … Wir lassen uns scheiden.«

Endlich, dachte Sebastian. Er bewegte seine Füße im Sand, und ein paar Körner kitzelten in den Zwischenräumen seiner Zehen.

»Hast du gehört, was ich gesagt habe?«, fragte seine Mutter vorsichtig nach.

Sebastian sah sie an. Kummerfalten hatten sich um ihre Mundwinkel gegraben und verliehen ihr ein leicht verbittertes Aussehen. »Wegen der anderen Frauen?«

»Du weißt davon?« Kiersten klang überrascht.

»Natürlich.« Sebastian beförderte einen kleinen Stein ins Wasser. »Fährt Papa deshalb ständig nach Kopenhagen?«

Seine Mutter schwieg betroffen.

»Mama, ich bin kein Kind mehr. Du kannst offen mit mir reden. Eure Heimlichtuerei geht mir schon seit Langem auf die Nerven.«

»Es ist nur ... Wir wollten das alles immer von dir fernhalten.« Kiersten blickte zum Wasser. »Dein Vater hatte diverse Termine mit seinem Anwalt. Eine Frau aus seiner alten Firma hat ihn wegen sexueller Belästigung angezeigt. Ich weiß es auch erst seit ein paar Tagen.«

Sie schwiegen einen Moment. Über ihren Köpfen kreischten zwei Seevögel.

»Es tut mir leid, Sebastian. Wir haben als Eltern wohl auf ganzer Linie versagt.«

»Ach, Mama. Jetzt übertreib mal nicht.«

Kiersten lächelte traurig.

»Was passiert denn jetzt?«

»Ich habe vor, zurück nach Kopenhagen zu ziehen. Und ich möchte, dass du mit mir kommst.« Sie sah ihn erwartungsvoll an. »Natürlich nur, wenn du willst.«

Sebastian schluckte. Zurück nach Kopenhagen. Das hatte er sich immer gewünscht. »Hier hält mich nichts mehr.«

»Dann ist das also ein Ja?«

Er nickte. »Was ist mit Papa?«

»Er will hierbleiben. Offenbar hat er hier neue Freunde gefunden.«

»Ich habe ihn gestern mit Nora Poulsen gesehen«, rutschte es Sebastian ungewollt heraus.

Seine Mutter versteifte sich. »Sie kennen sich von früher, als dein Vater noch für J. Hansson A/S in Kopenhagen gearbeitet hat. Die sind Kunden der Ziegelei Poulsen. Da hatte er mit Nora zu tun. Auch das habe ich gestern erfahren. Vermutlich ist das der Grund, weshalb sie mir von Anfang an aus dem Weg gegangen ist.«

Sebastian riss die Augen auf. »Hatten die beiden was miteinander?«

»Dein Vater streitet es ab. Er sagt, es hätte da ein Missverständnis zwischen ihnen gegeben.« Seine Mutter klang resigniert. »Man weiß nie, woran man bei ihm ist. Aber das interessiert mich jetzt nicht mehr.« Sie erhob sich aus dem Sand, drückte ihm zum Abschied die Hand auf die Schulter und ging über den Strand davon.

Sebastian blickte zu dem blonden Mädchen auf dem Steg. Sie erinnerte ihn vom Aussehen ein wenig an Annelie.

Eine flüchtige Erinnerung streifte ihn. Als er aufstand und sich den Sand aus den Badeshorts klopfte, war der Gedanke bereits wieder verschwunden.

Egernsund, Dänemark

Nora Poulsen sah Vibeke erschöpft an. Ihre Augen wirkten trüb und leergeweint. »Magne hat Elin umgebracht?«

»Das lässt sich noch nicht mit Sicherheit sagen«, erwiderte Vibeke. »Bislang hatten wir noch keine Gelegenheit, mit ihm zu sprechen. Deshalb benötigen wir Ihre Hilfe.« Sie saß dem Ehepaar Poulsen an deren Küchentisch gegenüber.

Während sich draußen vor dem Ziegeleigelände zahlreiche Presse- und Medienvertreter zusammen mit Schaulustigen hinter dem Absperrband um die beste Sicht drängelten, herrschte im Haus nahezu gespenstische Ruhe.

Vibeke ahnte, welche Höllenqualen die Eltern gerade durchlitten, und sie hätte gern etwas Tröstliches gesagt, doch sie hielt sich zurück, um keine falsche Hoffnung zu schüren.

»Wir kennen den Jungen seit seiner Geburt.« Rune Poulsen rieb sich mit müder Geste die Augen. Er wirkte ganz grau im Gesicht. »Sein Vater hat für die Ziegelei gearbeitet, genau wie sein Großvater und davor sein Urgroßvater. Magne gehört quasi zur Familie. Rie ist für ihn wie eine kleine Schwester. Ich kann nicht glauben, dass er ihr etwas angetan hat.«

Vibeke hatte Ähnliches in ihrem Berufsleben schon häufig erlebt. Die Menschen konnten sich nicht vorstellen, Tür an Tür mit einem Mörder zu leben, und wenn sich herausstellte, dass es der Nachbar, der Onkel, der Bruder oder der Schwager war, erschütterte es sie in ihren Grundfesten. »Ist Ihnen in letzter Zeit etwas Ungewöhnliches an Magne aufgefallen?«

»Er war stiller als sonst«, gab Rune Poulsen zurück. »Kam nicht mehr so häufig zu uns zum Essen. Ich dachte, es hängt mit seiner Mutter zusammen. Sie ist seit Kurzem wieder in der Klinik. Der Junge hat es in den letzten Jahren nicht leicht gehabt.«

»Hat Magne jemals in irgendeiner Form Suizidabsichten geäußert?«

Das Ehepaar schüttelte zeitgleich die Köpfe.

»Haben Sie irgendeine Idee, wo er Ihre Tochter hingebracht haben könnte?«

Erneutes Kopfschütteln. *So kommen wir nicht weiter*, dachte Vibeke.

Rune Poulsen räusperte sich. »Eine Sache wäre da noch.« Er zögerte. »Ich weiß nicht, ob es einen direkten Zusammenhang gibt, aber ich habe gestern etwas in einem unserer Transporter entdeckt ... Eigentlich wollte ich dem längst nachgehen, aber dann kam Nora und sagte mir, dass Rie verschwunden ist.« Er drückte die Hand seiner Frau.

Vibeke sah ihn interessiert an. »Was haben Sie entdeckt?«

»Der Laderaum des Transporters wurde erst kürzlich außer der Reihe gereinigt, was so gut wie nie vorkommt, außerdem habe ich Reisig gefunden, so wie wir es fürs Sankt-Hans-Feuer verwenden. Es hatte sich hinter einer Gummidichtung verklemmt.« Sein Blick streifte seine Frau. »Ich war ja zusammen mit Asger und Jon verantwortlich für das Aufschichten des Scheiterhaufens, aber den Transporter hatten wir dafür überhaupt nicht benutzt.«

»Wer könnte ihn genommen haben?«

»Im Grunde jeder. Der Schlüssel ist frei zugänglich.«

»Also auch Magne«, überlegte Vibeke laut. »Wo ist der Transporter jetzt?«

»Er steht direkt vor der Trockenscheune, gegenüber vom Hauseingang.«

Vibeke langte nach ihrem Handy und erhob sich. »Ich informiere meine Kollegen von der Kriminaltechnik, damit sie sich das Fahrzeug ansehen.« Sie verließ die Küche und ging hinaus zum Telefonieren.

Sobald sie aus der Haustür trat, klickten hinter der Absperrung die Kameras. Ein Reporter rief etwas in ihre Richtung. Die Menschenansammlung schien sich seit ihrer Ankunft nahezu verdoppelt zu haben. Über ihren Köpfen kreiste ein Hubschrauber von TV 2. Wie es aussah, würden sie es am Abend in die landesweiten Nachrichten schaffen.

Vibeke drehte der Pressemeute den Rücken zu. Während sie darauf wartete, dass am anderen Ende der Leitung abgenommen wurde, trat sie zu dem Transporter vor der Trockenscheune. Die Heckklappe war unverschlossen.

In Fredericia wurde der Hörer abgenommen. Sie bat den Kollegen vom KTC, jemand für die Untersuchung des Fahrzeugs zu schicken, während sie gleichzeitig mit den Augen die Innenfläche des Transporters inspizierte. Abgesehen von einigen Erdresten und ein paar alten Decken wirkte der Laderaum tatsächlich auffällig sauber. Sie beendete das Telefonat und steckte ihr Handy ein.

Ein Streifenwagen kam die Kiesauffahrt entlang. Die Beifahrertür wurde aufgestoßen, und Jens Greve stieg aus. Er hatte seine Krawatte abgenommen und die Ärmel seines Hemdes hochgekrempelt. Seine Miene war grimmig. »Das haben wir im Haus der Boutrups gefunden.«

Er schwenkte ein Smartphone zusammen mit einer buntgeflochtenen Schnur in seiner Hand. Rie Poulsens Handy.

Sønderborg, Dänemark

Magne Boutrup lag blass und mit geschlossenen Augen unter der sterilen Decke des Krankenhausbettes, das rote Haar leuchtete auf dem weißen Kissen.

Rasmus hatte eine gefühlte Ewigkeit auf dem Flur vor der Notaufnahme gewartet, ehe er schließlich informiert worden war, dass der Patient zwar noch schwach und erschöpft, doch zumindest ansprechbar war. Offenbar hatte Magne nicht den kompletten Inhalt der Tablettenschachtel geschluckt, zudem hatten das rechtzeitige Auffinden und die sofort eingeleiteten Rettungsmaßnahmen dazu beigetragen, das Schlimmste zu verhindern.

Magne Boutrup war noch nicht vernehmungsfähig, wie ihm der behandelnde Arzt mitgeteilt hatte. Doch angesichts Rasmus' eindrücklichem Appell, dass von einem Gespräch mit dem suizidalen Patienten unter Umständen ein Kinderleben abhing, hatte man ihm ein paar Minuten in Anwesenheit einer medizinischen Fachkraft gestattet. Jetzt stand eine streng dreinblickende Krankenschwester neben der Eingangstür und bewachte Patient und Polizist mit Argusaugen.

Magnes Lider flatterten. Seine Stirn war feucht von Schweiß.

»Magne?« Rasmus trat einen Schritt näher an das Bett heran. »Ich bin's. Rasmus Nyborg von der Polizei.«

Keine Reaktion.

»Kannst du mich verstehen, Magne?«

Es dauerte eine ganze Weile, und Rasmus überlegte bereits, was er als Nächstes unternehmen konnte, als er ein leichtes Nicken wahrnahm.

Erleichtert atmete er auf.

Tränen liefen langsam unter Magnes geschlossenen Lidern die Wange herab. Er öffnete die Augen, starrte Rasmus einen kurzen Moment orientierungslos an, flüsterte etwas. »Elin.«

Keine Vernehmung, rief sich Rasmus in Erinnerung.

Alles, was Magne jetzt sagte, würde später vor Gericht nicht verwertbar sein.

»Elin?«, wiederholte er.

»Ich war es nicht.« Magne setzte sich ein Stück weit auf. »Kann ich etwas zu trinken haben?«

Rasmus reichte ihm den Becher auf dem Rollcontainer neben dem Krankenbett. »Wer dann? Du weißt es doch, oder?«

Magne antwortete nicht.

An Rasmus' Oberschenkel vibrierte sein Handy. Verdammt. Nicht jetzt.

»Warum wolltest du nicht mehr leben?« Rasmus wartete auf die Antwort, die jedoch nicht kam. Das Vibrieren verstummte. »Wir wissen, dass du gelogen hast, Magne. Du warst letzten Montag nicht den ganzen Nachmittag und Abend zu Hause, so wie du es angegeben hast. Und die Kette, die Elin um den Hals trug, als man sie gefunden hat, die hast du gekauft.«

Magnes Blick ging auf der Bettdecke unruhig von links nach rechts.

»Wo ist Rie, Magne?« Rasmus konnte seine Ungeduld kaum noch zügeln.

Sein Handy vibrierte erneut. Entnervt zog er es aus der Hosentasche und warf einen Blick aufs Display. Eine Textnachricht von Vibeke Boisen. Sie hatten Ries Handy im Haus der Boutrups gefunden. Beim Weiterlesen sog er scharf die Luft ein. Also doch. Das Mädchen war zur Tatzeit in der alten Ziegelei gewesen und hatte dort gefilmt.

»Wir haben ein Video, auf dem zu sehen ist, wie ein Mann in Cathrinesminde letzten Montagnachmittag aus einer der Arbeiterwohnungen kommt – dem Ort, an dem Elin umgebracht wurde –, von dort zum Ufer geht und einen Ziegelstein ins Meer wirft. Dieser Mann bist du, Magne. Du hast die Mordwaffe in der Förde entsorgt.«

Die Krankenschwester neben der Tür wechselte unruhig von einem Bein aufs andere.

Magne schloss für einen kurzen Moment die Augen. Als er sie wieder öffnete, lag Verzweiflung in seinem Blick. »Es war ein Unfall, nichts weiter als ein schrecklicher Unfall.«

»Und deshalb hast du die Leiche im Feuer entsorgt?« Rasmus' Stimme war laut geworden. »Weil es ein Unfall war? Wenn du noch einen Funken Mitgefühl in deinem Körper hast, dann sagst du mir jetzt, wo Rie Poulsen ist.«

Magne presste die Lippen zusammen.

Egernsund, Dänemark

Vibeke beendete nachdenklich das Gespräch. Sie stand auf dem kleinen Parkplatz hinter dem Wohnhaus der Poulsens. Es war spät geworden. Die Abendsonne fiel über die Bucht und warf ihre langen Schatten wie Scherenschnitte über das Ziegeleigelände.

Jens Greve bog um die Hausecke. »Und? Hast du mit Rasmus gesprochen?«

»Gerade eben. Magne behauptet, es wäre ein Unfall gewesen. Ansonsten schweigt er.«

»Was ist mit Rie Poulsen?«

»Das ist im Moment noch völlig unklar. Rasmus gibt sein Bestes, um Magne zum Sprechen zu bringen.«

»Vermutlich ist die Kleine längst tot«, sprach Jens den Gedanken aus, den Vibeke von sich geschoben hatte. »Ich meine, der Junge war so verzweifelt, dass er sich das Leben nehmen wollte.« Er fuhr sich mit nachdenklicher Geste über seinen Nasenrücken. »Oder es gibt etwas, mit dem er nicht herausrückt.«

»Lass uns noch einmal rekapitulieren«, schlug Vibeke vor. »Wir haben Elin und Magne, die nachweislich in Cathrinesminde waren. Und Annelie und Sebastian, die beide von Elin angerufen wurden.«

Jens blickte angestrengt in die Ferne. »Ein Quartett. Vier Menschen. Zwei Pärchen. Vielleicht sind die Karten falsch verteilt.«

Ehe Vibeke nachhaken konnte, was genau er damit meinte, klingelte ihr Handy. Pernille. Sie nahm das Gespräch an.

»Ich habe mit der Mutter gesprochen«, kam die Ermittlerin ohne Umschweife zur Sache.

»Warte, ich stelle dich auf Lautsprecher, dann kann Jens mithören.«

Vibeke tippte auf das entsprechende Symbol ihres Handys.

»Magnes Mutter sagt, nie und nimmer hätte Magne etwas mit Elin angefangen. Sie hätte ihren Sohn noch nie so glücklich erlebt wie mit Annelie. Er würde ihr die Sterne vom Himmel holen, wenn sie ihn darum bitten würde.«

»Hast du sie nach Rie gefragt?«

»Ja. Sie meinte, Magne könne keiner Fliege etwas zuleide tun.« Pernille seufzte. »Mehr konnte ich nicht in Erfahrung bringen. Der Frau geht es nicht gut. Und dass ihr Sohn versucht hat, sich umzubringen, hat es nicht unbedingt besser gemacht. Es waren ihre Medikamente, die er geschluckt hat. Ich bin jetzt übrigens auf dem Weg zu euch. In spätestens zwanzig Minuten bin ich da.«

»Danke, Pernille. Bis gleich.« Vibeke legte auf. Sie wandte sich wieder ihrem Kollegen zu. »Wo waren wir stehen geblieben?«

»Beim Quartett.« Jens rückte seine Brille zurecht. »Lass es mich anders ausdrücken: Bislang hatten wir eine Gleichung. Elin und Sebastian verhalten sich so wie Annelie zu Magne. Was aber, wenn wir die Gleichung umstellen?«

Vibeke krauste die Stirn. »Ich schätze deinen analytischen Verstand, Jens, aber ich brauche jetzt keinen Grundkurs in Mathematik. Bitte rede Klartext. Uns läuft die Zeit davon.«

»Man könnte die Gleichung umstellen und erhielte auf der einen Seite einen Term, an den wir bislang noch nicht gedacht haben.«

»Elin und Magne fallen raus. Du redest also von Annelie und Sebastian?«

»Ganz genau.« Jens nickte. »Søren hat mich darauf gebracht, als er vorhin über unerwiderte Liebe sprach. Dabei habe ich mich an ein Foto erinnert, das bei Annelie im Zimmer hängt. Sie und Sebastian auf dem Badesteg. Es ist mir aufgefallen, als wir gestern das Haus nach Rie durchsucht haben.«

Vibeke nickte. Auch sie hatte das Foto gesehen.

»Bislang wissen wir«, fuhr Jens fort, »Elin war in Sebastian verliebt und Sebastian in Elin. Magne liebt Annelie. Doch wen liebt Annelie?«

Vibeke dachte angestrengt nach. Die Gefühlswelt von Jugendlichen war mitunter kompliziert. Die große

Liebe, kurzes Glück, gefolgt von Weltuntergangsstimmung durch Liebeskummer, bis ein neuer Schwarm auf der Bildfläche erschien. In Cliquen herrschte dazu häufig ein »Bäumchen wechsle dich«-Spiel. Sie rief sich noch einmal das Foto von Annelie und Sebastian ins Gedächtnis. Beide hatten in die Kamera gelacht und vertraut miteinander gewirkt.

»Also noch einmal zurück zum Ablauf«, sagte sie. »Elin flieht vor Sait, vermutlich in Todesangst. Da sie Sebastian nicht erreicht, ruft sie Annelie an. Die schlägt ihr vor, zu ihr zu kommen, was Elin aber ablehnt.«

»Stopp.« Jens hob die Hand. »Das wissen wir bislang nur von Annelie. Und die scheint es mit der Wahrheit nicht ganz so genau zu nehmen.« Ein grimmiges Lächeln streifte seine Lippen. »Während du mit Rasmus gesprochen hast, hatte ich ein sehr aufschlussreiches Telefonat mit einer Angestellten im Ziegeleimuseum. Emma Løndstrup. Sie arbeitet im Museumsshop. Und jetzt rate mal, wer dort letztes Jahr in den Sommerferien gejobbt hat?«

»Annelie?«

Jens nickte. »Annelie weiß also nicht nur, wie sie sich Zugang zu den Arbeiterwohnungen verschaffen kann, sondern sie hat sich mit dem Alibi für Magne gleichzeitig selbst eins gegeben. Äußerst praktisch. Und clever. Wenn Annelie also in unserer Gleichung nicht den richtigen Platz einnimmt und sie in Wahrheit Sebastian liebt, wohin führt uns das?«

»Zu Mord aus Eifersucht.«

»Exakt.«

Vibeke strich sich eine Haarsträhne aus dem Gesicht. »Das würde bedeuten, dass Annelie es war, die Elin nach Cathrinesminde gelockt hat.«

»Ganz genau. Bei allem, was Annelie bislang ausgesagt hat, war immer ein Fünkchen Wahrheit dabei. Das zeichnet eine gute Lügnerin aus. Ich vermute, sie wollte ihrer Freundin anfangs tatsächlich dabei helfen, einen Unterschlupf zu finden. Aber dort in Cathrinesminde erfuhr sie dann, dass Elin und Sebastian zusammen sind, und das Drama nahm seinen Lauf. Zumindest rein hypothetisch betrachtet, sofern meine Vermutung bezüglich der Gleichung zutrifft.«

»Deine These klingt teilweise ganz schön gewagt«, Vibeke spürte ein leichtes Kribbeln im Bauch, »trotzdem könnte es so gewesen sein. In dem Fall muss es eine Vorgeschichte zwischen Annelie und Sebastian geben, von der wir bislang nichts wissen.« Sie zog ihren Autoschlüssel aus der Hosentasche. »Ich muss mit Sebastian sprechen. Wo steckt eigentlich Søren?«, fiel es Vibeke ein. Sie benötigte einen dänischen Kollegen an ihrer Seite, um ihren Beraterstatus nicht zu verletzen.

»Er ist auf dem Weg nach Sønderborg, um Rasmus bei Magne zu unterstützen.«

»Gut, ich bitte Pernille, zu den Ravns zu kommen. Du hältst hier in der Zwischenzeit die Stellung, falls sich etwas tut.« Vibeke langte nach ihrem Handy.

Egernsund, Dänemark

Die bodentiefen Fenster waren seitlich aufgeschoben. Innen- und Außenbereich schienen nahtlos ineinander überzugehen. Auch zur frühen Abendstunde herrschte noch immer Bilderbuchwetter über der Bucht. Wolkenfreier blauer Himmel, Seevögel, die über dem Wasser ihre Kreise zogen, schippernde Segelboote, die Kurs auf Marina Minde nahmen. Ein leichter Sommerwind wehte ins Haus hinein.

Kiersten Ravn schenkte Wasser aus einer Karaffe, das mit Blaubeeren und Limettenscheiben angereichert war, in zwei Gläser und reichte sie an die beiden Kriminalbeamtinnen. »Ihr wollt euch wirklich nicht setzen?«

»Danke, aber wir haben leider nicht viel Zeit.« Vibeke trank einen kräftigen Schluck, ehe ihr Blick zu Sebastian glitt, der ihnen mit erwartungsvollem Gesicht von der Couch entgegensah. »Wir möchten Sebastian nur kurz ein paar Fragen stellen.«

»Vielleicht sollte ich lieber den Anwalt anrufen«, sagte Kiersten Ravn.

»Das steht dir natürlich frei«, warf Pernille ein. »Aber es geht nicht um einen Tatvorwurf gegen Sebastian. Wenn wir also auf den Anwalt warten müssen, verlieren wir unter Umständen unnötig Zeit. Zeit, die Rie nicht hat.«

»Schon gut, Mama«, beruhigte Sebastian seine Mutter. »Ich beantworte die Fragen. Vielleicht hilft es, Rie zu finden.«

»Von mir aus.« Kiersten Ravn stellte sich neben ihren Sohn. »Aber ich bleibe hier.«

Vibeke wandte sich Sebastian zu und kam ohne Umschweife zur Sache. »Du und Annelie, wart ihr mal ein Paar?«

Dem Teenager war die Verblüffung über ihre Frage deutlich anzusehen. »Nein. Zumindest nicht wirklich.«

»Kannst du das genauer definieren?«

»Ich fand Annelie gleich ziemlich cool, als ich in die

Klasse kam.« Sein Blick huschte etwas peinlich berührt zu seiner Mutter, die ihm jedoch aufmunternd zunickte. »Ich meine, das Mädchen sieht Hammer aus. Alle Jungs in der Klasse stehen auf sie. Annelie ist zwar manchmal etwas zickig, aber zu mir war sie von Anfang an sehr nett. Ihre Clique hat mich sofort aufgenommen.«

»Lief da etwas zwischen euch?«

»Wie gesagt, ich fand sie ziemlich cool.« Eine leichte Röte überzog sein Gesicht. »Letztes Jahr haben wir uns ein-, zweimal getroffen. Ich habe sie geküsst, aber nur ein einziges Mal. Mehr war da nicht.«

Vibeke tauschte einen raschen Blick mit Pernille. »Weshalb ging es nicht weiter mit euch?«

»Die Sommerferien kamen dazwischen.« Sebastian streckte seine langen Beine aus. »Ich war die kompletten sechs Wochen in Kopenhagen bei meinen Großeltern. Annelie und ich haben uns anfangs einige Male geschrieben, aber dann ist das Ganze irgendwie abgekühlt.«

»Von deiner Seite oder von ihrer?«, hakte Vibeke ein.

Er hob die Achseln. »Eigentlich weiß ich es gar nicht mehr so genau. Vermutlich von beiden Seiten.«

»Und nach den Ferien?«

»Wir haben uns weiter gut verstanden. Aber rein freundschaftlich. Zu dem Zeitpunkt kam dann auch Elin in unsere Klasse.« Ein Lächeln flog über seine Lippen.

Vibeke musterte den Teenager. Rein äußerlich betrachtet war er das perfekte männliche Pendant zu Annelie. »Kann es sein, dass Annelie sich nach eurem Kuss mehr erhofft hat? Ist sie verliebt in dich?«

Sebastian zerzauste seinen dunklen Schopf. »Aber sie ist doch mit Magne zusammen.«

»Das eine schließt das andere nicht unbedingt aus«, warf Pernille ein.

Sebastian legte den Kopf schief und blickte nachdenklich aus dem Fenster hinaus aufs Meer. »Wenn, dann ist es mir nie aufgefallen. Wobei …«, er zögerte, »seit Elin tot ist, stehen Annelie und ich uns wieder näher. Tatsächlich hatte ich bereits das Gefühl, dass sie meine Nähe sucht, aber ich dachte, es wäre die Trauer um Elin, die uns verbindet.«

»Wusste Annelie von dir und Elin?«, erkundigte sich Vibeke.

Sebastian schüttelte den Kopf. »Nein. Ich habe niemandem davon erzählt. Elin wollte nicht, dass jemand von uns erfährt. Das habe ich respektiert.«

In Vibekes Kopf formte sich ein Bild zusammen. Die erfolgsverwöhnte Einserschülerin. Klassenbeste. Beliebt und wunderschön. Ein Mädchen, dem alle Jungen zu Füßen liegen, doch ausgerechnet der eine, den sie will, bleibt für sie unerreichbar. Denn er liebt das Aschenputtel. Ihre beste Freundin. Kein Ehrenmord. Keine Hexenverbrennung. Sie hatten es schlichtweg mit einem Teenagerdrama zu tun.

»Danke, Sebastian. Du hast uns sehr geholfen.«

»Heißt das etwa, dass Annelie …«

»Im Moment heißt es noch gar nichts«, unterbrach ihn Vibeke. »Ich möchte dich deshalb dringend bitten, den Inhalt unseres Gesprächs vorerst für dich zu behalten.« Ihr Blick glitt zu Kiersten Ravn. »Das gilt auch für Sie, Frau Ravn. Geht das in Ordnung?«

Mutter und Sohn nickten.

Die beiden Kriminalbeamtinnen verließen das Haus.

»Annelie konnte jeden haben«, resümierte Pernille,

als sie in der Auffahrt standen. »Nur nicht Sebastian. Er verliebt sich von allen Mädchen ausgerechnet in ihre beste Freundin. Annelie hat Elin umgebracht. Sie fühlte sich verraten.«

»Das denke ich auch. Jens hat recht.«

»Ich frage mich nur, wie das Ganze abgelaufen ist. Annelie wird Elin doch nicht einfach so erschlagen haben, oder? Und wie passt Magne dort hinein?«

»Er hat ihr beim Aufräumen geholfen«, stellte Vibeke fest.

Pernille riss die Augen auf. »Nachdem sie ihre Nebenbuhlerin beseitigt hat?«

»Vielleicht kennt Magne nur die halbe Wahrheit. Womöglich war Annelie nur mit ihm zusammen, um Sebastian eifersüchtig zu machen. Sie hat seine Schwäche gnadenlos ausgenutzt.«

»Bleibt allerdings noch immer die Nachricht, die Elin an Sebastian geschrieben hat, in der sie mit ihm Schluss macht«, gab Pernille zu bedenken.

»Dafür gibt es in meinen Augen nur eine logische Erklärung«, sagte Vibeke. »Annelie hat diese Nachricht geschrieben. Sie hat nicht nur Magne manipuliert, sondern uns alle. Aber damit ist jetzt ein für alle Mal Schluss.«

Sønderborg, Dänemark

»Du musst uns jetzt sagen, was mit Rie passiert ist«, forderte Rasmus den jungen Mann im Krankenbett eindringlich auf. »Ihr Handy wurde bei dir zu Hause gefunden. Wir wissen also, dass du mit ihrem Verschwinden zu tun hast. Mit deinem Schweigen machst du alles nur noch schlimmer.«

»Ihr Handy war bei mir?« Magne wurde noch eine Spur blasser, als er ohnehin schon war. »Aber das kann nicht sein.«

»Weshalb kann das nicht sein?«

Magne wich seinem Blick aus.

Rasmus konnte nicht länger an sich halten. »Verdammt, jetzt spuck's endlich aus!«

Die Krankenschwester löste sich von der Wand. »Ich denke, es reicht.«

»Nein, es reicht noch lange nicht«, erwiderte Rasmus harsch. »Ein sechzehnjähriges Mädchen wurde ermordet. Und jetzt ist eine Elfjährige verschwunden. Und euer Patient«, er deutete mit dem Zeigefinger auf Magne Boutrup, »weiß, was mit der Kleinen passiert ist.«

Die Krankenschwester biss sich auf die Lippen. »Ich hole den Arzt.« Sie verließ fluchtartig den Raum.

Rasmus' Anspannung stieg ins Unermessliche. Er wusste, er durfte Magne nicht weiter in die Enge treiben. Am Ende erfuhr er überhaupt nichts mehr. Rastlos starrte er aus dem Fenster.

»Annelie hat mir gedroht«, sagte Magne leise. »Sie meinte, wenn das mit Elin rauskommt, hängt sie mir alles an.«

Rasmus drehte sich wie vom Donner gerührt um. »Annelie hat Elin umgebracht?«

»Es war ein Unfall.« Die Stimme des jungen Mannes zitterte. »Sie hat das nicht gewollt.«

»Sagt Annelie.« Rasmus schüttelte ungläubig den

Kopf. Das Mädchen hatte sie alle an der Nase herumgeführt, ihn eingeschlossen. Wie ein blutiger Anfänger war er auf ihre Tränen hereingefallen. »Warst du dabei?«

»Nein. Annelie hat mich Montag am frühen Abend angerufen und angefleht, ihr zu helfen. Als ich nach Cathrinesminde kam, war Elin bereits tot.«

Rasmus fiel es wie Schuppen von den Augen. »Du hast für sie die Drecksarbeit erledigt. Die Tatwaffe entsorgt und vermutlich auch die Leiche und das Fahrrad.«

Magne zögerte, dann nickte er. »Anfangs war ich mit der Situation völlig überfordert. Aber dann habe ich die aufgeschichteten Scheiterhaufen für die Sankt-Hans-Feuer gesehen. In dem Moment erschien es mir die perfekte Lösung. Damit die Leiche nicht beim letzten Umschichten entdeckt wird, habe ich selbst einen gebaut.«

»Und weshalb die Kette?«

»Ich hatte sie einen Tag vorher Annelie geschenkt. Sie muss sie Elin umgehängt haben, um …« Der Rest des Satzes blieb in der Luft hängen.

»Um den Verdacht auf dich zu lenken«, beendete Rasmus den Satz. Seine Stimme bebte vor unterdrückter Wut. »Was habt ihr mit Rie gemacht?«

»Ich wollte ihr bloß das Handy wegnehmen.« Magnes Augen füllten sich mit Tränen. »Annelie hatte gehört, wie ihre Mutter und Rie darüber sprachen, dass die Polizei den Tatort in Cathrinesminde gefunden hat. Rie wollte dann sofort nach Hause, um sich ein paar Videos anzusehen. Annelie rief mich an, weil sie befürchtete, dass Rie zur Tatzeit in Cathrinesminde gefilmt haben könnte. Ich sollte sie abfangen und ihr das Handy wegnehmen.« Er war mittlerweile hochrot im

Gesicht. »Aber Rie wollte es mir nicht geben. Sie hat rumgeschrien und mich getreten.«

Rasmus gefror das Blut in den Adern. Nur am Rande nahm er wahr, dass die Tür aufging und Søren eintrat.

»Ich wollte nur, dass sie damit aufhört«, heulte Magne jetzt. Rotz lief ihm aus der Nase.

»Was du gemacht hast, will ich wissen!« Rasmus brüllte jetzt. »Hast du Rie etwas angetan?!« Er machte einen Schritt auf Magne zu, um ihn am Kragen zu packen. Im nächsten Moment spürte er Sørens Hand auf der Schulter, die ihn mit sanftem Druck zurückhielt.

»Ich habe ihr eine gescheuert. Im Affekt«, verteidigte sich Magne. »Aber Rie ist hingefallen und war plötzlich bewusstlos. Da bin ich in Panik geraten. Annelie meinte, dass wir wegen ihr noch beide im Gefängnis landen. Ich sollte Rie ruhigstellen, bis wir eine gute Geschichte haben.« Er wischte sich mit dem Ärmel den Rotz von der Nase. »Annelie wollte sich um alles kümmern, sobald sie sich das Handy angesehen hat, aber als ich dann heute mit ihr sprach, hatte sie ihre Meinung geändert. Sie sagte, Rie wäre einzig und allein mein Problem.«

»Weil sie gesehen hat, dass nur du auf dem Video zu sehen bist«, stellte Rasmus fest. »Sie hat dich eiskalt fallen lassen und dir das Handy untergeschoben. Nachdem du für sie die Drecksarbeit erledigt hast.«

Magne liefen Tränen übers Gesicht. »Annelie drohte, mir den Mord an Elin anzuhängen, wenn ich auspacke. Ich war völlig am Ende.«

»Und deshalb hast du lieber Tabletten geschluckt, anstatt einem hilflosen Mädchen zu helfen?« Rasmus raufte sich ungläubig die Haare.

Magne schlug sich die Hände vors Gesicht.

»Wo ist Rie jetzt?«, mischte sich erstmals Søren ins Gespräch. Seine Baritonstimme klang gefasst. »Ihre Bewusstlosigkeit könnte ein Hinweis auf eine schwere Kopfverletzung sein. Du willst doch sicher nicht, dass die Kleine stirbt, oder?«

Magne schüttelte den Kopf. Dann nannte er eine Adresse.

Egernsund, Dänemark

Vibeke hielt den Dienstwagen an der Straße direkt vor dem Pfarrhaus an. Ein kurzes Telefonat mit Rasmus hatte ihren Verdacht bestätigt, dass Annelie Kjeldsen die Täterin war. Hinter ihnen kam ein Streifenwagen zum Stehen. Gleichzeitig mit Pernille, die auf dem Beifahrersitz saß, stieß sie die Tür auf und sprang heraus.

»Ihr kommt mit«, instruierte sie die beiden Uniformierten, die aus dem anderen Fahrzeug stiegen. »Sichert den Hinterausgang.« Sie wies mit der Hand zum Gartentor und eilte zusammen mit Pernille zum Eingang.

Die Haustür wurde von Herdis Kjeldsen geöffnet, ehe sie klingeln konnten. Ihr Blick glitt über die beiden Ermittlerinnen hinweg zu den beiden Streifenbeamten, die gerade um die Hausecke bogen. »Was ist hier los?«

»Wir sind hier, um deine Tochter festzunehmen«, erklärte Pernille. »Annelie steht unter dringendem Tatverdacht, Elin Akman getötet zu haben.«

Die Pfarrersfrau schnappte hörbar nach Luft, dabei wandte sie den Kopf kaum merklich über ihre Schulter. »Annelie ist nicht zu Hause.«

»Wir dürfen?« Vibeke schob sich an der Frau vorbei ins Haus. An der Treppe wandte sie sich zu ihrer Kollegin um. »Ich sehe oben nach.«

Pernille nickte. »Dann nehme ich mir unten vor.«

Vibeke ging die Stufen hinauf. Im Obergeschoss war es vollkommen still.

»Annelie?« Sie stieß die Tür zum Zimmer des Mädchens auf. Der Raum war leer, die Bettwäsche zerwühlt. Das auf Kipp stehende Fenster ging zur Straße hinaus. Direkt darunter standen die beiden Polizeifahrzeuge am Bordstein. Ihre Ankunft war nicht unbemerkt geblieben.

In Windeseile durchsuchte Vibeke die anderen Räume auf der Etage, doch auch dort war niemand.

Pernille empfing sie am unteren Treppenabsatz. »Sie ist nicht da. Die Terrassentür stand offen, als die Kollegen in den Garten gekommen sind.« Sie wies zum Wohnzimmer. »Annelie ist abgehauen.«

Vibeke wandte sich zu Herdis Kjeldsen um, die noch immer wie angewurzelt im Flur stand. »Wie lange ist sie weg?«

»Sie ist raus, kurz bevor ihr geklingelt habt.«

»Wir haben nicht geklingelt.« Pernille trat dicht vor die Frau. »Mit Lügen hilfst du deiner Tochter nicht weiter. Also, wo ist sie hin?«

»Ich weiß es nicht«, flüsterte Herdis mit eigentümlichem Blick.

Vibeke sah auf ihre Armbanduhr. Seit ihrer Ankunft waren nur wenige Minuten vergangen. »Sie kann noch nicht weit sein.«

Pernille trat in die offene Wohnzimmertür und zeigte zum Garten. »Wo geht es dort hinten hin?«

»Zum Fjordvej.«

Die beiden Ermittlerinnen durchquerten den Raum. Auf der Terrasse stand einer der beiden Streifenbeamten und wartete.

»Gebt eine Fahndung nach Annelie Kjeldsen raus und fordert Verstärkung an«, wies Vibeke den Uniformierten an. »Anschließend haltet ihr hier die Stellung, falls das Mädchen zurückkommt. Und habt ein Auge auf die Mutter.« Sie eilte hinter Pernille über die Rasenfläche.

Halb versteckt hinter ein paar Sträuchern lag eine Gartenpforte. Ein schmaler Weg führte dort an der Rückseite des Hauses und den Nachbargrundstücken entlang. Ihre Kollegin bog nach links, Vibeke nahm die Gegenrichtung.

Herunterhängende Zweige zerkratzten ihr die Arme, doch sie merkte es nicht. Sie rannte, scannte gleichzeitig aus den Augenwinkeln ihre Umgebung, versuchte sich die Ortsaufteilung von Egernsund ins Gedächtnis zu rufen. Was hatte das Mädchen vor? Sie musste doch wissen, dass es vorbei war. Was blieb ihr noch übrig? Die Flucht? Sich selbst zu töten? Oder Buße zu tun?

Vibeke erreichte eine Straße, blieb kurz stehen, um sich zu orientieren, und erkannte anhand der Kirchturmspitze, die über den Ziegeldächern aufragte, dass sie sich am oberen Stück des Fjordvejs befand. Sollte sie zum Strand oder Richtung Zentrum laufen?

Sie traf ihre Entscheidung aus dem Bauch heraus und nahm den Weg zum Hafen. Ein Stück weiter kam ihr ein etwa dreizehnjähriger Junge auf einem Fahrrad entgegen.

»Hast du Annelie Kjeldsen gesehen?«, rief sie ihm auf gut Glück zu.

Der Junge bremste ab und deutete mit der Hand die Straße entlang. »Ja, gerade eben, Höhe Skippergade. Einfach geradeaus.«

Vibeke zog das Tempo an, lief an der Kirche vorbei, an Ziegelhäusern, Garagen und Vorgärten. Die Straßen waren menschenleer, auch Autos waren keine unterwegs. Vermutlich saßen die Menschen längst alle beim Abendbrot oder mit Bier und Knabberkram vor dem Fernseher.

Der Gehweg endete, links und rechts säumten jetzt Bäume und Büsche den Asphalt, und Vibeke musste auf den schmalen Plattenpfad neben der Straße ausweichen, die jetzt ein wenig abschüssig verlief. Hinter der nächsten Biegung lagen das ockerfarbene Verkaufsgebäude und die Musterausstellung der Ziegelei. Gegenüber erstreckte sich der Hafen.

Vibeke hastete zum Imbiss, wobei sie ihren Blick hektisch über den Innen- und Außenbereich schweifen ließ. Ein älteres Paar in funktionalen Outdoor-Klamotten, das sich gerade einen Hotdog genehmigte, sowie zwei Männer in Arbeiteroveralls und mit Feierabendbierchen in der Hand waren die einzigen Gäste.

Völlig außer Atem blieb sie stehen, suchte mit den Augen das Ufer ab und blieb schließlich an der Klappbrücke am Ende des Parkplatzes hängen. Keine Spur von Annelie. Das Mädchen konnte überall sein.

Ihr Handy klingelte. Pernille.

»Hast du sie gefunden?«, fragte ihre Kollegin.

»Nein.«

»Wo steckst du?«

»Am Hafen.«

»Bin schon unterwegs.« Pernille legte auf.

Vibeke steckte ihr Handy wieder ein. Eine Segeljacht nahm Kurs auf die Brücke. *Die passt dort doch niemals drunter durch*, schoss es ihr durch den Kopf. Im gleichen Moment bemerkte sie am Ufer hinter der Skulptur aus bunt glasierten Ziegelsteinen eine Bewegung. Eine schmale blonde Gestalt löste sich von der Rückseite. Annelie.

Das Mädchen erblickte sie ebenfalls und rannte los.

Vibeke preschte hinterher. »Bleib stehen, Annelie!«

Das Mädchen lief unbeirrt weiter und steuerte auf das Ende des Parkplatzes zu.

Sie will zur Brücke, dachte Vibeke alarmiert. Während sie selbst noch an den geparkten Autos vorbeilief, hatte Annelie bereits die unterste Stufe der stählernen Wendeltreppe erreicht, die vom Parkplatz auf die Brücke hinaufführte. Die Höhe betrug um die zwanzig Meter. Zu niedrig, um sich in den sicheren Tod zu stürzen, dachte Vibeke, doch neben schwersten Verletzungen beim Aufprall war vermutlich die Strömung im Hafenbecken die eigentliche Gefahr.

Vibeke erreichte den untersten Treppenabsatz, während Annelie aus ihrem Sichtfeld geriet. Sie hastete die schmalen verzinkten Stufen hinauf. Dabei stieg ihr Puls ins Unermessliche. Instinktiv spürte sie, dass sich in wenigen Sekunden ein menschliches Drama abspielen würde. Aus den Augenwinkeln nahm sie die Segeljacht wahr, die weiter auf die Brücke zusteuerte.

Gerade als Vibeke den obersten Treppenabsatz erreicht hatte, ertönte ein Warnsignal und die Schranken gingen herunter. Annelie blieb abrupt stehen und sah über ihre Schulter, Panik im Blick. Im nächsten Augenblick schob sie sich an der Schranke vorbei. Ein Bus, der am anderen Brückenende stand, gab Lichtzeichen und hupte wie verrückt.

Sie will auf die andere Seite, ehe die Brücke hochklappt, dachte Vibeke. Was für ein Irrsinn! »Annelie, nein!«

Das Mädchen rannte und hatte etwa die Hälfte des beweglichen Tragwerkteils erreicht, als sich die Klappen öffneten.

Augenblicklich geriet Annelie ins Straucheln, drohte in die Tiefe zu stürzen, erwischte jedoch im letzten Moment das rettende Geländer und klammerte sich daran fest, während sich die Klappe Stück für Stück weiter in die Höhe schraubte. »Stopp!«, brüllte Vibeke zu den dunkel verglasten Scheiben des zweistöckigen Kontrollturms. Wurde das Steuerungssystem elektronisch überwacht, oder saßen dort Menschen? Überall waren Kameras installiert. »Festhalten, Annelie, hörst du?!«

Das Mädchen kreischte hysterisch.

Endlich kamen die beiden Trägerteile zum Stehen. Hinter Vibekes Rücken ertönte Motorengeräusch, dann das Schlagen einer Autotür.

»Um Himmels willen«, ertönte Pernilles Stimme. »Ich rufe den Brückenwärter an.«

»Ich kann nicht mehr«, schrie Annelie jetzt. »Ich lass gleich los.«

»Nein, das tust du nicht«, rief Vibeke entschlossen zurück. »Du schaffst das! Versuche, ruhig zu atmen.«

»Ich habe keine Kraft mehr«, schluchzte das Mädchen. »Und ich will auch nicht mehr.«

»Doch, das willst du«, Vibeke bemühte sich um einen festen Klang in ihrer Stimme. »Es gibt Menschen, die dich lieben, Annelie. Alles wird sich klären. Also bleib jetzt ganz ruhig. Die Klappe geht jeden Moment wieder runter.« Sie warf einen raschen Blick über ihre Schulter.

Pernille telefonierte, hinter dem Dienstwagen waren weitere Autos zum Stehen gekommen, aus denen die Fahrzeuginsassen ausgestiegen. Fast alle hielten ihre Handys gezückt. In der Ferne ertönten Sirenen.

Im nächsten Moment senkte sich die Klappe. Annelie schrie aus Leibeskräften. Doch sie hielt durch und umklammerte das Geländer, während das Tragwerkteil langsam nach unten glitt, selbst dann noch, als die Brücke längst zurück in ihre Ausgangsposition gefunden hatte und Vibeke neben ihr auf dem Asphalt kniete.

Egernsund, Dänemark

Das Grundstück lag an einer schmalen Seitenstraße, nur wenige hundert Meter von der Ziegelei entfernt, versteckt hinter einer Thujenhecke, dicht gesäumt von Büschen und Bäumen. Der Garten war von Unkraut fast vollständig überwuchert. Hinter einer ausladenden Tanne erkannte Rasmus ein Holzhaus. Es erinnerte ihn mit seinem abgeblätterten schwarzen Anstrich an das alte Sommerhaus, das seine Eltern früher in den Ferien häufiger gemietet hatten. Einige Latten hatten sich verzogen, der Sockel war aus Natursteinen gemauert und mit Moos überwuchert, die Fenster mit Sperrholzplatten vernagelt. Das gesamte Anwesen wirkte verlassen und düster.

Schweigend stapften sie durch hohes Gras auf das Holzhaus zu. Dass er vorhin fast auf Magne Boutrup losgegangen war, beschäftigte Rasmus. Es war lange her, seit er zuletzt die Beherrschung verloren hatte, trotzdem hatte nicht viel gefehlt und er hätte den jungen Mann im Krankenbett vermöbelt. Sein Verhalten zeigte, dass bei ihm noch immer die Sicherungen durchbrennen konnten. Er musste sich zusammenreißen.

Neben Rasmus schnaufte Søren vor Anspannung, während sie das Gebäude umrundeten. Die Abenddämmerung hatte eingesetzt, nicht mehr lange und es würde stockfinster sein.

An der Rückseite des Hauses angekommen löste sein Kollege die fast zwei Meter hohe Sperrholzplatte aus der Verankerung, so wie es ihnen Magne im Krankenhaus erklärt hatte, und eine Verandatür kam zum Vorschein. Die Scheiben waren blind vor Schmutz.

Rasmus' Herz hämmerte in seiner Brust, als er den Türknauf mit seiner Hand umschloss und umdrehte. Unter leisem Quietschen schwang die Tür auf. Er trat über die Schwelle, Søren blieb dicht hinter ihm. Sie fanden sich in einem düsteren Korridor wieder. Die Umrisse offen stehender Türen zeichneten sich als gespenstische Schatten in der Dunkelheit ab. Die Luft war schwer von Feuchtigkeit. Es roch leicht schimmelig.

Rasmus rümpfte die Nase. Abgesehen von seinem Herzklopfen und Sørens Schnaufen war es im Inneren des Hauses vollkommen still. Zu still.

»Rie!« Seine Stimme hallte laut durch die leeren Räume.

Søren zog sein Handy heraus und schaltete die Taschenlampenfunktion an. »Es muss die zweite Tür sein.« Er leuchtete den Flur entlang.

Spinnenweben hingen wie staubige Gardinen von

der Decke herab, der Boden war übersät mit kleinen schwarzen Krümeln. Mäusekot.

Sie steuerten auf die Küche zu. Der Lichtstrahl fiel auf einen zerschlissenen Linoleumboden. Die Küchenschränke waren aufgerissen, zahlreicher Müll und Unrat bedeckte die Arbeitsfläche aus dunklem Holz. Neben dem modrigen Schimmelgeruch, der sich durch das ganze Haus zog, stank es hier zusätzlich nach fauligem Abfluss.

Rasmus ignorierte den stechenden Geruch, schob im Licht der Taschenlampe den Küchentisch beiseite und klappte den darunter liegenden Flickenteppich um. Beim Anblick der Bodenluke wurde ihm heiß und kalt zugleich. Was erwartete ihn darunter? Schreckliche Bilder stiegen in ihm hoch.

Er starrte auf den Metallring. Griff danach. Atmete tief durch und zog die Luke auf. Das Bild, das sich ihm bot, brannte sich in seine Netzhaut ein.

Rie lag direkt unter der Öffnung, zusammengerollt unter einer verfilzten Decke, das kleine Gesicht kreidebleich, die Augen geschlossen.

Rasmus beugte sich hinunter. »Rie?«

Sie bewegte sich nicht. Er schluckte, suchte mit seinen Fingern nach der Vertiefung zwischen Halsmuskel und Kehlkopf.

»Lebt sie?« Sørens Stimme klang rau vor Anspannung.

Rasmus fand die Halsschlagader und hielt für den Bruchteil einer Sekunde die Luft an – bis er schließlich unter seinen Fingerspitzen ein schwaches Pulsieren fühlte. »Ja, sie lebt.«

Ganz behutsam hob er Rie mitsamt der Decke heraus.

Der Kriechkeller war keinen Meter hoch, kaum mehr als ein schmaler Streifen mit zahlreichen Rohren vor unverputzter Wand und nacktem Erdboden. Eine Assel krabbelte im Licht der Taschenlampe.

Das Wissen, dass das Mädchen über vierundzwanzig Stunden in diesem Verschlag gelegen hatte, war nur schwer zu ertragen. Ob sie zwischendurch aufgewacht war? Dann hätte sie unter schrecklicher Panik gelitten.

»Magne hat ihr ein Beruhigungsmittel gegeben.« Søren deutete auf eine halbleere Wasserflasche und die leere Blisterverpackung einer Tablette, die unter der Decke zum Vorschein kamen. »Diazepam wie bei ihm im Wohnzimmer. Es wirkt auch als Schlafmittel.«

Rasmus hielt Rie fest in seinen Armen, während sie das Haus auf dem gleichen Weg verließen, wie sie gekommen waren. Ihr Kopf lag geschützt an seiner Brust, und er war vorsichtig darauf bedacht, dass auch der Rest ihres zarten Körpers unterwegs nirgends anstieß.

Im Freien zuckten plötzlich ihre Lider. Rie öffnete die Augen und blinzelte.

Rasmus lächelte sie an.

Egernsund, Dänemark

Die stumm geschalteten Blaulichter der Einsatzfahrzeuge blinkten in der Dunkelheit. Sie saßen auf den Rücksitzen des Polizeitransporters. Vibeke, Pernille, Annelie und ihre Mutter Herdis.

»Ich wollte das nicht«, flüsterte Annelie. Sie trug Handfesseln, nachdem sie zuvor von einem Sanitäter untersucht und im Anschluss ordnungsgemäß von Pernille über ihre vorläufige Festnahme und ihre Rechte belehrt worden war. Ihr Gesicht war blass, die Augen verquollen, doch sie weinte nicht mehr.

»Annelie.« Herdis Kjeldsen legte beflissentlich die Hand auf den Arm ihrer Tochter. »Du sagst jetzt nichts.«

»Doch. Jetzt.« Annelie klang entschlossen. Ihr Blick suchte den von Vibeke, die ihr gegenübersaß. »Ehe mir der Mut dazu fehlt.«

Das Mädchen ist ein Chamäleon, schoss es Vibeke durch den Kopf. Es war keine Stunde vergangen, seit Annelie fast in den Tod gestürzt war, da legte sie bereits wieder den Schalter um. Allerdings konnte niemand wissen, wie es hinter ihrer Fassade aussah. Selbst Vibeke steckte der Schreck noch in den Knochen, auch wenn sie nach außen hin die gewohnte Professionalität an den Tag legte.

»Erzähl uns, was letzten Montag passiert ist.«

Neben ihr auf der Sitzbank klappte Pernille ihr Notizbuch auf.

»Elin rief mich an, völlig aufgelöst. Sie meinte, ihr Bruder wolle sie umbringen.« Annelie klang ruhig und gefasst. »Ich riet ihr, die Polizei zu verständigen, aber Elin wollte das nicht. Sie sagte, sie bräuchte einen Unterschlupf, um in Ruhe nachzudenken. Also schlug ich Cathrinesminde vor. Dort ist montags geschlossen, und ich hatte noch einen Schlüssel, von dem ich dachte, ich hätte ihn verloren. Eigentlich wollte ich ihn längst zurückbringen.« Gedankenverloren strich sie sich eine blonde Haarsträhne aus dem Gesicht. »Elin und ich trafen uns in einer der Arbeiterwohnungen. Sie sagte, dass sie heimlich mit jemandem zusammen war und ihre Familie das herausgefunden hatte. Deshalb würde Sait sie bedrohen. Er warf ihr vor, sie hätte die Familienehre beschmutzt.« Sie stockte. »Dann erzählte sie mir von Sebastian.«

Herdis Kjeldsen drückte ihrer Tochter die Hand.

»Ich bin in Sebastian verliebt«, gestand Annelie. »Schon seit Langem. Letztes Jahr, da hat er mich geküsst, und ich dachte, wir wären zusammen, aber nach den Ferien war er plötzlich irgendwie anders. Ich nahm an, er hätte wieder Probleme mit seinen Eltern, mit einem anderen Mädchen habe ich ihn ja nie gesehen, aber als ich ihn darauf ansprach, sagte er nur, er hätte gerade viel um die Ohren. Ich dachte, ich müsse nur etwas Geduld haben.« Sie errötete leicht. »Irgendwann kam mir die Idee, Sebastian eifersüchtig zu machen. Ich wusste ja, dass Magne mich mag, also fing ich etwas mit ihm an.«

Vibeke sah Annelie aufmerksam an. »Aber Sebastian wurde nicht eifersüchtig?«

»Nein.« Sie senkte den Blick. »Mir kam schon der Gedanke, dass er vielleicht gar nicht auf Mädchen steht.«

»Dabei war er zu dem Zeitpunkt längst mit Elin zusammen«, stellte Vibeke fest.

»Sie hat mir keinen Ton davon gesagt«, erwiderte Annelie anklagend. »Ich meine, ich war ihre beste Freundin, habe ihr in der Schule geholfen, sie meinen Freunden vorgestellt, sie verteidigt, wenn andere meinten, Elin wegen dieser Nacktfotogeschichte dumm anmachen zu müssen. Ich habe ihr sogar meine Klamotten geliehen.« Ihre Stimme schraubte sich eine Oktave höher. »Sie wusste, dass ich in Sebastian verliebt bin. In dem Moment habe ich Elin wirklich gehasst.« Sie nestelte an den Handfesseln herum. »Ich habe heimlich ihr

Handy genommen, als sie auf die Toilette musste. Den PIN-Code kannte ich, weil ich öfter gesehen habe, wie sie ihn eingegeben hat. Ich habe dann Sebastian in Elins Namen eine Nachricht geschrieben, in der sie mit ihm Schluss macht.«

Vibeke wechselte einen raschen Blick mit Pernille, die kurz den Kopf von ihren Notizen hob.

»Elin hat mich dabei erwischt.« Annelie schlug die Augen nieder. »Wir hatten einen riesigen Krach deshalb. Am Ende hat Elin mich ausgelacht, weil ich so naiv war zu glauben, Sebastian würde sich für mich interessieren.« Sie klang jetzt völlig fassungslos. »Ich meine, Sebastian und ich waren auf Augenhöhe. Das perfekte Paar. Ich kann nicht verstehen, was er in Elin gesehen hat. Sie hatte ihn nicht verdient. Ich hatte ihn verdient!« Sie fingerte an den Handfesseln. »Da habe ich rotgesehen. Und als Elin abhauen wollte, da lag da dieser Ziegelstein.« Sie hob den Blick, die Augen weit aufgerissen. »Es war eine Kurzschlussreaktion. Ich wollte Elin niemals umbringen, das müsst ihr mir glauben.« Jetzt kullerten ihr die Tränen die Wangen herab.

Vibeke spürte keinerlei Mitgefühl. »Und dann hast du Magne angerufen?«

Annelie deutete ein Nicken an. »Ich hatte furchtbare Angst, dass ich ins Gefängnis muss. Es war dann auch Magnes Idee, die Leiche im Sankt-Hans-Feuer zu verbrennen.« Ihr Blick huschte zu ihrer Mutter, die mittlerweile stocksteif vor Entsetzen neben ihr saß.

»Und Rie Poulsen?«

»Damit habe ich nichts zu tun«, beteuerte Annelie. Ein weiterer Schluchzer ließ ihren schmalen Körper beben.

Herdis Kjeldsen straffte sich, und ein harter Zug

erschien um ihren Mund. »Ich möchte einen Anwalt konsultieren.«

Vibeke nickte. »Das halte ich auch für das Beste. Allerdings müssen wir Ihre Tochter trotzdem mitnehmen.«

»Kann ich Annelie begleiten?«

»Sie dürfen gerne bis zur Polizeidienststelle mitfahren. Dort wird man Annelie zunächst erkennungsdienstlich behandeln.«

Herdis Kjeldsen nickte. »Dann gebe ich meinem Mann Bescheid.«

»Machen Sie das.« Vibeke stieg aus dem Transporter und winkte zwei Streifenbeamte heran. »Ihr begleitet die Tatverdächtige zum ED.«

Pernille klappte ihr Notizbuch zu und machte Platz für die beiden Uniformierten.

Die Seitentür glitt zu. Kurz darauf setzte sich der Polizeitransporter in Gang.

Schweigend blickten die beiden Kriminalbeamtinnen dem Fahrzeug hinterher.

Vibekes Handy klingelte. Sie ging dran.

»Wir haben Rie gefunden!«, schallte ihr Rasmus' aufgeregte Stimme entgegen. »Es geht ihr den Umständen entsprechend gut, aber sie wird sicherheitshalber noch zur Untersuchung ins Krankenhaus gebracht.«

Vibeke schloss vor Erleichterung die Augen. »Wurden die Eltern schon benachrichtigt?«

»Ich habe sie gerade informiert.« Rasmus lachte befreit. »Du glaubst nicht, wie erleichtert ich bin.«

Ein Schwall der Zuneigung durchflutete Vibeke. »Doch, das weiß ich. Wir sehen uns später.« Sie legte auf. »Sie haben Rie gefunden.«

Pernille lächelte. »Ich hab's gehört.«

»Mein Auto steht noch bei den Kjeldsens«, sagte Vibeke. »Aber lass uns vorher noch zur Ziegelei fahren und Jens einsammeln.« Sie hatte bereits mit dem Ermittler, der bei den Poulsens die Stellung gehalten hatte, telefoniert und ihn auf den neuesten Stand gebracht.

Einträchtig schlugen sie den Weg zum Parkplatz ein. Am Treppenabsatz drehte sich Vibeke noch einmal zur Brücke um. Zwei Uniformierte stiegen gerade in ihren Einsatzwagen. In Kürze würde der Straßenbetrieb wieder aufgenommen werden, und nichts würde mehr an das Drama erinnern, das sich hier vor Kurzem noch abgespielt hatte.

Egernsund, Dänemark

Die Poulsens wollten gerade aufbrechen, als Vibeke und Pernille wenige Minuten später in der Kiesauffahrt aus dem Auto stiegen.

Die Scheiben hinter dem Wohnhaus waren hell erleuchtet, und Vibeke erkannte im Lichtkegel des Hauseingangs zwei Frauen, die sich fest umarmten. Nora Poulsen und Sontje Akman. Ihre Söhne Timur und Lars standen zusammen mit Rune Poulsen daneben und beobachteten die Szene.

Der Ziegeleibesitzer bemerkte die beiden Ermittlerinnen und kam ihnen entgegen. Er wirkte sichtlich erschöpft, aber seine Augen glänzten. »Danke.«

»Wir haben auch die Täterin gefasst«, sagte Vibeke, während Pernille auf den Streifenwagen zusteuerte, der ein Stück weiter vor der Trockenscheune stand. Im Inneren saß Jens Greve und telefonierte.

»Wir wissen Bescheid«, erwiderte Rune Poulsen, während sich die beiden Frauen aus ihrer Umarmung lösten. »Ihr Kollege hat uns gerade informiert. Es war Annelie. Unfassbar.« Ein leichtes Kopfschütteln untermalte seine Fassungslosigkeit. »Können wir über die Einzelheiten vielleicht ein anderes Mal sprechen?« Er streckte die Hand nach seiner Frau aus. »Wir wollen jetzt zu unserer Tochter.«

»Natürlich.« Vibeke lächelte.

Ehepaar und Sohn eilten zu dem roten Kombi, der vorn in der Auffahrt geparkt war. Gerade als Rune Poulsen sich hinters Lenkrad gesetzt hatte, löste sich ein Schatten aus der Dunkelheit. Flemming Kjeldsen. Er trat an die Fahrerseite des Autos.

»Rune, ich …«, begann der Pfarrer, doch der Ziegeleibesitzer unterbrach ihn mitten im Satz, indem er die Autotür zuzog und den Motor startete.

»Frau Boisen?« Timur Akman tauchte neben Vibeke auf. Sein Gesichtsausdruck wirkte besorgt. »Ich habe vorhin einen Anruf von meinem Vater bekommen. Die Polizei hat Sait in Hamburg am Flughafen verhaftet. Offenbar hatte sein Flieger Verspätung.« Er schaute einen kurzen Moment dem davonfahrenden Auto hinterher. »Ich befürchte, dass man versuchen wird, Sait eine Tötungsabsicht zu unterstellen.« Er schaute verlegen. »Ich weiß, wir haben es Ihnen nicht leicht gemacht, aber er ist mein kleiner Bruder. Sehen Sie eine Möglichkeit, uns zu helfen?« Seine dunklen Augen blickten sie hoffnungsvoll an.

»Das liegt leider nicht in meinem Einflussbereich«,

erklärte Vibeke zurückhaltend. »Davon abgesehen können Sie Ihren Bruder nicht ewig beschützen. Sait wird sich für sein Verhalten verantworten müssen.«

Timur Akman nickte stumm. Verzweiflung lag in seinem Blick.

Vibeke gab sich einen Ruck. »Rufen Sie meinen Kollegen Cenk Bilgiç an. Ich glaube, Sie haben seine Karte bereits. Er wird Ihnen sicherlich ein paar Auskünfte geben können.«

»Danke«, erwiderte der Student leise.

Seine Mutter trat neben ihn. »Werden wir jetzt meine Tochter beerdigen können?«

»Ich bringe es gleich morgen früh in Erfahrung und melde mich bei Ihnen.« Vibeke lächelte Sontje Akman freundlich an. Dann drehte sie sich um und ging auf Jens Greve zu, der ihr zusammen mit Pernille entgegenkam.

»Was für ein Tag.« Der Ermittler rollte seine aufgekrempelten Hemdsärmel herunter. »Man fragt sich doch, weshalb das alles passieren musste.«

»Weil Menschen leider manchmal falsche Entscheidungen treffen«, sagte Vibeke und stieg in den Dienstwagen.

Epilog

Flensburg, Deutschland

Die Luft im Club war warm und stickig, es roch nach Schweiß und Rotwein.

Der letzte Ton verstummte. Rasmus löste seine Lippen vom Mundstück des Saxofons und nahm die Finger von den Klappen.

Beifall brandete auf. Pfiffe ertönten. Vereinzeltes Rufen und Gejohle. Am lautesten unter allen Anwesenden jubelte Søren Molin, der zusammen mit den restlichen Teammitgliedern am Tresen lehnte. Sie waren alle gekommen, um der längst versprochenen Jamsession ihrer beiden Kollegen beizuwohnen. Rasmus' Blick kreuzte sich mit dem von Luís hinter seiner Bassgitarre. Der Portugiese lächelte breit.

»Zugabe«, rief Søren mit seiner Baritonstimme aus dem Publikum, gefolgt von einem »Bravo«.

Rasmus verbeugte sich mit ironischer Geste in Richtung seiner Kollegen und kletterte von der Bühne. Im Club herrschte dichtes Gedränge. Die Zuschauer, die keinen Sitzplatz mehr ergattern konnten, bildeten eine Gasse, um ihn durchzulassen. Fremde Leute klopften ihm anerkennend auf die Schulter, ein paar Frauen warfen ihm schmachtende Blicke zu.

Im Hintergrund stimmte Luís' Band einen weiteren

Song an. *Watermelon Man* von Herbie Hancock. Ein Klassiker.

Søren drückte Rasmus ein Glas Bier in die Hand. »Skål!« Sie stießen an.

»Respekt, Rasmus«, kam es von Jens Greve.

Er hätte den deutschen Kriminalbeamten auf den ersten Blick fast nicht erkannt. Anstatt seines förmlichen Anzugs und den üblichen auf Hochglanz polierten Schuhen trug er dunkle Jeans, dazu ein Shirt mit Retro-4-Print auf der Brust und Sneakers. In Hüfthöhe blitzte etwas Silberfarbenes auf. Trug er tatsächlich einen Nietengürtel?

»Schickes Shirt.« Rasmus hatte Mühe, sich ein Grinsen zu verkneifen, und wandte sich Vibeke zu.

Sie trug ihre übliche Kluft. Dunkle Röhrenjeans, dazu eine ihrer schneeweißen Blusen, doch anstatt des strengen Zopfs fiel ihr das hellbraune Haar an diesem Abend glatt und glänzend auf die Schultern. Dazu war sie dezent geschminkt. Erstmals wurde ihm bewusst, wie attraktiv sie war.

»Hej, Rasmus.« Vibekes Augen blitzten belustigt auf. »Ich habe mich schon immer gefragt, wie ein Kerl wie du eine Frau wie Camilla abbekommen hat«, sie deutete auf das Saxofon, das noch immer an dem Gurt vor seiner Brust hing. »Aber jetzt weiß ich Bescheid.«

»Ach, und ich dachte immer, es läge an meinem fabelhaften Aussehen.« Rasmus strich sich über seinen leicht zurückgehenden Haaransatz.

Sie lächelten sich an. Pernille trat an ihn heran und umarmte ihn.

»Du warst großartig«, schwärmte sie. »Würde ich auf Männer stehen, wärst du meine erste Wahl. Ich finde, du solltest der Band ganz beitreten.«

»Gute Idee!« Søren klopfte ihm auf die Schulter. »Mit uns habt ihr gleich euren persönlichen Fanklub. Wir kommen zu jedem eurer Gigs.«

Rasmus wurde warm ums Herz. Das waren seine Leute. Trotzdem war es an der Zeit, eine Entscheidung zu treffen.

»Seid mir nicht böse, aber ich muss gehen.«

»Jetzt schon?« Pernille klang enttäuscht.

Rasmus nickte. »Ich habe noch etwas vor.« Er stellte sein noch halbvolles Bierglas auf den Tresen.

»Du willst nach Kopenhagen, zu deiner Tochter«, stellte Søren fest.

»Auch.« Seine Augen suchten die von Vibeke. Er würde das tun, was sie ihm geraten hatte. Einen Augenblick verkeilten sich ihre Blicke, ehe sie ihm schließlich aufmunternd zunickte. Sie war die Einzige, die verstand.

Rasmus zog einen Geldschein aus der Hosentasche und schob ihn über den Tresen. »Die nächste Runde für meine Freunde geht auf mich«, rief er dem Barkeeper zu. Dann hob er zum Abschied die Hand, winkte noch einmal Luís auf der Bühne zu und verließ das Lokal.

Kopenhagen, Dänemark

Es war bereits kurz vor Mitternacht, als Rasmus seinen VW-Bus auf dem Parkstreifen am Sønder Boulevard abstellte. Die meisten der angrenzenden Lokale hatten bereits geschlossen, nur vereinzelt sah man hinter den Scheiben noch Menschen bei Wein und Kerzenschein. Auf dem parkähnlichen Grünstreifen, der den

Anwohnern als Freiluft-Wohnzimmer und für Freizeitaktivitäten diente, saßen ein paar junge Leute und tranken Bier.

Nach einem kurzen Fußmarsch stand er vor dem prächtigen Altbau, in dem Camilla wohnte, und starrte die sanierte Backsteinfassade hinauf. Hinter den Fenstern im vierten Stock brannte Licht. Sein Herzschlag beschleunigte sich. Er hatte schon einmal hier gestanden und zu Camillas Wohnung hochgesehen. Damals hatte er erfahren, dass er wieder Vater werden würde. Seitdem hatte sich sein Leben grundlegend verändert.

Antons Tod hatte sich angefühlt, als hätte man sein Herz amputiert, doch Ida hatte das Licht zurück in sein Leben gebracht. Auch wenn ihn an manchen Tagen noch immer düstere Gedanken umtrieben, war sein Schmerz nicht mehr ständig präsent. Er konnte wieder atmen und nach vorn sehen. Jetzt würde er seine Gefühle prüfen. Vielleicht bekam er damit endlich die Antworten auf all seine Fragen. Wie Camilla wohl reagieren würde?

Rasmus holte tief Luft und drückte auf den Klingelknopf neben ihrem Namen.

Vier Stockwerke über ihm ging ein Fenster auf, und Camillas rotblonder Lockenschopf erschien. »Rasmus?« Sie wirkte mehr überrascht als verärgert. »Ist etwas passiert?«

Er vergrub die Hände in den Hosentaschen. »Lässt du mich rein?«

Seine Ex-Frau verschwand im Inneren der Wohnung. Kurz darauf ertönte der Summer. Im Treppenhaus nahm er den Fahrstuhl.

Camillas Tür war geschlossen. Erstmals kam ihm der

Gedanke, dass er zu einem unpassenden Zeitpunkt erschien. Vielleicht war Liam gerade da, und er störte die beiden bei einem romantischen Abend.

Und wenn schon. Selten war er entschlossener gewesen als jetzt. Niemand würde ihn von seinem Vorhaben abhalten. Und schon gar kein Liam.

Er klopfte leise gegen die Tür, um Ida nicht zu wecken.

Camilla öffnete. Sie trug eine grüne Sweathose, dazu ein farblich passendes Ringelshirt, auf ihren Socken tanzten Flamingos mit Regenschirmen.

»Ich hoffe, du hast einen guten Grund, um hier mitten in der Nacht aufzutauchen.« In ihrer Stimme lag Vorwurf und Neugierde zugleich.

Rasmus neigte leicht den Kopf zur Seite und lächelte. »Den besten.« Dann trat er auf Camilla zu, umfasste ihr Gesicht mit beiden Händen und küsste sie.